Ein Protest gegen die Sonne

Steven Millhauser

Ein Protest gegen die Sonne

Short Storys

Ausgewählt von Laurenz Bolliger

Aus dem Amerikanischen
von Eike Schönfeld

Berlin Verlag

Umschlaggestaltung: Nina Rothfos und Patrick Gabler, Hamburg
Typographie: Birgit Thiel, Berlin
Gesetzt aus der Candida von Greiner & Reichel, Köln
Druck & Bindung: CPI – Ebner & Spiegel, Ulm
Printed in Germany 2009
ISBN 978-3-8270-0811-4

www.berlinverlage.de

INHALT

Ein Besuch

Obwohl ich von meinem Freund neun Jahre nichts gehört hatte, war ich eigentlich nicht überrascht, einen kurzen Brief von ihm zu erhalten, mit Bleistift hingeworfen, in dem er schrieb, er habe sich »eine Frau genommen«, und mich aufforderte, ihn in einer abgelegenen Provinzstadt, von der ich nie gehört hatte, zu besuchen. »Besuch mich am 16. und 17.«, das hatte er geschrieben. »Sei zum Mittagessen da.« Der beiläufige, gebieterische Ton war typisch Albert. Er hatte eine Karte dazugekritzelt, darauf ein kleiner schwarzer, mit »Dorf« bezeichneter Kreis und ein kleines weißes, mit »Mein Haus« gekennzeichnetes Viereck. Eine Schlangenlinie verband beide. Unter der Linie standen die Worte »ungefähr 6 Kilometer«. Über der Linie standen die Worte »Bezirksstraße 39«. Ich kannte diese trostlosen kleinen Provinzdörfer, die aus einer Baptistenkirche, drei Bars und einer Tankstelle mit einer Zapfsäule bestanden, und ich stellte mir vor, wie Albert, mit seinen Büchern und seinen Manien, in ironischer Distanz dazu lebte. Nicht vorstellen konnte ich mir seine Frau. Albert war mir nie als der Heiratstyp erschienen, obwohl die Frauen ihn immer gemocht hatten. Ich hatte an dem Wochenende schon etwas vor, doch ich sagte es ab und fuhr nach Norden.

Ich betrachtete Albert noch immer als Freund, in gewisser Weise als meinen besten, auch wenn ich neun Jahre nichts von ihm gehört hatte. Er war früher einmal mein bester

Freund gewesen, und es fiel mir schwer, ihn mir anders vorzustellen. Selbst in der Blütezeit unserer Freundschaft, in den letzten beiden Collegejahren und dem Jahr danach, als wir einander täglich sahen, war er ein schwieriger und anstrengender Freund gewesen, er verachtete die Konventionen, war aber auch still in seinen Gewohnheiten, neigte zu jähen Ausbrüchen und Schweigeperioden, war ernst, aber mit einem Hang zum Spott, duldete kein Mittelmaß und fluchte mit einem unfehlbaren Gespür für die feinste Arglist in einer Geste, einer Wendung oder einem Gesicht. Er sah gut aus, hatte die kantigen Neuengland-Züge – seine Familie hatte, wie er es formulierte, seit dem Untergang des Römischen Reiches in Connecticut gelebt –, doch trotz des einladenden Lächelns von Mädchen in seinen Klassen beschränkte er sich auf prickelnde Affären mit Stadtmädchen in Lederjacken, mit denen er nichts gemein hatte. Nach dem Examen wohnten wir ein Jahr lang in einem Zimmer in einer kleinen Collegestadt voller Cafés und Buchhandlungen, teilten die Miete und wechselten von einem Teilzeitjob zum nächsten; ich schob das unausweichliche Leben mit Anzug und Krawatte, das mich erwartete, vor mir her, während er sich über meine konventionelle Angst davor, konventionell zu werden, mokierte, das Business als Amerikas einzige Quelle von Originalität verteidigte, seinen Platon und *Moderne Schacheröffnungen* las und auf seiner Flöte dudelte. Eines Tages ging er fort, einfach so, um, wie er sagte, ein neues Leben anzufangen. Im nächsten Jahr erhielt ich Postkarten aus Kleinstädten in ganz Amerika, mit Bildern von der Hauptstraße und malerischen Dorfbahnhöfen darauf. Sie enthielten Botschaften wie »Suche noch« oder »Hast du meinen Rasierer gesehen? Ich glaube, ich habe ihn auf der Badewanne liegen lassen«. Dann kam ein halbes Jahr gar nichts, dann plötzlich eine Postkarte aus Eugene, Oregon, auf der er in allen Details einen kleinen, unbekannten Gegenstand aus Holz beschrieb, den er in der obersten Schublade der Kommode in seinem gemieteten Zimmer entdeckt hatte, und dann neun Jahre Schweigen. Während dieser Zeit hatte ich eine Arbeitsstelle gefunden und fast eine alte Freundin geheiratet. Ich hatte ein Haus in einer netten, mit Veranden und Ahorn gesäumten Straße gekauft, dachte recht häufig an meinen alten Freund Albert und fragte mich, ob ich mich wirklich darauf gefreut hatte, auf dieses Leben, das ich jetzt führte, damals, als ich mich noch auf Dinge freute.

Der Ort war noch schlimmer, als ich ihn mir vorgestellt hatte. Langsam glitt ich an der Backsteinpapiermühle mit den brettervernagelten Fenstern, den Reihen verblasster und abblätternder Zweifamilienhäuser mit durchhängenden Veranden, auf denen Kerle in schwarzen T-Shirts Bier tranken, dem Tattoostudio und dem trägen Bach vorbei. Die Bezirksstraße 39 wand sich durch Felder mit wilden Möhren und gelber Ambrosia, dazwischen hin und wieder ein melancholisches Haus oder ein Feld mit sonnenversengtem Mais. Einmal kam ich an einer modernden Scheune mit einem eingebrochenen Dach vorbei. Bei 5,1 Kilometern auf dem Kilometerzähler war ich an einem zerfallenden Haus direkt an der Straße. In dem hohen Gras des Vorgartens lag ein Fahrrad, und eine offene Garage stand voller alter Möbel. Unsicher bog ich in die ungeteerte Zufahrt ein, stellte den Wagen bei laufendem Motor ab und ging zur Haustür. Es gab keine Klingel. Ich klopfte an die hölzerne Fliegentür, die laut gegen den Rahmen schepperte, worauf eine hochgewachsene, barfüßige und sehr bleiche Frau mit verschlafenen

Augen an die Tür kam; sie trug einen langen zerknitterten schwarzen Rock und ein Holzfällerhemd überm T-Shirt. Als ich nach Albert fragte, schaute sie mich argwöhnisch an, schüttelte zweimal rasch den Kopf und knallte die innere Tür zu. Auf dem Weg zum Wagen sah ich ihr blasses Gesicht, das neben einem beiseitegeschobenen pinkfarbenen Vorhang zu mir heraussah. Mir kam der Gedanke, dass Albert womöglich diese Frau geheiratet hatte und dass sie verrückt war. Weiter dachte ich, als ich in der Einfahrt zurücksetzte, dass ich jetzt wirklich umkehren sollte, sofort, weg von diesem törichten Abenteuer in der Wildnis. Schließlich hatte ich ihn neun lange Jahre nicht mehr gesehen, da hatte sich doch einiges verändert. Bei 6,5 Kilometern auf dem Kilometerzähler machte die ansteigende Straße eine Kurve, und da sah ich ein düsteres Haus, zurückgesetzt in einer Gruppe staubig wirkender Bäume. Ich bog in den unbekannten Feldweg ein, er hatte tiefe Furchen, Unkraut wucherte darauf, und gerade als ich mit einem heftigen Gefühl von Trostlosigkeit und Betrug auf die Bremse trat, denn hier war ich am gottverlassenen, jämmerlichen Ende der Welt, wo ich herumstrich wie ein Idiot und Verbrecher, ging die Haustür auf, und heraus trat Albert, eine Hand in der Tasche, mit der anderen winkend.

Er sah genau gleich aus, fast gleich, wenn auch brauner und ledriger als in meiner Erinnerung, als hätte er all die Jahre in der Sonne verbracht, das Gesicht ein wenig länger und schmaler – ein gut aussehender Mann in Jeans und dunklem Hemd. »Hab mich schon gefragt, ob du kommst«, sagte er, als er an den Wagen trat, und sah mich plötzlich genauer an. »Du siehst genauso aus, wie du es solltest«, sagte er dann.

Ich ließ seine Worte sacken. »Das hängt davon ab, wie ich

aussehen soll«, antwortete ich und sah ihn scharf an, doch er lachte nur.

»Ist es nicht toll hier?«, sagte er und schwenkte einen Arm herum, während er meine Reisetasche zum Haus trug. »Vier Hektar, und sie schmeißen es einem praktisch nach. Einen Tag, nachdem ich es gekauft hab, lauf ich hier rum, und Bingo!, was glaubst du, was ich sehe? Trauben. Milliarden von Trauben. Ein alter umgefallener Traubenstock, auf dem ganzen Grundstück wachsen Trauben. Italien im Staate New York. Warte, bis du erst den Teich siehst.«

Wir traten in den Schatten der hohen Bäume, ein kleines Dickicht aus Kiefern und Ahornen, das nahe am Haus wuchs. Große Büsche kletterten halb die Fenster hoch. Mir fiel auf, dass das Haus gut vor Blicken geschützt war, eine schattige Insel in einem Feldermeer. »Und trotzdem«, sagte ich und schaute mich nach seiner Frau um, »hätte ich irgendwie nie gedacht, dass du mal irgendwie heiratest.«

»Damals noch nicht«, sagte er. »Vorsicht mit dem Geländer.«

Wir waren die Stufen der langen, beschatteten Veranda hochgegangen, und ich hatte mich an einem wackligen Eisengeländer festgehalten, das im Holz festgeschraubt werden musste. Über dem Verandageländer hing ein aufgerollter alter Gartenschlauch. Um das Deckenlicht summten Hornissen. Auf der Veranda standen eine eingesackte Chaiselongue, ein altes Dreigangfahrrad, ein Mülleimer aus Blech mit einer rostigen Schneeschaufel darin und eine Verandaschaukel, auf der ein leerer Blumentopf stand.

Er öffnete die hölzerne Fliegentür und bat mich mit einer kleinen Verbeugung hinein. »Bescheiden«, sagte er, »aber mein.« Er sah mich mit einer gewissen Aufgeregtheit an, einer Aufgeregtheit, die ich mir nicht ganz erklären konnte, die mich aber an die alte Aufgeregtheit erinnerte, und ich fragte mich, als ich ins Haus trat, wonach ich damals gesucht hatte. Im Haus war es kühl und nahezu dunkel, ein Dunkel tiefen Schattens, von Sonnenstreifen erhellt. Unter den halb geschlossenen Fensterjalousien wuchsen Buschzweige gegen die Scheibe. Wir standen im Wohnzimmer, wo mir ein Schaukelstuhl auffiel, der zu weit nach hinten lehnte, und eine Couch mit einem Kissen. Altertümliche Tapeten zeigten irgendwelche verblasste Szenen, die sich durch den ganzen Raum wiederholten. Albert, der immer erregter wirkte, führte mich die knarrende, an den Kanten abgetretene Treppe hinauf zu meinem Zimmer – ein Bett mit einer schnörkeligen, pinkfarbenen Tagesdecke, ein Lampentisch, auf dem ein Schraubenzieher mit durchsichtigem gelbem Griff lag – und gleich wieder hinunter.

»Du bist bestimmt am Verhungern«, sagte er mit jenem merkwürdigen Beben der Aufgeregtheit, als er mich durch eine offene Tür ins Esszimmer führte, das beinahe dunkel war. Auf einem großen, runden Tisch lagen drei Sets, die weißlich in dem Dämmer glommen. Auf einem der Stühle mit runder Lehne schien jemand zu sitzen. Erst als ich durch das Nachmittagsdunkel näher kam, sah ich, dass dieser Jemand ein großer Frosch war, vielleicht einen halben Meter hoch, der, den Hals auf die Kante gelegt, am Tisch saß. »Meine Frau«, sagte Albert und blickte mich durchdringend an, als wollte er mir gleich ins Gesicht springen. Mir war, als würde ich auf eine teuflische Probe gestellt. »Nett, Sie kennenzulernen«, sagte ich heiser und setzte mich ihr gegenüber. Der Tisch lag zwischen uns wie ein See. Ich hatte gedacht, sie sei vielleicht etwas anderes, vielleicht ein ausgestopftes Spielzeug oder so etwas, doch selbst in dem dunklen Tageslicht konnte ich die großen feuchten Augen erkennen, die dahin und dorthin blickten, ihre schnelle Atmung sehen und ihren Sumpfgeruch wahrnehmen. Ich dachte, Albert müsse mich irgendwie auf den Arm nehmen, versuchen, mich dazu zu bringen, meine, seiner Meinung nach scheußliche, bourgeoise Seele zu offenbaren, doch was er auch im Schilde führte, ich hatte nicht vor, etwas Falsches zu sagen.

»Greif zu«, sagte Albert und schob mir ein Brotbrett mit einem runden Laib und einem Klotz Käse darauf hin. Auf dem Tisch lag ein Messer mit einer großen Klinge, und ich machte mich daran, das Brot zu schneiden. »Und wenn du noch ein Stückchen Käse für Alice abschneiden könntest.« Sogleich schnitt ich ein Stückchen Käse für Alice ab. Albert verschwand in der Küche, und im Dämmer des Raums starrte ich über den runden Tisch hinweg auf Alice, um dann unbehaglich den Blick abzuwenden. Albert kam mit einem Wachskarton Orangensaft und einer kleinen braunen Flasche Bier wieder, beides stellte er vor mich hin. »Die Wahl«, sagte er mit einer kleinen Verbeugung, »liegt ganz bei dir.« Er nahm das Stück Käse, das ich für Alice abgeschnitten hatte, und zerbrach es in noch kleinere Stückchen. Alice sah ihn mit den feuchten und schwerlidrigen Augen an – mir schien, als sähe sie ihn an – und schnappte ihren Käse auf. Dann legte sie den Hals wieder auf die Tischkante und saß sehr still da.

Albert setzte sich und schnitt sich eine Scheibe Brot ab. »Nach dem Essen führe ich dich hier mal rum. Geh mit dir zum Teich und so weiter.« Er sah mich an und neigte den Kopf in einer Weise, an die ich mich plötzlich erinnerte. »Und du? Ist ja schon einige Zeit her.«

»Ach, immer noch der vagabundierende Junggeselle«, sagte ich und fasste sogleich einen Widerwillen gegen meinen albernen Ton. Ich verspürte den jähen Drang, mit Albert ernst zu reden, so wie wir es damals getan hatten, während die Nacht in unseren hohen, gewölbten Fenstern langsam grau wurde. Doch ich war verkrampft, es war zu lange her, und auch wenn er mich nach all den Jahren gerufen und obwohl er mir seine Frau gezeigt hatte, war alles irgendwie schief, als hätte er mir gar nichts gezeigt, als hätte er sich versteckt gehalten. Und ich erinnerte mich, dass er selbst damals, in den Zeiten unserer Freundschaft, vertraut und zugleich auch geheimnistuerisch gewesen war, als wären selbst seine Enthüllungen Formen der Verhüllung. »Nicht, dass ich einen festen Plan hätte«, fuhr ich fort. »Ich treffe mich mit Frauen, doch es sind nie die Richtigen. Weißt du, ich war mir immer sicher, dass ich einmal heiraten würde und nicht du.«

»Das war bei mir nicht geplant. Aber wenn der Moment kommt, weißt du's.« Voller Zärtlichkeit sah er Alice an und beugte sich plötzlich zu ihr hin und berührte sie mit den Fingerspitzen sachte am Kopf.

»Wie hast du«, begann ich und brach wieder ab. Am liebsten wollte ich in wildes, schreiendes Gelächter ausbrechen oder in Schreie der Empörung, der reinen Empörung, doch ich hielt mich zurück, ich tat so, als wäre alles bestens. »Ich meine, wie habt ihr euch kennengelernt? Ihr beiden. Wenn ich fragen darf.«

»So förmlich! Wenn du fragen darfst! Am Teich – wenn ich antworten darf. Eines Tages habe ich sie im Schilf gesehen. Davor hatte ich sie nie gesehen, aber danach war sie immer da. Nach dem Essen zeige ich dir die genaue Stelle.«

Sein kleiner spöttischer Verweis ärgerte mich, und mir fiel ein, wie er mich immer geärgert und dafür gesorgt hatte, dass ich mich noch tiefer in mich zurückzog, hier ein kleiner Tadel, da ein kleiner ironischer Blick, und ich fand es seltsam, dass einer, der mich ärgerte und dafür sorgte, dass ich mich in mich zurückzog, auch einer war, der mich zu einer freieren Version von mir erlöste, einer Version, die der eingeengten, die sich immer wie meine eigene Hand an meiner Kehle angefühlt hatte, überlegen war. Aber wer war denn Albert, dass er die Macht hatte, mich zu erlösen oder einzuengen – dieser Mann, den ich nicht mehr kannte, mit seinem heruntergekommenen Haus und seiner lachhaften Froschfrau. Ich aß eine Weile in mürrischem Schweigen, schaute nur auf mein Essen, und wenn ich aufblickte, betrachtete er mich freundlich, fast liebevoll.

»Ist schon gut«, sagte er leise, als verstünde er, als wüsste er, wie schwierig es für mich war, diese Reise, diese Frau, dieses Leben. Und ich war dankbar, wie ich es immer gewesen war, denn wir, er und ich, waren einander nahe gewesen, damals.

Nach dem Essen bestand er darauf, mir sein Grundstück zu zeigen – sein Gut, wie er es nannte. Ich hatte gehofft, Alice werde dableiben, damit ich mit ihm allein sprechen konnte, doch er wollte unbedingt, dass sie mitkam. Als wir also durch die Hintertür aus dem Haus traten und auf sein Gut gingen, folgte sie uns, machte Sprünge von ungefähr zwei Schritt Länge, immer ein wenig hinter oder ein wenig vor uns. Ein überwuchertes Stück Rasen hinterm Haus führte zu einem Gemüsegarten zu beiden Seiten eines Graswegs. Es gab Ranken mit Erbsen und grünen Bohnen, die hohe Stangen erklommen, Büschel mit grünem Paprika, Reihen

Karotten, dazwischen blitzten gelbe Kürbisse auf – eine üppige und gut gepflegte Oase, als wäre das Lebenszentrum des Hauses hier, draußen, weit hinten versteckt. Am Ende des Gartens wuchsen da und dort Obstbäume, Birne, Kirsche, Pflaume. Ein alter Drahtzaun mit einem zerbrochenen Holztor trennte den Garten von dem Land dahinter.

Wir gingen auf einem diffusen Weg durch Felder mit hohem Gras, betraten Eichen- und Ahornwäldchen, überquerten einen Bach. Alice hielt mit uns Schritt. Alice in der Sonne, Alice im Freien, so schien sie kein groteskes Haustier mehr, kein monströser Fehltritt der Natur, kein Albtraumfrosch, keine irrwitzige Ehefrau, sondern eher eine Art Begleiterin, die an unserer Seite blieb, ausruhte, wenn wir ausruhten – Alberts Kumpel. Und dennoch war sie mehr. Denn wenn sie aus dem hohen Gras oder einem Baumschatten in die Sonne trat, sah oder spürte ich Alice für einen Augenblick, mit einer Art inneren Schreck, so, wie sie war, in der schieren Helle und Fülle ihres Seins, als wären der dunkle Malachitglanz ihrer Haut, der blasse Schimmer ihrer Kehle, die feuchte Wärme ihrer Augen so natürlich und rätselhaft wie der Flug eines Vogels. Dann stürzte ich in mich selbst zurück und erkannte, dass ich mit meinem alten Freund neben einem monströsen, schwerfälligen Frosch herging, der irgendwie seine Frau geworden war, und dann brach ich in ein inneres Geheul aus Gelächter und Wut aus, das fast gleich wieder beruhigt war von den wogenden Wiesen, den schattigen Wäldchen, der schwarzen Krähe, die mit langsam gehobenen und gesenkten Flügeln von einem Baum aufstieg, immer höher in den hellblauen Himmel aufstieg, der hier und da mit zarten farnartigen Wolken betupft war.

Der Teich kam unvermittelt in den Blick, hinter einer

niedrigen Anhöhe. Schilf und Rohrkolben wuchsen dicht an dicht am sumpfigen Rand. Wir setzten uns auf flache Steine und schauten auf das grün-braune Wasser, auf dem ein paar braune Enten schwammen, über Felder auf eine niedrige Hügelkette. Der Ort hatte eine trostlose Schönheit, als wären wir an den Rand der Welt gekommen. »Da drüben hab ich sie zum ersten Mal gesehen«, sagte Albert und zeigte auf ein Schilfgebüsch. Alice saß ein Stück daneben, auf dem Boden, in einem Grasbüschel am Wasserrand. Sie saß still wie ein Stein, nur ihre Seiten blähten sich im Rhythmus ihres Atems. Ich stellte mir vor, wie sie in den Tiefen des Teichs herangewachsen war, unter einem Mantel aus Seerosenblättern und gesprenkeltem Schleim, tief unter grünen Sonnenstrahlen, tief unten auf dem stummen Grund der Welt.

Albert lehnte sich auf beide Ellbogen zurück, eine Haltung, die ich noch gut in Erinnerung hatte, und schaute aufs Wasser. Eine lange Weile saßen wir schweigend da, was mir unbehaglich war, er allerdings wirkte gelöst. Es lag weniger daran, dass Alices Anwesenheit mich befangen machte, sondern eher, dass ich nicht wusste, was ich sagen sollte, nachdem ich jetzt extra hergekommen war. Wollte ich überhaupt sprechen? Dann sagte Albert: »Erzähl mir von deinem Leben.« Und ich war ihm dankbar, denn genau darüber wollte ich sprechen, über mein Leben. Ich erzählte ihm von meiner Beinaheheirat, meinen Freundschaften, denen die Aufregung fehlte, meinen Freundinnen, denen dies und jenes fehlte, meinem guten Job, der irgendwie nicht genau das war, was ich damals gesucht hatte, meinem Gefühl, dass alles so weit gut war, aber nicht so gut, wie es sein könnte, dass ich nicht unglücklich war, aber auch nicht richtig glücklich, sondern irgendwo dazwischen hing und in beide Richtungen schaute. Und wie ich so redete, war mir, als schaute ich in eine Richtung auf ein Glück, das immer vager wurde, und in die andere Richtung auf ein Unglück, das sich immer klarer herausschälte, ohne sich doch vollständig zu offenbaren.

»Ja, schwierig«, sagte Albert darauf im Ton dessen, der wusste, wovon ich redete, und obwohl mich seine Worte, die sanft gesprochen waren, trösteten, war ich doch enttäuscht, dass er nicht mehr sagte, dass er sich mir nicht zeigte.

Und ich sagte: »Warum hast du mir nach dieser ganzen Zeit geschrieben?«, was nur eine andere Art war zu sagen, warum hast du mir in dieser ganzen Zeit nicht geschrieben.

»Ich habe gewartet«, sagte er, »bis ich etwas hatte, was ich dir zeigen konnte.« Das sagte er: Etwas, was er mir zeigen konnte. Und dann schien mir, wenn das nach neun Jahren alles war, was er mir zeigen konnte, sein heruntergekommenes Haus und seine sumpfige Froschfrau, dann stand ich doch gar nicht so schlecht da, auf meine Weise, eigentlich nicht.

Danach schlenderten wir weiter über sein Gut, Alice immer bei uns. Er zeigte mir Sachen, ich sah sie mir an. Er zeigte mir den alten Traubengarten, den er wieder aufgebaut hatte; unreife grüne Trauben, hart wie Nüsse, hingen von den zerfallenden Latten herab. »Versuch mal eine«, sagte er, doch sie war bitter wie eine winzige Zitrone. Er lachte über meine Grimasse. »Wir essen sie gern so«, sagte er, pflückte ein paar in die Hand und warf sie sich in den Mund. Er zupfte weitere ab und hielt sie Alice hin, die sie rasch verschlang: Flick-flick-flick. Er zeigte mir ein Spechtnest und einen Hang voller wilder Tigerlilien, einen alten Werkzeugschuppen mit einer rostigen Hacke und einem rostigen Rechen darin. Plötzlich erhob sich von einem Feld in der Nähe, laut flügelschlagend, ein großer Vogel. »Hast du das gesehen!«, rief Albert und fasste mich am Arm. »Ein Fasan! Schützt seine Jungen. Da drüben.« In dem hohen Gras liefen sechs wollige kleine entenartige Wesen hintereinander her, die Köpfe kaum zu sehen.

Beim Abendessen saß Alice auf ihrem Stuhl, den Hals auf der Tischkante, Albert lief ständig geschäftig in die Küche. Zu meiner Freude erblickte ich eine dicke Flasche Rotwein, mit der er zwei Saftgläser füllte. Auf den Gläsern waren Bilder von Pu dem Bären und I-Ah. »Hat mir einer an einer Tankstelle geschenkt«, sagte Albert. Plötzlich runzelte er die Stirn, drückte die Fingerspitzen an den Kopf und schaute mit einem strahlenden Lächeln auf. »Ich hab's. Der Schnee, der Schnee, tideli pom, in dem ich geh, tideli pom.« Er goss ein wenig Wein in eine Cornflakes-Schale und stellte sie vor Alice.

Das Abendessen bestand aus einem aufgewärmten Supermarkthuhn, frischem Kürbis aus seinem Garten und großen Schüsseln Gartensalat. Albert war bester Dinge, summte Takte von Liedern, zündete einen Kerzenstummel in einer grünen Weinflasche an, füllte immer wieder unsere Weingläser und Alices Schale nach, drängte mich zu trinken und knurpste lustvoll seinen Salat. Der billige Wein brannte mir auf der Zunge, doch ich trank weiter, angesteckt von Alberts Festlaune, begierig, mich in seine Stimmung zu versetzen. Sogar Alice süffelte den Wein aus, den er ihr in die Cornflakes-Schale gegossen hatte. Die Kerzenflamme schien in der dunkler werdenden Luft des Zimmers heller zu leuchten; durch Buschzweige im Fenster sah ich Fetzen des Sonnenuntergangs. Eine Wachsbahn lief die Flasche hinunter und blieb stehen. Albert holte sein Brotbrett, mehr Salat, noch einen Laib Brot. Und während wir so aßen, war mir, als schaute Alice, die dasaß, den Hals auf der Tischkante, ihren Wein aufschlürfend, mit ihren großen Augen, im Flammenlicht feucht und dunkel, auf Albert. Sie sah ihn an und versuchte seine Aufmerksamkeit auf sich zu lenken. Albert lehnte sich auf seinem Stuhl zurück, lachte, warf beim Reden die Arme auf, dennoch schien mir, dass auch er sie immer wieder ansah. Ja, sie wechselten Blicke da an dem dunkler werdenden Esstisch, Blicke, die mir als verliebt erschienen. Und mit dem Trinken erfüllte mich ein warmes, herzliches Gefühl, das den Raum, das Mahl, die Pu-der-Bär-Gläser, die großen feuchten Augen, die Spiegelung der Kerzenflamme im schwarzen Fenster, die Blicke Alberts und seiner Frau erfasste, denn schließlich war sie es, die er sich ausgesucht hatte, hier draußen in der Wildnis, und wie konnte ich schon sagen, was in solchen Dingen richtig ist.

Albert sprang auf und kam mit einer Schüssel Birnen und Kirschen von seinen Obstbäumen wieder, dann füllte er mein Glas nach. Ich lehnte mich in meinem warmen, überschwänglichen Gefühl zurück und freute mich schon auf die Gespräche der Nacht, die sich träge vor mir ausdehnte, als Albert erklärte, es werde allmählich spät, Alice und er zögen sich nun zurück. Ich hätte das ganze Haus für mich. Ich solle nur nicht vergessen, die Kerze auszublasen. Gute Nacht. Durch das Tosen des Weins merkte ich, wie tief enttäuscht ich war. Er zog ihren Stuhl zurück, und sie hüpfte auf den Fußboden. Gemeinsam verließen sie das Esszimmer und verschwanden in das dunkle Wohnzimmer, wo er eine so schwache Lampe anknipste, dass es war, als zündete er eine Kerze an. Er ging knarrend die Treppe hinauf, und mir war, als hörte ich dabei ein dumpfes Flappgeräusch, was in mir die Vorstellung weckte, wie Alice neben ihm hinauftapste.

Ich saß da und horchte auf die Schritte und das Knarren im Flur über mir, einen jähen starken Wasserstrahl am Waschbecken im Bad, ein Quietschen – was war das für ein Quietschen? –, eine zugehende Tür. In der abrupten Stille, die sich vom Tisch in immer weiteren Wellenkreisen auszubreiten schien, fühlte ich mich verlassen, hier mit dem Wein und der Kerze und den schimmernden Schüsseln. Doch ich sah, dass es so sein musste und nicht anders, denn ich hatte ihre liebevollen Blicke beobachtet, da war es nur zu erwarten gewesen. Und hatte er damals nicht die Angewohnheit gehabt, unerwartet aufzubrechen? Dann überlegte ich, ob sie überhaupt je stattgefunden hatten, diese Gespräche, die sich bis ins graue Licht der Morgendämmerung hinzogen, oder ob ich sie mir nur gewünscht hatte. Dann stellte ich mir vor, wie Alice auf das weiße Laken hüpfte. Und ich versuchte mir Froschliebe vorzustellen, ihre möglichen Freuden, ihre schmierigen Verzückungen, doch dann riss ich meine Gedanken gewaltsam davon los, denn in der Vorstellung empfand ich etwas Kleinliches und Grausames, etwas in der Art einer Verletzung.

Ich trank den letzten Rest Wein und blies die Kerze aus. Von dem dunklen Raum aus, in dem ich saß, konnte ich eine geisterhafte Kühlschrankecke in der Küche und einen matt erhellten rötlichen Coucharm im Wohnzimmer erkennen, ähnlich einer mondbeschienenen toten Blume. Auf der Straße fuhr ein Auto vorbei. Dann nahm ich die Grillen wahr, ganze Felder und Wiesen davon, das große Schrillen, das ich in Kindheitssommern immer von Gärten und leeren Grundstücken hatte aufsteigen hören, der lange Klang des Sommerendes. Aber es war ja doch erst mitten im Sommer, erst die Woche davor hatte ich einen Tag am Strand verbracht. Und so saß ich noch lange an dem dunklen Tisch inmitten eines zerfallenden Hauses und horchte auf den Klang des Sommerendes. Dann nahm ich mein leeres Glas, grüßte lautlos Albert und seine Frau und ging hinauf ins Bett.

Doch ich konnte nicht schlafen. Vielleicht lag es am Wein oder der breiigen Matratze oder der frühen Stunde, jedenfalls wälzte ich mich herum, und wie ich mich so ruhelos herumwarf, verdunkelten sich die Abenteuer des Tages in meinen Gedanken, und ich sah nur einen verrückten Freund, ein kaputtes Haus, einen hässlichen, monströsen Frosch. Und ich sah mich selbst, schwach und absurd, wie ich meine Gedanken in groteske Formen von Sympathie und Verständnis presste. Irgendwann fiel ich dann immer wieder in Träume, vielleicht war es ja auch ein einziger langer Traum, der von vielen halbwachen Perioden durchbrochen war. Ich ging durch einen langen Flur, an dessen Ende eine verbotene Tür war. Mit trauervoller Erregung öffnete ich die Tür, und da stand Albert, die Arme verschränkt, und sah mich streng an. Er brüllte mich an, sein Gesicht wurde ganz rot, dann beugte er sich vor und biss mich in die Hand. Tränen liefen mir übers Gesicht. Hinter ihm erhob sich jemand von einem Stuhl und kam auf uns zu. »Hier«, sagte der Neuankömmling, der irgendwie Albert war, »nimm das.« Er hatte ein Taschentuch über der hochgehobenen Faust, und als ich das Taschentuch wegzog, erhob sich ein großer Frosch, wild mit den Flügeln schlagend, wütend in die Luft.

Ich erwachte steif und erschöpft in einem sonnendurchfluteten Raum. Durch ein staubiges Fenster sah ich Äste mit großen dreilappigen Blättern und zwischen den Blättern Stücke blauen Himmels. Es war fast neun. Ich hatte drei verschiedene Kopfschmerzen: einen hinter dem linken Auge, einen in der rechten Schläfe und einen im Hinterkopf. Ich wusch mich und zog mich rasch an und ging die dunkler werdenden Stufen hinab durch einen Dämmer, der sich vertiefte, je weiter ich nach unten kam. Auf der ausgebleichten Tapete konnte ich zwei Szenen erkennen, die sich immer weiter wiederholten: einen verblassten Jungen in Blau, der, ein Horn neben sich, an einem verblassten gelben Heuschober lehnte, und ein Mädchen in Weiß, das Wasser aus einem verblassten Brunnen zog.

Das Wohnzimmer war leer. Das ganze Haus wirkte verlassen. Auf dem runden Tisch im Zwielicht des Esszimmers stand noch immer das Geschirr vom Abendessen. Bevor ich ging, wollte ich lediglich eine Tasse Kaffee. In der kaum weniger düsteren Küche entdeckte ich eine alte Dose mit Pulverkaffee und eine abgeschlagene blaue Teekanne, die ein kleines Abziehbild mit einem orangefarbenen Brontosaurus zierte. Ich hörte harte Laute, und durch die Blätter und Zweige im Küchenfenster sah ich Albert, der mit dem Rücken zu mir im Garten grub. Vor dem Haus war es ein heller, sonniger Tag. Neben ihm, auf der Erde, saß Alice.

Ich ging mit meiner Tasse herb schmeckenden, schalen Kaffees ins Esszimmer und trank ihn am Tisch, wobei ich auf die Geräusche von Alberts Schaufel horchte, wie sie in die Erde fuhr. In dem dunklen Raum an dem runden braunen Tisch war es friedlich. Ein schmaler Streifen Sonne funkelte in der offenen Küche. Der Sonnenbalken vermischte sich mit dem Pfeifen eines Vogels, den Blättern im Fenster, dem braunen Dämmer, dem Geräusch der Schaufel, wenn sie in Lehm fuhr und ihn wendete. Mir kam der Gedanke, dass ich jetzt einfach meine Sachen packen und ohne die Peinlichkeit eines Abschiednehmens verschwinden konnte.

Ich trank den erbärmlichen Kaffee aus und brachte die Tasse in die Küche, wo die innere Hintertür ein Stückchen offen stand. Ich blieb stehen, die leere Tasse in der Hand. Einem plötzlichen Impuls gehorchend öffnete ich die Tür ein Stück weiter und schob mich zwischen sie und die hölzerne Fliegentür.

Durch das wellige Netz sah ich Albert in ungefähr drei Meter Entfernung. Er hatte die Ärmel hochgekrempelt, und sein Fuß drückte auf die Schaufelkante. Er grub grasige Erde am Rand des Gartens um, wendete sie, brach das Erdreich auf, warf Klumpen von Graswurzeln weg. Daneben saß Alice und sah ihm zu. Von Zeit zu Zeit, während er am Gartenrand vorankam, sah er zu ihr hin. Ihre Blicke schienen einen Augenblick lang beieinander zu verweilen, bis er sich wieder seinem Garten zuwandte. Wie ich so in dem warmen Schatten der halb offenen Tür stand und durch das wellige Netz in den Garten schaute, der in der Sonne flirrte, spürte ich einen mysteriösen Rhythmus, der zwischen Albert und seiner Frau bebte, eine Art Leichtigkeit oder Beschwingtheit, eine zitternde, sonnenbeschienene Harmonie. Es war, als hätten beide die Haut abgestreift und mischten sich in Luft, lösten sich in Licht auf – und als ich dieses luftige Mischen fühlte, diese zärtliche Auflösung, als ich diese verborgene Harmonie spürte, klar wie das Läuten einer fernen Glocke, überkam es mich, dass in meinem Leben genau diese Harmonie fehlte. Es war, als bestünde ich aus einer harten Substanz, die sich nie in etwas auflösen könnte, wohingegen Albert das Geheimnis von Luft entdeckt hatte. Doch nun schmerzte mir der Hals, das helle Licht brannte mir in den Augen, und ich stellte meine Tasse auf die Platte, was wie ein Hammerschlag klang, stieß die Tür auf und trat hinaus.

Albert drehte sich in der Sonne um. »Gut geschlafen?«, sagte er und fuhr sich mit dem Handrücken langsam über die tropfende Stirn.

»Ganz gut. Aber weißt du, ich muss langsam zurück. Tausend Sachen zu erledigen! Weißt ja, wie es ist.«

»Klar«, sagte Albert. Er legte beide Hände auf das Ende des langen Schaufelstiels und das Kinn auf die Hände. »Ich weiß, wie es ist.« Sein Ton war für mich in einer wunderbaren Balance zwischen Verständnis und Spott.

Er holte meine Tasche aus meinem Zimmer und lud sie in den Wagen. Alice war durch Esszimmer und Wohnzimmer gehüpft und hatte sich im tiefen Schatten der Veranda hingehockt. Mir fiel auf, dass sie darauf achtete, von der Straße aus nicht gesehen zu werden. Albert beugte sich übers Fahrerfenster und verschränkte die Arme über der Tür. »Wenn du mal wieder in der Gegend bist«, sagte er, aber wer kam schon mal in diese Gegend, »schau doch rein.« – »Mach ich«, sagte ich. Albert stand auf und streckte einen Ellbogen, rieb sich die Schulter. »Pass auf dich auf«, sagte er, winkte kurz und trat zurück.

Als ich auf der Einfahrt zurücksetzte und langsam auf die Bezirksstraße 39 fuhr, hatte ich das Gefühl, dass das Haus sich in seine Bäume und Schatten zurückzog, in seiner Schatteninsel verschwand. Albert war schon nicht mehr da. Von der Straße aus sah ich nur noch hohe Bäume, die sich um ein dunkles Haus drängten. Ein paar Augenblicke später, an der Straßenbiegung, blickte ich erneut zurück. Ich hatte wohl eine Sekunde zu lange gewartet, denn die Straße fiel schon ab, das Haus war aus dem Blick versunken, und in der hellen Sonne sah ich nur vereinzelte Straßenbäume, einen wolkenlosen Himmel, weite Felder mit wilden Möhren.

Ein Protest gegen die Sonne

Es war der perfekte Tag. Ihr Vater erhob sogleich Einspruch gegen diese Wendung, sah sie über den Brillenrand hinweg an und nickte grämlich zu einem lauten roten Radio zwei Decken weiter hin. Elizabeth lachte, aber sie wusste genau, was sie meinte. Sie meinte, dass der Tag so klar war, dass man über den ganzen Sund bis zu einer kleinen Gruppe aus drei weißen Schornsteinen auf dem blau-grünen Long Island sehen konnte. Sie meinte den Lastkahn in der Ferne, der so langsam vorankam, dass er fast nicht vorankam. Er hatte die satte dunkle Farbe halbsüßer Schokolade. Sie meinte das Wasser, dort draußen dunkelblau und gekräuselt, glatt und grünlich braun zwischen der langen Sandbank und dem Strand. Sie meinte den gelben Hubschrauber, der hoch überm Wasser zur Sikorsky-Fabrik flog. Sie meinte den orange-weißen Strandball, das traubenfarbene Eis am Stiel, die leuchtend grüne Colaflasche, die halb im Sand vergraben war. Ein weißer Strohhalm steckte noch darin. Sie meinte genau diesen Geruch: Sonnenmilch, heißer Sand und Seetang. Sie meinte das laute rote Radio. Das alles meinte sie.

»Trotzdem«, setzte sie hinzu und legte die Hand über die Augen, den Blick auf dem Hubschrauber, »wäre er mit einem Blimp sogar noch perfekter. Erinnerst du dich noch an dieses unglaubliche Blimp? Mama vom Himmel? Was wohl aus den Blimps geworden ist? Wenigstens Lastkähne haben wir noch.«

Das griff ihre Mutter auf. »Ah ja: Mama vom Himmel. Deinen Blick, den vergesse ich nicht, solange ich lebe.« Gerade leuchtete er auf ihr selbst; von der Sonne schläfrig, lächelte Elizabeth. Sie war genau in der Stimmung, sich in den Kreis von Familienerinnerungen ziehen zu lassen. Es war aber auch unglaublich gewesen: mythisch. Es war ein Sommertag in ihrer Kindheit. Sie waren am selben Strand gewesen. Sie erinnerte sich ausschließlich an das Blimp. Da war es plötzlich, erfüllte den ganzen Himmel wie ein freundlicher Wal – wie eine dicke silberne Zigarre – wie nichts auf der Welt. Es war besser als ein Ballon, besser als ein Walross. Sie hatte hinaufgeschaut, alle hatten hinaufgeschaut, denn wenn ein Blimp kam, konnte man eigentlich gar nichts anderes tun als hinaufschauen. Sie machten ihr immer ein wenig Angst, aber sie waren auch so ungeheuer lustig: komisch und lustig wie ihr Name, der natürlich falsch war, wie der Vater ihr geduldig erklärte. Trotzdem. Und so erschien also das Blimp. Und plötzlich, es war ganz wunderbar, war der Himmel voller fallender Dinge. Rasch kamen sie schräg aus dem Himmel herab, und auf einmal öffneten sich die kleinen Fallschirme, grüne, rote, gelbe, blaue: und sie fielen weit draußen ins tiefe Wasser und dann ganz nah ins flache und dann auf den Sand. Die Leute riefen und sprangen auf, um sie zu fangen, rannten ins Wasser. Elizabeth verlangte so sehr danach, einen zu haben, dass sie es kaum aushielt; sie wollte weinen oder auch sterben. Doch sie blieb ganz ruhig, sie war ehrfürchtig und scheu. Und dann landete einer direkt neben ihr, das kleine bunte Tuch am Ende der Schnüre kam herabgeflattert, und sie stürzte sich darauf. Und es gehörte ihr. Und es war Brot. Zwei Scheiben Weißbrot in einem Päckchen. Und ihr Vater sagte: »Mama vom Himmel.« Also sagte auch sie: »Mama vom Himmel.«

»Konntest du die Verbindung tatsächlich nicht herstellen?«, sagte Dr. Halstrom.

Elizabeth drehte sich verblüfft um. »Was redest du denn da?«

Ihr Vater hob überrascht die Brauen. »Du hast gefragt, was aus den Blimps geworden ist.«

»Und? Weißt du, was aus ihnen geworden ist? Was ist aus ihnen geworden?«

»Ist mit den Blimps denn etwas passiert?«, sagte Mrs Halstrom.

»Dir fiel auf, dass keine Blimps da sind«, sagte Dr. Halstrom, »und dir fiel auf, dass Lastkähne da sind. Ich kam in der besten Art des zeitgenössischen Denkens darauf, den unvermeidlichen Schluss zu ziehen. Sieh dir doch mal«, fuhr er mit gesenkter Stimme fort und beugte sich zu Elizabeth hin, »die Form der Lastkähne an. Sie haben die Blimps fortgetragen: Darauf kannst du was wetten.«

»Was?«, sagte Mrs Halstrom. »Ich habe dich nicht verstanden. Bess! Was hat er gesagt? Sag mir, was daran so komisch war. Ist mit den Blimps was passiert?« Dann lachte auch sie, weil gelacht wurde, aber sie sagten ihr nicht, was er gesagt hatte.

Es war ein schöner Tag. Die Sonne brannte herab. Elizabeth drückte Rücken und Schultern in die Armeedecke. Der Sand war herrlich: Er war weich und gleichzeitig hart. Es war so eine gute Idee gewesen, an den Strand zu fahren. Kurz regte sich in ihr Ärger bei der Erinnerung daran, wie der Ausflug um ein Haar nicht zustande gekommen wäre. Plötzlich war sie wütend. Der Tag hatte kurz vor dem Scheitern gestanden, weil Dr. Halstrom ein Referat zu Ende schreiben musste. Sie hatte sich den ganzen Vormittag geärgert, war verzweifelt über die unerwartete Planänderung gewesen. Es war gemein. An einem Samstag im August verschanzte er sich in seinem Arbeitszimmer. Es war empörend. Sie hatte ihr Herz daran gehängt. Beim Frühstück war er schroff gewesen, schroff und in sich gekehrt. Gegen Mittag war es ihr egal. Sie sagte, es sei ihr egal, aber sie war verzweifelt. Aber dann kam er zehn vor eins heraus, bedauernd und triumphierend. Sie warfen alles ins Auto und fuhren los. Es war Ebbe, aber das war gleich. Sie hatten ja noch den ganzen Nachmittag.

Elizabeth lag auf ihrer eigenen Decke, aber sie hatte sie bewusst so hingelegt, dass ihr Rand den der Decke ihrer Eltern überlappte. Sie lag gern in der Sonne, die beiden saßen gern auf niedrigen Strandstühlen auf ihrer Decke, um zu lesen. Die Stühle waren so niedrig, dass ihre Eltern die Beine ausstrecken konnten. Aber die Bücher! Es war absurd. Ihre Mutter hatte *Überredung* mitgenommen. Doch sie befürchtete, dass Sand hineinkam, denn es war ein Geschenk von Elizabeth, also hatte sie einen Roman aus der Bücherei mit roten Rosen in einer Vase auf dem Umschlag mitgenommen; sie fand ihn schrecklich. Ihr Vater hatte eine dicke Anthologie aus dem siebzehnten Jahrhundert mitgeschleppt, dazu zwei Sammlungen mit Aufsätzen über Milton und einen Roman aus der Bücherei, auf dem ein Flugzeug, durch das ein Dolch fuhr, zu sehen war. Sie selbst war aber auch nicht besser: *Théâtre de Molière*, Band II, und einen Taschenbuch-Larousse, wirklich eine lächerliche Wahl für den Strand, und, da sie insgeheim gewusst hatte, dass es eine lächerliche Wahl war, ein Sciencefictionding namens *Dune*, das Marcia ihr empfohlen hatte, was sogar noch lächerlicher war, weil sie Sciencefiction leidenschaftlich hasste. Aber Marcia mochte sie. Also hatte sie *Dune* mitgenommen. Es war alles lächerlich. Ihr Vater hatte einen Witz gemacht von wegen Eulen nach Athen tragen und *Dune* in die Dünen. Er hatte sie gefragt, ob sie schon dun sei. Sie sei nicht dun, hatte sie gesagt. Ihre drei Bücher lagen säuberlich gestapelt neben ihrer Strohstrandtasche, die ihres Vaters lagen verstreut auf der anderen Seite. Es war lächerlich, absurd. Sie lag auf einer sonnenbestrahlten Decke mitten in einer Bücherei. Ihre Mutter hatte eine Weile gelesen und dann ihr schreckliches Buch weggelegt, ihren weißen Strandhut mit der breiten Krempe abgesetzt und den Kopf zurückgeworfen. Ihr schönes Haar in der Sonne hatte die Farbe von Mahagoni: nur weich. Und schließlich hatte sie ihren Stuhl zusammengeklappt und sich in die Sonne gelegt. Dr. Halstrom hatte weitergelesen, aber endlich hatte auch er sein Buch beiseite gelegt und saß nun mit halb geschlossenen Augen da und schaute aufs Wasser. Elizabeth fand es nett von ihm, dass er mitgekommen war. Mit seinem kleinen, sorgfältig gepflegten blonden Bart, der so leicht mit Grau durchzogen war, dass man es kaum sah, wirkte er fast jungenhaft. Er hatte die schöne glatte Haut eines Mannes, der nicht oft dem Wetter ausgesetzt war. Sein Gesicht und die Unterarme hatten Farbe, doch seine breite Brust und die Oberarme waren blass.

»Zieh dir lieber mal dein Hemd an, Dad. Sonst verschmorst du noch.«

»Ach was. Danke, Bess. Ich schmore nie, außer vor moralischer Empörung. Platon hatte recht: In einer gut geordneten Republik würde dieses Radio niemals geduldet. Die Rücksichtslosigkeit dieser Frau.«

»Ich kann sie ja bitten, es leiser zu stellen.«

»Bedauerlicherweise glaube ich an das ihr von Gott gegebene Recht, mich zu quälen. Allerdings dachte ich, dass dein Buch ziemlich verloren aussieht. Es müsste *Forlorna Dune* heißen.«

»Wenn du dich weiter über mein Buch lustig machst, sage ich ihr nicht, sie soll ihr Radio in die Dünen schmeißen.«

Worauf ihr Vater lachte und sein jungenhaftes Lächeln mit den zwei hübschen Vertiefungen in den Wangen wie lang gezogene Grübchen zeigte.

Es war ein schöner, verschlafener Tag. Elizabeth fand, dass ihr Vergnügen möglicherweise exzessiv war; ihr Vater sagte, wie ihre Mutter habe sie einen Hang zum Exzessiven. Selbst Elizabeth schienen der Zorn und die Verzweiflung vom Vormittag ein wenig exzessiv. Schließlich war sie ja kein Kind mehr. Ebenso gut hätten sie auch am nächsten Tag oder auch noch an dem darauf an den Strand gehen können. Aber es war schon Ende August; bald würde sie wieder an der Schule sein; irgendwie wurden diese kleinen Familienausflüge immer zu beiläufig vorgeschlagen und zu leicht aufgegeben. Wenn sie nicht darum gekämpft hätte, wäre der Tag verloren gewesen. In letzter Zeit hatte Elizabeth ohne besonderen Grund das Fehlen von Familienanlässen wahrgenommen. Nichts, aber auch gar nichts hatte sich zu Hause verändert: die geschätzte Nähe war da. Doch sie fand, dass es auch eine Achtlosigkeit gab, eine Gefahr, dass man einfach gedankenlos von einem Tag auf den anderen lebte. Schließlich hatte ein Leben nur eine bestimmte Anzahl von Tagen. Sie wusste beim besten Willen nicht, wie sie es ausdrücken sollte, doch sie fand, dass sie alle, bloß indem sie existierten, indem sie die Tage dahinziehen ließen, in gewisser Weise bedroht waren: als würde der Niedergang zwangsläufig einsetzen. Sie konnte es sich nicht erklären. Vielleicht wurde sie ja morbid. Aber es gab Zeiten, da hätte sie, als wäre sie alt und die anderen wären sorglos und jung, am liebsten gesagt: Begreift ihr denn nicht, dass nichts von Dauer ist? Dass es eines Tages zu spät ist? Sie hatte keine Ahnung, wofür es zu spät sein würde; sie wusste ja kaum, was das alles bedeutete. Aber sie wusste, dass es Zeiten gab, da sie ihr Familiengefühl geltend machen musste.

Düstere Gedanken an einem sonnigen Tag: Sie hoffte, sie wurde nicht morbid. Es war so schön, ganz faul in der Sonne zu liegen. Die von der Sonne gewärmte Decke erinnerte sie an einen Pyjama frisch aus dem Trockner: Den drückte sie sich immer gern an die Wange. Elizabeth fühlte sich porös: von Wärme durchdrungen. Sie wollte den ganzen Nachmittag daliegen. Sie wollte für immer daliegen, unter dem blauen Augusthimmel, und sich mit Sonne füllen.

Doch es wurde zu heiß, und Elizabeth setzte sich, ein wenig unruhig, auf.

»Ich weiß nicht, was ihr macht, ich gehe jedenfalls schwimmen.«

Ihr Vater schien aufzuwachen. Einen Augenblick schaute er benommen drein, dann wurden seine dunkelblauen Augen aufmerksam. »Geh du nur. Ich bin's zufrieden, in echsengleicher Zufriedenheit hier zu sitzen. Lil? Bess geht schwimmen.«

Ihre Mutter murmelte etwas im Halbschlaf, und Elizabeth legte ihrem Vater die Hand auf den Arm und schüttelte den Kopf: Stör sie nicht.

»Pass schön auf«, sagte Mrs Halstrom trotzdem, indem sie sich mit einem besorgten Blick halb aufsetzte und die Haare zurückschüttelte. Beide schwammen nicht besonders gut.

Elizabeth lächelte. »Ich wate bloß ein bisschen drin rum. Außerdem ist Ebbe.«

Sie stand auf, von der Sonne schwer. Flüchtig spürte sie Blicke auf sich, als sie zu dem flachen grünlichen Wasser schlenderte. Der Sand war seidig und sengend heiß. Er hatte »zufrieden« und »Zufriedenheit« gesagt: kein guter Satz. Er war nicht ganz wach gewesen. Ein Mann mit einem kleinen Schnurrbart sah sie durchdringend an, als sie vorbeiging, und Elizabeth freute sich, dass sie seinen Blick auf sich zog. Dann ärgerte sie sich über sich, weil sie sich darüber gefreut hatte. Wen kümmerte es, was ein widerlicher kleiner Mann von ihr dachte? Sollte er doch vermodern. Sollte er sterben. Aber sie freute sich trotzdem. Die Frau neben dem Mann war dünn und trug einen roten Bikini. Elizabeth hegte einen Groll gegen dünne Frauen im Bikini. Sie war ein wenig fülliger, als sie es sein sollte. Sie kannte sogar das Wort für sich: drall. Sie hatte es schon mit zwölf gekannt. Mager war Mode, was konnte sie da schon tun? Sie hatte kräftige Knochen; sie kam nach ihrer Mutter. Ihre Handgelenke waren stark. Wenn sie hungerte, würde sie schrecklich aussehen. Fleisch war nicht mehr gestattet, nur in dezenten Dosen. Wenn die Hüftknochen nicht herausstanden, war man erledigt. Da konnte man sich genauso gut zum Sterben hinlegen. Natürlich gab es Ausnahmen. Elizabeth wusste, dass sie eine gute Figur hatte. Sie trug einen zweiteiligen Badeanzug, aber keinen Bikini. Das waren ihre Worte: gute Figur und drall. Andere waren: eine Frau mit ein bisschen was auf den Rippen. Ihr Vater hatte einmal bei Howland's zu ihr gesagt: »Ich mag Frauen mit ein bisschen was auf den Rippen.« Und sie dabei voller Bewunderung angeschaut. Einer der beiden Jungen, mit denen sie im Bett gewesen war, bevor sie der Promiskuität abgeschworen hatte, hatte zu ihr gesagt: »Du machst das gut.« Sie hatte gar nichts getan, aber plötzlich war sie ein Mädchen, das das gut machte. Er aber hatte selbstgefällig gewirkt, weil er das gesagt hatte. Sie hatte beschlossen, ihm nicht zu glauben, nur ein klein wenig. Sie fragte sich, ob alle Frauen ihre kleinen Worte mit sich herumtrugen. Hübsch, aber nicht schön. Kleine Brüste, aber nette Beine. Ein richtig warmer Mensch. Eine gute Köchin. Sie macht es gut. Auf keinen Fall war sie fett, auch nicht mollig: nur eben drall. Und sie hatte eine gute Figur. Die Männer schauten ihr nach. Und sie war nicht mehr Jungfrau. An ihren schlechten Tagen konnte sie sich in die Augen sehen und sagen: Na, wenigstens bist du nicht mehr Jungfrau. Das half zwar nicht: trotzdem. Sie nahm an, dass das eine Art Leistung war. Aber sie war wählerisch, in wen sie sich verliebte. Männer ohne Charme, Brillanz und geistige Vollkommenheit brauchten sich erst gar nicht zu bewerben.

Plötzlich dachte sie: Nicht hinliegen, sondern sich hinlegen.

Das grünbraune Wasser zwischen Strand und Sandbank war warm. Elizabeth wandte sich um und winkte ihren Eltern zu, die von der Decke aus zu ihr hersahen. Der widerliche kleine Mann sah auch her. Ihre Mutter saß wieder auf dem Stuhl. Ja, seht nur her. Passt auf mich auf. Denn eines Tages ist es zu spät.

Sie watete bis zur Taille hinein und stand eine Weile da, drehte die Schultern hin und her und strich mit den Fingerspitzen durchs Wasser. Sie erinnerte sich vage an ein Spiel aus ihrer Kindheit, dann machte sie eine Hand hohl und hielt sie dicht unter die Oberfläche. Man versuchte einen kleinen Sonnenfleck einzufangen. Das nannte man Fischauge. Sie wusste nicht mehr, wie es ging. Aber das war auch egal. Vielleicht brauchte man ein Stückchen Seetang dazu. Aber auch der Seetang brachte nichts. Nein: Da war es. Ein Fleckchen Gelb trieb in ihrer offenen Hand: ein gelbes Auge. Der Mann hatte ihr auf den Hintern geglotzt. Sie hoffte, er hatte seine Freude daran: Sie hatte einen guten. Männer, die Frauen auf den Hintern glotzen. Sie wünschte, sie hätte da ein Auge: Dann könnte sie ihnen zuzwinkern. Ganz gut, danke. Und dir? Die Leute stehen halb nackt am Strand und mustern einander. Oder tun so, als sähen sie nicht hin, als stünden sie darüber. Jungs mustern Mädchen, Mädchen mustern Jungs. Aber der eigentliche Hammer: Mädchen, die Mädchen ansehen, Frauen Frauen. Das war der grausamste Blick, den sie kannte. Ein Blick hungriger, harscher Taxierung. Ihr dies ist zu jenes. Meiner ist größer. Ihre sind besser. Einmal hatten sie und Marcia einen wunderbaren neuen Badeanzug erfunden. Er bedeckte alle Körperteile, die der altmodische Bikini freiließ, und entblößte alle jetzt bedeckten. Sie nannten ihn den Negativen Bikini. Er war revolutionär. Er war ein Vermögen wert. Es machte sie fertig.

Elizabeth watete zur Sandbank und ging über den nassen dunklen Glanz zum festeren Sand in der Mitte. Ein dickes kleines Mädchen saß im Schlamm und strich ihn sich sorgfältig über die Arme. Sogar sie trug einen Bikini. Zwei Jungen rannten um die Wette; das Geräusch ihrer Füße auf dem festen nassen Sand war schön. Es klang wie leise klatschende Hände. Hinter der Sandbank schwammen Leute; das Wasser war brusthoch. Elizabeth watete hinaus und schwamm ein wenig. Sie war eine schlechte Schwimmerin, aber immerhin konnte sie es. Sie war nie ein richtiger Strandmensch gewesen. Sie wollte, dass ihre Haare nass wurden, sie wollte ganz nass werden. Sie wollte in der Sonne trocknen.

Sie ging wieder den Strand herauf zur Decke, schaute im Vorbeigehen kurz auf die Frau in dem roten Bikini. Der Mann lag auf dem Bauch, das Gesicht abgewandt.

Elizabeth stand tropfend auf der Decke, Wasser lief ihr aus den Haaren. Sie rubbelte sich mit einem Handtuch kräftig den Kopf.

»Hier, Dad«, sagte sie und besprengte ihn lachend mit Wassertropfen.

»Lass das«, sagte er streng und drehte den Kopf brüsk weg.

»Bist du schön geschwommen?«, sagte ihr Mutter. »Es ist ja so ein schöner Tag.«

Elizabeth legte sich in die Sonne. Ein Stück weiter am Strand, wo ein paar dürre Bäumchen im Sand wuchsen, warfen sich ein paar Jungen einen Baseball zu. Das Klatschen des Baseballs in den Lederhandschuhen, die Rufe von Kindern, die flachen Wellen, die sich langsam in ungeraden Linien brachen und sich den Sand entlang zurückzogen, beruhigten sie wie leise Musik. Ein schwaches Salzwasseraroma stieg von ihrer Haut auf. Für sie roch sie köstlich. Ihr Vater hatte sie grundlos verletzt. Ein heftiges Wort war ein Messer. Bekümmert lag sie in der Sonne.

Dr. Halstrom sagte: »Jetzt kommt wohl die Flut herein, wenn ich mich nicht irre. Gut, dass wir unsere Decken nicht unten am Wasser ausgelegt haben. Wir haben gesehen, wie du dich im Wasser vorgebeugt hast, Bess. Hast du etwas gesucht?«

Aber es war auch nichts dabei. Sie war zu emotional. Exzessiv.

»Nein. Doch, irgendwie schon. Ich wollte Fischaugen machen: Weißt du noch, diese Sonnenflecken? Das hab ich auch gemacht.«

»Du hast immer gedacht, du könntest sie mitbringen«, sagte er. »Einmal hast du versucht, mir einen zu bringen.«

»Ach, komm. Daran erinnere ich mich nicht. Wirklich?«

»Aber sicher. Du dachtest, es seien Goldstücke. Immer hast du das Wasser in den Händen gehalten und bist den Strand hochgelaufen. Aber wenn du dann da warst, war alles weg.«

»Das klingt ein bisschen traurig.« Sie war traurig. Das arme Kind! Gold, das ihr durch die Finger lief.

»Überhaupt nicht. Es war etwas Großzügiges, Edles und Schönes, was du da gemacht hast. Deine Mutter und ich waren äußerst berührt. Ich erklärte dir, es sei kein Gold, sondern Sonnenlicht, dass es aber in einem anderen, viel wichtigeren Sinn Gold sei und dass du erreicht hättest, was du dir vorgenommen hast.«

Elizabeth war so voller Liebe zu diesem Mann, diesem Vater, der sie ganz im Ernst edel und großzügig nannte, so dass sie ihn nur enttäuschen konnte. Auf lange Sicht musste es ja so kommen. Sie spürte, wenn er die Wahrheit über sie erfuhr, würde er ihr niemals verzeihen. Und dennoch hatte sie keine besondere Wahrheit im Sinn. Sie empfand es eben so.

»Ein großes Wort für ein fünfjähriges Kind«, sagte Mrs Halstrom. »Die arme Bess! Sie wusste ja nicht, wie ihr geschah.«

»Ich bin mir sicher, dass sie verstand, was ich ihr sagte.« Als wäre ihm die Schärfe dessen, was er sagte, bewusst, setzte er hinzu: »Oder sie hat es eben vorgegeben.« Er lachte. »Aber das wäre noch edler gewesen.«

Es war der perfekte schöne Tag. Die Sonne brannte herab, der Baseball machte Klatschgeräusche. Die Sonne wärmte sie durch und durch, erfüllte sie mit träger goldener Wärme. Sie war ein Goldmädchen, wie sie so in der Sonne lag. Sie dachte an den langsamen Lastkahn, der sich wie eine große träge Lastkahn-Katze sonnte, die großen Lastkahn-Pfoten streckte, langsam die schläfrigen Lastkahn-Augen schloss. Sie hörte, wie ihr Vater neben ihr ein Buch nahm. Das Umblättern war ein schönes Geräusch. Unter dem heißen blauen Himmel empfand Elizabeth eine angenehme Schläfrigkeit. Sie wurde immer entspannter, als strömte eine Verspannung aus ihr heraus. Sie fühlte sich ruhig und klar wie ein Glas Wasser. Eine Seite wurde umgeblättert. Das Umblättern war wie das Fallen einer flachen Welle. Die Sonne schien herab. In der Sonne einschlafen.

Elizabeth schien hochzuschrecken. »Meine Güte!« Es war die Stimme ihrer Mutter. Ihr Vater starrte mit gepressten Lippen aufs Wasser. Elizabeth setzte sich auf und schaute.

Ein Junge von ungefähr sechzehn Jahren lief an der Wasserlinie den Strand entlang. Er trug schwere, stiefelartige Schuhe, schwarze Jeans und einen dunklen, schweren Parka, den er bis zum Hals geschlossen hatte. Seine Hände waren so fest in die Jackentaschen gestoßen, dass es aussah, als zöge er die Schultern hinab. Er ging schnell, wütend. Schweiß lief ihm über die dunkel gebräunten Wangen. Er hatte schwarze Haare und schwarze wütende Augen. Sein Gesicht war so straff vor Zorn, dass seine hohen kantigen Backenknochen durch die Haut zu stoßen schienen. Sein angespannter, hinabgezogener Gang wirkte, als hielte er sich fest zusammen, um nicht auseinanderzufliegen. Seine schwarzen Augen sahen aus, als wäre in ihm eine schwarze

Flasche explodiert und hätte ihm zwei scharfe Glasstücke in die Augenhöhlen geschleudert.

»Seht nur«, sagte Mrs Halstrom, »so eine Jacke bei so einem Wetter zu tragen. Was in aller Welt er nur hat?«

»Bestärke ihn nicht mit deiner Aufmerksamkeit«, sagte Dr. Halstrom und blätterte schroff um.

Den ganzen Strand entlang schauten die Leute auf den dunklen Parka. Der Junge stapfte mit harten, zornigen Schritten über den festen, nassen Sand am Rand des Strands. Wasser schwappte ihm über die Stiefelspitzen, doch er stapfte spritzend durchs Wasser, gleichgültig, in seine Wut gehüllt. Schweiß schimmerte auf seinen dunklen Wangen. Zwei Mädchen auf einer Decke grinsten einander zu. Ein kleines Mädchen im Wasser zeigte auf ihn und schrie vor Aufregung. Auf einer Decke voller Jugendlicher war ein muskulöser Junge in einer engen türkisblauen Badehose aufgestanden, die Fäuste in den Hüften, ohne sich jedoch zu rühren oder etwas zu sagen.

Am Wasser stapfte der Junge in dem Parka vorbei. Einen Augenblick lang schweifte sein wütender Blick über den Strand. Elizabeth sah, dass seine Lippen sich voller Spott, voller Verachtung zurückzogen.

»Starr ihn nicht an«, sagte Dr. Halstrom.

»Ich starre ihn nicht an«, sagte Elizabeth überrascht, zornig. Sie war wütend. Blut pochte in ihrem Hals.

»Damit lenkst du nur seine Aufmerksamkeit auf dich.«

Und plötzlich geschah etwas Außerordentliches. Der wütende Junge langte nach hinten über die Schultern und zog sich die Kapuze über. Er stieß die Hände wieder in die Taschen und starrte mit schwarzen Glasscherbenaugen spöttisch und wütend aus seiner Kapuze heraus. Schweiß lief ihm übers Gesicht und schimmerte in der Sonne. Er stapfte vorbei. Wut verzehrte Elizabeth. Sie war eine schwarze Flamme. Sie fühlte die Kapuze über ihrem Kopf, sie stapfte auf Wellen. Schweiß lief ihr über die Wangen. Sonnenmenschen an Stränden: Gelächter in der Sonne. Glitzernde Menschen an Stränden, lachend. Sie ließ ihren wütenden schwarzen Blick über sie schweifen. Der Strand glitzerte in der Sonne. Hass quoll in ihrem Herzen auf. Alles war eine Lüge. Weg mit der Sonne! Menschen am Strand, in der Lüge der Sonne gefangen. Leugner! Sie verspottete sie. Sie trampelte durchs Wasser. Sie war im Dunkel allein.

»An so einem Strand.« Elizabeth erschrak von der Stimme ihrer Mutter bis unter die Haut. Ihr Herz schlug schnell, sie fühlte sich schwach. Schweiß rann ihr über den Hals.

»Ich finde das ganze Thema –«, sagte ihr Vater gerade.

Die dunkle Gestalt mit der Kapuze war weit hinten am Strand. Die Leute verloren das Interesse an ihm, als er sich noch weiter entfernte. Das aufgeregte kleine Mädchen saß im Wasser, planschte herum und lachte. So weit hinten am Strand schien er wie ein kleines, dunkles Tier auf einer gleißenden Schneefläche.

»Aber warum benimmt sich denn jemand so?«, sagte Mrs Halstrom.

»Er wollte so viel Aufmerksamkeit wie möglich auf sich ziehen, und das ist ihm hervorragend gelungen. Das Thema ist nicht interessant.«

Als er die Mole erreichte, sprang er auf einen Stein und schaute zu ihnen zurück: Er war so weit entfernt, dass Elizabeth sein Gesicht nicht mehr sehen konnte. Dann kletterte er zu dem Weg oberhalb der Mole und marschierte zum Parkplatz. Er war weg.

»Hoffentlich hast du den Wagen abgeschlossen«, sagte Mrs Halstrom, drehte den Kopf und beschattete die Augen.

»Der Parkplatz ist bewacht. Ich schlage vor, wir lassen das Thema.«

»Aber warum denn«, sagte Mrs Halstrom, die Augen noch immer beschattet.

»Er war eindeutig verwirrt. Ich habe dich gebeten, das Thema zu lassen.«

»So etwas habe ich noch nie gesehen. Noch nie.«

»Ich sagte, lass es.«

»Er hat uns verspottet«, sagte Elizabeth.

Dr. Halstrom wandte sich zornig zu ihr. »Was soll das denn nun wieder heißen?«

»Es gibt keinen Grund zornig zu sein«, sagte Mrs Halstrom.

Dr. Halstrom klappte sein Buch zu. »Na, mein Tag ist von diesem ständigen Gefasel jedenfalls ruiniert.« Seine Augen waren blaues Feuer. Elizabeth war müde.

»Also, er hat uns verspottet – uns – die – das alles.« Sie hob den Arm und machte eine langsame, schweifende Geste, schloss damit den Sand, das Wasser und den Himmel ein. Einen Augenblick lang blickte sie auf ihren Arm, der sich anmutig in den Himmel reckte. Weit draußen auf dem Wasser war der Lastkahn weitergefahren, eine ziemliche Strecke.

»Das alles? Ich denke doch, du kannst dich ein wenig deutlicher ausdrücken.«

»Alles.« Sie ließ den Arm sinken. Sie blickte auf ihre Hand, die auf der Decke lag. »Er hat protestiert.« Es war unmöglich fortzufahren. »Gegen das alles. Gegen die Sonne.« Sie war eine Närrin. Sie hatte keine Worte. Sie fühlte sich entleert.

»Meine Güte, Bess«, sagte Mrs Halstrom.

»Gegen die Sonne protestiert, wie?« Elizabeth blickte auf. Seine Stimme war nicht mehr zornig. Sie verstand gar nichts. »Na, bei Gott, besonders gut ist ihm das nicht gelungen.« Er zeigte hinauf. »Sie ist noch da, wie ich sehe.«

»Was ist das denn für eine Unterhaltung«, sagte Mrs Halstrom. Sie kämmte sich die Haare.

»Aber wenn er das gemeint hat, dann muss ich gestehen, stimme ich ihm zu. Es ist der reinste Glutofen.«

Er lachte leise, ruhig, zeigte sein jungenhaftes Lächeln mit den beiden hübschen Höhlungen wie verlängerte Grübchen.

»Dann spring doch schnell ins Wasser, wenn dir so heiß ist«, sagte Mrs Halstrom. »Jetzt ist die richtige Zeit.« Langsam zog sie den Kamm durch ihre dunklen, sonnenglänzenden Haare.

»Du hast so schöne Haare«, sagte Elizabeth.

»Danke, Bess.« Sie hörte auf, sich zu kämmen. »Das ist aber lieb von dir. Du auch.«

Eine Linie flacher Wellen fiel grau und grün und weiß aufs Ende der Sandbank. Flaches, träges, weiß gesäumtes Wasser glitt langsam voran, hielt an verschiedenen Stellen und glitt seidig zurück. Ein kleines Mädchen in einem leuchtend gelben Badeanzug blickte auf seine Füße hinab.

»Oh, Daddy«, sagte Elizabeth plötzlich, lehnte sich auf die warme Decke zurück und streckte die Arme neben sich aus, »glaubst du, ich weiß noch, welche Marke das Brot war? Ist das nicht schrecklich?«

»Die Flut kommt herein«, sagte Mrs Halstrom und schüttelte sich die Haare aus. »Nach einem kurzen Sprung ins Wasser fühlst du dich viel besser.«

»Silvercup«, sagte Dr. Halstrom bestimmt.

Der Messerwerfer

Als wir erfuhren, dass Hensch, der Messerwerfer, für eine einzige Vorstellung am Samstagabend um acht Uhr in unsere Stadt kam, zögerten wir und überlegten, was wir davon halten sollten. Hensch, der Messerwerfer! Wollten wir vor Freude in die Hände klatschen, aufspringen und in ein erwartungsfrohes Lächeln ausbrechen? Oder wollten wir dann doch den Mund zusammenpressen und in strenger Missbilligung wegschauen? So war Hensch eben. Ein anerkannter Meister seiner Kunst, jener schwierigen und leicht anrüchigen Kunst, über die wir sehr wenig wussten, aber ebenso richtig war, dass ihm gewisse verstörende Gerüchte folgten, die wir, und das warfen wir uns vor, nicht hinreichend beachtet hatten, wenn sie von Zeit zu Zeit im Feuilleton der Sonntagszeitung standen.

Hensch, der Messerwerfer! Natürlich kannten wir seinen Namen. Jeder kannte seinen Namen, so wie man den Namen eines berühmten Schachspielers oder Zauberers kennt. Nicht sicher wussten wir dagegen, was er überhaupt machte. Wir erinnerten uns schwach, dass sein Geschick mit den Messern ihm schon früh Aufmerksamkeit eingetragen hatte, dass er aber erst, nachdem er die Regeln grundlegend geändert hatte, richtig ernst genommen wurde. Er hatte die Grenze, die noch kein Messerwerfer verletzt hatte, kühn, manche sagen, dreist überschritten und hatte es geschafft, sich mit etwas Verrufenem einen Ruf zu begründen. Einige von uns erinnerten sich, gelesen zu haben, dass er in seinen frühen Rummelplatztagen eine Assistentin schwer verletzt hatte und nach einem halbjährigen Rückzug mit einem neuen Programm zurückgekehrt war. Dabei habe er dann in die keusche Disziplin des Messerwerfens das Konzept der kunstvollen Wunde eingeführt, das Zeichen des Blutes, an dem man den Meister erkennt. Wir hatten sogar gehört, dass es unter seinen Anhängern viele gab, besonders junge Frauen, die sich danach sehnten, vom Meister verwundet zu werden und seine Narbe mit Stolz zu tragen. Wenn solche Gerüchte uns verstörten, wenn sie uns daran hinderten, Henschs Kommen mit unschuldiger Freude zu feiern, mussten wir doch anerkennen, dass wir ohne solche zweifelhaften Anreize wohl kaum zu seinem Auftritt gegangen wären, da die Kunst des Messerwerfens bei aller vermeintlichen Gefährlichkeit in Wahrheit eine zahme, eine unzeitgemäße Kunst ist – wenig mehr als eine schnurrige, altmodische Belustigung in diesen unseren Zeiten. Die einzigen Messerwerfer, die auch nur einer von uns je gesehen hatte, waren im Beiprogramm des Zirkus oder bei den Abnormitäten auf dem Jahrmarkt, zusammen mit der dicken Frau, dem Schwertschlucker und dem menschlichen Skelett. Es muss Hensch, wie wir annahmen, maßlos gewurmt haben, sich als Abnormität unter Abnormitäten vorzukommen; bestimmt hatte er nach einem Ausweg gesucht. Denn war er, auf seine Weise, nicht Künstler? Und so bewunderten wir seine Kühnheit, obwohl wir gleichzeitig seine Methode missbilligten und ihn als gewöhnlichen Showman verachteten; wir prüften die Gerüchte, versuchten uns zu erinnern, was wir über ihn wussten, befragten uns unerbittlich. Manche von uns träumten von ihm: ein Mann wie ein Affe mit karierter Hose und rotem Hut, ein strenger Offizier in blitzenden Stiefeln. Auf den Werbezetteln war nur ein Messer in einer behandschuhten Hand zu sehen. Ist es da ein Wunder, dass wir nicht wussten, was wir davon halten sollten?

Um Punkt acht Uhr betrat Hensch die Bühne: ein forscher, steifer Mann im Frack. Sein Auftritt überraschte uns. Denn obwohl die meisten von uns schon seit halb acht die Plätze eingenommen hatten, trafen andere noch ein, kamen die Gänge entlang, drängten sich an halb eingezogenen Knien vorbei auf knarrende Sitze. So sehr waren wir an Verzögerungen wegen Nachzüglern gewöhnt, dass eine Vorstellung um 20 Uhr für uns bedeutete, dass sie um 20:10 Uhr oder gar 20:15 Uhr begann. Als Hensch über die Bühne schritt, ein geschäftiger, sachlicher Mensch, schwarzhaarig, oben eine kahle Stelle, wussten wir nicht, ob wir ihn wegen seiner vollkommenen Gleichgültigkeit gegenüber unserem Lärm des Platznehmens bewunderten oder ihn wegen seiner Weigerung, auch nur die kleinste Verzögerung hinzunehmen, unsympathisch fanden. Er schritt rasch über die Bühne zu einem hüfthohen Tisch, auf dem eine Mahagonikiste stand. Er trug keine Handschuhe. Am anderen Ende führte eine schwarze Holztrennwand von der hinteren Begrenzung der Bühne schräg zur seitlichen. Hensch trat hinter seine Kiste und öffnete sie, womit er funkelnde Messer enthüllte. In diesem Augenblick trat eine Frau in einem wallenden weißen Kleid vor die dunkle Trennwand. Ihre blassblonden Haare waren straff zurückgebunden, und sie hielt eine silberne Schale in Händen.

Während die Nachzügler unter uns sich flüsternd an Knien und Mänteln vorbeischoben und schuldbewusst auf ihre Plätze glitten, griff die Frau, uns zugewandt, in die Schale. Sie entnahm ihr einen weißen Ring von der Größe eines Esstellers. Sie hielt ihn hoch und drehte ihn von einer Seite auf die andere wie zu unserer Prüfung, während Hensch ein halbes Dutzend Messer aus seiner Kiste nahm. Dann trat er an die Seite des Tischs. Er hielt die sechs Messer wie einen Fächer in der linken Hand, die Klingen nach oben. Die Messer waren ungefähr dreißig Zentimeter lang, die Klingen geformt wie lang gezogene Rauten, und wie er so seitlich auf der Bühne stand, ein Mann ohne jeden Ausdruck auf dem Gesicht, ein Mann, der nichts zu tun hatte, hatte Hensch den leeren und leicht gelangweilten Blick eines zu groß geratenen Jungen, der in der einen Hand ein unhandliches Geschenk hielt und darauf wartete, dass jemand die Tür öffnete.

Mit einer eleganten Bewegung warf die Frau in dem weißen Kleid den Ring vor der schwarzen hölzernen Trennwand leicht in die Luft. Plötzlich fuhr ein Messer tief in das weiche Holz und fing den Ring, der daraufhin am Griff schaukelte. Bevor wir uns entscheiden konnten, ob wir klatschen sollten, warf die Frau einen weiteren Ring hoch. Hensch holte aus und warf in einer einzigen, raschen, weichen Bewegung, und der zweite Ring schaukelte am zweiten Messer. Nachdem der dritte Ring in die Luft aufgestiegen war und plötzlich an einem Messergriff schaukelte, griff die Frau in ihre Schale und hielt uns zur Prüfung einen kleineren Ring von der Größe einer Untertasse hin. Hensch hob ein Messer und erwischte den fliegenden Ring glatt am Holz. Daraufhin warf sie zwei kleine Ringe hintereinander hoch, und Hensch erwischte sie mit zwei raschen Bewegungen: den ersten auf dem Scheitelpunkt seiner Flugbahn, den zweiten nahe der Mitte der Trennwand.

Wir beobachteten, wie Hensch drei weitere Messer nahm und sie fächergleich in der linken Hand ausbreitete. Mit scharfer Aufmerksamkeit starrte er auf seine Assistentin, den Rücken gerade, die dicke Hand an der Seite. Als sie nacheinander drei kleine Ringe warf, straffte sich sein Körper, und wir warteten auf das Fump-fump-fump von Messern in Holz, doch er stand nur reglos da und schaute streng. Die Ringe fielen auf den Boden, sprangen leicht und rollten wie große fallen gelassene Münzen über die Bühne. Hatte ihm der Wurf nicht gefallen? Am liebsten wollten wir wegschauen, so tun, als hätten wir nichts bemerkt. Flink hob die Assistentin die rollenden Ringe auf und nahm wieder ihre Position vor der schwarzen Wand ein. Sie schien tief Luft zu holen, dann warf sie sie wieder hoch. Dieses Mal schleuderte Hensch seine drei Messer mit außerordentlicher Geschwindigkeit, und plötzlich sahen wir alle drei Ringe an der Trennwand schaukeln, der letzte wenige Zentimeter über dem Fußboden. Sie zeigte mit großer Gebärde auf Hensch, der sich nicht verbeugte; wir brachen in heftigen Applaus aus.

Erneut griff die Frau in dem weißen Kleid in ihre Schale, und dieses Mal hielt sie etwas zwischen Daumen und Zeigefinger, das selbst die von uns in den ersten Reihen nicht sogleich erkennen konnten. Sie trat vor, und da sahen viele von uns zwischen ihren Fingern einen orange-schwarzen Schmetterling. Sie ging zur Trennwand zurück und blickte zu Hensch, der schon sein Messer ausgewählt hatte. Mit einer sanft stoßenden Geste ließ sie den Schmetterling frei. Wir brachen in Applaus aus, als das Messer den Schmetterling an das Holz heftete, und die in den ersten Reihen sahen, wie die Flügel hilflos schlugen.

So etwas hatten wir noch nie gesehen oder es uns auch nur vorgestellt, es war wahrhaft erinnernswert, und während wir noch applaudierten, versuchten wir uns an die Messerwerfer unserer Kindheit zu erinnern, an den Geruch von Sägespänen und Zuckerwatte, die glitzernde Frau auf dem rotierenden Rad.

Nun zog die Frau in Weiß die Messer aus der schwarzen Trennwand und brachte sie über die Bühne zu Hensch, der ein jedes genau prüfte und mit einem Tuch abwischte, bevor er sie in seine Kiste zurücklegte.

Unvermittelt schritt Hensch in die Mitte der Bühne und wandte sich uns zu. Seine Assistentin schob den Tisch mit der Messerkiste neben ihn. Sie verließ die Bühne und kehrte mit einem zweiten Tisch wieder, den sie ihm auf die andere Seite stellte. Sie trat zurück ins Halbdunkel, die Lichter fielen direkt auf Hensch und seine Tische. Wir sahen, wie er die linke Hand, die Innenseite nach oben, flach auf die leere Tischplatte legte. Mit der rechten entnahm er der Kiste auf dem ersten Tisch ein Messer. Plötzlich, ohne hinzusehen, warf er das Messer hoch in die Luft. Wir sahen, wie es bis zum Ruhepunkt aufstieg und herabwirbelte. Jemand schrie auf, als es seine Handfläche traf, doch Hensch nahm die Hand vom Tisch und hielt sie für uns hoch, drehte sie erst in die eine Richtung, dann in die andere: Das Messer war zwischen seinen Fingern eingeschlagen. Hensch senkte die Hand auf das Messer, so dass die Klinge zwischen Zeige- und Mittelfinger aufragte. Er schleuderte drei weitere Messer in die Luft, eins nach dem anderen: Rat-tat-tat fuhren sie in den Tisch. Die Frau in Weiß trat aus dem Dunkel hervor und kippte den Tisch zu uns her, so dass wir sehen konnten, dass vier Messer zwischen seinen Fingern steckten.

Oh ja, wir bewunderten Hensch, wir waren sehr angetan vom trefflichen Wagemut dieses Mannes, und dennoch, während wir noch unseren Applaus herausdonnerten, waren wir ein wenig ruhelos, ein wenig unzufrieden, als wäre ein ungesagtes Versprechen nicht gehalten worden. Denn hatten wir uns nicht ein klein wenig geschämt, dass wir in die Vorstellung gegangen waren, hatten wir nicht schon im Voraus seine üblen Mätzchen beklagt, seine fragwürdige Grenzüberschreitung?

Wie als Antwort auf unsere heimliche Ungeduld schritt Hensch entschlossen in seine Ecke der Bühne. Rasch folgte ihm die Assistentin mit den blassblonden Haaren, den Tisch hinter ihm herschiebend. Danach brachte sie den zweiten Tisch zum hinteren Bühnenrand und kehrte zu der schwarzen Trennwand zurück. Sie stellte sich mit dem Rücken dagegen und blickte über die Bühne auf Hensch, ihr weites weißes Kleid hing an dünnen Schulterträgern, die ihr auf die Oberarme gerutscht waren. In dem Moment verspürten wir in den Armen und den Rücken hinab ein erstes schwaches Flirren banger Erregung, denn da standen sie vor uns, der dunkle Meister und die blasse Jungfrau, wie Gestalten in einem Traum, aus dem wir zu erwachen versuchten.

Hensch wählte ein Messer und hob es bedächtig auf Kopfhöhe; wir erkannten, dass er zuvor sehr schnell gearbeitet hatte. Mit einem kurzen raschen Hieb des Unterarms, als spaltete er ein Holzscheit, ließ er das Messer los. Erst dachten wir, er hätte ihren Oberarm getroffen, aber dann sahen wir, dass die Klinge ins Holz gedrungen war und an ihrer Haut lag. Ein zweites Messer steckte dicht an ihrem anderen Oberarm. Nun wackelte sie mit beiden Schultern, als wollte sie sich von den kitzligen Messern befreien, und erst als ihr weites Kleid niederrieselte, erkannten wir, dass die Messer die Schulterträger durchtrennt hatten. Jetzt hatte Hensch uns, er hatte uns. Langbeinig und lächelnd trat sie aus dem herabgefallenen Kleid und stand in einem paillettenbesetzten silbernen Trikot vor der schwarzen Trennwand. Wir dachten an Hochseilartisten, Reiter ohne Sattel, heiße Zirkuszelte an blauen Sommertagen. Das blassgelbe Haar, der paillettenbesetzte Stoff, die blasse, hier und da mit Schatten betupfte Haut, das alles gab ihr das ferne, abgeschlossene Aussehen eines Kunstwerks, und gleichzeitig verlieh es ihr eine gewisse kühle Sinnlichkeit, denn das metallische Glitzern ihres Kostüms lenkte die Aufmerksamkeit auf die Nacktheit ihrer Haut, verstörend unverborgen, gefährlich weiß und kühl und weich.

Rasch ging die glitzernde Assistentin zum zweiten Tisch hinten auf der Bühne und holte etwas aus der Schublade. Sie kehrte zur Mitte der hölzernen Trennwand zurück und legte sich einen roten Apfel auf den Kopf. Der Apfel war so rot und glänzend, dass er aussah wie mit Nagellack bemalt. Wir schauten auf Hensch, der sie anstarrte und sich sehr ruhig hielt. Mit einer einzigen Bewegung holte Hensch aus und warf. Sie trat unter dem roten Apfel hervor, der im Holz feststeckte.

Sie holte einen zweiten Apfel aus dem Tisch und nahm den Stiel zwischen die Zähne. Vor der schwarzen Trennwand beugte sie sich langsam nach hinten, bis der leuchtend rote Apfel auf ihren vorgestülpten Lippen ruhte. Wir sahen, wie die Luftröhre gegen die Haut am Hals presste und die Hüftknochen gegen die silbernen Pailletten drückten. Hensch zielte sorgfältig und schleuderte das Messer mitten durch den Apfel.

Als Nächstes entnahm sie dem Tisch ein Paar lange weiße Handschuhe, die sie langsam anzog, dabei die Handgelenke drehte und zerrte. Nacheinander hielt sie die beiden eng behandschuhten Hände hoch und wackelte mit den Fingern. Sie stellte sich an die Trennwand, die Arme ausgestreckt, die Finger gespreizt. Hensch schaute sie an, hob dann ein Messer und warf; es blieb in einer Fingerspitze stecken, der mittleren ihrer rechten Hand, heftete sie an die schwarze Wand. Die Frau starrte geradeaus. Hensch nahm ein Bündel Messer und hielt sie fächerartig in der linken Hand. Rasch schleuderte er neun Messer, eines nach dem anderen, und während sie ihre Fingerspitzen trafen, eine nach der anderen, von unten nach oben, rechts-links-rechts-links, rutschten wir unbehaglich auf unseren Sitzen herum. In dem jähen Schweigen stand sie da, die Arme ausgestreckt, die Finger voller Messer, die silbernen Pailletten blitzten, die weißen Handschuhe weißer als ihre blassen Arme, und sie sah aus, als wollte jeden Augenblick ihr Kopf vornüberfallen – sah beinahe aus wie eine Märtyrerin am Kreuz. Dann langsam, sachte, zog sie jede Hand aus ihrem Handschuh, so dass beide Handschuhe an der Wand hängen blieben.

Nun schüttelte Hensch kurz die Finger, als wollte er alles, was bis dahin geschehen war, wegwischen, und zu unserer Überraschung trat die Frau an den Bühnenrand und sprach zum ersten Mal zu uns.

»Ich muss Sie bitten«, sagte sie sanft, »sehr leise zu sein, denn die nächste Nummer ist sehr gefährlich. Der Meister wird mich markieren. Bitte keinen Laut. Wir danken Ihnen.«

Sie kehrte zu der schwarzen Trennwand zurück und stellte sich einfach hin, die Schultern zurück, die Arme an den Seiten, aber gegen das Holz gedrückt. Sie schaute unverwandt auf Hensch, der sie zu mustern schien; einige von uns sagten später, in dem Augenblick habe sie den Eindruck eines Kindes gemacht, dem gleich ins Gesicht geschlagen werden sollte, auch wenn andere fanden, sie habe ruhig, ganz ruhig gewirkt.

Hensch wählte ein Messer aus der Kiste, hielt es einen Augenblick, hob dann den Arm und warf. Das Messer schlug neben ihrem Hals ein. Er hatte ihn verfehlt – hatte er ihn verfehlt? –, und wir verspürten ein heftiges Ziehen der Enttäuschung, das sich sogleich in Scham, tiefe Scham verwandelte, denn wir waren ja nicht wegen des Blutes gekommen, nur wegen – nun ja, etwas anderem, und während wir uns noch fragten, weswegen wir gekommen waren, sahen wir zu unserer Überraschung, wie sie eine Hand hob und das Messer herauszog. Dann sahen wir auf ihrem Hals das dünne rote Rinnsal, das auf ihre Schulter hinablief, und da begriffen wir, dass ihre Blässe für diesen Augenblick arrangiert gewesen war. Lang und laut applaudierten wir, und sie verbeugte sich und hielt das schimmernde Messer hoch, womit sie uns versicherte, dass sie verwundet war, es ihr aber gut ging, oder dass sie gut verwundet war, und wir wussten nicht, ob wir ihrem Wohlbefinden oder ihrer Wunde applaudierten oder der Hand des Meisters, der die Grenze überschritten hatte, der uns, sicher, wie es schien, ins Reich des Verbotenen geführt hatte.

Noch während wir applaudierten, verließ sie die Bühne und erschien wenig später wieder in einem langen schwarzen Kleid mit langen Ärmeln und hohem Kragen, der ihre Wunde verbarg. Wir stellten uns den weißen Verband unter dem schwarzen Kragen vor, wir stellten uns andere Verbände vor, andere Wunden, auf ihren Hüften, der Taille, den Rändern ihrer Brüste. Schwarz an Schwarz standen sie da, sie und er, nun, wie es schien, durch einen dunklen Pakt verbunden, als wäre sie seine Zwillingsschwester oder als stünden beide auf derselben Seite in einem Spiel, das wir alle spielten, einem Spiel, das wir nicht mehr verstanden, und tatsächlich wirkte sie in dem Kleid älter, strenger, wie eine Schulmeisterin oder Jungferntante. Wir waren nicht überrascht, als sie wieder vortrat, um zu uns zu sprechen.

»Wenn jemand von Ihnen im Publikum vom Meister markiert werden, das Zeichen des Meisters empfangen möchte, dann ist jetzt die Gelegenheit dazu. Gibt es jemanden?«

Wir schauten uns alle um. Zögernd hob sich eine Hand und wurde sogleich wieder zurückgezogen. Eine andere ging hoch, dann weitere; junge Körper reckten sich, begierig; und von der Bühne stieg die Frau in Schwarz herab und schritt langsam einen Gang entlang, schaute genau, wog ab, bis sie stehen blieb und zeigte: »Sie.« Und wir kannten sie, Susan Parker, ein Mädchen, die auf die Highschool ging, die unsere Tochter hätte sein können, sie saß da, das Gesicht fragend der Frau zugewandt, die Augenbrauen leicht gehoben, und zeigte auf sich; dann die schwache Röte des Erkennens; und als sie die Stufen zur Bühne hinaufging, beobachteten wir sie genau, überlegten, was die dunkle Frau in ihr gesehen haben mochte, um sie zur Auserwählten zu machen, überlegten auch, was sie wohl dachte, Susan Parker, als sie der dunklen Frau zu der hölzernen Trennwand folgte. Sie trug weite Jeans und einen engen, schwarzen, kurzärmligen Pullover; ihre rötlich-braunen und matt schimmernden Haare waren kurz geschnitten. War sie wegen ihrer weißen Haut ausgewählt worden? Oder weil sie so etwas Selbstbeherrschtes hatte? Wir wollten rufen: Setz dich! Du musst das nicht machen! Doch wir schwiegen, respektvoll. Hensch stand an seinem Tisch und sah ausdruckslos zu ihr hin. Uns fiel auf, dass wir ihm in diesem Moment vertrauten; wir klammerten uns an ihn; wir hatten ja nur ihn; denn wenn wir seiner nicht vollkommen sicher gewesen wären, wer wären wir dann gewesen, was in aller Welt wären wir gewesen, die wir zugelassen hatten, dass es sich so zuspitzte?

Die Frau in Schwarz führte Susan Parker zu der hölzernen Trennwand und stellte sie dort auf: Mit dem Rücken zur Wand, Schultern gerade. Wir sahen, wie sie dem Mädchen sanft, wie zärtlich, über die kurzen Haare strich, die sich hoben und wieder zurückfielen. Dann nahm sie Susan Parkers rechte Hand und trat auf die rechte Seite des Mädchens, so dass der ganze Arm vor der schwarzen Trennwand ausgestreckt war. Sie hielt Susan Parkers erhobene rechte Hand und blickte dem Mädchen ins Gesicht – tröstete sie, wie es schien; und wir bemerkten, dass Susan Parkers Arm zwischen dem schwarzen Pullover und dem schwarzen Kleid, vor dem schwarzen Holz der Trennwand sehr weiß war. Während die beiden Frauen einander noch anblickten, hob Hensch ein Messer und warf. Wir hörten das gedämpfte Tock der Klinge, hörten, wie Susan Parker scharf die Luft einsog, sahen, wie sich ihre andere Hand zur Faust ballte. Rasch trat die dunkle Frau vor sie und zog das Messer heraus; und indem sie sich uns zuwandte, hob sie Susan Parkers Arm und zeigte uns einen Streifen Rot auf dem blassen Unterarm. Dann griff sie in eine Tasche ihres schwarzen Kleids und zog eine kleine Blechdose heraus. Aus der Dose kamen ein Wattebausch, ein Gazepflaster und eine Rolle weißes Klebeband, womit sie flink die Wunde verband. »So, meine Liebe«, hörten wir sie sagen. »Sie waren sehr tapfer.« Wir sahen zu, wie

Susan Parker mit gesenktem Blick über die Bühne ging, ihren verbundenen Arm ein wenig vom Körper abhielt; und als wir losklatschten, weil sie noch da war, weil sie es überstanden hatte, sahen wir, wie sie den Blick hob und ein kurzes, schüchternes Lächeln zeigte, bevor sie wieder die Lider senkte und die Stufen hinabschritt.

Nun hoben sich Arme, knarrten Sitze, entstand ein großes Geraschel und Getuschel unter uns, denn auch andere wollten unbedingt ausgewählt, vom Meister markiert werden, und erneut trat die Frau in Schwarz vor, um zu sprechen.

»Vielen Dank, meine Liebe. Sie waren sehr tapfer, und nun tragen Sie das Zeichen des Meisters. Sie werden es für alle Zeit schätzen. Aber es ist ein schwaches Zeichen, wissen Sie, ein sehr schwaches. Der Meister kann tiefer markieren, viel tiefer. Aber dafür müssen Sie sich als würdig erweisen. Vielleicht sind einige von Ihnen schon würdig, aber ich möchte Sie nun bitten, die Hände herunterzunehmen, denn bei mir ist jemand, der bereit ist, markiert zu werden. Und Sie alle bitte ich um Stille.«

Auf der rechten Seite der Bühne trat ein junger Mann hervor, der fünfzehn oder sechzehn Jahre sein mochte. Er trug eine schwarze Hose und ein schwarzes Hemd sowie eine randlose Brille, in der sich das Licht fing. Er wirkte locker, und wir sahen, dass er von einer irgendwie schlaksigen, etwas linkischen Schönheit war, der Schönheit, dachten wir, eines Wasservogels, eines Reihers. Die Frau führte ihn zu der hölzernen Trennwand und bedeutete ihm, er solle sich mit dem Rücken dagegenstellen. Sie ging zum Tisch im hinteren Teil der Bühne und entnahm ihm einen Gegenstand, den sie zur Trennwand trug. Sie hob den linken Arm des Jungen, so dass er vor der Wand auf Schulterhöhe ausgestreckt war, hob den Gegenstand an sein Handgelenk und befestigte ihn an der Wand. Es war offenbar eine Schraubzwinge, und sie hielt seinen Arm am Handgelenk fest. Dann richtete sie seine Hand aus: Handteller in unsere Richtung, Finger zusammen. Sie trat zurück und betrachtete ihn nachdenklich. Dann trat sie auf seine freie Seite, nahm seine andere Hand und hielt sie sacht.

Die Bühnenbeleuchtung erlosch, dann strahlte ein rötlicher Scheinwerfer auf Hensch an seiner Messerkiste. Ein zweites Licht, weiß wie Mondlicht, bestrahlte den Jungen und seinen ausgestreckten Arm. Die andere Seite des Jungen blieb im Dunkeln.

Obwohl die Vorstellung uns mit der Aussicht auf Gefahr zu verhöhnen schien, einer beunruhigenden Wendung, die nicht erlaubt oder auch nur bedacht sein sollte, riefen wir uns in Erinnerung, dass der Meister bis dahin lediglich ein wenig Haut geritzt hatte, dass sein Programm schließlich öffentlich und er damit viel gereist war, dass der Junge ruhig wirkte; und obwohl wir den übertriebenen Effekt der Beleuchtung, das krude Melodrama des Ganzen missbilligten, bewunderten wir doch insgeheim, wie geschickt die Vorstellung mit unseren Befürchtungen spielte. Was genau wir befürchteten, wussten wir nicht, konnten wir nicht sagen. Doch da stand der Messerwerfer, in blutrotes Licht getaucht, da war das bleiche Opfer, an eine Wand gekettet; im Hintergrund die dunkle Frau; und in der grellen Beleuchtung, in der Stille, ja im Rhythmus des Abends die Aussicht, in einen dunklen Traum einzutreten.

Und Hensch nahm ein Messer und warf; einige hörten, wie der Junge scharf die Luft einsog, andere einen dünnen Schrei. Im Weiß des Lichts sahen wir den Messergriff mitten in seinem blutigen Handteller. Einige sagten, in dem Moment, als das Messer hineinfuhr, habe auf dem geschockten Gesicht des Jungen eine riesige, fast schmerzliche Freude geleuchtet. Das weiße Licht fiel plötzlich auf die Frau in Schwarz, die wie im Triumph seinen freien Arm hochhob; dann beeilte sie sich, die Klinge herauszuziehen, die Hand mit Gazestreifen zu umwickeln, dem Jungen das entleerte, schwitzende Gesicht mit einem Tuch abzuwischen und ihn von der Bühne zu führen, einen Arm fest um seine Hüfte. Niemand gab einen Laut von sich. Wir schauten auf Hensch, der seiner Assistentin hinterhersah.

Als sie zurückkam, allein, trat sie vor, um zu uns zu sprechen, wobei die Bühnenbeleuchtung wieder normal wurde.

»Du bist ein tapferer Junge, Thomas. Du wirst diesen Tag nicht so schnell vergessen. Und nun muss ich sagen, dass wir am heutigen Abend nur noch Zeit für ein Ereignis haben. Ich weiß, dass viele von Ihnen gern, wie Thomas, das Handzeichen empfangen würden. Aber jetzt möchte ich um etwas anderes bitten. Gibt es jemanden im Publikum heute Abend, der« – und hier hielt sie inne, nicht zögernd, sondern zur Betonung – »das absolute Opfer bringen möchte? Es ist das endgültige Zeichen, das Zeichen, das nur einmal empfangen werden kann. Bitte überlegen Sie es sich sorgfältig, bevor Sie die Hand heben.«

Wir wollten, dass sie mehr sagte, deutlich erklärte, was sie mit diesen rätselhaften Worten meinte, die wie ins Ohr geflüstert zu uns kamen, im Dunkeln, Worte, die uns zu verspotten schienen, noch während sie sich uns entzogen – und wir schauten uns angespannt, fast begierig um, als beteuerten wir durch die schiere Anstrengung des Schauens unsere Wachsamkeit. Wir sahen keine Hände, und vielleicht stimmte es, dass tief im Kern unserer Erleichterung eine Spur von Enttäuschung lag, aber dennoch war es Erleichterung; und wenn es auch so ausgesehen hatte, als führte die ganze Vorstellung zu einem überwältigenden Augenblick, der nicht mehr stattfinden sollte, so waren wir von unserem Messerwerfer doch unterhalten worden, war uns doch einiges geboten worden, so dass wir, selbst wenn wir seine grausame Kunst in Frage stellten, bereit waren, ihm unseren Applaus zu zollen.

»Wenn ich keine Hände sehe«, sagte sie und schaute uns durchdringend an, wie um zu sehen, was wir insgeheim dachten, während wir uns, wie um ihrem Blick auszuweichen, rasch umsahen. »Oh: Ja?« Auch wir sahen sie, die halb gereckte Hand, die vielleicht schon immer da gewesen war, auf den halb dunklen Plätzen nicht gesehen, und wir sahen, wie die Fremde aufstand und sich langsam, vorbei an eingezogenen Knien, weggeräumten Mänteln und halb erhobenen Gestalten, den Weg bahnte. Wir sahen zu, wie sie die Stufen zur Bühne hinaufstieg, ein großes, traurig wirkendes Mädchen in Jeans und einer dunklen Bluse, mit strähnigen langen Haaren und hängenden Schultern. »Und wie heißen Sie?«, fragte die Frau in Schwarz sanft, und wir konnten die Antwort nicht verstehen. »Nun, Laura, sind Sie bereit, das endgültige Zeichen zu empfangen? Dann müssen Sie sehr tapfer sein.« Und zu uns gewandt sagte sie: »Ich muss Sie um absolute Ruhe bitten.«

Sie führte das Mädchen zu der schwarzen hölzernen Trennwand und stellte sie davor, ohne Fixierung: Kinn hoch, Hände verlegen an den Seiten. Die dunkle Frau trat zurück und schien ihr Arrangement zu beurteilen, wonach sie sich nach hinten zurückzog. An dem Punkt überlegten sich manche von uns verstört, ob sie rufen, eine Erklärung verlangen sollten, aber wir wussten gar nicht, wogegen wir protestieren sollten, und außerdem hielt uns die Vorstellung zurück, Hensch bei seinem Wurf abzulenken, vielleicht eine Verletzung zu verursachen, denn wir sahen, dass er schon ein Messer ausgesucht hatte. Es war ein neuartiges Messer, das jedenfalls dachten wir, länger und schmaler. Und es schien uns, als geschähe alles zu schnell dort oben auf der Bühne, denn wo war der Scheinwerfer, wo das Drama einer plötzlichen Verdunkelung, Hensch aber tat, noch während wir uns wunderten, was er immer tat – er warf sein Messer. Einige von uns hörten das Mädchen aufschreien, andere waren von ihrem Schweigen betroffen, was aber in uns allen haften blieb, war das Ausbleiben des Geräuschs des Messers, wenn es auf Holz traf. Stattdessen gab es ein weicheres, ein verstörenderes Geräusch, ein Geräusch fast wie Stille, und manche sagten, das Mädchen habe hinabgeblickt, fast überrascht. Andere behaupteten, in ihrem Gesicht, in dem Ausdruck ihrer Augen, etwas wie Verzückung gesehen zu haben. Als sie umfiel, trat die dunkle Frau hervor und schwenkte den Arm zu dem Messerwerfer, der sich uns zum ersten Mal zuwandte. Und nun verbeugte er sich: eine tiefe, langsame, anmutige Verbeugung, die Verbeugung eines Meisters, bis zu den Knien. Langsam senkte sich der dunkelrote Vorhang. Die Saalbeleuchtung ging an.

Auf dem Weg aus dem Theater waren wir uns einig, dass es eine gekonnte Vorstellung war, auch wenn wir das Gefühl nicht loswurden, dass der Messerwerfer zu weit gegangen war. Er hatte seinen Ruf gerechtfertigt, das stand außer Frage; ohne je zu versuchen, sich bei uns einzuschmeicheln, hatte er sich beständig unsere tiefste Aufmerksamkeit gesichert. Aber dennoch war unser Eindruck, er hätte doch einen anderen Weg finden sollen. Natürlich war der letzte Akt wahrscheinlich eine abgekartete Sache gewesen, war das Mädchen wahrscheinlich lächelnd aufgesprungen, kaum dass der Vorhang geschlossen war, auch wenn einige von uns sich an unerfreuliche Gerüchte der einen oder anderen Art erinnerten, Auseinandersetzungen mit der Polizei, Vorwürfe und Gegenvorwürfe, eine undurchsichtige Angelegenheit. Jedenfalls brachten wir uns in Erinnerung, dass sie in keiner Weise gezwungen worden war, dass keiner von ihnen gezwungen worden war. Und sicher war richtig, dass ein Mann in Henschs Position jedes Recht hatte, seine Kunst weiterzuentwickeln, sich neue Nummern auszudenken, mit der er Neugier wecken konnte, ja solche Entwicklungen waren absolut notwendig, denn ohne sie konnte der Messerwerfer nicht hoffen, im Licht der Öffentlichkeit zu bleiben. Wie wir anderen auch musste er seinen Lebensunterhalt verdienen, was in solchen Zeiten sicher nicht einfach war. Doch letzten Endes, wenn das Für und Wider abgewogen war und jeder Punkt sorgfältig bedacht, hatten wir doch das Gefühl, dass der Messerwerfer wirklich zu weit gegangen war. Denn wenn solche Vorstellungen ermutigt, wenn sie auch nur toleriert wurden, was konnten wir da in Zukunft erwarten? Wären wir dann überhaupt noch sicher? Je mehr wir darüber nachdachten, desto beklommener wurden wir, und in den folgenden Nächten, wenn wir aus unruhigen Träumen erwachten, erinnerten wir uns aufgewühlt und bestürzt an den fahrenden Messerwerfer.

Geschichte einer Störung

Du bist zornig, Elena. Du bist wütend. Du bist heillos unglücklich. Weißt du, dass du bitter wirst? – bitter wie die kleinen Beeren, in die du gebissen hast, weißt du noch? damals im Wald. Du hast Angst. Du bist verärgert. Mein Gelübde muss dir äußerst grausam erschienen sein, oder verrückt. Du bist argwöhnisch. Du bist müde. Nie habe ich dich so müde gesehen. Und natürlich: Du bist geduldig. Du bist sehr geduldig, Elena. Ich spüre, wie deine Geduld aus jeder Locke deines unversöhnlichen Haars, aus deinen wilden Handgelenken und der angespannten Bluse zu mir herangerollt kommt. Es ist eine raue, eine aggressive Geduld. Sie will etwas, wie jede Geduld. Was sie will, ist eine Erklärung, die dich, wie du glaubst, in irgendeiner Weise befreien wird – wenn auch nur aus dem Griff deines verbissenen Wartens. Doch gerade eine Erklärung ist nicht möglich, nicht jetzt und niemals. Was ich dir geben kann, ist nur Folgendes. Nenn es eine Erklärung, wenn du magst. Für mich ist es ein Gestammel – ein Schrei im Dunkeln.

Haben Dinge einen Anfang, was meinst du? Oder ist ein Anfang nur die erste Enthüllung von etwas, was schon immer da war und darauf gewartet hat, gefunden zu werden? Ich denke an den kleinen Ausflug, den wir letzten Sommer unternahmen, den nach Sandy Point. Ich hatte hart gearbeitet, vielleicht zu hart. Ich hatte gerade diese Marktdurchdringungsstudie für Sherwood Merrick Associates beendet, es war die richtige Zeit, mal rauszukommen. Du packtest ein Picknick ein. Du summtest in der Küche. Du trugst die Jeans, die ich so mag, die mit der abgerissenen linken Gesäßtasche, und das Top deines Bikinis. Ich sah dir zu, wie du ein Sandwich genau in der Mitte durchschnittest. Die Sonne fiel auf deine Hände. Hinter deinen leuchtenden Fingern sah ich den fast flüssigen grünen Schimmer neben dem kleinen Glasschwan auf der Fensterbank. Ich dachte mir, dass wir solche Fahrten kaum noch unternahmen, dass wir sie öfter machen sollten.

Dann fuhren wir los, du in dem geschwungenen Strohhut mit seinem Hauch von Vierzigerjahre-Glamour, ich in dem schlackernden Ding, in dem ich wie ein verrückter Forscher aussehe. Eine Stunde später kam der Dorfladen mit der einen roten Zapfsäule davor, dann die Kurve. Wir fuhren an den Sommerhäuschen in den Kiefern vorbei. Der kleine Parkplatz am Ende der Straße war nur halb voll. Über die Steinmauer blickten wir auf den Sandstrand am See. Wir gingen die wackligen Stufen hinab, ich mit Thermoskanne und Picknickkorb, du mit Decke und Handtüchern. Andere Paare lagen in der Sonne. Kinder planschten im Wasser, das von einem vorbeirasenden Rennboot Wellen schlug, wodurch die weißen Tonnen auf und nieder wogten. Der Hochsitz für die Rettungsschwimmer warf einen kurzen Schatten. Auf der anderen Seeseite war eine Anlegestelle, wo einige Jungen angelten. Du breitetest die Decke aus, nahmst den Hut ab, schütteltest die Haare aus. Du setztest dich hin und riebst dir den Arm mit Sonnenmilch ein. Ich saß neben dir und sog alles auf, das braungrüne Wasser, die nassen Seile zwischen den weißen Tonnen, den Schimmer der Lotion auf deinem Arm.

Alles war hell und klar, und ich fragte mich, wann ich das letzte Mal etwas wirklich angesehen hatte. Plötzlich unterbrachst du das, was du tatest. Du blicktest über den Strand, hobst das Gesicht zum Himmel und sagtest: »So ein schöner Tag!« Ich schaute hinaus aufs Wasser.

Aber ich schaute gar nicht aufs Wasser. Ich dachte an das, was du gerade gesagt hattest. Es war ein Ausruf der Zufriedenheit, ein schlichter Ausdruck von Freude, etwas, was an einem solchen Tag jeder sagen könnte. Ich dagegen hatte eine kleine heftige Verärgerung empfunden. Meine Verärgerung schockierte mich. Doch sie war da. Ich hatte den Tag aufgesogen, genau wie du, glücklich mit allen Sinnen. Dann sagtest du: »So ein schöner Tag!«, und der Tag war weniger schön geworden. Der Tag – es ist wirklich ungehörig, über diese Dinge zu sprechen! Doch es ist, als wäre der Tag von vielen getrennten und verschiedenen Präsenzen zusammengesetzt gewesen – die Flasche, die schräg im Sand steckte, das Stück blau-violetter Himmel zwischen den beiden dunklen Kiefern, deine grüne Hand am Fenster –, die durch deine Worte plötzlich ineinanderflossen. Ich spürte, dass etwas Großes, Reiches irgendwie reduziert worden war. Ich wusste kaum, wovon du sprachst. Natürlich wusste ich, wovon du sprachst. Doch die Worte ärgerten mich. Ich wünschte, du hättest sie nicht gesagt. Etwas an dem Tag nicht Erfassbares war durch das Sprechen beschädigt worden. Auf einmal verging meine Verärgerung. Der Tag, der verbannt gewesen war, kam zurückgeströmt. Flecken gelb-weißer Sonne zitterten in braunen Baumschatten am Seeufer. Ein kleines Mädchen schrie im Wasser. Ich berührte deine Hand.

War das der Anfang? War es das erste Anzeichen einer Störung, die heimlich gewachsen war? Zwei Wochen später gaben die Polinzanos ihr Barbecue. Ich hatte hart gearbeitet, härter als gewöhnlich, hatte einen Bericht für Warren und Greene zusammengestellt, den über die Verbraucherakzeptanz von Behälterformen für Sportgetränke. Ich hatte alle Untersuchungsergebnisse beisammen, hatte aber Schwierigkeiten, es aufzuschreiben, etwas war komisch, ich war froh, es für einen Abend ruhen zu lassen. Ralph war bester Laune, wendete die Hühnerbrüste, drückte sachte auf die Steaks. Mit großer Geste schwenkte er die Zange herum und redete über Immobilien. Dieses neue dreistöckige Monsterhaus in der Straße, zwei Mille, ist das zu fassen, diese protzigen Fensterbögen, und hast du den piefigen Balkon gesehen, das bringt das ganze Viertel aus dem Lot, ein irrer Schandfleck, aber hey, es hat die Immobilienwerte hochgetrieben, damit konnte er leben. Später, im Fastdunkel, saßen wir auf der umschlossenen Veranda und betrachteten die Glühwürmchen. Aus dem Haus drangen Stimmen, Gelächter. Jemand ging langsam über den dunklen Rasen. Du lagst auf der Chaiselongue. Ich saß auf dem knarrenden Korbsessel neben dir. Jemand stand vom Gartensofa auf und ging in die Küche. Wir waren allein auf der Veranda. Stimmen im Haus, das Geschrei der Grillen, zwei Gläser Wein auf dem Korbtisch, Motten prallten gegen die Fliegenfenster. Ich war guter Dinge, entspannt, dachte kaum an den Bericht, den ich im Hinterkopf hatte. Du wandtest dich mir langsam zu. Ich erinnere mich noch, wie dein Kopf sich träge drehte, an deine Wange auf den Vinylstreifen, deine Haare auf der einen Seite platt gedrückt, die Lider schläfrig. Du sagtest: »Liebst du mich?« Deine Stimme war kokett, locker – du fragtest mich nicht, um einen Zweifel zu begraben. Ich lächelte, öffnete den Mund, um zu antworten, und erinnerte mich aus irgendeinem Grund an den Nachmittag am Sandy Point. Und wieder empfand ich die jähe Verärgerung, als legten sich Wörter zwischen mich und den Sommerabend. Ich sagte nichts. Das Schweigen schwoll an. Ich spürte, wie es gegen uns beide drückte, wie etwas Großes aus Gummi. Ich sah, wie deine Augen, noch schläfrig, voller Verwirrung wachsam wurden. Und als erwachte ich aus einer Trance, schob ich das Schweigen weg. Ich zerschlug es mit einem Jajaja, natürlich natürlich. Du legtest mir die Hand auf den Arm. Alles war gut.

Alles war nicht gut. Im Bett lag ich wach, dachte an meine Verärgerung, dachte an das Schweigen, das, wie ich nun dachte, nicht wie etwas Großes, Anschwellendes aus Gummi war, sondern vielmehr wie ein scharfes Metallstück, das mir im Hals stecken geblieben war. Was war los mit mir? Liebte ich dich? Natürlich liebte ich dich. Aber mich das gerade da zu fragen, als ich die Nacht aufsog … Und überhaupt, was bedeuteten die Worte? Ach, ich verstand sie schon, diese schläfrigen, zärtlichen Worte. Sie bedeuteten: Schau, es ist ein Sommerabend, schau, der Rasen ist dunkel, aber am Himmel ist noch immer ein wenig Licht, sie bedeuteten, dass du meine Stimme hören wolltest, dich selbst hören, wie du eine Frage stelltest, die dir meine Stimme bringen würde – es war eigentlich gar keine Frage, vielmehr eine Art Berührung, die aus der Nacht aufstieg, aus den Geräuschen im Haus, dem Blitzen der Glühwürmchen. Aber du sagtest: »Liebst du mich?«, was von mir wohl verlangte, diese und keine anderen Worte zu verstehen, zu überlegen, was sie genau bedeuten mochten. Denn sie mochten bedeutet haben: Liebst du mich noch so sehr wie früher, auch wenn ich weiß, dass es so ist, oder: Ist es nicht herrlich, hier auf der dunklen Veranda zu sitzen und wie Teenager zu flüstern, während Leute in dem hellen Wohnzimmer sind und reden und lachen, oder: Spürst du, wie zärtliche Gefühle in mir aufsteigen, während ich hier sitze, auf dieser Veranda, nachts, im Sommer, beim Barbecue der Polinzanos, oder: Liebst du alles, was ich bin oder tue, oder nur einiges, und wenn ja, was; und mir schien, als versuchte dies eine Wort »liebst« eine Vielzahl von Bedeutungen in sich zu verdichten, versuchte viele klare und getrennte Gefühle zu einer einzigen breiigen Masse zusammenzuquetschen, die ich in Händen halten sollte wie einen großen klebrigen Ball.

Verstehst du, was da geschehen ist? Verstehst du, was ich sagen will?

Trotz dieser Warnungen hatte ich noch nichts begriffen. Zu diesem Zeitpunkt sah ich noch nicht die Verbindung zwischen dem Nachmittag am Sandy Point, dem Abend beim Barbecue der Polinzanos und dem Bericht, der mir solche Schwierigkeiten bereitete. Ich wusste, etwas lag schief, ein bisschen schief, aber ich dachte, ich hätte zu hart gearbeitet, ich bräuchte ein wenig Entspannung, vielleicht aber – ich versuchte es mir vorzustellen –, vielleicht lag das Problem bei uns, bei unserer Ehe, ein Eheproblem. Ich weiß nicht, ab wann ich den Verdacht hatte, dass es gefährlicher war als das.

Nicht lange nach dem Barbecue bei den Polinzanos war ich im Supermarkt, ein paar Sachen fürs Wochenende holen. Du weißt, wie sehr ich Supermärkte mag. Es begeistert mich, diese großen amerikanischen, mit den Waren der Welt vollgestapelten Alleen entlangzustreifen, als würde mir die Beute von sechs Kontinenten nach einem triumphalen Krieg entboten. Zugleich macht es mir Freude, mir die Lesbarkeit von Markennamen, Regalpositionierung, die Aufmerksamkeit weckende Kraft konkurrierender Verpackungsdesigns anzusehen. Ich war heiter. Meine Arbeit war an dem Tag gut gelaufen, ziemlich gut. Ich schob meinen Wagen zur Kasse, stellte meine Tüten und Schachteln auf das Gummiband, zog meine Karte durch. Die junge Frau arbeitete mit Scanner und Touchscreen, und ich freute mich daran, wie die Produktnamen scharf auf dem neuen, mir zugedrehten LCD-Monitor über ihrer Schulter erschienen. Erst zwei Jahre zuvor hatte ich einen Fragebogen über die Einstellung der Verbraucher zu Point-of-Sale-Systemen in Supermarktketten entworfen. Ich unterschrieb meinen Beleg und reichte ihn der Frau. Sie lächelte mich an und sagte: »Schönes Wochenende.«

Sogleich änderte sich meine Stimmung. Diesmal ergriff mich keine Verärgerung, sondern eine gewisse Nervosität. Was wollte sie mir damit sagen? Ich erkannte, dass dieser Gedanke absurd war. Zugleich starrte ich die Frau an und versuchte ihre Absicht zu erfassen. Schönes Wochenende! Was wollten mir diese Worte sagen? Bei dem Wort »Wochenende« hatten sich ihre Schneidezähne in die Lippe gedrückt: ein großer Überbiss. Sie sah mich an. Schönes Wochenende! Wochenende! Schönes! »Was wollen Sie –«, sagte ich und hielt jäh inne. Alles wurde sehr still. Ich sah an ihrem einen Ohr oben zwei kleine Silberringe, ein Ring ein wenig größer als der andere, ich sah die schwarze Plastikkante des Kreditkartengeräts, einen Finger mit lila Nagellack, einen langen Papierstreifen mit einem roten Streifen an beiden Seiten. Diese Elemente schienen unabhängig voneinander. Irgendwo glitt eine Kassenschublade auf, schepperten Münzen. Dann verband sich der Finger mit der Frau, die Schublade knallte zu, ich stand hinter meinem Einkaufswagen, musterte das Netzmuster des klappbaren Drahtkorbs und versuchte mich an das zu erinnern, was mir schon entglitt. »Ihnen auch«, sagte ich, wie ich es immer sage, und flüchtete mit meinem Wagen.

Beim Abendessen fühlte ich mich dann unbehaglich, als verheimlichte ich etwas. Ein-, zweimal glaubte ich, du sähst mich merkwürdig an. Ich betrachtete den Salzstreuer, der eigentlich so aussah wie immer, aber dennoch, wie ich fand, leicht verändert, was ich mir nicht erklären konnte. Mitten in der Nacht erwachte ich dann plötzlich und dachte: Etwas passiert mit mir, es wird nie mehr wie früher sein. Dann empfand ich tief unten im Bauch eine erste schwache Regung von Furcht.

Im Lauf der nächsten Tage achtete ich sehr genau auf alles, was man zu mir sagte. Ich achtete auf jeden Teil dessen, was gesagt wurde, achtete auf die einzelnen Wörter, aus denen jeder Teil gebildet war. Wörter! Hatte ich je auf sie geachtet? Worte wie Zellophangeknister, Worte wie träge fette Fliegen, die auf sonnigen Fensterbänken summen. Die schlichteste Bemerkung wurde nun verdächtig, zu einem Rätsel – nicht bedeutungsleer, vielmehr mit einem vagen Bedeutungsdunst, der, wenn ich nach ihm greifen wollte, noch dunstiger wurde. »Im Leben nicht.« – »Und ob!« – »Vermutlich.« Ich kam problemlos durch den Tag, und plötzlich stieß ich auf so eine, eine Wortschlinge, ein Hindernis auf meinem Weg. Eine Gruppe Wörter löste sich aus dem Gesagten und nahm spöttisch Grundstellung ein, reckte die Brust, als wollte sie sagen: Wir sind da! Wer bist du? Es war, als hätte sich ein Raum aufgetan, ein kleiner Spalt zwischen den Wörtern und dem, was sie eigentlich tun sollten. In dem Raum stolperte, stürzte ich.

Im Büro hatte ich mit meinem Bericht noch immer

Schwierigkeiten. Die Wörter, die ich immer gebraucht hatte, hatten einen neuen, fremden Glanz angenommen. Ich fand es nötig, sie zu befragen, ihre Absichten zu untersuchen.

Manchmal waren sie glitschig, wie eine Faust voll kleiner silbriger Fische. Manchmal nahmen sie eine mineralische Härte an, als wären sie Dinge an sich geworden, aber seltsame Dinge, wie Korallentriebe.

Ich will nicht übertreiben. Ich wusste mehr oder weniger, was Wörter bedeuteten. Ein Becher war ein Becher, ein Fenster ein Fenster. So viel war klar. War so viel klar? Es gab zunehmend Augenblicke des Zögerns, Sekundenbruchteile, in denen das, worauf ich schaute, keinerlei Sprache akzeptieren wollte. Vielmehr war zwischen dem Ding und dem Wort eine Frage aufgetaucht, eine kleine Pause, ein Bruch.

Ich erinnere mich, wie ich an einem Abend, es muss ein paar Wochen danach gewesen sein, aus dem dunklen Esszimmer in die hell erleuchtete Küche trat. Auf dem weißen Küchentisch sah ich etwas Weißliches. In dem Augenblick war das Weißliche des weißen Tischs mysteriös, ungreifbar. Es schien sich wie eine Flüssigkeit auf den Tisch zu ergießen. Ich empfand jähe Furcht. Einen Moment später veränderte sich alles. Ich erkannte einen Becher, einen schlichten weißen Becher. Das Wort presste ihn in seine Form, trennte ihn – wie mit einem Axthieb – von allem, das ihn umgab. Da stand er: ein Becher. Ich fragte mich, was ich gesehen hatte, bevor das Wort sich um ihn spannte.

Ich sagte mir: Du hast zu hart gearbeitet. Dein Gehirn ist müde. Du kannst deine Aufmerksamkeit nicht bündeln. Die Wörter, die du gebrauchst, sind scheinbar dieselben, die du immer gebraucht hast, aber sie haben sich in einer gewissen Weise verändert, einer, die du nicht erfassen kannst. Wenn dieser Bericht fertig ist, machst du mal Urlaub. Das wird gut sein.

Ich sah mich in einem sauberen Hotel, hoch oben, an einem Berghang. Ich sah mich allein.

Ich glaube, es war um diese Zeit, dass mich mein eigenes Reden verstörte. Die Wörter, die ich aussprach, erschienen mir wie ein falsches Lächeln, das ich auf einer Party zur Schau trug, zu der ich gegen meinen Willen gegangen war. Manchmal belauschte ich mich selbst beim Sprechen wie einer, der sich plötzlich in einem Spiegel sieht. Da bekam ich Angst.

Ich sprach immer weniger. Im Büro, wo ich lang schon gewohnheitsmäßig freundlich war, blieb ich störrisch an meinem Schreibtisch, starrte auf meinen Bildschirm und beschränkte mich auf die kürzesten Wortwechsel, die ihrerseits nicht schwer durch Gesten zu ersetzen waren – ein Nicken, ein Winken, ein Lächeln, ein Achselzucken. Eigentlich verblüffend, wie wenig man sagen muss. Außerdem wussten alle, dass ich mich mit dem Bericht aufrieb. Zu Hause begrüßte ich dich stumm. Beim Essen sagte ich fast nichts und schloss mich dann gleich in meinem Zimmer ein. Du hasstest mein Schweigen. Für dich war es eine Messerklinge, die an deiner Kehle lag. Du warst das Opfer, ich der Mörder. Das war das stille Einverständnis, zu dem wir schon recht früh gelangten. Und natürlich ermordete ich dich nicht nur einmal, ich ermordete dich jeden Tag. Das verstand ich. Ich mühte mich, nun ja – geräuschvoller für dich zu sein, dir zuliebe. Die Wörter, die ich aus meinem Mund kommen hörte, klangen wie Imitationen menschlicher Rede. »Ja, es ist heiß, aber nicht zu heiß«, sagte ich. »Ich glaube, wahrscheinlich meinte sie, dass sie.« Der fatale Riss war da. Auf der einen

Seite der Schwall Sprache. Auf der anderen – was? Ich sah mich um. Die Welt raste an allen Seiten davon. Könnte man doch nur schweigen! In meinem Arbeitszimmer mied ich meinen ärgerlichen Schreibtisch mit seinen ordentlichen Mappen voller Säulendiagramme und Statistiktabellen und saß reglos auf dem Lederstuhl und schaute aus dem Fenster auf die Blätter der Hortensienbüsche. Ich war ungeheuer müde, aber gleichzeitig wach. Nicht sprechen, keine Wörter bilden, nicht denken, die Welt nicht mit Sätzen beschmieren – es war wie die Befreiung von einem Metallreifen, der sich um meinen Schädel gespannt hatte.

Ich konnte immer noch arbeiten, tagsüber, ein wenig, obwohl ich auch viel auf den Bildschirm starrte. Ich beherrschte ein präzises und spezialisiertes Vokabular, das ich mehr oder weniger nach Belieben abrufen konnte. Doch die Zweifel waren geweckt und zersetzten meinen Glauben. Wörtergruppen lösten sich unter meinem angestrengten Blick allmählich auf. Ich war wie einer, der seinen Glauben verlor und keinen Priester hatte, an den er sich wenden konnte.

Stets hatte ich das Gefühl, dass die Wörter etwas verbargen, dass ich, könnte ich sie nur abschaffen, entdecken würde, was tatsächlich da war.

Eines Abends schaute ich lange auf meine Hand. Hatte ich sie denn je zuvor gesehen? Ich unterdrückte das Wort »Hand«, löste mich von allem bis auf den Akt der Konzentration. Es war keine Hand mehr, kein Stück Fleisch mit Nägeln, Runzeln, ein wenig rot-blondem Haar. Es war nur ein Ding, nicht einmal das – nur der Ort, wo meine Aufmerksamkeit sank. Nach und nach empfand ich eine Lockerung, eine Auflösung des Vertrauten. Und ich sah: eine dickliche Masse, gelblich und rot und blau, ein pulsierendes Ding mit Räumen, einen schattierten Klumpen. Sie wurde flach, verschmolz mit dem Raum darum herum, heftete sich an Andersheit. Dann schaute ich wieder auf meine Hand, die Finger leicht gespreizt, die Haut über den Knöcheln wie kleine Walnüsse, die Nägel mit vertikalen, schwach schimmernden Linien. Ich spürte, wie die Wörter über meine Hand krabbelten wie Ameisen auf einem Knochen. Doch einen Augenblick lang hatte ich etwas anderes gesehen.

Ich bin ein normaler Mann, meinst du nicht, intelligent und gebildet, ja, mit einer Fähigkeit zu einer Arbeit von einem gewissen höheren Niveau, aber Wesen und Veranlagung nach grundsätzlich normal. Ich begriff, dass das, was mit mir geschah, nicht im Bereich des Normalen lag, und ich verspürte, zusätzlich zu Neugier, einen Zorn, dass das über mich hereingebrochen war, in meinen besten Jahren, wie der Beginn einer tödlichen Krankheit.

An einem jener langen Abende in meinem Arbeitszimmer, du streiftest irgendwo durchs Haus, erinnerte ich mich auch an einen Vorfall in meiner Kindheit. Aus irgendwelchen Gründen war ich im Schlafzimmer meiner Eltern, ein verbotener Ort. Ich hörte Schritte nahen. In meiner Verzweiflung lief ich zum Wandschrank mit seinen zwei Schiebetüren, rollte eine Tür auf, hastete hinein und schob sie zu. Der lange Schrank war in zwei Teile unterteilt, die Seite meiner Mutter und die meines Vaters. Ich wusste sofort, in welcher ich gelandet war, wegen der Kleider, die gegen meine Wangen drückten, der hochhackigen Schuhe, deren hohe Schäfte gegen meine Knöchel fielen, als ich tiefer hineindrang. Ungeschickt kauerte ich mich zwischen die umgefallenen Schuhe, Kopf und Schultern in das untere Ende von Kleidern vergraben. Und obwohl ich den süßlichen, urinscharfen Geruch der Lederschuhe mochte und auch wie die Kleider mir übers Gesicht rieben, die Säume schwer auf meinen Schultern lagen, das schwache Parfüm aus den Stofffalten wehte wie Staub aus einem ausgeklopften Bett, fühlte ich mich doch gleichzeitig von alldem niedergedrückt, von dem dicken Ledergeruch und dem steinernen Fall von Tuch festgebunden, in einem schwarzen Griff zerquetscht. Die Kleider, die Schuhe, der irgendwie pinkfarbene Parfümgeruch, das kratzige Dunkel, das alles stieß mich wie die Seite einer großen Katze, rammte sich mir wie Fell in Mund und Nase. Ich bekam keine Luft mehr. Ich öffnete den Mund. Das Dunkel schloss sich wie Finger um meinen Hals. In Panik rappelte ich mich hoch, Bügel scharrten hart an mir, wild riss ich an der Türkante, stürzte hinaus. Licht strömte durch die offenen Jalousien. Freudentränen brannten auf meinen Wangen.

Als ich in meinem Arbeitszimmer saß und mich an meine Flucht aus den Kleidern erinnerte, schien es mir, als wäre das Licht, das durch die Jalousien meiner Eltern in das leere Zimmer strömte, wie die Stille um mich herum, wo ich jetzt saß, und dass die schweren Kleider, der bittersüße Geruch der Schuhe, die Hand um meinem Hals, dass sie die Welt waren, die ich hinter mir gelassen hatte.

Ich spürte, dass es einen anderen Ort gab, einen Ort ohne Wörter, und dass ich, könnte ich meine Aufmerksamkeit nur hinreichend bündeln, zu diesem Ort gelangen könnte.

Einmal, als ich noch studierte und mich entschlossen hatte, in Betriebswirtschaft Examen zu machen, hatte ich einen Streit mit einem Freund. Er zog über Betriebswirtschaft her, nannte sie ein korruptes Fach, dessen einziger Zweck sei, den Leuten ein Kaufverlangen einzuflößen. Seine Worte ärgerten mich, nicht weil ich seine Einwände für berechtigt hielt, sondern weil ich fand, dass er meinen Charakter in Frage stellte. Ich entgegnete, an Betriebswirtschaft reize mich die Präzision ihres Vokabulars – eine abgeschlossene Welt sorgfältig definierter Wörter, die eine Klarheit des Denkens gestatte.

Bei der Arbeit sah ich, wie die Leute mich beobachteten und auch von mir wegblickten. Die Blicke erinnerten mich an den, den ich in den Augen der Frau mit den kleinen Ringen im Ohr gesehen hatte, als ich versuchte, ihre Wörter zu verstehen, und an den Blick in deinen Augen am Abend des Barbecues bei den Polinzanos, als ich den Mund aufmachte und nichts sagte.

Ungefähr um diese Zeit fiel mir auf, wie in mir ein Vorsatz Gestalt annahm. Ich überlegte, wie lange er schon da gewesen war und darauf gewartet hatte, dass ich ihn wahrnahm. Obwohl mein Entschluss feststand, zögerte mein Körper. Mich verblüffte, wie typisch das für mich war: zu wissen und nicht zu handeln. War ich schon immer so gewesen? Es würde notwendig werden, mich krankschreiben zu lassen. Es würde Fragen geben, Schwierigkeiten. Aber von alldem abgesehen, endgültig etwas durchziehen, ohne ein Zurück – so etwas war überhaupt nicht meine Art.

Und wenn ich zögerte, dann auch wegen dir. Du warst da, im Haus. Wir lebten da schon in höflichem, dunklem Schweigen, das von deiner unterdrückten Wut bebte. Wie konnte ich dir erklären, dass die Wörter ihre einstige Bedeutung verloren hatten, dass sie überhaupt nichts mehr bedeuteten? Wie konnte ich dir sagen, dass Wörter die Welt beeinträchtigten? Ich versuchte oft, dir mitzuteilen, was ich, wie ich wusste, tun würde. Aber jedes Mal, wenn ich dich ansah, war dein Gesicht halb abgewandt.

Ich suchte mich zu erinnern, wie es war, ein sehr kleines Kind zu sein, noch vor der Zeit der Wörter. Und dennoch, waren Wörter nicht immer da gewesen, hatten die Luft um mich erfüllt? Ich erinnere mich an Gesichter, die sich zu mir her beugten, Laute ausstießen, mir zuredeten, die Welt des Schweigens zu verlassen, einer von ihnen zu werden. Manchmal, wenn ich das Gesicht ein bisschen bewegte, konnte ich fast spüren, wie meine Haut an Wörtern streifte wie an Schwärmen winziger, kitzelnder Insekten.

Eines Abends, du warst schon zu Bett gegangen, erhob ich mich langsam in meinem Arbeitszimmer. Überrascht beobachtete ich mich, obwohl ich ganz genau wusste, was geschah. Ohne die Lippen zu bewegen, legte ich ein Gelübde ab.

Am nächsten Morgen beim Frühstück schob ich dir einen Zettel hin. Du blicktest voller Verachtung darauf und zerknülltest ihn dann in der Faust. Ich erinnere mich noch an das Geräusch des Papiers, das mich an Feuer erinnerte. Deine Knöchel standen hoch wie Steine.

Wenn ein Mönch ein Schweigegelübde ablegt, tut er es, um die Welt auszusperren und sich ausschließlich den Dingen des Geistes zu widmen. Mein Schweigegelübde suchte die Welt zu erneuern, sie vor mir in all ihrer Fülle erscheinen zu lassen. Ich wusste, dass jedes Element auf der Welt – ein Becher, ein Baum, ein Tag – unerschöpflich war. Nur die Wörter, die es ausdrückten, waren vage oder begrenzt. Wörter schadeten der Welt. Sie nahmen ihr etwas weg und setzten sich an seine Stelle.

Wenn man etwas Derartiges weiß, Elena, dann weiß man auch, dass ein Weiterleben wie zuvor nicht mehr möglich ist.

Ich fragte mich, ob überhaupt je etwas, was ich einmal

gesagt hatte, das war, was ich hatte sagen wollen. Ich fragte mich, ob überhaupt je etwas, was ich einmal geschrieben hatte, das war, was ich hatte schreiben wollen, oder ob das, was ich hatte schreiben wollen, darunterlag und versuchte sich hindurchzustoßen.

Nach dem Abendessen an jenem Tag, dem Tag des zerknüllten Papiers, ging ich nicht in mein Arbeitszimmer, sondern setzte mich ins Wohnzimmer. Ich hoffte, dich irgendwie zu beruhigen, dich durch meine Anwesenheit um Verzeihung zu bitten. Du bliebst im Schlafzimmer. Einmal gingst du vom Schlafzimmer ins Gästezimmer, wo du, wie ich hörte, das Bett machtest.

Eines Nachts, ich saß in meinem Ledersessel, hatte ich die Empfindung, dass du an der Tür standest. Ich spürte eine heiße Stelle im Nacken. Ich stellte mir dich dort in der Tür vor, wie du mich mit kalter Faszination betrachtetest, mit einer Art zärtlicher und verzweifelter Frostigkeit. Ich sah deine müden Augen, deinen verspannten Mund. Versuchtest du mich zu verstehen? Schließlich warst du meine Frau, Elena, und wir hatten uns einmal verstanden. Ich drehte mich abrupt um, doch niemand war da.

Glaubst du, es ist einfach für mich? Glaubst du das? Glaubst du, ich weiß nicht, wie grotesk das wirken muss? Ein erwachsener Mann, dreiundvierzig Jahre alt, von bester Gesundheit, glücklich verheiratet, in seinem Beruf recht erfolgreich, der sich plötzlich weigert zu sprechen, der das Geräusch anderer beim Sprechen flieht, den Anblick des geschriebenen Wortes scheut, seine Frau meidet, seine Stelle aufgibt, um sich in seinem Zimmer einzuschließen oder lange, einsame Spaziergänge zu unternehmen – die Vorstellung ist albern, abstoßend. Der Mann ist verrückt, krank, beschädigt, braucht dringend einen Arzt, eine Geliebte, Urlaub, irgendwas. Ins Krankenhaus mit ihm. Ihm etwas spritzen. Aber bedenke auch die andere Seite. Bedenke sie! Denk an das furchtbare Leben der Wörter, das nicht zu stoppende Geräuschgetöse, das den Leuten aus dem Mund rauscht und anscheinend keinen anderen Zweck hat als die Vermeidung der Stille. Die sprechende Rasse! Wir sind nichts als eine Anomalie, ein Irrtum der Natur. Was müssen wohl die Steine von uns halten? Manchmal stelle ich mir vor, wenn wir ganz ruhig wären, könnten wir, aufsteigend aus den Wäldern und Meeren, das stille Lachen von Tieren hören, wenn sie uns beim Sprechen zuhören. Und dann, ein hübscher Einfall, die Erfindung eines Lebens nach dem Tod, einer lärmenden Ewigkeit voll mit dem Getöse jubilierender Engel. Mein Himmel wäre eine ungeheure Leere – ein Schweigen, so hell und hart wie die Klinge eines Schwerts.

Hör zu, Elena. Hör mir zu. Ich habe dir etwas zu sagen, was nicht gesagt werden kann.

Indem ich lerne, die Wörter abzuwerfen, indem ich lerne, Wort-Gedanken auszulöschen, spüre ich, wie eine neue Welt um mich herum wächst. Die alte Welt der Häuser, Zimmer, Bäume und Straßen schimmert, flackert, vergeht und enthüllt dabei ein anderes Universum, das so verblüffend ist wie Feuer. Wir sind von der Fülle der Dinge abgeschnitten. Wörter verbergen die Welt. Sie vermengen Elemente, die getrennt existieren, oder sie brechen Elemente entzwei, verbinden die Welt, knüllen sie zu harten, kleinen Wahrnehmungskügelchen. Doch die unverbundene Welt, die Welt hinter der Welt – wie fließend sie ist, wie schön und gefährlich. In seltenen Momenten der Klarheit gelingt mir der Durchbruch. Dann sehe ich. Ich sehe einen Ort, wo nichts bekannt ist, weil nichts im Voraus von Wörtern geformt ist. Dort ist nichts vor mir verborgen. Dort zeigt sich jeder Gegenstand in seiner Gänze, in seinem ganzen Sein. Es ist, als könntest du, wenn du ein Haus betrachtest, alle vier Seiten und beide Dachschrägen sehen. Doch es gibt kein »Haus«, keinen »Gegenstand«, keine Form, die an einer Grenze stehen bleibt, nur einen Strom vielfältiger, präziser und namenloser Empfindungen, die ineinanderfließen, sprießen, eine Fülle, einen Fluss. Bar aller Wörter, ungezähmt, ergießt sich das Universum aus allen Richtungen in mich. Ich werde zu dem, was ich sehe. Ich bin Erde, ich bin Luft. Ich bin alles. Meine Augen sind Sonnen. Mein Haar strömt zwischen Galaxien.

Ich bin oft müde. Ich bin manchmal mutlos. Ich bin immer sicher.

Und trotzdem wartest du, Elena – noch jetzt. Noch jetzt wartest du auf die Erklärung, die Entschuldigung, die Wörter, die dir recht geben und dich befreien. Doch unter diesem Warten ist ein anderes: Du wartest darauf, dass ich wieder der Alte werde. Ist es nicht so? Hör zu, Elena. Dafür ist es viel zu spät. In meiner stillen Welt, meiner Welt erschöpfender Wunder, ist kein Platz für die alten Wörter, mit denen ich mich getäuscht habe in meinem künstlichen Garten. Ich hatte geglaubt, Wörter seien Instrumente der Präzision. Jetzt weiß ich, dass sie die Welt verschlingen und nichts an seinem Ort lassen.

Und du? Vielleicht kommt einmal ein Augenblick, da du zögerst, wenn du ein Wort hörst. In diesem Moment liegt deine Rettung. Hör auf das Zögern. Spüre den Raum auf, den Riss. Unter dieser Welt ist eine andere, die darauf wartet, geboren zu werden. Du kannst bleiben, wo du bist, in der alten Welt, und die bitteren Beeren der Ernüchterung schmecken, oder du kannst dich überwinden, dich von der Wort-Lüge losreißen und die Welt betreten, die sich danach sehnt, dich aufzunehmen. Für mich, auf dieser Seite, ist dein Zorn gescheiterte Wahrnehmung, dein Gefühl, betrogen zu sein, ein Zeichen des unerweckten Herzens. Entledige dich dieser toten Formen des Fühlens und komm mit mir – in die Pracht des Feuers.

Genug. Du kannst nicht wissen, was diese Wörter mich gekostet haben, mich, der ich keine Wörter mehr habe, mit denen ich sprechen kann. Es ist, als kehrte man in das Haus seiner Kindheit zurück: Da ist der weiße Lattenzaun, dort das alte Klavier, auf dem Notenständer der Schumann, neben der Vase die Blütenblätter der Rosen, und da, schau! – oberhalb des Geländers, die Biegung am Treppenabsatz. Doch alles ist anders geworden, alles ist wie eine Verbannung, denn wir sind nicht mehr die, die wir waren. Fort damit. Auch du, Elena: Lass los. Lass deine Geduld los, deine Bitterkeit, dein Leid – es sind nichts als Wörter. Lass sie zurück, in einer Kiste auf dem Dachboden, der mit den ganzen kaputten Puppen. Dann komm die Treppe herab und heraus in die ungeborene Welt. In die Sonne. Die Sonne.

Das Barnum-Museum

1

Das Barnum-Museum liegt im Herzen unserer Stadt, zwei Straßen nördlich des Finanzdistrikts. Die romanischen und gotischen Eingänge, die paarweise angeordneten Sphinxe und Greifen, die vergoldeten Zwiebelkuppeln, die Türmchen auf ihren Kragsteinen, die mächtigen Türme mit ihren Mansardendächern, die achteckigen Kuppeln, die Firste und Zinnen, sie alle fügen sich zu einem schwer fassbaren Bau, der darauf abgezielt scheint, das Auge ruhelos von Punkt zu Punkt zu führen, ohne ihm zu gestatten, ihn als Ganzes wahrzunehmen. Tatsächlich ist das Gebäude so schwierig zu begreifen, dass wir nicht sagen können, ob das Barnum-Museum ein einziger komplexer Bau mit zahlreichen Flügeln, Anbauten, Hinzufügungen und Erweiterungen ist oder ob es aus vielen Gebäuden besteht, die durch überdachte Gänge, Steinbrücken, blühende Laubengänge, nischengesäumte Arkaden und Kolonnaden raffiniert verbunden ist.

2

Das Barnum-Museum enthält eine verwirrende und unschätzbare Zahl von Räumen, ein jeder mit mindestens zwei und oftmals zwölf oder gar vierzehn Türen. Durch jede Tür sieht man weitere Räume und Türen. Die Räume sind von unterschiedlichster Größe, sie reichen von kleinen Kammern, die einzelne Ausstellungsstücke beherbergen, bis zu den gewaltigen Sälen, die auf eine Höhe von fünf Stockwerken aufragen. Die Räume sind niemals einfach, sondern enthalten Alkoven, Nischen, mit Seilen und Wandschirmen abgetrennte Teile und Ecken; in vielen der größeren Säle stehen farbenfrohe Zelte und Pavillons. Obwohl wir, theoretisch, an einem einzigen Tag durch alle Räume des Barnum-Museums gehen könnten, vom Pyramidendach des höchsten Turms bis in die dunkelste Höhle im dritten Untergeschoss, ist das in der Praxis unmöglich, denn immer gelangen wir unausweichlich an eine verschlossene Tür oder ein blaues Samtseil, das sich vor einer Treppe spannt, oder einen Sägebock in einer offenen Tür, vor der ein Wächter in dunkelgrüner Uniform sitzt. Solche verweigerten Zutritte in diesen im Allgemeinen offenen Weiten des Museums, die wir wiederholt erleben, steigern unseren Eindruck noch, dass es dort unerforschte Bereiche gibt. Kann das ein bewusst kalkulierter Effekt seitens der Museumsdirektoren sein? Richtig ist dabei, dass unablässig neue Räume angefügt, alte erbarmungslos eliminiert oder umgebaut werden. Manchmal werden die Wände zwischen alten Räumen eingerissen, manchmal werden große Säle in kleinere Kammern unterteilt, manchmal wird eine Erweiterung in einen der Gärten oder Höfe gebaut; ständig finden Renovierungs- und Umbauarbeiten statt, sodass wir durch das Gewirr der Stimmen, das Geschrei der Kinder, die Schritte, die Rufe der Erdnussverkäufer hindurch das schwache Hintergrundgeräusch von Hämmern, Pickeln und bröckelndem Putz hören. Man sagt, betritt man das Barnum-Museum mittags durch eine Tür und schafft es, bis drei Uhr wieder dort zurück zu sein, führt die Tür, durch die man hereingekommen ist, nicht mehr auf die Straße, sondern in einen neuen Raum, dessen Türen Blicke auf weitere Räume und Türen gewähren.

3

Der Saal der Meerjungfrauen ist nahezu dunkel, erhellt lediglich von Laternen auf Pfosten. Ein Großteil des Saals wird von einem unregelmäßigen schwarzen See oder Teich eingenommen, der an seiner breitesten Stelle ungefähr hundert Meter misst und vollkommen von großen Steinen umgeben ist, die aus dem Wasser ragen. In der Mitte des Teichs erhebt sich eine schattige Felseninsel mit zahlreichen Gipfeln und Höhlungen. Das Wasser und die es umgebenden Steine sind ihrerseits von einer niedrigen Holzplattform umgeben, auf die wir über drei Stufen gelangen. Den inneren Rand der Plattform entlang stehen in einem Abstand von rund zwei Metern viele durch Samtseile verbundene Eisenpfosten; auf jedem dritten Pfosten glimmt eine rote oder gelbe Laterne. Wenn wir auf der Plattform stehen, können wir über die niedrigeren Steine in das schwarze Wasser mit seinen roten und gelben Spiegelungen blicken. Von Zeit zu Zeit hören wir ein leises Plätschern und sehen, wenn wir Glück haben, ganz plötzlich dunkel schimmernde Fischschuppen oder gelbes Haar aufblitzen. Auf der Plattform, zwischen den Samtseilen und den Steinen, liegt ein schmaler Streifen, auf dem immerzu zwei Wächter patrouillieren; trotz ihrer Wachsamkeit geht hin und wieder eine Hand, rot schimmernd im Schein der

Laternen, über ein Seil und wirft eine Erdnuss, ein Stück Popcorn oder ein Zehncentstück ins Wasser. Es heißt, in dem Teich seien drei Meerjungfrauen. In dem dunklen Saal, dem schwachen Licht, sieht man die Gesichter am Seil, wie sie gespannt hinabblicken.

4

Die Gegner des Barnum-Museums sagen, seine Ausstellungsstücke seien Betrug; seine Täuschungen seien schlecht für unsere Kinder, die vom Reich des Natürlichen zu einem falschen Reich des Monströsen und Fantastischen gelenkt würden; gewisse Exponate seien provokant, erotisch und unmoralisch; dieser Tempel der so genannten Wunder ziehe uns von der Sonne weg, lenke uns von gesunden Unternehmungen ab und mache uns mit unserem Alltag unzufrieden; die Existenz des Museums in unserer Stadt ermutige diejenigen Elemente, die, wie Betrüger, Schwindler, Handleser und Astrologen, den Leichtgläubigen auflauerten; allein schon das Äußere dieses grotesken Schandflecks und seiner abstoßenden Monstrositätensammlung störe unsere innere Ruhe, zersetze unsere Kraft und offenbare unsere geheime Schwäche und Verwirrung. Manche behaupten, diese Argumente würden von den Museumsdirektoren in dem Wissen, dass eine Kontroverse die Besucherzahl erhöht, unterstützt und sogar in die Welt gesetzt.

5

In einem Saal steht eine Plattform aus Marmor, sie ist von roten Samtseilen umgeben. Mitten auf dieser Plattform sitzt ein brauner Mann im Schneidersitz. Er hat schwarz glänzende Augenbrauen und trägt einen leuchtend weißen Turban. Vor ihm liegt ein aufgerollter Teppich. Er beugt sich an der Taille vor und entrollt den Teppich mit feinen langen Fingern. Der Teppich ist ungefähr einen Meter zwanzig auf einen Meter achtzig groß, dunkelblau und hat ein kompliziertes Muster aus karminroten und grünen Arabesken. An beiden Enden ist ein Rand aus kurzen, weißen Fransen. Der Mann mit dem Turban steht auf, tritt in die Mitte des Teppichs, dreht sich einem der Fransenränder zu und lässt sich im Schneidersitz nieder. Seine langen braunen Hände ruhen im Schoß. Er stößt zwei Silben aus, die wie »ah-lek« oder »ach-leh« klingen, worauf der Teppich sich vor unseren Augen erhebt und langsam hoch oben durch den Saal fliegt. Im Gegensatz zum Saal der Meerjungfrauen ist dieser hell erleuchtet, als sollten wir so eingehender beobachten können. Er fliegt ungefähr zehn Meter über uns hin und her, zwischen den großen Kronleuchtern herum, sinkt gelegentlich tiefer und streicht über die Köpfe der Menge hinweg, steigt manchmal bis auf Höhe des breiten Simses eines Fensters weit oben auf, wo er für einen Augenblick anhält, um dann seinen Flug fortzusetzen. Der Teppich liegt nicht steif unter ihm, sondern scheint sich in kleinen Wellen zu bewegen; das Gewicht seines sitzenden Körpers zeigt sich als leichte Vertiefung in der Unterseite des Teppichs. Manchmal bleibt er einen ganzen Nachmittag lang oben und verweilt nur auf den schattigen Simsen der oberen Fenster, und da es schwierig ist, den Hals in beständiger Aufmerksamkeit zu recken, verliert man ihn leicht aus dem Blick, dort oben in den Weiten des Saals.

6

In den Räumen und Sälen des Barnum-Museums herrscht häufig eine Atmosphäre von Karneval, von Abenteuer. Herumlaufende Jongleure werfen ihre leuchtend bunten Bälle in die Luft, Clowns springen und purzeln, die Erdnussverkäufer mit ihren rot-weiß-blauen Kappen machen sich mit Rufen bemerkbar; hier und da steht ein Künstler in einer abgesperrten Ecke an einer Staffelei und malt ein Bild von einem blauen Vogel, der unvermittelt aus dem Gemälde fliegt und sich auf einen Fenstersims hockt, ein Zauberer schüttelt aus seinem langen schwarzen Hut ein Stück Rasen, eine mit farbigen Laternen behängte Eiche und weiße Stühle und Tische, die unter den Ästen aufgestellt sind. In einem solchen Saal wissen wir kaum, wohin wir den Blick wenden sollen, und es ist sehr gut möglich, dass wir dem blau-gelben Zirkuskäfig in der Ecke, wo der Greif es leid ist, seine großen Schwingen durchs Stroh zu schleifen, und sein mattes Haupt senkt, nur einen beiläufigen Blick schenken.

7

Einer Denkrichtung zufolge fordern die Wunder des Barnum-Museums bewusst zu mechanischen Erklärungen auf, die befriedigend erscheinen, ohne jedoch ganz zu befriedigen, wodurch sie unsere Neugier und Verwunderung noch steigerten. So glauben manche, der fliegende Teppich werde von unsichtbaren Drähten gesteuert, andere meinen, ein kleiner Motor müsse darin verborgen sein, wieder andere beharren darauf, er werde aus dem Innern der Marmorplattform elektronisch gesteuert. Ein Zweig dieser Denkrichtung behauptet, sollte die Erklärung tatsächlich eine mechanische sein, dann sei der Mechanismus phantastischer als Zauberei. Die Meerjungfrauen werden schnell als echte Frauen mit falschem Fischschwanz erklärt, der ihre untere Hälfte umhüllt, doch muss auch berichtet werden, dass es noch niemandem gelungen ist, den Schwindel zu entlarven, obwohl sonntags von drei bis fünf Uhr fotografiert werden darf. Die unteren Hälften, die wir alle schon gesehen haben, deuten unbedingt auf Dicke und Substanz hin und verhalten sich in jeder Hinsicht wie Fischleiber; keine Spur von verborgenen Beinen ist zu sehen; die Fotos lassen eine makellose Verbindung von Fleisch und Schuppen erkennen. Viele von uns, die den Saal der Meerjungfrauen in dem Wunsch aufsuchen, einen Blick auf nackte Brüste zu erhaschen, merken, dass ihre Aufmerksamkeit schon bald zu den unteren Hälften abgleitet, die einen Moment lang mysteriös aufblitzen, um dann in dem schwarzen Teich zu verschwinden.

8

Das Barnum-Museum besitzt drei unterirdische Ebenen. Die erste ähnelt den oberen Etagen, nur dass es keine Fenster gibt und kein Sonnenlicht den Schein der Neonleuchten an der Decke schwächt. Die zweite Ebene ist dunkler und rauer;

altmodische Glaslampen zischen in der Luft, und gewundene Flure führen durch ein Labyrinth von Kammern. Bröckelnde Steintreppen gehen hinab zur dritten Ebene. Dort sind die irdenen Wege mit Steinen übersät, Fackeln knistern an den feuchten Steinwänden, Gruppen dunkelhäutiger Zwerge tauchen unvermittelt auf und wieseln wieder ins Dunkel. Vor den dunklen Höhlen stehen modernde Schilder, auf denen nur noch wenige Buchstaben leserlich sind. Nur wenige wagen sich mehr als ein paar Schritte in die schwarzen Öffnungen, die verstörende Wesen enthalten sollen, deren Anblick gefährlich ist. Manche meinen, die Gänge der dritten Ebene erstreckten sich bis weit über die Grenzen des Museums oben hinaus, grüben sich bis an die Grenzen der Stadt selbst. Hin und wieder erscheint an den dunklen Wegen eine Öffnung, in der schwarze Stufen nach unten führen. Manche sagen, die Treppenschächte der dritten Ebene gingen zu einer vierten, die rabenschwarz und gefährlich sei; hinabsteigen hieße verrückt werden. Andere sagen, die Treppen führten nirgendwohin, führten immer weiter in schwindelnde Tiefen hinab, weit über das Belastungsvermögen des kühnsten Abenteurers, über die Grenzen der Vorstellungskraft selbst hinaus.

9

Man könnte meinen, das Barnum-Museum sei ein Kindermuseum, und sicher haben Kinder auch ihre Freude an dem fliegenden Teppich, dem Greif in seinem Käfig, dem geflügelten Pferd, dem Homunculus in seinem Glas, dem Grelling, dem Lorax, dem Riesen in seinem Turm, den Kobolden,

den Unsichtbaren, den großen Vögeln mit Gesicht und Brüsten einer Frau, dem durchsichtigen Mann, der Stadt im See, der Frau aus Messing. Aber ganz abgesehen davon, dass auch Erwachsene an diesen Exponaten Freude haben, würde ich doch behaupten, dass das Barnum-Museum nicht ausschließlich oder auch nur vorrangig für Kinder konzipiert ist. Denn obwohl in den Sälen immer Kinder sind, sieht man dort auch ältere Paare, Jugendliche, Männer im Geschäftsanzug, schlanke Frauen in Jeans und Sandalen, Händchen haltende Liebespaare, kurz, Erwachsene aller Art, die immer wieder kommen. Selbst wenn man einwendet, dass manche Exponate unmittelbar Kinder ansprechen, ließe sich wiederum einwenden, dass die anderen sie verwirren oder verstören, auch ist es Kindern ausdrücklich untersagt, in die dritte unterirdische Ebene hinabzugehen und bestimmte Zelte und Pavillons zu betreten. Der eigentliche Makel an der Ansicht, das Barnum-Museum sei ein Kindermuseum, liegt jedoch in der Annahme, Kinder seien eine vollkommen identische Gattung, bestehend aus schlichten Wesen, die aus zwei, drei abstrakten Eigenschaften wie Unschuld und Staunen zusammengesetzt sind. Vielmehr sind unsere Kinder ganz überwiegend schlau und skeptisch, unwillkürlich verwundert, argwöhnisch, schnell gelangweilt, unduldsam gegenüber mechanischen Erklärungen. Es ist nicht immer angenehm, mit einem Kind ins Barnum-Museum zu gehen, und viele Eltern durchstreifen die verführerischen Säle lieber allein, in der ganzen Freiheit der Sehnsucht, der Monotonie und des Glücks des Erwachsenseins.

10

Hinter einer Tür gelangen wir in einen dichten Wald und gehen auf dunklen, gewundenen, von Samtseilen begrenzten Wegen. In den nahen Ästen rufen Eulen. Die Decke ist so bemalt, dass sie einem Nachthimmel ähnelt, und der Wald ist vom Licht eines künstlichen Mondes erhellt. Wir kommen auf eine mondbeschienene, grasbewachsene Lichtung. Der Wald um uns herum ist mit Pfosten abgeteilt, die durch Samtseile verbunden sind; hier und da deutet eine Öffnung zwischen zwei Pfosten einen Pfad an, der sich in die Bäume schlängelt. Auf der Lichtung machen sich die Unsichtbaren bemerkbar. Sie streifen uns leicht an den Armen, biegen im Vorbeigehen die Grashalme nieder, atmen uns auf Wange und Lider, treten uns leicht auf die Füße. Die Kinder kreischen in freudigem Entsetzen, Frauen umklammern den Arm ihres Mannes, Väter schauen sich mit unsicherem Lächeln um. Hin und wieder kommt es vor, dass ein Besucher losschluchzt und von einem Museumswächter rasch hinausgeleitet wird. Manchmal manifestieren sich die Unsichtbaren auch nicht, und erst wenn der Besucher sich mit einem verärgerten Blick auf die Uhr zu einem der abgeteilten Pfade aufmacht, kann es sein, dass er plötzlich an den Haaren eine Berührung wie ein Streicheln spürt.

11

Es ist wahrscheinlich, dass jeder Bewohner unserer Stadt irgendwann zwischen Geburt und Tod einmal das Barnum-Museum betritt. Weniger wahrscheinlich, aber nicht unmöglich ist es, dass in einem Augenblick in der Geschichte des Museums unsere gesamte Einwohnerschaft sich durch eine Abfolge einander überschneidender Impulse in den Sälen aufhält: Mütter, die ihren Kinderwagen schieben, alte Männer, über den Stock gebeugt, Au-pair-Mädchen, Polizisten, Imbissköche, Baseballkapitäne von Jugendmannschaften. Einen Augenblick lang wird die Stadt dann verlassen sein. Unsere kollektive, auf die Exponate des Barnum-Museum gerichtete Aufmerksamkeit wird bewirken, dass die Säle von zunehmenden Details anschwellen. Die Straßen und Gebäude draußen werden verschwommen sein; Straßenecken werden sich auflösen; unbemerkt wird ein Mülltonnendeckel, vom Wind getrieben, lautlos zum Rand der Welt rollen.

12

Die Kammer der Falschen Dinge enthält Museumswächter aus Wachs, Trompe-l'œil-Türen, Exponate falscher Schnurr- und Vollbärte, Truhen mit falschem Boden, künstliche Rosen, gefälschte Gemälde, erlogene Texte, unwirksame Mittelchen, nachgemachte Fossilien, Kinoschnee, Tintenlachen aus Scherzartikelläden, Geisterbotschaften, Superbienen vom Mars, ektoplasmische Projektionen, Fußabdrücke von Außerirdischen, Professor Ricardo und Bobo das Sprechende Pferd, falsche Nasen, Glasaugen, Wachstrauben, Schamhaarperücken, hohle Romane, die Whiskeyflaschen enthalten, und in einer Ecke Gegenstände von falschen Orten: Porphyrfigurinen aus Atlantis, Goldbecher aus El Dorado, eine Kristallviole mit Wasser vom Jungbrunnen. Die Bedeutung der Ausstellung liegt im Dunkeln. Ist es möglich, dass die Museumsdirektoren die Wirklichkeit der anderen Auslagen steigern wollen, indem sie sie von dieser absetzen? Oder wollen die Direktoren hier vielmehr witzig oder dreist auf die Natur des gesamten Museums anspielen? Eine andere Interpretation bietet sich an: dass die Direktoren keine Bedeutung im Sinn haben, sondern lediglich unser Interesse reizen, unsere Neugier stimulieren, uns, durch welche Mittel auch immer, tiefer und noch tiefer in das Museum locken wollen.

13

Auf unseren Streifzügen durch die Säle des Barnum-Museums richtet sich unsere Aufmerksamkeit auf all jene, die, anders als wir, das Museum nicht nach Belieben verlassen können. Das sind die Mitarbeiter des Museums, deren auffallendste die Wächter in ihren dunkelgrünen Uniformen und gewichsten schwarzen Schuhen sind. Die Einstellungskriterien des Museums gelten als streng, es verlangt von allen Mitarbeitern lange Dienstzeiten, vorbildliche Leistungen und eine unermüdliche Hingabe. So wird von den Wächtern erwartet, dass sie den Fragen der Besucher aufmerksam zuhören und auch stets höflich, wach und fröhlich sind. Den Wächtern wird für sie selbst und ihre Familien eine preisgünstige Unterkunft im obersten Geschoss eines Flügels angeboten; wenige sind reich genug, um solchen Verlockungen zu widerstehen, und so kommt es, dass die Wächter ihr Leben innerhalb der Mauern des Museums verbringen. Neben den Wächtern, die wir in jedem Raum sehen, gibt es noch die Hausmeister in ihrer weiten grauen Uniform, die Erdnussverkäufer, die Verkäuferinnen im Souvenirshop, die Kartenverkäufer, die Garderobenfrauen, die Führer in ihrer rötlich braunen Uniform, die Wärter des Greifen in seinem Käfig, des Einhorns auf dem bewaldeten Hügel, des Grelling in seinem Bau, die umherziehenden Clowns und Jongleure, die Luftballonmänner, die Lampen- und Fackelanzünder der zweiten und dritten unterirdischen Ebene, dazu noch die Zimmerleute, Gipser und Elektriker, die anscheinend den ganzen langen Museumstag, von neun bis neun, durcharbeiten. Das sind die Mitarbeiter, die wir sehen, aber es gibt auch noch andere, von denen wir gehört haben: die Verwaltungsangestellten in kleinen Zimmern in abgelegenen Korridoren auf den Obergeschossen, die Forscher und Historiker, die Archivare, die Sekretärinnen, die Boten, die Buchprüfer und Rechtsberater. Bemerkenswert ist weniger, dass es so viele Mitarbeiter sind, sondern dass sie so viel Zeit im Museum verbringen – als würden sie, von diesem Reich des Zaubers absorbiert, nach und nach zu einer anderen Rasse werden, die unsere Welt mit Unbehagen betreten, wie Wiedergänger oder Elfen.

14

Hannah Goodwin war in der vorletzten Klasse der Highschool. Sie war ein schlichtes, stilles Mädchen mit glatten, hellbraunen Haaren, die in der Mitte gescheitelt waren, und einem bleichen Teint, verunstaltet durch ständig aufplatzende Pickel, die sie mit einer fleischfarbenen Salbe überdeckte. Sie trug schlichte, ordentliche Blusen und düstere Kordhosen. Sie ging allein, mit gesenktem Blick durch die Säle;

nie begann sie ein Gespräch, und wurde ihr eine Frage gestellt, hob sie verblüfft die Augen und antwortete rasch, wobei sie den Blick zur Seite richtete. Sie arbeitete hart, ging nie mit Jungen aus und hatte eine Freundin, die Mitte des Jahres weggezogen war. Hannah schien durch den Verlust ihrer Freundin irgendwie bedrückt und war mehrere Wochen lang noch zurückhaltender als gewöhnlich. Ungefähr um diese Zeit begann sie, jeden Tag nach der Schule ins Barnum-Museum zu gehen. Ihre Besuche wurden immer länger, und bald ging sie auch abends noch hin. Und etwas an ihr veränderte sich: Obwohl sie auch weiter allein durch die Flure ging und in der Klasse nichts sagte, hatte sie doch eine innere Lebendigkeit, eine Intensität, die sich in ihren grauen Augen ausdrückte, in ihren geteilten, offenen Lippen, ja in der Art, wie die Haare ihr auf die Schultern fielen. Selbst ihr Gang war subtil verändert, als sei eine Steifheit oder Befangenheit von ihr abgefallen. Eines Nachmittags fragte ein Junge sie bei den Spinden, ob sie mit ihm ins Kino gehen wolle; sie lehnte ab und schaute ihn mit überraschtem Ärger an, als unterbreche er eine Unterhaltung. Obwohl ihre schulischen Leistungen nicht litten, da Disziplin eine alte Gewohnheit war, wurde sie gegenüber dem trübsinnigen Einerlei der Tage sichtlich unduldsam, und indem ihr Gang fester und ihr Blick sicherer wurden und ihre hellgrauen Augen, lodernd vor Vorfreude, zu der großen runden Uhr über der grünen Tafel schwenkten, war klar, dass sie von einer inneren Behinderung befreit worden war, und wie eine verliebte Frau hatte sie sich vollkommen den lockenden Sälen ergeben, den hohen Türmen und gewundenen Tunneln, den stets betörenden Türen des Barnum-Museums.

15

Die Brücken des Barnum-Museums finden sich außen und innen. Die äußeren Brücken überspannen die Innenhöfe, die Gärten mit ihren Statuen, die Außencafés mit ihren gestreiften Schirmen, sodass Besucher in den oberen Etagen eines Flügels direkt durch den Himmel in einen nahegelegenen Flügel gelangen können, indem sie einfach durch ein Fenster treten, während tief unten der Luftballonmann mit seinen roten und grünen Ballons in der Form von Greifen und Einhörnern dahingeht, der Leierkastenmann seine Kurbel dreht, ein Junge in braunen Shorts von seinem Zitroneneis aufblickt und die Augen beschirmt, eine junge Frau mit langen blonden Haaren im Schatten einer lachenden Statue im Gras sitzt. Die inneren Brücken überspannen die oberen Bereiche der größeren Säle. Jeden Moment können wir in einer oberen Etage durch eine gewölbte Tür treten und finden uns nicht auf dem Fußboden eines angrenzenden Raums wieder, sondern auf einer Brücke hoch über einem Saal, in dem es durchaus fünf Stockwerke nach unten gehen kann. Einige dieser Brücken sind einfache Holzbögen mit kräftigen Geländern, die uns nicht nur einen Blick auf den Fußboden darunter gestatten, sondern auf Teile von Räumen durch offene Türen mit schmiedeeisernen Balkonen. Andere Brücken sind breite Steinbögen, auf beiden Seiten gesäumt mit Münzwurfbuden, Puppentheatern und Läden, die Springteufel, Schokoladenzirkustiere, durchsichtige Glasmurmeln mit winzigen Meerjungfrauen darin, geflügelte Pferde und mondhelle Wälder verkaufen; zwischen den niedrigen Dächern, zwischen den schmalen Gassen, die die Läden trennen, sehen wir immer wieder die Oberseite von jonglierten

Bällen, das Spitzdach eines Zelts, die gewölbte Tür eines fernen Raums.

16

Es gibt Zeiten, da haben wir am Barnum-Museum keine Freude. Die Exponate verzaubern uns nicht mehr; die vielen Türen, die in weitere Säle führen, erfüllen uns mit Langeweile und Ekel; unter den zarten Lidern des Greifen sehen wir trübe, abgestumpfte Augen. Voller Hass stürmen wir durch die protzigen Säle, wünschen uns, das ganze Museum würde in Flammen aufgehen. In solchen Momenten ist es das Beste, man wendet sich nicht ab, sondern überlässt sich der Trostlosigkeit. Blickt voller Verzweiflung auf die zweifelhaften Säle, die schäbigen Illusionen, die dümmlichen Gesichter; schluckt die Desillusionierung hinunter; denn das Museum in seiner Geduld wird unsere Ketzereien, die uns nur in anderer Form daran binden, überleben.

17

Unter den festlichen Räumen und Sälen des Barnum-Museums mit ihren fliegenden Teppichen, ihren Wunderlampen, ihren Meerjungfrauen und Grellings gelangen wir hin und wieder in einen andersartigen Raum. Darin stoßen wir vielleicht auf alte Farb- und Ölkanister, einen grün befleckten Gartenhandschuh in einem zerbeulten Eimer, ein rostiges Fahrrad an einer Wand oder vielleicht alte Monopoly-, Sorry- und Risk-Spiele, Stapel staubiger 78er Platten mit einem

Hund und Victrola auf dem Etikett in der Mitte, einen dicken Eichentischsockel, der in vier Klauenfüße ausläuft. Diese Räume sind scheinbar Fehler oder Versehen, vielleicht richtige Räume, die der Renovierung harren und sich langsam mit den abgelegten Besitztümern des Museumspersonals füllen, aber allmählich erkennen wir in ihnen einen tieferen Sinn. Das Barnum-Museum ist ein Reich der Wunder, aber brauchen wir nicht auch Erholung von Wundern? Die schlichten Räume, die über das Museum verstreut sind, befreien uns von dem Druck des Staunens. Das ist die übliche Erklärung dieser Räume, aber es ist möglich, einen noch tieferen Sinn in ihnen zu finden. Diese Alltagsbilder erschrecken uns, wenn wir inmitten der Wunderdinge des Barnum-Museums jäh auf sie stoßen, mit ihrer Absonderlichkeit, bevor sie sich legen. In diesem Sinn unterbrechen die schlichten Räume die Säle der Wunder nicht; sie selbst sind diese Säle.

18

Man muss zugeben, dass eine der zahlreichen Eigenschaften des Barnum-Museums eine gewisse Rohheit ist, die sich in der Grellheit seiner Architektur, dem sinnlichen Reiz gewisser Exponate und der aufdringlichen Fülle seiner Säle äußert, aber auch in kleineren Dingen, die von Zeit zu Zeit die Aufmerksamkeit wecken. Dazu gehören die zahlreichen Luftdüsen, die in vielen Sälen und Gängen im Fußboden verborgen sind. Den ganzen Tag hindurch werden zu unregelmäßigen Zeiten Luftstrahlen nach oben entlassen, die gelegentlich Röcke und Kleider anheben. Dieses krude Echo der Jahrmarktsattraktion wird von den Feinden des Museums heftig kritisiert, und es dient sicher nicht zu seiner Verteidigung, dass die Düsen in einer früheren Zeit eingebaut wurden, als Frauen jeden Alters das Barnum-Museum in aufwändigen Kleidern aufsuchten – publik gemacht auf gerahmten Fotografien, die gut gekleidete Frauen mit breitkrempigen Hüten bei dem Versuch zeigten, ihre Röcke und Petticoats, die ihnen bis über die Knie hochgeblasen wurden, niederzuhalten, was Gecken in Strohhüten amüsiert beobachteten. Denn ungeachtet der vermeintlichen Absurdität von Luftdüsen in einer Welt der Hosen ist es doch noch immer so, dass wir eine erkleckliche Anzahl karierter Gingankleider, weißer Faltenröcke, schmucker dunkelgrauer Anzüge, gegürteter Popelinhemdblusen, Hänger mit Dschungelmotiven, geblümter Wickelkleider, gepunkteter Dirndl, geraffter Trägerkleider sehen, die allesamt ständig in die Luft geweht werden und unter Gelächter und schrillen Pfiffen unvermittelt Blicke auf grüne oder pinkfarbene Strumpfhosen, spitzenbesetzte weiße Unterröcke, Nylonstrümpfe an Strapsen und gestreifte Bikinihöschen gewähren. Unsere Frauen können die Düsen natürlich matt setzen, indem sie sich weigern, im Barnum-Museum etwas anderes als Hosen zu tragen, allerdings haben die Düsen gewisse Frauen offenbar angeregt, sei es im Geiste der Rebellion oder Kapitulation, sich mit langen Röcken und dekorativer Wäsche herzurichten, eine Masche, die besonders bei Mittelschülerinnen beliebt ist. Diese Mädchen von zwölf oder dreizehn Jahren, die das Museum häufig in kleinen Horden besuchen, machen sich mit knallrotem oder knallgrünem Lippenstift und falschen Augenbrauen zurecht, tragen glänzende Lederhandtaschen und fließende knöchellange Röcke über schimmernden Plastikstiefeln. Die Röcke heben sich in den Luftstrahlen leicht und enthüllen eine reiche Vielfalt knallbunter Unterwäsche: absurde Pumphosen mit pinkfarbenen Schleifchen, bonbonfarbene Höschen mit Rosetten und Bändchen, schwarze Netzstrümpfe an Hüftgürteln aus schwarzer Spitze über roter Spitzenwäsche, altmodische weiße Mieder mit grotesken, aufs Gesäß gedruckten Bildern zwinkernder Augen und herausgestreckter Zungen. Was wir von solchen Demonstrationen auch halten mögen, die Jahrmarktluftdüsen im Barnum-Museum sind nicht zu übersehen. Sie zu verteidigen heißt nicht, ihre Belanglosigkeit zu beteuern, vielmehr wird damit unterstrichen, dass sie dem Museum etwas Frivoles, Kindisches, Provokantes, Verantwortungsloses verleihen. Denn wird dem Museum nicht gerade durch diese Verantwortungslosigkeit, diese Freiheit von feierlichem Ernst ermöglicht, dem Banalen zu entgehen und die begeisternde Schönheit seiner gewagtesten Exponate zu erreichen?

19

Die Museumsforscher arbeiten hinter verschlossenen Türen in kleinen Räumen in abgelegenen Trakten der obersten Stockwerke. Das Publikum hat zu diesen Räumen keinen Zutritt, doch manche Besucher wollen auf ihren Streifzügen durch die oberen Ausstellungen schon flüchtige Blicke in schmale Flure und vielleicht eine geöffnete Tür geworfen haben. In den Räumen stapeln sich angeblich staubige Bücher vom Boden bis zur Decke. Obwohl die Existenz der Forscher ungewiss ist, haben wir keine Zweifel, dass es sie wahrscheinlich gibt; obwohl die Art ihrer Arbeit unbekannt ist, haben wir keine Zweifel, dass sie notwendig ist. In diesen abgelegenen Räumen wird sich das Museum seiner selbst bewusst, reflektiert über sich und spricht in Worten über sich, die niemand liest. Die Forschungsergebnisse werden anscheinend selten veröffentlicht, und dann in schweren Bänden, die Teil gewaltiger, vielbändiger Sammlungen sind, die in den Obergeschossen des Museums gelagert und nur von anderen Forschern konsultiert werden. Manchmal geht in einem schmalen Flur in einem Obergeschoss eine Tür auf, und ein kalkweißer Mann erscheint. Die Gestalt verschwindet so schnell hinter der Tür, dass wir nicht sicher sein können, ob wir auch wirklich einen der legendären Forscher gesehen haben, die flüchtig sind wie Elfen, oder ob wir ihn, außerstande, die Stille, die leeren Flure, die geschlossenen Türen zu ertragen, durch ein winziges Beben unserer Augenmuskeln, durch fotochemische Reaktionen in unseren Stäbchen und Zäpfchen, durch feuernde Zellen in der Sehrinde ins Leben gerufen haben.

20

In den Souvenirläden des Barnum-Museums können wir alte Sepiakarten von Meerjungfrauen und Seedrachen kaufen, kleine Aufklappbücher mit fliegenden Teppichen, die sich in die Luft erheben, Guckkastenkulis mit winzigen kolorierten Szenen aus den Sälen des Barnum-Museums, rätselhafte Gummibälle aus Arabien, die einmal aufspringen und dann in der Luft hängen bleiben, Gläser mit einer dunkelblauen Flüssigkeit, aus der man Blasen in der Form von Tigern, Elefanten, Löwen, Eisbären und Giraffen blasen kann, chinesische Kaleidoskope mit unablässig sich verändernden Formen von Drachen, bezaubernde Pleniskope und Phantatropen, Schachteln mit lebender Farbe, mit der man Bilder malen kann, die sich bewegen, lackierte Holzkugeln aus dem Schwarzwald, die, einmal angestoßen, nicht mehr anhalten, Flaschen mit einem farblosen geleeartigen Zeug, das die Form und Farbe eines jeden Gegenstands annimmt, vor den es gestellt wird, glänzende rote Kästen, die in direktem Sonnenlicht verschwinden, japanische Papierflugzeuge, die durch Häuser und über Gärten und Dächer gleiten, Märchenbücher aus Finnland mit Illustrationen unter Seidenpapier, die sich jedes Mal, wenn das Papier angehoben wird, verändern, Blechkästen mit besonders behandelten Wasserfarben, mit denen man Bilder auf Luft malen kann. Die Spielzeuge und der Krimskrams des Barnum-Museums amüsieren uns und erfreuen unsere Kinder, doch in unseren Wohnungen und Fluren, in einer Luft, die von den Gerüchen kochender Kartoffeln und von Möbelpolitur erfüllt ist, verlieren die Souvenirs rasch ihren Reiz und liegen bald unbeachtet in dunklen Ecken oder Kammern neben der augenlosen Lumpenpuppe und dem staubigen Cherokee-Kopfschmuck. Diejenigen, die das Barnum-Museum missbilligen, verschonen mit ihrer Kritik auch nicht die Souvenirläden, die ihrer Meinung nach gefährlich sind. Denn für sie tritt das Museum, das seinem Wesen nach unsere Welt verachtet, durch den Akt des Kaufens und Verkaufens gerade dort in Kontakt mit der Welt und drängt sich mittels vermeintlich unschuldigen Nippes, die in den Taschen von Kindern fortgetragen werden, in unser Leben.

21

Die Museumseremiten müssen von den Bettlern und Pennbrüdern, die gelegentlich versuchen, sich im Museum häuslich einzurichten und sich in dunklen Nischen herumdrücken, die Besucher stören und in den unteren Gängen schlafen, sorgfältig unterschieden werden. Die Wächter halten beständig nach solchen Eindringlingen Ausschau und geleiten sie dann nachdrücklich, aber diskret hinaus. Die Eremiten dagegen sind eine kleine und streng disziplinierte Sekte, denen der dauerhafte Aufenthalt im Museum gestattet ist. Ihre Haare sind kurz, ihre dunklen Roben schlicht und sauber, ihr Schweigegelübde unverletzlich. Sie trinken Wasser, essen übrig gebliebene Brötchen von den Cafés im Freien und schlafen in mit Seilen abgeteilten Ecken bestimmter Säle auf dem nackten Fußboden. Anscheinend glauben sie, die Welt außerhalb des Museums sei eine Täuschung und dass ein wahres Leben nur innerhalb seiner Mauern möglich sei. Dieser Glaube wird ihnen ohne ihre Zustimmung oder Ablehnung zugeschrieben; sie selbst bleiben stumm. Die Eremiten sind häufig junge Männer und Frauen in den Zwanzigern oder Anfang dreißig; sie sind keine fremde Sekte, sondern in unserer Stadt und ihren Vororten geboren; sie sind unsere Kinder. Sie sitzen im Schneidersitz da, mit dem Rücken gerade an der Wand, die Hände ruhen locker auf den Knien; sie starren vor sich hin, anscheinend ohne etwas zur Kenntnis zu nehmen. Wir sind bezüglich der Eremiten gespalten. Auch wenn wir einerseits ihre Hingabe an das Museum bewundern und anerkennen, dass ihre extreme Lebensform etwas Lobenswertes hat, tadeln wir sie andererseits dafür, dass sie die Welt außerhalb des Museums verlassen, und empfinden für die Übertreibung und Verzerrung, die wir in ihrem Leben spüren, eine gewisse Verachtung. Grundsätzlich machen sie uns beklommen, vielleicht, weil es so aussieht, als hinterfragten sie unsere Beziehung zu dem Museum und verlangten von uns eine Erklärung, die wir nicht geben können. Zumeist gehen wir mit schmalen Lippen und abgewandtem Blick an ihnen vorbei.

22

Unter den Myriaden von Sälen und Kammern des Barnum-Museums kommen wir in einen vollen Raum, der weitgehend wie die anderen aussieht, doch wenn wir eine Hand auf das blaue Samtseil legen, fällt sie durch leere Luft. In diesem Raum gelangen wir mit Leichtigkeit durch die bemalten Wandschirme, die Glasschaukästen, die Gestelle und Postamente, die dunklen Eichenstühle und -bänke an den Wänden, und dabei schauen wir angespannt, fahren mit den Händen umher und wackeln mit den Fingern. Die Bilder bleiben von unserer Durchdringung unberührt. Manchmal, wenn wir an einem Mann oder einer Frau in der Menge vorbeigehen, sehen wir, wie unsere Arme durch Armränder hindurchgleiten. Hier und da fallen uns Leute auf, die die Hand auf die Seile oder die Glaskästen legen; eine hübsche junge Frau lächelt und fächelt sich mit einer Hochglanzpostkarte Luft zu und setzt sich anmutig auf einen Stuhl; und nur weil sie sich so verhalten, erkennen wir, dass sie nicht unseresgleichen sind.

23

Diejenigen, die uns nicht gut verstehen, sagen auch, unser Museum sei eine Form der Flucht. Oberflächlich gesehen ist das sicher richtig. Wenn wir das Barnum-Museum betreten, sind wir körperlich frei von allem, was uns an die Außenwelt bindet, an das Reich von Sonnenlicht und Tod, und manchmal suchen wir in den Sälen des Barnum-Museums Erleichterung von Kummer und Leid. Doch es ist ein Fehler anzunehmen, dass wir in unser Museum flüchten, um die Mühsal des Lebens draußen zu vergessen. Schließlich sind wir ja keine Kinder, und wir nehmen unsere Last überallhin mit. Aber ganz abgesehen von der Unmöglichkeit eines solchen Vergessens gehen wir in das Museum nicht nur, wenn wir unglücklich und unzufrieden sind, sondern weit häufiger im Geist innerer Ruhe oder seelischen Überschwangs. In den verzweigten Sälen vergessen wir die gewöhnliche Welt nie, denn gerade unser Bewusstsein von dieser Welt gestattet uns, die Wunder der Säle zu genießen. Ich würde sogar sagen, dass wir uns unserer Stadt am tiefsten bewusst sind, wenn wir sie verlassen, um das Barnum-Museum zu betreten; ohne unser Museum würden wir wie benommen oder wie in einem Traum durchs Leben gehen.

24

Manche empfinden das größte Vergnügen beim Eingang ins Museum: der plötzliche Sprung in eine Welt der Freuden, der Lockruf der fernen Türen. Andere erleben es, wenn sie sich allmählich verlaufen: das Gefühl, wenn wir von Saal zu

Saal wandern, dass wir den Rückweg nicht mehr finden. Das ist natürlich ein sorgsam entwickeltes Vergnügen, denn obwohl das Museum so gebaut ist, dass wir uns darin verlaufen, wissen wir sehr wohl, dass wir jederzeit einen Wächter bitten können, uns zu einem Ausgang zu führen. Wieder anderen berührt es das Herz, wenn sie hinaustreten: das plötzliche Aufgehen der Tür, der strahlende Sonnenschein, die gleißenden Schaufenster, die flüchtige Verwirrung oben auf der Treppe.

25

Wir, die wir keine Eremiten, die wir keine Feinde sind, kehren immer wieder ins Barnum-Museum zurück. Wir wissen nur eines, dass wir es müssen. Wir gehen durch die vertrauten und stets sich verändernden Säle, mal amüsiert, mal skeptisch, mal sehen wir in dem ganzen fragwürdigen Unternehmen kaum mehr als Raffinement, mal sind wir von Entzücken erfüllt. Sollte das Barnum-Museum verschwinden, würden wir unser Leben so weiterführen wie zuvor, doch wir wissen, es wäre für uns eine schreckliche Einschränkung. Wir können es nicht erklären. Reizen uns die endlosen Säle und Türen unseres Museums mit einem Rätsel, verheißen sie uns beständig eine Offenbarung, die nie kommt? Wenn ja, dann ist es eine Offenbarung, die uns zu unserer Erleichterung erspart bleibt. Denn in dem Augenblick, in dem das Museum nicht mehr nötig wäre, würde es durchsichtig und unsichtbar werden. Nein, viel besser ist es, diese dubiosen und bezaubernden Säle zu betreten, wann wir wollen. Wenn das Barnum-Museum auch ein wenig suspekt ist, wenn auch immer etwas Verschlagenes und Kitschiges daran hängt, so ist dies einfach Teil seiner Natur, eine Tatsache von vielen. Wir mögen an dem Museum zweifeln, nicht aber an unserem Bedürfnis, immer wiederzukommen. Denn wir sind ruhelos, schon brennen wir wieder darauf, durch die lockenden Türen zu treten, die in Räume mit weiteren Türen führen, die dunkle Blicke auf ferne Räume, ferne Türen, unvorstellbare Entdeckungen gewähren. Und ist es möglich, dass das Geheimnis des Museums genau darin liegt, in dem Wissen, dass wir niemals befriedigt werden können? Und noch immer spielt der Leierkasten, wirbeln die bunten Kugeln des Jongleurs in der Luft, regt sich irgendwo der Greif im Schlaf. Willkommen im Barnum-Museum! Uns ist es genug, uns ist es beinahe genug.

Fliegende Teppiche

In den langen Sommern meiner Kindheit flackerten plötzlich Spiele auf, loderten hell und verschwanden auf immer. So lang waren die Sommer, dass sie nach und nach länger als das ganze Jahr wurden, sie dehnten sich langsam über den Rand unseres Lebens hinaus, doch in jedem Augenblick ihrer Unermesslichkeit neigten sie sich ihrem Ende zu, denn das tat ein Sommer für gewöhnlich: Er verhöhnte uns mit seinem Ende, marschierte immer in den langen Schatten, der vom Ende der Ferien zurückgeworfen wurde. Und weil unsere Sommer immer endeten und weil sie ewig währten, wurden wir ungeduldig mit unseren Spielen, suchten wir nach neuen, intensiveren, und wenn im August die Grillen lauter wurden und ein rotes Blatt an einem sommergrünen Zweig erschien, stürzten wir uns wie verzweifelt in neue Abenteuer, während die immer gleichen langen Tage schwer von Stumpfsinn und Sehnsüchten wurden.

Erstmals sah ich die Teppiche in den Gärten anderer Viertel. Zipfel davon sah ich kurz hinter Garagen, flackernde Farben an den Ecken von Zweifamilienhäusern, wo Wäscheleinen an Rollen von oberen Balkonen zu hohen grauen Stangen liefen und alte Italiener mit Strohhut zwischen Tomatenreihen und hüfthohem Mais hackten. Einen sah ich einmal am Ende eines schmalen Grasstreifens zwischen zwei verputzten Häusern, wo sie auf Höhe der Mülltonnen leicht über den Boden strichen. Obwohl sie mir auffielen, interessierten sie mich nicht mehr als das Seilhüpfen auf dem Spielplatz der Schule, bei dem ich gelangweilt zuschaute, oder die gefährlichen Spiele mit Klappmessern, die die älteren Jungen auf der Rückseite des Süßwarenladens trieben. Eines Morgens fiel mir einer in einem Garten in meinem Viertel auf; vier Jungen betrachteten ihn starr. Es überraschte mich nicht, als einige Tage später mein Vater mit einem langen Paket unterm Arm nach Hause kam; es war in schweres braunes Papier geschlagen und mit einer strohfarbenen Schnur umwickelt, von der kleine Stachelhaare abstanden.

Die Farben waren matter, als ich erwartet hatte, weniger magisch – nur rötlich braun und grün: dunkelgrüne Kringel und Schleifen auf einem rötlichen Braun, das eigentlich braun war. Die Fransen an den Enden waren dickliche grobe Fäden. Ich hatte mir Karmesinrot, Smaragdgrün, das Orange exotischer Vögel vorgestellt. Die Unterseite des Teppichs war mit einem groben, kratzigen, juteähnlichen Stoff überzogen; in einer Ecke fiel mir ein kleines schwarzes Zeichen in einem roten Kreis auf, es war geformt wie ein großes H, dessen Mittelstrich schräg war. Ich übte vorsichtig im Garten, immer dicht überm Boden, folgte den verschwommenen blauen Anweisungen auf einem Stück Papier, das so dünn war, dass ich meine Fingerspitzen auf der Rückseite sah. Es war nur eine Sache geschickter Gewichtsverlagerung: Man saß im Schneidersitz unmittelbar hinter dem Mittelpunkt des Teppichs, und wenn der Teppich vorwärts fliegen sollte, beugte man sich leicht nach vorn, nach links, und er bog nach links, nach rechts, rechts. Der Teppich stieg, wenn man beide Seiten mit darunter gekrümmten Fingern anhob, und senkte sich, wenn man leicht hinabdrückte. Er wurde langsam und hielt, wenn die Unterseite den Druck einer Oberfläche spürte.

Nachts bewahrte ich ihn aufgerollt in dem engen Raum am Fußende meines Betts auf, bei alten Puzzlekartons unten in meinem Bücherregal.

Tagelang begnügte ich mich damit, Hin- und Hergleiten überm Garten zu üben, unter den Ästen des Holzapfelbaums hindurchzufliegen, mich zwischen der Schaukel und der Leiter des gelben Schaukelsets durchzuzwängen, gegen die unteren Ränder der Laken auf der Wäscheleine zu fliegen, über die Zinnienreihen am Rand des Gartens zu schweben, um dann über die Möhren und Rettiche und die vier Reihen Mais zu streifen, über dem Holzboden des alten Hühnerstalls auf der Rückseite der Garage, der nur aus einem Dach und Pfosten bestand, hin und her zu gleiten, wobei meine Mutter mir vom Küchenfenster aus besorgt zusah. Die Versuchung, in den Himmel aufzusteigen, war nicht größer als die, mich auf dem Fahrrad mit vor der Brust verschränkten Armen einen Hang hinabzustürzen. Manchmal machte es mir Spaß, den Schatten meines Teppichs zu betrachten, wie er, ein wenig unter mir, auf einer Seite über die Erde huschte, und hin und wieder sah ich in einem Garten in der Nähe einen älteren Jungen auf seinem Teppich über ein Küchenfenster aufsteigen oder über die sonnenbeschienenen Schindeln eines Garagendachs fliegen.

Manchmal kam mein Freund Joey über seinen niedrigen Lattenzaun zu mir in den Garten geschwebt. Dann folgte ich ihm immer im Kreis um die Holzapfelbäume und durch den offenen Hühnerstall. Er flog schneller als ich, beugte sich weit nach vorn, schwenkte scharf nach links oder rechts. Er jagte mir sogar über den Kopf, so dass einen Augenblick lang ein Schatten über mich hinwegstrich. Einmal landete er auf dem flachen Teerpappedach des Hühnerstalls, und gleich darauf auch ich. Wenn ich mich hinstellte, die Hände in den Hüften, konnte ich über die hohe Gartenhecke hinweg auf das mit Unkraut überwucherte Grundstück sehen, wo ich in früheren Sommern nach Fröschen und Gartenschlangen gejagt hatte. Jenseits dieses Grundstücks sah ich Häuser und Telefondrähte auf dem Hügel neben der gewundenen, in der Sonne funkelnden Straße, und hier und da sah ich in Gärten mit Wäscheleinen, vor der Rückseite weiß geschindelter Häuser, über Verandageländern und schrägen Kellertüren und den Wasserstrahlen von Rasensprengern mit schwachen Regenbögen darin die Kinder auf ihren roten und grünen und blauen Teppichen, wie sie durch die sonnige Luft flogen.

An einem Nachmittag, mein Vater war bei der Arbeit, meine Mutter lag in ihrem abgedunkelten Schlafzimmer und atmete asthmatisch feucht, zog ich den Teppich vom Fußende des Betts hervor, rollte ihn aus, setzte mich darauf und wartete. Ich durfte mit meinem Teppich nur fliegen, wenn meine Mutter vom Küchenfenster aus zusah. Joey war in einer anderen Stadt auf Besuch bei seiner Cousine Marilyn, die in der Nähe eines Kaufhauses mit einer Rolltreppe wohnte. Die Vorstellung, eine Rolltreppe hinauf und die nächste wieder hinabzufahren, eine hinauf und die nächste hinab, während die Stufen sich abflachten oder aufstellten, löste bei mir Ärger und Langeweile aus. Durch das Fliegengitter hörte ich die harten, klaren Schläge eines Hammers, wie das Ticken einer gigantischen Uhr. Ich hörte das Klapp-klapp einer Heckenschere, wobei ich an Schwertkämpfe in Filmen denken musste, das unregelmäßige Summen einer höher und tiefer fliegenden Biene. Ich hob die Ränder des Teppichs und schwebte durchs Zimmer. Nach einer Weile glitt ich durch die Tür und die Treppe hinunter in das kleine Wohnzimmer und die große gelbe Küche, doch ständig stieß ich gegen Töpfe und Stuhllehnen; und bald darauf glitt ich wieder die Treppe hinauf, landete auf meinem Bett und schaute aus dem Fenster in den Garten. Der Schatten des Schaukelrahmens zeichnete sich hart und schwarz vor dem Gras ab. Ich spürte ein Kribbeln und Ziehen in Beinen und Armen. Verträumt schob ich das Fenster höher und hob das Gitter.

Eine Weile glitt ich durchs Zimmer, dann bückte ich mich, denn ich näherte mich dem Fenster, und zwängte den Teppich hindurch. Die hölzerne Unterkante des hochgeschobenen Fensters scharrte mir über den Rücken, die Seiten des Rahmens drückten gegen mich. Es war wie in dem Traum, in dem ich versuchte, mich durch die kleine Tür zu zwängen, es unablässig versuchte, obwohl mir die Knochen wehtaten und die Haut brannte, bis ich dann plötzlich durch war. Einen Augenblick lang schien ich unter meinem Fenster in der Luft zu hängen; unter mir sah ich den grünen Schlauch, aufgewickelt an seinem Haken, die Griffe und Griffschatten auf den metallenen Mülltonnen, den Berglorbeerbusch, der gegen das Kellerfenster drückte; dann schwebte ich über die Schaukel und die Holzapfelbäume hinweg; unter mir floss der Schatten des Teppichs übers Gras; und während ich hoch über die Hecke und das leere Grundstück flog, schaute ich hinab auf das sonnenbeschienene hohe Gras, die Schwalbenwurzschoten und pinkfarbenen Disteln und eine grüne Colaflasche, die in der Sonne schimmerte; hinter dem Grundstück erhoben sich die Häuser hintereinander auf dem Hügel, die roten Kamine klar vor dem blauen Himmel; und alles war sonnig, alles war friedlich und ruhig; das Gesumm von Insekten; von fern das Geräusch eines Handmähers, wie eine Schere; leise Rufe von Kindern in der warmen, schläfrigen Luft; schwer schlossen sich schon meine Lider; doch tief unten sah ich noch einen Jungen in braunen Shorts, er sah zu mir herauf, die Augen beschirmend; und als ich ihn dort sah, wurde mir plötzlich bewusst, wo ich war, weit oben in der gefährlichen Luft; und furchtsam lehnte ich mich zur Seite und steuerte den Teppich zurück zu meinem Garten, ging hinter der Schaukel nieder und landete nahe der hinteren Treppe auf dem Gras. Als ich sicher in meinem Garten saß, blickte ich hinauf zu dem hohen, offenen Fenster; und hoch über dem Fenster blitzten die roten Dachschindeln in der Sonne.

Ich schleppte den schweren Teppich hinauf in mein Zimmer, aber am folgenden Tag erhob ich mich hoch über Joey, als er gerade über die Schaukel flog. In einem Garten weiter weg sah ich jemanden dicht über ein Garagendach schweben und aus dem Blick sinken. Nachts lag ich wach und plante Reisen, presste mir mit beiden Händen aufs Herz, um sein heftiges Schlagen zu bremsen.

Eines Nachts erwachte ich vom Lärm der Grillen. Durchs Fenstergitter sah ich den Schatten des Schaukelgestells im mondhellen Garten. Ich sah die Straßenlampe gegenüber der Bäckerei beim Feld und die drei Straßenlampen, die mit der Straße aufstiegen, bis sie auf der Hügelkuppe aus dem Blick schwenkte. Der Nachthimmel hatte die Farbe einer dunkelblauen Murmel, die ich immer an die Birne in der Tischlampe hielt. Ich zog mich rasch an, holte meinen Teppich hervor und schob langsam, um keine Scharrgeräusche zu machen, Fenster und Fliegengitter nach oben. Vom Fußende des Bettes hob ich den aufgerollten Läufer hoch. Unversehens schwappte er auf wie eine dunkle Flüssigkeit, die aus einer Flasche schießt. Das Holz des Fensters drückte gegen meinen Rücken, als ich mich hindurchzwängte.

In der blauen Nacht segelte ich über den Garten, flog hoch über die Hecke auf das Grundstück, wo der Teppich über mondhelles hohes Gras floss. Ich kehrte zum Garten um, flog übers Garagendach und umkreiste das Haus auf Höhe der oberen Fenster, sah mich in den funkelnden schwarzen Scheiben vorbeifliegen; und als ich ein wenig höher stieg in die dunkle und traumblaue Luft, sah ich, als ich hinabblickte, dass ich über Joeys Garten zum Grundstück der Ciccarellis flog, wo sich auf den erstickten Wegen, die sich durch hohes Unkraut und Dornbüsche wanden, ältere Jungen mit Steinen bewarfen; und so wie damals, als ich hüfthoch im Wasser stand, plötzlich in die Hocke ging und spürte, wie das kalte Nass meine Schultern bedeckte, stürzte ich mich jetzt in die dunkelblaue Nacht, überquerte Ciccarellis Grundstück, dann eine Straße, segelte über Garagendächer, bis ich höher stieg und auf Telefondrähte herabsah, die wie nass vom Mondlicht schimmerten, auf mondgrüne Wipfel voller Schwarz, auf die schrägen Sparren und offenen Räume eines halbfertigen Hauses, von Schatten durchschnitten; in der Ferne sah ich einen spiegelglatten Bach, der unter einer Straße hindurchfloss; Lichtpunkte zeigten die Form ferner Straßen; und beim Überqueren eines Dachs dicht am Kamin sah ich im Mondlicht jeden Backstein so hart und klar, dass ich in den roten und ockerfarbenen Flächen kleine Hubbel und Löcher erkannte; und weiter aufsteigend, den Wind in den Haaren, flog ich über mondüberflutete, von Kaminschatten gestreifte Dächer, bis ich unter mir den Turm einer weißen Kirche sah, die Spitze der Feuerwache, die großen roten Lettern des Billigladens, das Kinovordach, das wie eine Schublade herausstand, die Schaufenster, die im Licht der Straßenlampen dunkel leuchteten, die Straße mit ihrem Rotfilm von der Verkehrsampel; dann weiter über die Dächer auf der anderen Seite der Stadt, eine schwarze Fabrik mit erhellten Fenstern und weißem Rauch, der wie Licht leuchtete; ein Feld, das sich weit erstreckte; schimmerndes Wasser; bis ich glaubte, ich sei bis an den äußersten Rand der Dinge geraten; ich kehrte um und flog hoch oben über die mondbeschienene Stadt, als ich plötzlich den Hügel mit den drei Straßenlampen sah, die Bäckerei, das Schaukelgestell, den Hühnerstall – und als ich für einen Augenblick auf dem Dach der Garage landete, rittlings auf dem First saß, jubilierend, ohne Angst, sah ich, weit oben in dem blauen Nachthimmel, langsam vor dem weißen Mond vorbeiziehend, einen weiteren Teppich mit seinem Passagier.

Mit Überschwang und Mattheit – einer Mattheit wie Traurigkeit – stieg ich langsam zu meinem Fenster auf, duckte mich hindurch und fiel in Schlaf.

Am nächsten Morgen erwachte ich träge und mit schwerem Kopf. Draußen wartete Joey mit seinem Teppich auf mich. Er wollte ein Wettrennen ums Haus machen. Aber an dem Tag hatte ich keinen Sinn für Teppiche, störrisch schaukelte ich auf der alten Schaukel, warf einen Tennisball aufs Garagendach und fing ihn, wenn er über den Rand gesaust kam, zwängte mich durch die Hecke auf das leere Grundstück, wo ich einmal einen Frosch mit einem Glas gefangen hatte. Nachts lag ich da und erinnerte mich in allen Details an meine Reise – die mondschimmernden Telefondrähte über ihren Schattenstreifen, die klaren Backsteine im Kamin –, während ich durchs Fliegengitter das Tschick-tschick-tschick der Grillen hörte. Ich setzte mich im Bett auf, schloss das Fenster und drehte den Metallriegel zu.

Ich hatte Geschichten von anderen Reisen gehört, über die Grenzen der Stadt hinaus, hoch in die Wolken hinein. Joey kannte einen Jungen, der so hoch gestiegen war, dass man ihn nicht mehr sehen konnte, wie ein Ballon, der immer kleiner wird und dann – wie plötzlich – in blaue Regionen unerreichbar für das Auge verschwindet. Es gebe Städte da oben, sagten sie; ich wusste es nicht; weiße Wolkenstädte, mit Türmen. Dort oben in dem Blau jenseits des Blaus gebe es Flüsse, unter denen man hindurch könne, so wie unter einer Brücke; Vögel mit regenbogenfarbenem Schwanz; Eisgebirge und Schneestädte; abgeflachte leuchtende Lichtmassen wie wirbelnde Scheiben; blaue Gärten; langsam sich bewegende Wesen mit ledrigen Flügeln; von den Toten bewohnte Städte. Mein Vater hatte mich gelehrt, Geschichten über Marsmenschen und Raumschiffe nicht zu glauben, und die Geschichten jetzt waren wie sie: Noch während man sich weigerte, sie zu glauben, sah man sie, als glühten sie vom schieren Bemühen, nicht daran zu glauben, im Kopf. Neben solchen Geschichten wirkte mein verbotener Nachtflug über die Dächer zahm wie ein Bummel. Ich spürte dunkle Wünsche in mir reifen; störrisch kehrte ich zu meinen alten Spielen zurück, während Teppiche durch Gärten flogen, rote und grüne Steifen vor weißen Schindeln bildeten.

Einmal ließ meine Mutter mich zu Hause zurück und ging zum Markt auf dem Hügel einkaufen. Ich wollte ihr nachrufen: Halt! Sag, ich soll mitkommen! Ich sah sie über den Rasen zur offenen Garage gehen. Mein Vater war mit dem Bus zur Arbeit gefahren. In meinem Zimmer zog ich die

Jalousien hoch und schaute zu dem strahlend blauen Himmel hinauf. Lange schaute ich auf den Himmel, bis ich dann das Fenster entriegelte und Scheibe und Gitter hochschob.

Ich brach über dem Garten auf und stieg weich ins Blau. Ich hielt den Blick nach vorn und nach oben, aber hin und wieder senkte ich ihn über den Teppichrand. Unten sah ich kleine rote und schwarze Dächer, die Schatten von Häusern, alle zu einer Seite geworfen, einen sonnigen Streifen Straße, mit hart geneigten, wie vom Wind auf die Seite gewehten Baumschatten gesäumt – und hier und da, auf säuberlichen Rasenquadraten, flogen kleine Teppiche über ihren mitziehenden Schatten. Der Himmel war blau, rein blau. Als ich das nächste Mal hinabblickte, sah ich weiße Federbäusche reglos über Fabrikschornsteinen hängen, Öltanks wie weiße Münzen an einem gleißenden braunen Fluss. Über mir, in all dem Blau, sah ich nur eine kleine weiße Wolke mit einem schmalen Riss an der Unterseite, als hätte jemand angefangen, sie entzweizureißen. Der leere Himmel war so blau, so dicht und dick blau, dass er wie etwas war, das ich eigentlich hätte fühlen müssen, wie Wasser oder Schnee. Einmal hatte ich eine Geschichte über einen Jungen gelesen, der in einen See ging und auf dessen Grund zu einer Stadt kam, und nun schien es mir, als tauchte auch ich tief in einen See, obwohl ich ja aufstieg. Unter mir sah ich einen dunstigen Wolkenfleck, Rechtecke aus Dunkelgrün und Karamell und Braun. Das Blau über mir dehnte sich wie Schneefelder, wie Feuer. Ich stellte mir vor, wie ich im Garten stand und zu meinem Teppich hinaufblickte, der immer kleiner wurde, bis er im Blau verschwand. Ich fühlte mich selbst im Blau verschwinden. Er verschwand im Blau. Unter meinem Teppich sah ich nur Blau. In diesem Blau hinterm Blau, alles nichts überall, war ich da noch ich? Ich war nicht mehr zu sehen, der Strick, der mich mit der Erde verband, war gerissen, und in diesen Bereichen des Blau sah ich keine Flüsse und weißen Städte, keine sagenhaften Vögel, nur schimmernde Fernen aus himmelblauem, firmamentblauem Blau. In diesem Ausbruch von Blau versuchte ich mich zu erinnern, ob der Junge in dem See je wieder zurückgekommen war; und als ich in jenes unfassbare Blau hinabblickte, das auf beiden Seiten fortstürzte, sehnte ich mich nach der Härte unter grünem Gras, nach Baumrinde, die meinen Rücken kratzte, Gehwegen, dunklen Steinen. Vielleicht war es die Angst, nie mehr zurückzukommen, vielleicht lag es auch daran, dass das Blau in mich drang und mich durch und durch tränkte, jedenfalls überkam mich ein Schwindel, ich schloss die Augen – und ich hatte das Gefühl, durch den Himmel zu fallen, dass mein Teppich fortgeweht war, dass der brausende Fall die Luft aus mir herausgepresst hatte, dass ich gestorben war, gleich sterben würde wie in einem Traum, in dem ich auf die harten Steine fiel, dass ich rannte, stolperte, krabbelte, vom Blau verfolgt; und als ich die Augen aufschlug, sah ich, dass ich bis auf Sichtweite der Hausdächer gekommen war, dass meine Hände die Teppichkanten wie Krallen festhielten. Ich stürzte tiefer und erkannte bald die Dächer meines Viertels. Dort war Joeys Garten, da war mein Garten, da war mein Hühnerstall, meine Schaukel; und bei der Landung im Garten spürte ich, wie das Gewicht der Erde mich wie ein Freudenausbruch durchströmte.

Beim Abendessen konnte ich kaum die Augen offenhalten. Zur Schlafenszeit hatte ich Fieber. Keine Hustenanfälle, keine juckenden Augen oder wunde rote Linien unter der laufenden Nase – nur ein stetes Brennen, eine schwere Mattigkeit, die drei Tage dauerte. In meinem Bett, unter der Decke, hinter geschlossenen Jalousien, las ich ein Buch, das mir immerzu auf die Brust fiel. Am vierten Tag erwachte ich munter und mit kühler Haut. Meine Mutter, die mir drei Tage lang sanft die Hand auf die Stirn gelegt und mich mit ernsten, forschenden Augen angesehen hatte, schritt nun lebhaft im Zimmer umher, öffnete Jalousien mit einem harten, dünnen Geräusch, zog sie scheppernd hoch. Am Vormittag durfte ich still im Garten spielen. Am Nachmittag stand ich hinter meiner Mutter auf einer Rolltreppe, die zu den Jungshosen führte. Die Schule sollte in weniger als zwei Wochen wieder beginnen; ich war aus allem herausgewachsen; Oma kam zu Besuch; Joeys Onkel hatte echte Hufeisen mitgebracht; es war keine Zeit, keine Zeit für gar nichts; und als ich auf heißen, von Ahornen beschatteten Gehwegen zur Schule ging, auf dem sandigen Straßenrand vorbei an Ciccarellis Grundstück, durch die Franklin Street und die Collins Street hoch, sah ich in der warmen und sommerlichen Septemberluft, gleich einem gigantischen Muttermal, einen leuchtenden Flecken roter Blätter inmitten des Grüns.

An einem Regentag, als ich in meinem Zimmer nach einem Hausschuh suchte, entdeckte ich unterm Bett meinen aufgerollten Teppich. Staubflocken hingen daran wie Bienen. Verärgert schleppte ich ihn in den Keller und legte ihn auf eine alte Kiste unter der Treppe. An einem verschneiten Nachmittag im Januar jagte ich hinter einem Tischtennisball her in das lichtgestreifte Dunkel unter der Kellertreppe. Lange Spinnweben gleich zartem Takelwerk waren in dem dunklen Raum gewachsen, spannten sich von Fassrändern zu den Unterseiten der Stufen. Mein alter Teppich lag auf dem bröckligen Boden zwischen der Kiste und einem Holzfass. »Ich hab ihn!«, rief ich und schnappte den kleinen weißen Ball mit seinem klebrigen Klümpchen Spinnengewebe, rieb ihn mit dem Daumen ab, duckte mich, als ich ins gelbe Licht des Kellers zurücktrat. Der Glanz auf dem dunkelgrünen Tisch ließ ihn seidig erscheinen. Durch ein hohes Fenster sah ich den Schnee schräg und stetig herabfallen, er häufte sich vor der Scheibe.

Während der Herrschaft Harads IV.

Während der Herrschaft Harads IV. lebte am Hof ein Miniaturmacher, der für die unheimliche Perfektion seiner Arbeit berühmt war. Seine anstrengende Kunst war nicht nur erfreulich anzusehen, Freude und Erstaunen wuchsen auch noch, wenn der Betrachter sich näher hinbeugte und sah, dass selbst auf die kleinsten und am wenigsten sichtbaren Details leidenschaftliche Sorgfalt verwandt worden war. Es hieß, gleichwie genau man eins der kleinen Stücke des Meisters untersuchte, man entdeckte immer noch ein Wunder mehr.

Zu den zahlreichen Aufgaben des Miniaturmachers zählte es, die Hofdamen mit geschnitzten Elfenbeinpflanzen und dreiköpfigen Seeungeheuern für ihre Freudenkammern zu beliefern, Fell und Federn sagenhafter Wesen im *Buch der dreihundert Geheimnisse* zu zeichnen und vor allem, die Einrichtung des alten Spielzeugpalasts, den der König von seinem Vater geerbt hatte und der voller modernder Vorhänge und gesprungenen Holzes war, zu ersetzen. Der berühmte Spielzeugpalast mit seinen über sechshundert Zimmern, seinen Verliesen und Geheimgängen, seinen Parks und Höfen und Obstgärten erhob sich bis auf die Höhe einer Männerbrust und hatte seinen eigenen Raum gegenüber der königlichen Bibliothek. Als Gegenleistung für seine Pflichten erhielt der Miniaturmacher eine Privatwohnung im Palast nicht weit vom Hoftischler sowie ein Hermelingewand, das ihn zur Teilnahme an offiziellen Zeremonien berechtigte. Unterstützung erhielt er von zwei jugendlichen Lehrlingen. Sie skizzierten die größeren Miniaturen wie Schränke und Himmelbetten, brannten kleine irdene Schalen in einem besonderen Brennofen, trugen die erste Lackschicht auf Holzgegenstände auf und sparten dem Meister kostbare Zeit, indem sie ihm aus den Werkstätten des Palasts Stücke von Elfenbein, Kupfer, Lapis, Buchsbaum- und Buchenholz brachten. Nicht gestattet war es den Lehrlingen, sich an den schwierigeren Arbeiten in der Kunst des Miniaturmachers zu versuchen, wie die Drachenköpfe an den Füßen von Tischbeinen zu schnitzen oder die winzigen Kupferschlüssel zu schmieden, mit denen sich die Schlösser von Schubladen und Truhen öffnen ließen.

Eines Tages, nach der Fertigstellung einer schwierigen und erregenden Aufgabe – er hatte für einen der Miniaturobstgärten einen Korb wunderbar lebensechter roter und grüner Äpfel geschaffen, jeder nicht größer als ein Kirschkern, und als Krönung hatte er auf den Stiel eines Apfels eine perfekt nachgebildete Fliege aus Kupfer gesetzt –, verspürte der Miniaturmacher eine aufkommende Unruhe. Es war nicht das erste Mal, dass er am Ende einer langwierigen Aufgabe eine solche Regung verspürt hatte, in letzter Zeit aber war dieses merkwürdige, innere Jucken hartnäckiger geworden. Bei seinem Versuch, das Gefühl zu durchdringen, es sich klarer zu enthüllen, dachte er an den Apfelkorb. Die Herstellung des Korbs war ungewöhnlich befriedigend gewesen, weil sie ihm eine Hierarchie der Größen geboten hatte: den Korb selbst, der aus einzelnen, mit Kupferdraht gebundenen Buchsbaumholzleisten bestand, dann die Äpfel und schließlich die Fliege. Die winzige Fliege mit ihren präzise nachgebildeten Flügeln hatte ihm die größte Schwierigkeit und die größte Freude bereitet, und ihm kam der Gedanke, dass es keinen besonderen Grund gab, mit der Fliege aufzuhören. Plötzlich ergriff ihn ein inneres Beben. Warum hatte er nie daran gedacht? Wie war das möglich? Verlangte nicht die Logik selbst, dass die Abwärtsserie weiterverfolgt wurde? Bei dem Gedanken spürte er eine tiefe, schuldige Erregung, als wäre er an eine verbotene Tür am Ende eines privaten Korridors gelangt und hörte, als er langsam den Schlüssel drehte, ferne Musik.

Er machte sich daran, einen Apfelkorb von der Größe eines seiner Äpfel zu fertigen. Die neuen Holzäpfel, ein jeder mit Stiel und zwei Blättern, waren so klein, dass er sie nur mithilfe eines Vergrößerungsglases schnitzen konnte, das er in einen Stützrahmen setzte. Doch noch während er freudig mit jedem Apfel rang, merkte er, dass er von der Fliege träumte, der unmöglichen Fliege, die, wie sich zeigte, nur als Körnchen auf dem winzigen Stiel sichtbar war, obwohl sie, durch die Lupe betrachtet, in jedem Detail vollkommen war.

Der König, der die ursprüngliche Fliege gerühmt hatte, blickte mit erstauntem Wohlgefallen auf den neuen Apfelkorb. Als der Meister ihn aufforderte, die Äpfel durch die Lupe zu betrachten, hielt der König den Atem an, schien etwas sagen zu wollen und klatschte plötzlich heftig in die Hände, woraufhin der Kammerherr hereinschritt. Der König wies ihn an, sich die Miniaturfliege durch die Linse anzuschauen. Der Kammerherr, ein kalter, herrischer Mann, schnappte keuchend nach Luft. Am nächsten Morgen war die Geschichte von der unsichtbaren Fliege im ganzen Palast bekannt.

Mit frischem Schwung, als kehrte er zu einer früheren und überschäumenderen Periode seines Lebens zurück, widmete er sich, trotz seiner mittleren Jahre noch immer vital, einer Reihe von Miniaturen, die seine schönsten Erfolge der Vergangenheit in jeder Hinsicht übertrafen. Aus einem Kirschkern schnitzte er einen Ring mit sechsunddreißig Elefanten, die jeweils den Schwanz desjenigen vor ihm mit dem Rüssel hielten. Jeder Elefant besaß ein Paar nahezu unsichtbarer Stoßzähne, die aus Elfenbein geschnitzt waren. Eines Tages überreichte der Meister dem König eine Untertasse, auf dem ein umgedrehter Fingerhut aus Ebenholz stand. Als der König den Fingerhut abnahm, entdeckte er darunter eine akribisch genaue Nachbildung des Nordwestflügels seines Spielzeugpalasts mit sechsundzwanzig komplett möblierten Räumen, darunter ein Schreibtisch mit Straußenklauen an den Beinen und ein goldener Vogelkäfig mit einer Nachtigall darin.

Kaum hatte der Miniaturmacher den Fingerhutpalast fertiggestellt, verspürte er einen neuerlichen Ausbruch von Ruhelosigkeit. Da er nun seine Abwärtsreise begonnen hatte, würde er sie je wieder beenden? Und lag es nicht auf der Hand, dass sich der winzige Palast, wenn auch für das unbewehrte Auge nur teilweise sichtbar, allzu bereitwillig offenbarte, ohne jenen Widerstand, der ja ein wesentlicher Bestandteil des ästhetischen Vergnügens war? Und so nahm er sich einen Sprung unter die Oberfläche des Sichtbaren vor, die Erschaffung einer detaillierten Welt, die für das bloße Auge vollkommen unzugänglich sein würde.

Er begann mit einfachen Dingen – einer Kupferschüssel, einer Buchentruhe –, denn das Material, mit dem er arbeitete, war vor der Vergrößerung selbst unsichtbar und verlangte von ihm einen neuen Grad an feiner Bearbeitung. Rasch erkannte er den Bedarf an kräftigeren Linsen, empfindlicherem Werkzeug. Beim Hoftischler bestellte er ein komplexes Greifgerät, das seine Hände ruhig hielt und seinen Fingern Halt gab. Das ist keine Arbeit für einen alten Mann, dachte er – nein, auch nicht für einen jungen –, sondern nur für einen in der vollen Lebenskraft der mittleren Jahre.

Sein erstes Meisterwerk im Reich des Unsichtbaren war ein Hirsch mit verzweigtem Geweih. Durch eine starke Lupe beobachtete er, wie sich das Unsichtbare zum Sichtbaren schärfte: der Kopf zur Seite gedreht, das Maul leicht geöffnet, die Lippen zurückgezogen, um die Zähne zu entblößen. Er schnitzte und bemalte ihn bis zum letzten Detail, Zahn und Huf und blasses Innenohr, und manche sagten, wenn man durch das Vergrößerungsglas sehr genau hinsah, habe man die bernsteingelben Iris von den leuchtend schwarzen Pupillen unterscheiden können.

Kaum hatte er den Hirsch beendet, begann er eine weit anspruchsvollere Aufgabe: einen unsichtbaren Garten, der zunächst einem der neununddreißig Palastgärten nachgebildet war, dem er aber bald eine eigene, weit ausgeklügeltere Anlage schenkte. In der Anfangsphase zerstörte ein plötzlicher Windstoß die Arbeit einer Woche. Mithilfe des Hoftischlers, für den er eine Zeichnung anfertigte, baute der Miniaturmacher ein Teakkästchen mit schrägem Deckel, in dem ein viereckiges Vergrößerungsglas eingelassen war. In den Seiten der Kiste ließen sich zwei Fächer sanft auf- und zuschieben, so dass ein Paar Hände eingeführt werden konnte, und die viereckige Linse, die an einem System aus Stangen und Schrauben angebracht war, konnte gehoben und gesenkt werden. Der verzwickte, zierliche Garten, auf diese Weise vor störenden Luftströmen geschützt, wuchs langsam, bis er Dutzende zwölfseitiger Blumenbeete enthielt, vierzehn Arten von Obstbäumen mit einzelnen Blättern, ein System sich kreuzender Wege, gepflastert mit Mosaiksteinchen aus Ebenholz und Elfenbein, Onyxbrunnen, in die Sagenfiguren geschnitzt waren, Schnecken unter Steinen.

Zwar bekundete der König ob des Gartens, den er durch das Glas sah, Verwunderung und Erstaunen und pries des Meisters Eroberung einer neuen Welt, dennoch stellte er ihm viele Fragen zu der Linse und dem Teakkästchen, als argwöhnte er, dass sie einen Zauber bewirkten. Schließlich gestattete sich der König noch die Frage, ob sein Miniaturmacher vielleicht doch bald wieder zu dem sichtbaren Wunder seines erlesenen Palastmobiliars zurückkehren wolle. In des Königs Stimme vernahm der Meister einen unmissverständlichen Tadel. Während er den Apparat erklärte und die Linse justierte, schien ihm, dass er sich mit seinem Vorstoß über die sichtbare Welt hinaus auf eine Reise begeben hatte, die gefahrvoller war, als er geahnt hatte.

Doch schon hatte er sich auf das krönende Meisterwerk dieser Periode gestürzt: den berühmten Spielzeugpalast des Königs, für das bloße Auge absolut unsichtbar. Die über sechshundert Räume würden vollständig möbliert und minutiös in jedem Detail wiedergegeben, einschließlich der Schwalbenschwanzverbindungen bei den Schränken, funktionierender Schlösser bei den Schubladen und fünfzehn Dutzend komplette Garnituren Messer, Gabeln und Löffel aus gepunztem Silber, jedes einzelne Stück mit den königlichen Insignien – eine Krone und gekreuzte Schwerter – auf dem Griff eingeprägt.

Während des Baus seines Palastes unter Glas suchte der

Miniaturmacher mehrmals den ursprünglichen Spielzeugpalast auf und war jedes Mal verblüfft von dem gewaltigen Gebäude, das beinahe bis zu seinen Schultern aufragte. Die Stühle im Ratssaal waren groß wie seine Fäuste. Seit seine Arbeit ihre feine und notwendige Wendung genommen hatte, ihren merkwürdigen, unerklärlichen Schwenk von klassischer Kleinheit hin zu einem anderen, dubioserem Reich, hatten seine Lehrlinge die Aufgabe übernommen, des Königs Spielzeugpalast mit Mobiliar zu versehen. Und der Meister sah, dass es gut war: Sie waren für große, schlagende Effekte zu gebrauchen, und er war vielleicht übermäßig streng gewesen, sie in den Tagen, als ihn solche Dinge noch beschäftigten, auf elementare Aufgaben zu beschränken.

Eines Tages, als der Miniaturmacher einen Schreibtisch in des Königs Spielzeugpalast betrachtete, kam er ins Träumen. An der Schublade des Schreibtischs befestigt war ein Paar Löwenkopfgriffe aus Messing, die ihm einmal als der Gipfel der Eleganz erschienen waren und ihn drei Tage Arbeit gekostet hatten. Der kleinste Gegenstand im Spielzeugpalast war eine silberne Nadel, nicht dicker als ein Haar. Nicht ohne Stolz kam ihm der Gedanke, dass der gesamte Palast, den er nun unter der Lupe erbaute, mit seinen sechshundert Räumen und den Parks und Obstgärten, in die Öse dieser Nadel gesetzt werden konnte.

Doch während er noch tief in seine kleine Welt hinabsank, spürte er im Hinterkopf ein feines Jucken, als hätte er gewusst, dass sein Palast, selbst der, ihn nicht lange zufriedenstellen konnte. Denn eine solche Leistung, wie schwierig auch immer, war eigentlich nicht mehr als die nochmalige Eroberung eines vertrauten Bereichs, dem Schattenreich der Welt, die ihm seine Lupe enthüllte, und er sehnte sich nach einer Welt, die so klein war, dass er sie sich noch gar nicht vorstellen konnte. Bei der Arbeit an seinem Palast wuchs das Verlangen in ihm, und es war ihm, als spürte er vage, ungreifbar, unmittelbar jenseits seines inneren Gesichts, ein weiteres Königreich.

Er sah es immer deutlicher und mit wachsender Erregung, auch wenn er sich eingestand, dass es weniger ein Sehen als vielmehr ein Verlangen war, das sich allmählich zu Gewissheit festigte. Obwohl er nun mit derart winzigen Materialien arbeitete, dass sie für das unbewehrte Auge unsichtbar waren, galt weiterhin, dass das Unsichtbare durch seine Linse sichtbar gemacht wurde. Mochte er auch anderen als Magier erscheinen, der das Gesehene aus dem Ungesehenen holte, arbeitete er doch vollkommen in der sichtbaren Welt. Es war eine vieldeutige, flüchtige Welt, die, sobald das Glas entfernt war, im Unsichtbaren verschwand, und dennoch war sie nicht annähernd das rein unsichtbare Reich, das er unmittelbar dahinter spürte. Und er sehnte sich danach, so kleine Gegenstände zu bauen, dass sie der Macht der vermittelnden Linse entkamen, im dunklen Königreich des Unsichtbaren versunken blieben.

Wie immer begann er mit einem einfachen Gegenstand: einem rechteckigen Elfenbeinkästchen mit Schiebedeckel. Auch wenn das Kästchen so wunderbar klein war, dass es selbst durch das Glas unsichtbar blieb, machte er weiterhin Gebrauch von seinem Teakbetrachter mit dem schrägen Deckel und der beweglichen Linse, denn das vertraute Gerät bündelte seine Aufmerksamkeit und gab seinen Fingern Halt. Das Elfenbeinkästchen, das kein einziges Mal aus seiner verborgenen Welt kam, um sich dem Auge des Meisters zu enthüllen, war nach sieben Tagen fertiggestellt. Mit seinem inneren Auge betrachtete er es nüchtern und empfand ein ruhiges Hochgefühl. Obwohl es keinen sichtbaren Beweis gab, war er sich doch seiner formalen Vollkommenheit, der eleganten Präzision seiner Teile sicher – nie zuvor hatte er sich solche Mühe gegeben.

Sogleich stürzte er sich auf eine noch ehrgeizigere Aufgabe: ein Pfau mit gespreiztem Schwanz aus Buchenholz. Der bezaubernde Pfau, der in ungesehenen Farben erstrahlte, kostete ihn beinahe drei Wochen, und als er fertig war, fühlte er sich bereit für die Aufgabe, auf die er sich insgeheim vorbereitet hatte: ein imaginäres Königreich.

Und so machte er sich an die Arbeit an seinem unsichtbaren Königreich mit seinen ummauerten Städten und gewundenen Flüssen, seinen Buchen- und Fichtenwäldern, seinen Kupferminen und Tempeltürmen, seinen Löffeln und Insekten. Nach Ablauf eines Jahres hatte er eine einzige Stadt fertiggestellt. Die Stadt enthielt Straßen mit Kopfsteinpflaster und Marktplätze, Körbe mit Trauben auf den Ständen der Obstverkäufer, Kontorhäuser mit säulengestützten Balkonen, die auf Höfe blickten, einzelne Flaschen in den Werkstätten der Glasbläser. Er war müde und in Hochstimmung, und als er sich vorstellte, was alles noch zu tun blieb, was sich vor ihm wie ein ungeheures Abenteuer erstreckte, ertappte er sich bei dem Wunsch, seine Arbeit jemandem zeigen zu können, wie er es früher gekonnt hatte. Die Abgeschiedenheit bei dieser Aufgabe war nie bedrückend, aber von Zeit zu Zeit, in den Pausen seines Tages, verspürte er doch einen Hauch Einsamkeit. Der König befahl ihn nicht mehr zu sich, und seine Lehrlinge waren in eine Kammer nebenan gezogen und hatten ihrerseits Lehrlinge angestellt.

Eines Nachmittags, er war tief in seinem unsichtbaren

Königreich versunken, klopfte es an die Tür seiner Kammer. Der Miniaturmacher hob leicht den Kopf von seinem Teakkästchen und forderte den Besucher auf einzutreten. Der Tür ging auf, und herein kamen zwei der vier neuen Lehrlinge. Zunächst entschuldigten sie sich, dass sie den Meister bei der Arbeit störten, erklärten aber, sie hätten seine unübertroffene Kunst schon seit langem bewundert und könnten dem Wunsch nicht widerstehen, ihm ihre Reverenz zu erweisen und um Neuigkeiten seiner jüngsten Arbeit zu bitten, von der sie verworrene und widersprüchliche Berichte gehört hätten. Ihre eigene Arbeit sei noch grob und unbedeutend, sie verfügten kaum über die Fertigkeit, ein Tischbein herzustellen, und hofften, ein Besuch beim Meister werde sie belehren und anregen. Der Meister wusste sogleich, dass die Lehrlinge, die beide recht jung waren, ihrer sehr sicher waren und sich nur aus vornehmer Höflichkeit herabsetzten, doch die Einsamkeit der letzten Monate wurde von ihren huldigenden Worten gelindert. Er erlag der Versuchung und trat beiseite, um sie sein Königreich durch die Linse betrachten zu lassen. Zwar würden sie nichts sehen können, denn er war gänzlich unter den Boden des Sichtbaren gefallen, aber vielleicht konnten sie ja, so wie er in den dunkelsten Tiefen seines Geistes, die Pracht und Präzision seiner unsichtbaren Kunst irgendwie spüren.

Der erste Lehrling beugte sich über die Linse in dem schrägen Deckel des Teakkästchens. Nach einigen Augenblicken trat er beiseite und ließ den zweiten Lehrling sich über das Glas beugen. Als beide hindurchgesehen hatten, sagte der jüngere der beiden, des Meisters Kunst sei wahrhaftig unvergleichlich. In seinem jungen Leben habe er bezüglich Konzeption und Ausführung nie etwas so Bemerkenswertes gesehen. Sogleich verlieh auch der zweite Lehrling seiner Bewunderung Ausdruck, indem er sagte, nicht im Traum hätte er es gewagt, sich einen solchen Liebreiz vorzustellen. Und tatsächlich war es auch die höchste aller Ehren, einfach in der Gegenwart einer so großen Leistung zu sein. Dann dankten die beiden Lehrlinge dem Meister, dass er sie mit seiner Aufmerksamkeit beehrt habe, und verabschiedeten sich respektvoll. Der Miniaturmacher wusste, dass sie nichts gesehen hatten, dass ihre Worte hohl gewesen waren und dass sie ihn nie wieder besuchen würden, und kehrte mit einiger Ungeduld zu seiner Arbeit zurück; und als er durch die Kruste der sichtbaren Welt in sein blendendes Königreich sank, begriff er, dass er sich von den Anfangstagen weit entfernt hatte, dass noch ein weiter Weg vor ihm lag und dass sein Leben von nun an schwierig und unversöhnlich sein würde.

In der Spielhalle

Im Sommer meines zwölften Geburtstags trat ich aus der Augustsonne ins Dunkel der Spielhalle. Mein Vater und meine Mutter hatten eingewilligt, davor zu warten, auf einer grünen Bank neben dem leuchtend weißen Kartenhäuschen. Schon als ich in den von dem schmalen Überhang geworfenen Schatten trat, stellte ich mir vor, wie meine Mutter mir unter ihrem breitkrempigen Sommerhut besorgt hinterhersah, als könnte sie mich in dem verschachtelten Dunkel auf immer verlieren, während mein Vater, mit einer Hand den sonnenpolierten Kopf seiner Pfeife stützend und die Stirn in dem intensiven Licht wie zornig runzelnd, denn er weigerte sich, Hut wie Sonnenbrille zu tragen, schon die Schilder am Pfeilwurfstand und an der Zuckerwattebude studierte, um mir zu demonstrieren, dass er sich nicht zu viele Sorgen um mich machte. Schließlich war ich ja jetzt ein großer Junge. Zwei Jahre war ich nicht mehr auf dem Rummelplatz gewesen. Den ganzen angespannten, enigmatischen Sommer, da die Welt stumm und erwartungsvoll war, wie im Begriff, ein überwältigendes Geheimnis zu enthüllen, hatte ich davon geträumt. In der Spielhalle sah ich gleich, dass das Dunkel nicht dunkel genug war. Ich hatte noch einen Sprung in das verlockende Dunkel von Kinos an heißen, hellen Sommernachmittagen im Sinn, hier aber gelangte die Sonne durch den offenen, von dem schmalen, überhängenden Dach beschatteten Eingang. Durch ein hohes Fenster fiel ein Balken Sonnenlicht, er sah aus wie mit einem breiten Pinsel auf die staubige Luft gemalt. Über dem mysteriösen Läuten von Glocken, dem Klirren, dem metallischen Surren der Spielhalle hörte ich die helle, tänzelnde, insgeheim trauervolle Musik des Karussells und das Geschrei und Gerassel der fernen Achterbahn.

Zum hinteren Bereich der Spielhalle hin schien das Dunkel dichter zu sein, als hätte es sich von der offenen Tür zurückgezogen und sich dort zusammengedrängt. Langsam ging ich tiefer hinein. Harte Jugendliche, die Haare an beiden Seiten zurückgecremt, kauerten über den Flippern. In ihren gefährlichen, gewalterfüllten Haaren sah ich die tiefen Furchen ihrer Kämme, wie Messerschnitte in Holz. Ich kam an einem Glaskasten mit einem gelben Spielzeugkran vorbei, der auf einem Haufen Preise hockte: Plastikringe, Taschenlampenkulis, kleine Spiele mit Löchern und silbernen Kugeln, schwarze Gummitaranteln, Zimtbonbons und Lakritzpfeifen. Vor dem Kran hielt ein Vater ein kleines blondes Mädchen in roten Shorts und blauem T-Shirt hoch; es versuchte mittels eines Hebels die Greifer des Krans über einen Preis zu klemmen, der jedoch immer wieder auf den Haufen zurückrutschte. Daneben hielt ein kleiner Junge ein großes schwarzes Rad gepackt, mit dem er ein Auto steuerte, das auf dem Bildschirm ein Rennen fuhr. Ein großer muskulöser Jugendlicher mit blondem Bürstenschnitt und mürrischen grauen Augen stand über einen Flipper gebeugt, der hell erleuchtete Hawaii-Mädchen mit roten Blumen im schwarzfunkelnden Haar zeigte; jedes Mal, wenn sein Finger den Knopf drückte, spannte sich in seinem dunklen, nackten Oberarm deutlich sichtbar ein Muskel. Einen Augenblick lang war ich versucht, mit dem Kran zu spielen, verachtete meinen kindischen Wunsch aber gleich und ging weiter. Wegen Preisen war ich nicht aus der Sonne gegangen. Ich war wegen etwas anderem hier, etwas Mysteriösem, Flüchtigem, das ich kaum benennen konnte. Angespannt vor Sehnsucht, vor unterdrückter Erregung und von der Anstrengung, hart, gefährlich und unauffällig zu wirken, kam ich endlich zu der alten Wahrsagerin in ihrer Glaskabine.

Durch die staubige Scheibe sah ich, dass sie gealtert war. Ihr roter Turban wies Staubstreifen auf, eines ihrer hellblauen Augen war nahezu ausgebleicht, und ihr langer Zeigefinger, der über einer Reihe aus fünf staubigen und leicht aufgewellten Spielkarten hing, hatte am Knöchel eine Scharte. Seitlich an der Nase zeigte sich ein Riss. Ihr heiles Auge wirkte abwesend und leer, als hätte sie etwas verlegt und könne sich nicht mehr erinnern, wo es war. Sie sah aus, als habe der lange Stumpfsinn ununterbrochener Meditation ihren Geist gedörrt. Ein zerfallenes Spinnennetz spannte sich zwischen einem Ärmel und dem Handgelenk.

Ich erinnerte mich, wie ich mich einmal davor gefürchtet hatte, ihr in die Augen zu sehen, wie ich nicht in dem tiefen, mystischen Blick gefangen sein wollte. In dem Gefühl, betrogen worden zu sein, wandte ich mich beklommen von ihr ab und machte mich auf die Suche nach lohnenderen Abenteuern.

Die Karussellmusik hatte aufgehört, und von weit her hörte ich rufen: »Drei Versuche für fünfundzwanzig Cent! Jeder gewinnt!« Ich wollte unbedingt von diesen Lauten weg, hinein in die verlorene Schönheit und Dunkelheit der Spielhalle. Ich kam an mehreren tot wirkenden Spielen vorbei und bog um eine große Maschine, die einem den Namen auf eine

Metallscheibe druckte. Da sah ich ihn an der Wand stehen, neben einem eingestaubten Flipper mit einem Klebstreifen über dem Münzschlitz. Niemand schien ihn zu beachten. Er trug einen schwarzen Cowboyhut, den er tief in die Stirn gezogen hatte, ein schwarzes Hemd, eine knittrige schwarze Hose und schwarze, rissige Stiefel mit nickelfarbenen Sporen. Er hatte lange schwarze Koteletten und einen dünnen schwarzen Schnurrbart. Sein schwarzer Gürtel war mit weißen Holzpatronen besetzt. Mitten auf der Brust hatte er eine kleine rote Zielscheibe. Er stand da, einen Arm leicht abgewinkelt, die Hand hielt einen schwarzen Revolver gepackt, der nach unten zeigte. Ihm gegenüber stand ein Pfahl, an dem ein Holster mit einem Revolver darin befestigt war. Aus dem Lauf des Revolvers kam ein geringelter schwarz gummierter Draht, der in den Pfahl lief. Ein verblasstes Schild gab Anweisungen in winziger Schrift. Ich schob das Holster auf Hüfthöhe, trat hin und übte Ziehen. Dann legte ich sorgsam ein Zehncentstück in die flache Vertiefung des Münzschlitzes, drückte die Metallzunge hinein, zog sie wieder heraus und nahm den Revolver. Ich hörte ein surrendes Geräusch. Plötzlich sprach jemand; ich schaute mich rasch um, doch die Stimme kam aus dem Bauch des Cowboys. Das hatte ich vergessen. Langsam, müde, als zerrten die Worte sich widerstrebend aus einem tiefen Schacht. »Na … gut … du … dreckiger … Ha…lunke. … Zzziieeh!« Ich zog meine Waffe und schoss ihm ins Herz. Der Cowboy starrte mich trübe an, als fragte er sich ohne großes Interesse, warum ich ihn gerade getötet hatte. Dann, langsam, langsam, hob er den Revolver. Ich spürte die Anstrengung dieses langsamen Hebens sogar in meinem gespannten Arm. Als der Revolver ein wenig nach rechts von meinem Bauch zielte, blieb er stehen. Ich hörte ein schwaches, leises Peng. Müde, wie von weither, sagte er: »Nimm ... das ... du ... mie...ser ... Schurke.« Langsam senkte er die beschwerliche Waffe. Als der Lauf nach unten zeigte, endete das Surren. Ich schaute mich um; ein kleines Mädchen, einen kandierten Apfel in der fetten Faust, starrte ausdruckslos zu mir hoch. Wütend und traurig schritt ich davon.

Ich kam an den Männchen mit den Boxhandschuhen vorbei, die starr in ihrem Glaskasten standen, aber ich hütete mich, sie zu ihrem schwerfälligen und unfähigen Leben zu erwecken. Trostlosigkeit hatte sich über die Wesen der Spielhalle gesenkt. Selbst die echten, lebenden Menschen, die geräuschvoll herumschlenderten, waren von der hölzernen Steifheit angesteckt; ihr Lachen klang gezwungen, ihre Gebärden wirkten übertrieben und wenig überzeugend. Ich war wie gefangen in einer Atmosphäre von Verfall und Enttäuschung. Ich glaubte, wenn ich nicht fand, wonach ich suchte, was immer das auch war, würde mein ganzes Leben beschädigt sein. Ich drückte mich durch schmale, von hohen, scheppernden Maschinen flankierte Gänge, wandte mich zwischen ihnen nach links und rechts, ihre unmysteriösen Vergnügungen verachtend, bis ich endlich in einen Bereich mit alten Maschinen kam, ganz hinten in einer dämmerigen Nische.

Die Maschinen standen dicht an dicht, als drängten sie sich in dunkler, anrüchiger Kameraderie aneinander, die jedoch etwas Achtloses, Gleichgültiges hatte. Drei ältere Jungen, einer mit einer Schachtel Zigaretten unterm aufgerollten Ärmel seines T-Shirts, standen da und spähten in drei Sucher. Ich wählte eine Maschine so weit entfernt von ihnen wie möglich. Ein verblasstes Bild in schwachen Farben zeigte eine Frau mit verblassten gelben Haaren, sie stand mit dem Rücken zu mir und blickte lächelnd über die Schulter. Sie trug einen hohen weißen Hut, der fast grau geworden war, eine verblasste weiße Smokingjacke, verblasste schwarze Strümpfe mit einer schwarzen Naht hinten und verblasste rote Highheels. In einer Hand hielt sie einen Stock, mit dem sie nach hinten langte und schüchtern die Jacke hob, um das straffe obere Ende eines Strumpfs und das untere Ende eines verblassten Strumpfhalters zu entblößen. Mit einem bedrängten Gefühl legte ich ein Zehncentstück in die Höhlung und das Gesicht auf den Metallsucher. Die Ränder drückten auf meine Gesichtsknochen, als hätte er mich gepackt und zöge mich an sich. Ich stieß die Metallzunge hinein und zog sie heraus; einen Augenblick lang geschah nichts. Dann erschien ein Titel: EIN TAG IM ZIRKUS. Er verschwand, und an seine Stelle trat eine unscharfe Frau in Schwarzweiß, die in einer Manege im Freien auf einem Pferd stand, umgeben von gut gekleideten Männern und Frauen. Sie trug ein enges Kostüm mit einem kleinen Rock und sah nicht aus wie die Frau auf dem Bild. Das Pferd trottete nun langsam in der Manege herum, immer im Kreis, sprang manchmal ruckartig vorwärts, wenn sich der Film ruckartig abspulte, und sie stellte sich auf ein Bein und streckte das andere nach hinten aus. Einmal sprang sie in die Luft und landete in der anderen Richtung, und einmal stellte sie sich auf die Hände. Die Männer und Frauen reckten den Hals, um einander über die Schultern zu sehen, manchmal sahen sie einander an und nickten heftig. Ich wartete darauf, dass etwas geschah, dass eine unausgesprochene Verheißung eingelöst wurde, doch auf einmal hörte der Film auf. Zutiefst unzufrieden versuchte ich mir die verstörende halb nackte

Frau, die ich zwei Jahre zuvor gesehen hatte, in Erinnerung zu rufen, doch mein Gedächtnis war vage und unsicher; vielleicht hatte ich es ja gar nicht gewagt, in den verbotenen Sucher zu schauen.

Ich verließ die Maschinen und ging ruhelos durch die laute Halle, nahm ihre Schande, ihre Abkehr vom Mysterium wahr. Ich hatte den Eindruck, in die falsche Halle geraten zu sein; ich überlegte, ob es irgendwo anders auf dem Rummelplatz noch eine gab, die wahre Spielhalle, die meine Kindheit verzaubert hatte. Es war, als hätte sich über die Wesen in dieser Halle Mehltau gelegt: Sie waren kränkliche, verbrauchte Versionen ihrer selbst. Vielleicht waren sie Hochstapler, die die wahren Wesen hinterrücks gestürzt und ihren Platz eingenommen hatten. Besorgt setzte ich meine traurige Wanderung fort, suchte nach etwas, was ich nicht mehr verstand – eine Nuance, ein Mysterium, einen dunklen Schimmer. Unter einem Flipper sah ich einen Papierkegel, mit klebrigen pinkfarbenen Fetzen überzogen. Ein älterer Junge in Jeans und weißem T-Shirt, um die Hüfte eine grüne Leinenschürze, die in Taschen gegliedert war, alle prall von Münzen, blickte sich aufmerksam nach Kunden um, die Wechselgeld brauchten. Ich kam in einen schattigen Bereich im hinteren Teil der Halle; niemand da. Mir fiel auf, dass die Karussellmusik wieder aufgehört hatte. Die Maschinen in diesem Bereich wirkten alt und melancholisch. Ich ging interesselos an ihnen vorbei, bog um eine Ecke und sah eine dunkle Nische vor mir.

Vor der Öffnung lief zwischen zwei Pfosten, etwas durchhängend, ein dickes Seil aus blauem Samt. In dem Dunkel dahinter sah ich ein Gewirr aus undeutlichen Formen, manche mit einem Tuch bedeckt wie Möbel in einem verschlossenen Raum eines verrotteten Landhauses in einem Film. Ich spürte, wie etwas in mir anschwoll, als würden mir die Schläfen platzen; gleichzeitig war ich außerordentlich ruhig. Ich wusste, dass das die wahren Maschinen und Wesen der Spielhalle waren und dass man sie aus unerklärlichen Gründen entfernt hatte, um für die traurigen Hochstapler Platz zu machen, deren schändliche Leistung ich erlebt hatte. Rasch blickte ich hinter mich; ich konnte kaum atmen. Mit dem Gefühl, ich könnte mich jeden Augenblick auflösen, stieg ich über das Seil und trat in das verbotene Dunkel.

Es war zu dunkel, als dass ich deutlich hätte sehen können, doch ein anderer Sinn war so geschärft, dass ich fast schmerzhaft wach war. Ich spürte das Mysterium dieser verbannten Maschinen, ihre Verheißung erfüllender, verwirrender Erregungen. Ich begriff nicht, warum man sie in diese verwunschene Höhle abgeschoben hatte, doch ich hatte keinen Zweifel, dass hier die verlorene Spielhalle war, vollgestellt mit allem, wonach ich mich gesehnt und was ich fast vergessen hatte. Furchtsamen Schritts trat ich auf eine Maschine zu, die nachlässig mit einem Tuch abgedeckt war; angestrengt betrachtete ich einen entblößten Teil und sah gesprungenes Glas. In dem Moment hörte ich hinter mir ein Geräusch und fuhr voller Entsetzen herum.

Da war niemand. Stille hatte sich über die Spielhalle gesenkt. Ich lief zum Seil und stieg darüber, wieder in Sicherheit. Erst dachte ich, die Halle sei komischerweise verlassen worden, aber dann sah ich einige Leute langsam und ruhig herumgehen. Anscheinend hatte sich über alles eine zufällige Stille gelegt, wie es manchmal bei einer Menge geschieht: Die Aufregung legt sich, für einen Augenblick entwirren sich die ineinander verwobenen Rufe und Stimmen,

Schweigen fließt in die plötzlich offenen Räume, aus denen es ausgeschlossen gewesen war. In so einer Stille konnte alles geschehen. Alle meine Sinne standen weit offen. Ich war von innerer Erregung, die mir gegen die Schläfen drückte, so angespannt, dass es war, als würde ich mich ausdehnen, bis ich die ganze Halle ausfüllte.

Durch ein dazwischenliegendes Gewirr von Maschinen konnte ich die schwarze Hutkrempe und den schwarzen Ellbogen des Cowboys erkennen. In der bebenden Stille, die sich jeden Moment auflösen konnte, schien er mich zu erwarten.

Schon beim Näherkommen spürte ich, dass er sich verändert hatte. Er wirkte selbstsicherer, und er schaute mich direkt an. Um seinen Mund lag ein Ausdruck leisen Spotts. Ich spürte, wie sein ganzes Wesen sich in ihm ausdehnte und entfaltete. Aus dem Schatten seiner Hutkrempe loderten dunkel seine Augen; einen Moment lang hatte ich die Empfindung, dass jemand hinter mir war. Ich drehte mich um und sah in der Glaskabine am anderen Ende der Halle die Wahrsagerin, die mich mit durchdringenden blauen Augen anstarrte. Zwischen ihr und dem Cowboy spürte ich eine dunkle Komplizenschaft. Von irgendwoher kam ein leises Knarren, und ich nahm kleine, feine Bewegungen um mich herum wahr. Die Wesen der Spielhalle erwachten aus ihrer hölzernen Erstarrung. Zunächst konnte ich keine tatsächliche Bewegung sehen, aber ich merkte, dass die Stellung der kleinen Boxer sich leicht verändert, dass die Wahrsagerin einen warnenden Finger erhoben hatte. Geheimzeichen gingen hin und her. Ich hörte noch ein Geräusch und sah einen kleinen Eishockeyspieler am Rand seines gemalten Holzspielfelds sitzen. Ich wandte mich wieder dem Cowboy zu; er sah mich voller Wildheit und Verachtung an. Seine schwarzen Augen loderten. Eine seiner Hände bebte vor Wachheit. Ein Muskel in seiner Wange spannte sich. Meine Schläfen pochten, ich konnte kaum atmen. Ich spürte, dass jeden Moment etwas Verbotenes geschehen konnte. Ich schaute auf seinen Revolver, der jetzt im Holster steckte. Ich hob den Blick; er war bereit. Wie gebannt legte ich ein Zehncentstück in die Höhlung, stieß die Zunge hinein und zog sie wieder heraus. Einen Augenblick lang fixierte er mich in kalter Wut. Auf einmal zog er und schoss – mit solcher Anmut und Flinkheit, einer so zutiefst beruhigenden Flinkheit, dass etwas weit hinten in meinem Kopf sich entspannte. Ich zog und schoss und wusste nicht, ob ich schon tot war. Er stand ruhig da, sah mit mich plötzlicher Ruhe an. Er griff sich mit beiden Händen an den Bauch, taumelte langsam zurück, sah mich mit einem Ausdruck makelloser, großartiger Bosheit an. Anmutig sackte er auf ein Knie und neigte den unversöhnlichen Kopf wie zum Gebet; dann fiel er langsam auf die Seite und rollte auf den Rücken, die Arme ausgestreckt.

Sogleich stand er wieder auf, klopfte sich Staub von der Hose und nahm seine ursprüngliche Haltung wieder ein. Strahlend vor Gehässigkeit, edel von giftigem Groll, sah er mich mit wilder Belustigung an; ich spürte, dass er mich auf eine unausweichliche Art verhöhnte. Ich wusste, dass ich keinen Augenblick zu verlieren hatte, dass ich meine Chance nutzen musste, bevor es zu spät war. Ich riss den Blick von ihm und ließ ihn in der ganzen Pracht seiner Bosheit stehen.

Wie ein Rasender lief ich durch die stille Halle. Ich kam an eine dämmerige Nische im hinteren Bereich; da war niemand. Ich knallte mein Zehncentstück hinein und drückte die heiße Stirn auf das kühle Metall. Es war genau, wie ich gedacht hatte: Die Frau glitt anmutig vom Pferd, knickste zu stummem Applaus und schritt durch die Menge. Sie betrat einen schummrigen Raum, darin standen ein Bett mit einem geschnitzten Kopfbrett aus Mahagoni sowie ein hoher Drehspiegel, der in einem Rahmen aufgehängt war. Sie lächelte sich im Spiegel zu, wie um sich zu bestätigen, dass sie endlich in ihre wahre Existenz getreten war. Mit einer unvermittelten raschen Bewegung entledigte sie sich ihres Kostüms. Unter der Verkleidung trug sie eine lange Jacke und schwarze Nylonstrümpfe. Sie wandte dem Spiegel den Rücken zu und lächelte über die Schulter, hob die Jacke mit dem Griff ihres Stocks, wodurch sie das obere Ende des straffen, schimmernden Strumpfs und einen glitzernden Straps freigab. Neckisch hob sie es ein wenig höher, warf dann plötzlich den Stock weg und machte sich daran, die Jacke aufzuknöpfen. Stirnrunzelnd hantierte sie mit den dicken, plumpen Knöpfen; ich sah mit angespannter Ungeduld zu. Als die Jacke offen war, sah ich darunter etwas Undeutliches, Schattiges. Endlich schlüpfte sie aus der Jacke und gab einen schimmernden weißen Unterrock frei, der ihr bis zum Knie ging. Rasch zog sie sich den Unterrock über den Kopf, so dass ihr Gesicht einen Augenblick lang verhüllt war, und gab eine geblümte Bluse über einem schwarzen Hüfthalter frei. Sie fasste den Hüfthalter oben und streifte ihn nach unten, doch er umschloss sie so fest, dass sie sich immerzu von einem Bein aufs andere stellen musste; sie wurde dunkel im Gesicht, und plötzlich ging der Hüfthalter ab und enthüllte ein weiteres enges und schimmerndes Kleidungsstück darunter, immer schneller wand sie sich aus ihrer Unterwäsche, warf jedes Stück von sich und gab neue und unvermutete Tiefen seidener Heimlichkeiten frei, und stets hatte ich das Gefühl, einem dunklen Mysterium, das sich mir geschickt entzog, immer näher zu kommen. Verschwenderisch und überschwänglich, wie sie sich entkleidete, gewährte sie eine reiche Enthüllung von Halbblicken, eine Fülle verschleierter, dämmeriger Offenbarungen. Sie erblühte in Schimmer, Seide und Schatten, geleitete mich in ein opulentes, verwirrendes Reich immer noch gefährlicherer Entblößungen, die sich jeweils als neue und schimmernde Verhüllungen erwiesen. Von diesen Intensitäten erschöpft, beobachtete ich sie gespannt, doch mit wachsender Mattheit, als würde etwas Lebenswichtiges aus meiner Magengrube hervorgezogen und in das Gleißen ihrer unerschöpflichen Entkleidungen gewoben. Sie selbst war in einer fiebrigen Ekstase versunken, in deren Kern ich eine Traurigkeit entdeckte, als legte sie mit jeder imposanten Gebärde einen Teil ihres Lebens ab. Ich empfand eine schmelzende Mattheit, eine fiebrige Melancholie, bis ich wusste, dass jeden Moment – »He!«. Ich riss das Gesicht weg. Ein Junge in einem gelben T-Shirt schrie seinem Freund etwas zu. Leute schlenderten umher, Glocken läuteten, Kinder schrien in der Spielhalle. Heitere, tänzelnde, traurige Musik vom Karussell drehte und drehte sich durch die Luft. Mit pochenden Schläfen ging ich in den offeneren Teil der Spielhalle. Der Cowboy stand starr an seiner Stelle, vier Jungen in Highschooljacken drehten an den Stangen, an denen die kleinen Eishockeyspieler hingen. Zwei kleine Jungen standen über den kleinen Boxern, die ruckartig ihre Bewegungen vollführten. Ich drehte mich um: In der dunklen Nische, vor der sich ein blaues Samtseil spannte, sah ich eine Sammlung alter, kaputter Flipperautomaten. Auf der anderen Seite der Halle saß die verblasste Wahrsagerin dumpf in ihrem staubigen Glaskäfig. Ein Überdruss hatte sich über die Spielhalle gesenkt. Ich fühlte mich müde und alt, als könnte hier nie etwas geschehen. Die merkwürdige Stille, das Erwachen der Wesen aus ihrem hölzernen Schlummer, alles wirkte vage und unsicher, als hätte es vor langer Zeit stattgefunden.

Es wurde Zeit zu gehen. Traurig ging ich zu dem Holzcowboy mit seinem staubigen schwarzen Hut. Unversöhnlich sah ich ihn an, betrachtete sorgfältig die von seinen Händen blätternde Farbe. Ein Junge ungefähr meines Alters stand vor ihm, bereit zu ziehen. Als die Holzfigur sprach, brach der Junge in lautes, spöttisches Gelächter aus. Sein Lachen brannte mir schmerzlich in der Brust, und ich blickte den Cowboy vorwurfsvoll an; die trüben Augen im Schatten seines Huts schienen mich wahrzunehmen. Langsam, ruckartig hob er den Holzarm. Durch das Anheben verschob sich sein Kopf leicht, und einen Augenblick lang warf er mir einen wissenden Blick zu. Eine innere Erregung ergriff mich. Ich warf ihm einen heimlichen Gruß zu und lief schnell herum, als könnte Stillstehen solche Erleuchtungen nicht aufnehmen.

Auf einmal hatte ich das Geheimnis der Spielhalle erfasst.

Mit der Wucht eines inneren Schlags erfasste ich, dass die Wesen der Spielhalle unter dem beengenden Blick all derer, die nicht mehr an sie glaubten, ihre Freiheit verloren hatten. Ihre Würde, ihre Mysterien waren von den schlauen, erdrückenden Blicken zahlloser Besucher, die sie angesehen hatten, ohne ihre fruchtbare innere Natur zu erkennen, niedergedrückt worden. Nach und nach zu einer Parodie ihrer selbst verschlissen, auf drei, vier lachhafte hölzerne Gesten beschränkt, hielt sich in ihnen dennoch das Leben, das einmal das ihre gewesen war. Unter dem nährenden Blick eines, der sie verstand, mochten sie noch immer den Anschein ihres früheren Seins annehmen. In der merkwürdigen Stille, die sich über die Spielhalle gesenkt hatte, waren die Wesen von den lähmenden Strahlen der banalen Aufmerksamkeit befreit worden, die sie ebenso sicher niedergehalten hatten wie die kleinen Stricke Gulliver in meinem Bilderbuch. Ich erkannte, dass ich selbst Teil der Verschwörung der Dumpfheit geworden war und nur in einem Augenblick großzügiger Aufmerksamkeit, von dem ich noch verwirrt und erschöpft war, wahrhaft gesehen hatte. Sie hatten nicht mich betrogen: Ich hatte sie betrogen. Ich sah, dass ich Gefahr lief, gewöhnlich zu werden, und ich begriff, dass ich von nun an auf der Hut sein musste.

Denn das war die einzige, die wahre Spielhalle. Eine andere gab es nicht.

Entschlossen drehte ich mich um und ging zum Ausgang. Ich trat in die blendende Helligkeit eines perfekten Augustnachmittags. Meine Mutter und mein Vater schimmerten auf ihrer Bank, als lösten sie sich in Licht auf. In dem glitzernden sandigen Staub neben ihrer Bank sah ich den lodernd weißen Deckel eines Eisbechers. Mein Vater schaute auf die Uhr, das Gesicht meiner Mutter wandte sich mir mit trauervoller Miene zu, die schon zu tiefster Freude wurde. Ein Geruch von Salzwasser vom Strand hinterm Park vermischte sich mit dem von Asphalt und Zuckerwatte. Überm Dach des Pfeilwurfstands segelten am strahlend blauen Himmel silberne Flugzeuge an schwarzen Kabeln träge im Kreis. Ich schüttelte den Kopf, wie um ihn von Schatten zu befreien, und machte mich bereit, die schlichten Freuden der Sonne zu empfangen.

Gefährliches Lachen

Nur wenige von uns erinnern sich noch an den bedrohlichen Sommer. Was als Spiel, als harmloser Zeitvertreib begonnen hatte, schlug rasch ins Ernste, Zwanghafte um, und keiner von uns stemmte sich dagegen. Wir waren schließlich jung. Wir waren vierzehn und fünfzehn, verachteten die Kindheit, hatten Distanz zu der Welt der ernsten und lächerlichen Erwachsenen. Wir waren gelangweilt, wir waren ruhelos, wir sehnten uns danach, von Launen oder Leidenschaften gepackt zu werden und ihnen bis in die tiefsten Winkel unserer Natur zu folgen. Wir wollten leben – sterben – in Flammen aufgehen – in Engel oder Explosionen verwandelt werden. Nur das Banale beleidigte uns, als fürchteten wir insgeheim, dass es unsere Bestimmung war. Spätnachmittags schmerzten uns die Muskeln, unsere Lider wurden schwer von obskuren Begierden. Und so träumten wir und taten nichts, denn was gab es schon zu tun, spielten Pingpong und gingen an den Strand, hingen in Gärten herum, schliefen bis in den Vormittag hinein – und immerzu verlangten wir nach Abenteuern, die so extrem waren, dass wir sie uns gar nicht vorstellen konnten.

In den langen Abenddämmerungen des Sommers gingen wir auf Vorstadtstraßen durch den Duft von Ahorn und gemähtem Gras und warteten darauf, dass etwas passierte.

Das Spiel begann unschuldig und breitete sich aus wie

ein dunkles Gerücht. In kühlen Spielzimmern, Parallelogramme aus Sonnenlicht strömten durch Kellerfenster, an Pingpongtischen in heißen, offenen Garagen, um gelbe und blaue Badetücher, die auf hellem Sand oberhalb der Flutlinie lagen, waren sie zu hören, die leisen Worte, die heftigen Lachsalven. Die Idee war einfach wie alles Geniale. Ein Wort, jedes Wort, in einem bestimmten feierlichen Ton gesprochen, konnte genötigt werden, seine innere Dummheit zu enthüllen. Einer sagte mit düsterer Konzentration »Käse«, und dann noch einmal, langsam: »Käse«. Einer lachte; es war unausweichlich; das Lachen breitete sich aus; Heiterkeitsböen fegten durch die Gruppe; und gerade als sich die Sache wieder legte, rief einer »Ellbogen!« oder »Luftschiff!«, und wieder gingen die Lachsalven los. Was uns daran fesselte, war weniger die verborgene Absurdität von Wörtern, die wir schon immer vermutet hatten, als vielmehr das heftige Wogen und Japsen des Lachens selbst. Tief in unserem inneren Dunkel hatten wir eine verblüffende Kraft entdeckt. Wir wurden Fanatiker des Lachens, Verehrer des Anfalls, als wären diese Ausbrüche etwas, was wir zuvor nicht gekannt hatten, etwas, was uns dahin brachte, wo wir hin wollten.

Solch einfache Darbietungen konnten uns nicht lange zufriedenstellen. Die Lachpartys stellten einen Sprung dar, der unseres Hungers würdig war. Das Ziel war, länger und kräftiger als alle anderen zu lachen, in sich einen ununterbrochenen Zustand explosiver Entladung zu bewahren. Regeln entstanden, um unannehmbares Lachen zu eliminieren – das schwache, das falsche, das unfair übertriebene. Bald hatte jede Gruppe ihre Richter, die ein Geschick entwickelten für die Entdeckung der kleinsten Abweichung vom echten. Als langes Lachen der neueste Trend war, wurde es üblich, dass jeder von uns in einen Kreis von Zuschauern treten und dort, teils durch den Ansporn einer Menge, in der schon gekichert wurde, teils durch einen inneren Trick, der sich von Person zu Person unterschied, lachen musste. Dabei beobachteten die Zuschauer und Richter, die selbst schon ständig Anfälle hatten, die das Lachen in immer größere Höhen trieben, das Gebrüll und die Krämpfe sorgfältig und maßen die Darbietung mit der Stoppuhr.

In dieser Atmosphäre von Dringlichkeit, Hemmungslosigkeit und rigorosem Streben kam es zwangsläufig zu Unfällen. Ein Mädchen, das auf einem Sofa in einem Spielzimmer im Souterrain hysterisch lachte, warf den Kopf zurück und verletzte sich im Genick, als sie damit auf die hölzerne Armlehne knallte. Ein Junge, der vor irrem Gelächter japste, krachte gegen eine Klavierbank, fiel zu Boden und brach sich den Arm. Diese Vorfälle, die als Warnung hätten dienen können, steigerten jedoch nur unser Gefühl, dass wir recht hatten, als wären unsere Wunden Zeichen, dass wir unser Lachen ernst nahmen.

Nicht lange nachdem die Lachpartys sich über unsere Nachmittage ausbreiteten, entstand ein neuer Zeitvertreib, der uns mit Verheißungen einer radikaleren Art lockte. Die Lachclubs – oder Lachsalons, wie sie manchmal auch genannt wurden – waren ein kühnerer Versuch, unser Lachen zu reizen und zu verlängern. Anfangs wurden sie noch von ein wenig älteren Mädchen organisiert, die nach Einbruch der Dunkelheit »Mitglieder« zu sich nach Hause einluden. Entsprechend den Regeln und Praktiken, die von Club zu Club verschieden waren, erzeugten diese Mädchen angeblich anhaltende Ausbrüche vehementen Lachens, die weit erregender waren als alles, was wir bis dahin entdeckt hatten. Keiner wusste so genau, wie diese Clubs entstanden waren – eines Tages waren sie einfach da, als hätte es sie schon immer gegeben, als hätten sie darauf gewartet, dass wir sie fanden.

Es ging das Gerücht, der erste Club sei die Erfindung der sechzehnjährigen Bernice Alderson gewesen, deren Eltern nie zu Hause waren. Sie lebte in einem großen Haus im bewaldeten Nordende der Stadt; eines Tages hatte sie in einer Geschichte Ägyptens gelesen, Königin Kleopatra habe einer Sklavin befohlen, ihr die Arme festzubinden und ihr mit einer Feder die nackten Fußsohlen zu kitzeln. In ihrem Zimmer im zweiten Stock forderten Bernice und ihre Freundin Mary Chapman Clubmitglieder auf, die Schuhe auszuziehen und sich nacheinander aufs Bett zu legen. Mary mit ihren muskulösen Armen hielt dann Brust und Knie fest, und Bernice kitzelte den ausgestreckten Körper – am Bauch, an den Rippen, am Hals, an den Schenkeln, die Füße oben und an den Seiten. Dazu gehörte eine Kunst: die Kunst des Vorstoßes und des Rückzugs, die Kunst, den Tiefen einen steten Strom hilflosen Lachens zu entlocken. Für den Besucher, der auf dem Bett festgehalten wurde, galt es, sich den Händen der Mädchen zu überlassen und es so lange wie möglich auszuhalten. Man brauchte nur »Stopp« zu sagen. Theoretisch brauchte das Lachen nie aufzuhören, aber die meisten von uns hielten kaum drei Minuten durch.

Obwohl die Lachsalons tatsächlich existierten, da wir ja alle hingingen und bald sogar eigene Clubs bildeten, führten sie auch weiterhin eine abgetrennte und in gewisser Hinsicht höhere Existenz im Reich der Gerüchte, was bewirkte, dass sie ins Unzugängliche und Mythische erhoben wurden. Es hieß, in einem dieser Clubs müssten sich die Mitglieder nackt ausziehen, wonach sie an ein Bett gekettet und bis zum Delirium brutal gekitzelt würden. Es hieß, ein Mädchen, schluchzend vor Lachen, japsend, habe auf eine merkwürdige, aufreizende Weise die Hüften bewegt, bis klar wurde, dass das Kitzeln sie zum Orgasmus gebracht hatte. Das Erotische fehlte bei diesen Gerüchten nie – was uns kaum überraschte, da die Lachpuristen unter uns, die jeden ordinären Übergang ins Sexuelle verachteten, die Verwandtschaft zwischen beiden Welten erkannten. Denn selbst dann sahen wir, dass unser Lachen, wie es in ungebührlichen Spasmen aus uns brach, zum Reich der verbotenen Dinge gehörte.

Als die Lachpartys den Lachsalons wichen und die Gerüchte sich verdichteten, hatten wir manchmal den Eindruck, dass unsere heimlichen Spiele sich schon auf andere Gegenden der Stadt ausbreiteten. Einmal wurde ein neunjähriger Junge von seiner Mutter dabei erwischt, wie er seine siebenjährige Schwester festhielt und vehement kitzelte – sie kreischte und schrie, und der Kragen ihres Kleids war durchweicht von Tränen. Der blasse Körper des Mädchens war mit tiefrosa Streifen gezeichnet, als wäre sie wiederholt mit einem Strick geschlagen worden. Wir hörten, dass Bernice Aldersons Mutter, ausnahmsweise einmal zu Hause, auf dem Weg in die Küche, eine schwere Tüte Lebensmittel auf den Armen, auf einem Hundespielzeug aus Gummi ausgerutscht und hingefallen sei. Wie sie so neben einem Karton mit zerbrochenen und zerlaufenden Eiern gesessen habe und die großen, schweren, polternden Orangen übers Linoleum habe rollen sehen, hätten ihre Mundwinkel angefangen zu zucken und ihre Lungen, die schon vor Zorn brannten, zu kribbeln, und auf einmal sei sie in ein Lachen ausgebrochen, das ihren Körper herumschleuderte, ihren Kopf gegen die Metalltüren des Schränkchens unter der Spüle warf, zum Zimmer ihrer Tochter im zweiten Stock hinaufdrang, die stirnrunzelnd von einem Buch aufblickte, und sie schließlich erschöpft, mitgenommen, verschrammt, keuchend und in Hochstimmung zurückließ. Nachts lag ich ruhelos und unzufrieden in meinem heißen Zimmer und sehnte mich nach der Erlösung fiebrigen Lachens, das allein mich beruhigen konnte – und mir war, als hörte ich durch das Fliegenfenster außer den Grillen, dem rappelnden Fensterventilator nebenan und dem Dröhnen von Lastwagen weit hinten auf der Schnellstraße das Geräusch von Lachen, das leise in der Nacht ausbrach, in unserer ganzen Stadt, wie das Summen einer Neonlampe in einem fernen Badezimmer.

Eines Nachts, nachdem meine Eltern eingeschlafen waren, verließ ich das Haus und lief quer durch die Stadt in Bernice Aldersons Viertel. Die heruntergezogene Jalousie ihres Fensters im zweiten Stock glühte von einem mattgelben Licht. Auf dem Bett in ihrem Zimmer hielt Mary Chapman mich fest, worauf Bernice sich mit einem ernsten, aber nicht unfreundlichen Blick über mich beugte. Langsam trieb sie mich zu einem wilden Lachen, das mir die Kehle versengen wollte, wobei mir Schweiß über den Hals lief und das Bett im Rhythmus meiner tiefen, schmerzerfüllten, erlösenden Schreie knarrte. Ich hielt lange durch, fast sieben Minuten, dann bat ich sie aufzuhören. Sogleich war es vorbei. Schon auf dem Heimweg unter den Ahornen und Linden in der warmen Julinacht bedauerte ich meine Feigheit und sehnte mich nach tieferem, schrecklicherem Lachen. Dann fragte ich mich, wie ich die Stunden überstehen sollte, die mich von meinem nächsten Abstieg in das Dunkel meines Körpers trennten, wo das Lachen wie Lava lag und darauf wartete, dass sich ein Spalt bildete, der es wie flüssiges Feuer entließ.

Natürlich verglichen wir die Vermerke. Wir hatten von Anfang an gewusst, dass einige geschickter im Lachen waren als andere, dass manche lange und kräftige Anfälle der durchrüttelnden Art aushielten, die sie an den Rand der Hysterie oder Bewusstlosigkeit brachten, ohne dass die Grenze überschritten wurde. Viele von uns prahlten mit ihrer Kraft, nur um von anderen übertroffen zu werden; Gerüchte blühten; und in dieser trüben Atmosphäre übersteigerter Behauptungen, zweifelhafter Leistungen und nicht nachprüfbarer Geschichten ragte zunehmend die Gestalt Clara Schulers mit einer gewissen Deutlichkeit heraus.

Clara Schuler war fünfzehn Jahre alt. Sie war ein stilles Mädchen, sie saß sehr ruhig im Unterricht, das offene Buch vor sich, die Augen gesenkt und beide Füße auf dem Boden. Nie trommelte sie mit den Fingern auf dem Pult. Nie schob sie sich die Haare über die Ohren oder schlug die Beine übereinander – als wäre für sie jede Bewegung eine Form der Störung. Reichte sie dem- oder derjenigen hinter ihr ein Arbeitsblatt, drehte sie abrupt den Oberkörper, ließ das Blatt mit gesenktem Blick aufs Pult fallen und drehte sich abrupt wieder um. Nie meldete sie sich im Unterricht. Wurde sie aufgerufen, errötete sie leicht, antwortete mit so leiser Stimme, dass der Lehrer sie bitten musste, »lauter« zu sprechen, und sagte so wenig wie möglich, obwohl klar war, dass sie die Arbeit gemacht hatte. Den Akt, angesehen zu werden, erlebte sie offenbar als eine Form der Verletzung; sie vermittelte den Eindruck, dass ihre Vorstellung von Glück die wäre, sich allmählich aufzulösen und eine kleine Lache zu hinterlassen. Es war schwierig, sie klar zu beschreiben – ein wenig blass, die Haare dunkel in einer schwer fassbaren Tönung zwischen braun und schwarz, die Augen verborgen unter gesenkten Lidern, die zuweilen jäh aufgingen, um dann große, erschreckte Iris zu enthüllen. Sie trug ordentliche knielange Röcke und Baumwollblusen in soliden Farben, die sauber gebügelt wirkten. Im Kragen trug sie manchmal eine kleine Silbernadel in der Form einer Katze.

Eine Kleinigkeit fiel mir an Clara Schuler auf: Im Verlauf des Tages löste sie sich immer ein wenig auf. Haarsträhnen fielen ihr übers Gesicht, die Bluse bauschte sich hinten und entwischte dem Ledergürtel, eine weiße Socke rutschte hinab. Am nächsten Tag saß sie dann wieder auf ihrem Platz, das Haar sauber gekämmt, die Bluse hineingestopft, die Socken fest hochgezogen, deren Rippen schnurgerade, die Hände leicht auf ihrem Ahornpult gefaltet.

Clara hatte eine Freundin, ein Mädchen namens Helen Jacoby, die mit ihr in der Cafeteria zusammensaß und sich mit ihr nach dem Unterricht bei den Spinden traf. Helen war ein hoch aufgeschossenes Mädchen, sie spielte Basketball und lachte über alles. Wenn sie den Kopf zurückwarf, um aus einer Flasche Sprudel zu trinken, sah man, wie sich die Grate ihrer Luftröhre durch den Hals drückten. Für uns passte sie eher nicht zu Clara Schuler, doch wir waren es gewöhnt, sie zusammen zu sehen, und wir fanden, ohne weiter darüber nachzudenken, dass sie einander gut taten – durch Helen wirkte Clara weniger sonderbar und einzelgängerisch, in gewisser Weise beschützte sie sie und verhinderte, dass Clara lächerlich erschien, während die gute alte Helen durch Clara interessanter wirkte, etwas Mysteriöses bekam. Es überraschte uns nicht, dass wir Helen in jenem Sommer bei den Lachpartys sahen, auf denen sie, den Kopf zurückgeworfen, in einer Weise lachte, die uns daran erinnerte, wie sie Sprudel trank; und es war dann auch Helen, die eines Nachmittags Clara Schuler mitbrachte und sie in das neue Spiel einführte.

Ich begann, Clara bei diesen Partys zu beobachten. Wir alle beobachteten sie. Sie trat in den Kreis und stand da mit gesenktem Blick, den Kopf leicht vorgebeugt, die Schultern hängend, die Arme starr an den Seiten – sie sah aus, dachte ich unwillkürlich, als würde sie auf eine demütigende Weise bestraft. Man sah, wie sich die Adern auf ihren Handrücken erhoben. Sie stand so reglos da, als hielte sie den Atem an; vielleicht tat sie es ja auch; und man spürte, wie sich etwas in ihr aufbaute, wie in einem Kind, das gleich in Tränen ausbricht; der Hals steif; die Sehnen sichtbar; zwei vertikale Linien zwischen ihren Brauen; dann eine Art leises Beben in Hals und Armen, ein verhülltes Schaudern, ein inneres Kräuseln, und durch ihren Körper, noch steif, aber im Griff einer Macht, spürte man eine Präsenz, die aufstieg, sich ausdehnte, bis sie mit einem schmerzlichen Ächzen, mit einem Rucken der Schultern ein lautes oder schrilles Lachen entließ – ein Lachen, das immer weiter in ihr aufstieg und sie schüttelte, als wäre sie von einem Dämon besessen, bis ihre Wangen nass waren, die Haare wild im Gesicht, die Brust sich hob, die Finger Arme und Kopf packten – und das Lachen hielt an, es schleuderte sie umher, ließ sie wie vor Entsetzen japsen und ächzen, der Mund spannte sich über die Zähne zurück, die Augen pressten sich zu, die Hände drückten gegen die Rippen, wie um zu verhindern, dass sie auseinanderbrach.

Und dann hörte es auf. Abrupt, mysteriös, war es vorbei. Sie stand da, blass – erschöpft – keuchend. Ihre Augen, weit aufgerissen, sahen nichts. Langsam kam sie wieder zu sich. Dann ging sie rasch, ein wenig wackelig, von uns weg und ließ sich auf ein Sofa fallen.

Diese Lachleistungen wurden sogleich als kühn und eindrucksvoll anerkannt, als den Darbietungen, die wir gewohnt waren, weit überlegen, und Clara Schuler wurde zu allen Lachpartys eingeladen, beklatscht, man sprach bewundernd über sie, denn sie hatte die Gabe gewagten Lachens, wie wir es noch nie gesehen hatten.

Und jedes Mal, wenn wir uns in lockeren Gruppen trafen, um unserem Spiel zu frönen, war auch Clara Schuler dabei. Wir gewöhnten uns an sie, warteten ungeduldig auf sie, wenn sie sich verspätete, dieses stille Mädchen, das immer nur folgsam im Unterricht gesessen hatte, beide Füße auf dem Boden, bis sie uns dunkle Tiefen des Lachens offenbarte, das uns verwunderte und ein wenig beklommen machte. Denn an Clara Schulers Lachen war etwas. Es war nicht einfach nur intensiver als unseres. Vielmehr schien sie in ein Objekt verwandelt, als wäre sie von einer Macht ergriffen, die in ihr wütete, bis sie sie dann wieder losließ. Ja, bei Clara Schuler war die Diskrepanz zwischen dem Körper, der geschüttelt wurde, und der Macht, die schüttelte, so heftig, dass sie genau dann, wenn sie am körperlichsten wurde, das Gefühl für ihren Körper vollständig zu verlieren schien. Für uns andere lag in diesen Darbietungen immer ein Hauch des Sinnlichen: Brüste wogten, Hüften ruckten, Fleisch bewegte sich in unerwarteter Weise. Doch Clara Schuler schien über das locker Aufreizende sich bewegender Körper hinauszugehen und neue, mehrdeutigere Bereiche zu betreten, wo der Körper eine dunkle, eruptive Macht herbeirief, die nur durch den Zufall eines materiellen Dings gedeihen konnte, das sie wie grausam herumschleuderte, um es dann den Riten der Erschöpfung zu überlassen.

Einmal kam sie allein zu uns. Helen Jacoby war am Strand oder mit ihrer Mutter einkaufen. Wir begriffen, dass Clara Schuler ihre Freundin nicht mehr so wie früher brauchte – dass sie zu sich selbst gefunden hatte. Und noch etwas begriffen wir: Sie ließ sich durch nichts davon abhalten, bei unserem Spiel mitzumachen, sich den Verführungen des Lachens zu ergeben, denn sie lebte immer mehr nur noch, um sich gehen zu lassen.

Da blieb es nicht aus, dass Gerüchte über Clara Schuler entstanden. Es hieß, sie gehe nun zu den Lachsalons, jenen halb realen, halb legendären Orten, wo willigen Opfern durch spezielle Künste Lachen abgerungen wurde. Es hieß, an einem Abend habe sie Bernice Aldersons Haus aufgesucht, wo sie in dem von Lampen erhellten Zimmer im zweiten Stock eine Stunde lang festgehalten und gekitzelt worden sei, bis sie halb tot in Ohnmacht gefallen sei und mit Duftöl, das man ihr in die Schläfen gerieben habe, wiederbelebt habe werden müssen. Es hieß, in einem anderen Haus sei sie von einem extremen Lachen so sehr geschüttelt worden, dass ihr Körper vom Bett aufgestiegen und dreißig Sekunden lang in der Luft geschwebt habe, bevor er wieder heruntergefallen sei. Wir wussten, dass dies Letztere eine Lüge war, eine leichtfertige und ärgerliche Geschichte, die für Kinder taugte, aber dennoch beunruhigte sie uns, weckte unsere Phantasie – denn wir fanden, dass Clara Schuler unter den entsprechenden Umständen, mittels eines physiologisch abartigen, aber nicht unvorstellbaren Schemas von Krämpfen zu so etwas tatsächlich irgendwie in der Lage sein könnte.

Indem unsere Forderungen anspruchsvoller und unsere Erwartungen verfeinerter wurden, erreichten Clara Schulers Darbietungen Höhen der Erlösung, die uns packten und an ihrer Macht keinen Zweifel ließen. Wir versuchten, ihre Gesten zu imitieren, genau in ihrem Rhythmus mit Schultern zu rucken, doch immer erfolglos. Manchmal stellten wir uns vor, wir könnten in Clara Schulers Lachen unser eigenes, leichteres hören, das sich zu etwas verändert hatte, wonach wir uns nur sehnen konnten. Es war, als wären unsere Träume in sie eingegangen.

Mir fiel auf, dass ihr anstrengendes neues Leben Auswirkungen auf ihre Erscheinung hatte. Wenn sie nun zu uns kam, fielen ihr die Haare in langen Strähnen über die Wangen, die sie dann ungeduldig mit den Fingerrücken wegstrich. Sie wirkte dünner, auch wenn das schwer zu sagen war; sie wirkte müde; sie wirkte, als stecke ihr etwas in den Knochen. Ihre Augen, nun nicht mehr unter gesenkten Lidern versteckt, schauten uns ruhelos und ein wenig abwesend an. Manchmal vermittelte sie den Eindruck, dass sie nach etwas suchte, an das sie sich nicht mehr erinnerte. Sie wirkte erwartungsvoll; ein wenig traurig; ein wenig gelangweilt.

Eines Nachts, ich konnte nicht schlafen, schlich ich mich aus dem Haus und machte einen Spaziergang. Am Ende der Straße kam ich an einer Straßenlampe vorbei, die flackerte und ein knisterndes Geräusch machte, so dass mein Schatten zitterte. Mir war, als wäre ich diese Straßenlampe selbst, als flackerte und knisterte ich selbst vor Ruhelosigkeit. Nach einer Weile gelangte ich in ein älteres Viertel mit hohen Ahornen und Giebelhäusern mit verrotteten Veranden. An den Korbmöbeln lehnten müde Fahrräder, und über den Geländern hingen schief Badetücher. Vor einem dunklen Haus fast am Ende der Straße blieb ich stehen. Durch ein offenes Fenster im ersten Stock, über die ungepflasterte Auffahrt hinweg, hörte ich einen ratternden Ventilator.

Es war Clara Schulers Haus. Ich fragte mich, ob es wohl ihr Fenster war. Ich ging ein wenig näher hin und schaute zum Fliegenfenster hoch, und da war mir, als hörte ich durch das Geratter und Gesumm des Ventilators noch ein anderes Geräusch. Es war – wie ich jedenfalls glaubte – das Geräusch leisen Lachens. Lag sie dort im Dunkeln, heimlich lachend, und erlöste sich von der Ruhelosigkeit? Lachte sie etwa im Schlaf? Vielleicht gaukelte mir auch nur der Ventilator etwas vor. Ich stand da und horchte auf das kleine, ungewisse Geräusch, das sich mit den Blättern des Ventilators vermischte, bis es war, als lachte der Ventilator selbst, vielleicht über mich. Wonach sehnte ich mich da unter dem Fenster? Ich sehnte mich danach, in Clara Schulers Lachen gerissen zu werden, ich sehnte mich danach, bei ihr zu sein, in ihrem dunklen Zimmer, ich sehnte mich nach Erlösung von dem, was immer ich war. Doch das, was immer ich war, lag hart und unbeweglich in mir wie ein Knochen; nie würde ich von meinem Gewicht frei sein. Nach einer Weile machte ich kehrt und ging nach Hause.

Nicht lange nach diesem Besuch sah ich Clara Schuler auf einem der Lachsalons, die wir in Anlehnung an die gegründet hatten, von denen wir gehört oder die wir vielleicht erfunden hatten, um uns in tiefere Experimente zu locken. Helen Jacoby saß auf dem Bett und hielt Clara die Handgelenke fest, eine Freundin von Helen Claras Knöchel. Ein blondes Mädchen, das ich noch nie gesehen hatte, beugte sich mit gekrümmten Fingern über sie. Zu fünft beobachteten wir die Darbietung. Sie begann mit einem jähen Zittern, als die kurzen stumpfen Finger ihr über die Rippen und Schenkel fuhren. Clara Schuler warf den Kopf hin und her; ihre Füße in den weißen Söckchen wurden steif. Das Lachen durchrauschte sie in kurzen, bebenden Ausbrüchen, eine Schulter hob sich, als wollte sie sich über ihren Hals falten. Nach zehn Minuten waren ihre Augen glasig und ruhig geworden. Sie lag nahezu reglos da, obwohl sie immer weiter lachte. Uns fiel die gespenstische Reglosigkeit auf, als wäre sie über den Kampf hinaus an einen anderen Ort gelangt, wo das Lachen in reinen, kräftigen Strömen floss.

Jemand fragte nervös, ob wir nicht aufhören sollten. Das blonde Mädchen schaute auf die Uhr und beugte sich noch aufmerksamer über Clara Schuler. Nach einer halben Stunde atmete Clara in großen, quälenden Japsern, begleitet von einem Stöhnen, das sich tief aus ihrer Kehle zog. Helen fragte sie, ob sie genug habe; Clara schüttelte energisch den Kopf. Ihr Gesicht war so nass, dass sie in dem Lampenlicht leuchtete. Nasse Flecken verdunkelten das Leintuch.

Als die Sitzung schon eine Stunde dauerte, gab das blonde Mädchen erschöpft auf. Sie schüttelte sich die Handgelenke aus, rieb dann die Finger erst der einen, dann der anderen Hand. Clara Schuler bebte und lachte weiter auf dem Bett, als spürte sie die Finger noch immer auf sich. Ganz allmählich wurde das Lachen schwächer, und als sie blass und ausgelaugt dalag, den Kopf zur Seite gedreht, die Augen trüb, die Lippen schlaff, lange Haarsträhnen auf der nassen Wange, sah sie einen Augenblick lang aus, als sei sie mit einem Schlag gealtert.

Um diese Zeit, als Clara Schuler Königin der Lachsalons wurde, begann ich mir Sorgen um sie zu machen. Einmal, als sie aus einer ungewöhnlich vehementen und ausgedehnten

Serie von Japsern auftauchte, lag sie bewegungslos da, die Augen offen und starr, während die Finger auf ihrer Haut spielten. Es dauerte eine Weile, bis wir merkten, dass sie bewusstlos war, auch wenn sie bald wieder zu sich kam. Ein anderes Mal ging sie durchs Zimmer, streckte einen Arm aus und packte eine Stuhllehne, wobei ihr Körper sich langsam zur Seite neigte, richtete sich dann wieder gerade und ging weiter, als sei nichts geschehen. Ich begriff, dass diese fiebrigen Spiele, diese maßlosen Hemmungslosigkeiten nicht mehr unschuldig waren. Manchmal sah ich in ihren Augen das ruhelose Unglück einer Frau, der nichts, nicht einmal solche Verzückungen, jemals genügen würde.

Eines Nachmittags, als ich zur Bibliothek in der Main Street ging, um ein Buch zurückzugeben, sah ich Clara Schuler, wie sie gerade aus Cerino's, dem Lebensmittelgeschäft, herauskam. Ich empfand den dringenden Wunsch, mit ihr zu sprechen; sie vor uns zu warnen; sie überschwänglich zu loben; sie zu bitten, mich die schwierige Kunst des Lachens zu lehren. Schüchternheit hielt mich zurück, wobei ich gar nicht schüchtern war – vielmehr war es, als hätte ich nicht das Recht, mich ihr aufzudrängen, den Bann ihrer Unnahbarkeit zu brechen. Ich hielt mich zurück und folgte ihr nach Hause. Als sie die hölzernen Verandastufen hinaufging, wovon eine wie der Fußboden eines Speichers knarrte, trat ich dreist hervor, damit sie sich umdrehen und mich sehen sollte. Sie öffnete die Haustür und verschwand im Haus. Eine Weile blieb ich davor stehen und versuchte mich zu erinnern, was ich zu Clara Schuler hatte sagen wollen, dem anständigen Mädchen mit der wilden, unanständigen Begabung. Ein Scheppern schreckte mich auf. Auf dem schattigen Gehweg, der von Sonnenflecken zitterte, zog ein Mädchen mit gelben

Zöpfen einen lolliroten Wagen, in dem ein Rhinozeros hin- und herrüttelte. Ich machte kehrt und ging nach Hause.

In jener Nacht träumte ich von Clara Schuler. Sie stand in einem sonnigen Garten und schaute in die Ferne. Ich ging zu ihr und sagte ein paar Worte, doch sie sah mich nicht an. Darauf ging ich um sie herum, redete auf sie ein und versuchte, ihren Blick zu erhaschen, doch ihr Gesicht war immer teilweise abgewandt, und wenn ich sie am Arm fasste, war er weich und bröcklig, wie Kuchenteig.

Um diese Zeit nahm ich bei uns eine leichte Verlagerung der Aufmerksamkeit wahr, ein inneres Abschweifen. Ein Wandel lag in der Luft. Den Lachsalons schien es an der alten Aura der Kühnheit zu fehlen – sie waren ein wenig vertraut geworden, ein wenig alltäglich. Während sich einer von uns vor Lachen krümmte, schauten wir anderen zu den Fenstern hin. Eines Tages zog dann einer ein Kartenspiel aus der Tasche, und während wir warteten, bis wir auf dem Bett an die Reihe kamen, saßen wir auf dem Fußboden und spielten eine Runde Gin Rummy.

Wir versuchten neue Möglichkeiten zu beschwören, doch unsere Köpfe steckten in den alten Formen fest. Sogar das Wetter verschwor sich gegen uns und hielt uns zurück. Die Hitze des Hochsommers lastete auf uns wie ein Pelz. Blätter, dick wie Zungen, hingen schwer von den Ahornen herab. Staub lag auf poliertem Mobiliar wie Pollen.

Eines Abends regnete es. Der Regen fiel noch den ganzen nächsten Tag und die Nacht darauf; der Wind riss Äste und Telefonleitungen ab. Am violett-schwarzen Himmel barsten stachelige Blitzbahnen mit verstörender Helligkeit. Durch die dunklen Rechtecke unserer Fenster sahen die Blitze aus wie Abbildungen des Blutkreislaufs in Lehrbüchern.

Die Wende kam mit der neuen Sonne. Nebel stieg vom durchweichten Gras auf wie Dampf. Wir nahmen wieder unsere alten Spiele auf, doch es war, als habe das Gewitter etwas mitgenommen. Bei einer Geburtstagsparty in einem Spielzimmer im Souterrain mit einem verstimmten Klavier benahm sich ein Mädchen namens Janet Bianco merkwürdig, als sie ein schmalziges Lied hörte. Ihre Schultern bebten, ihre Lippen zitterten. Freudlose Tränen liefen ihr über die Wangen. Allmählich begriffen wir, dass sie weinte. Es weckte unsere Aufmerksamkeit – es war ein neuer Ton. Dann brach ein weiteres Mädchen in Tränen aus.

Eine Leidenschaft fürs Weinen ergriff uns. Es erwies sich als ziemlich einfach, dass ein Mädchen es bei einem anderen auslöste und das wieder bei einem dritten. Die Jungen, verkrampft und verlegen, ließen sich nur langsam darauf ein. Wir hielten Weinfeste ab, die uns erschütterten und packten. Hier und da gab es noch vereinzelte Lachpartys und Lachclubs, doch wir wussten, dass eine Ära vorbei war.

Auch Clara Schuler war auf der Geburtstagsparty. Während uns die Manie des Weinens überschwemmte, stand sie bei einigen Treffen, zu denen sie erschien, ein wenig stirnrunzelnd abseits. Wir sahen sie, wie sie von dort zu uns her sah, bis sie durch unsere reichlichen Tränen schimmerte und sich auflöste. Die Freuden des Weinens erwiesen sich als befriedigender als die alten des Lachens, weil wir letztlich doch nicht glücklich waren, wir, die wir ruhelos waren und immer auf der Suche nach Zerstreuungen. Und während das Lachen immer schwierig aufrechtzuerhalten gewesen war, stieg das Weinen, als es denn begonnen hatte, mit erfreulicher Leichtigkeit in uns auf. Mehrere Mädchen, darunter Helen Jacoby, entdeckten in sich reiche, unvermutete Tiefen des Unglücks, was in uns anderen ausgedehnte Anfälle tief empfundener Trauer auslöste.

Nicht lange nachdem diese neue Mode die alte weggefegt hatte, erhielten wir eine Einladung von Clara Schuler. Bis auf Helen Jacoby hatte noch niemand einen Fuß in ihr Haus gesetzt. Wir kamen am sonnigen Nachmittag, aber im Wohnzimmer dämmerte es schon. Eine hochgewachsene Frau in einem langen tristen Kleid zeigte abwesend zu einer mit einem Läufer ausgelegten Treppe. Clara, sagte sie, erwarte uns im Gästezimmer in der Mansarde. Oben gelangten wir in einen Flur mit verblichenen Tapeten an den Wänden, auf denen sich ein Wasserrad an einem von Weiden beschatteten Bach wiederholte. Eine Tür mit losem Knauf führte zur Mansarde. Langsam schritten wir unter schattenhaften Balken, die schräg über Holzfässern, einem großen Bären auf einem Sessel und einem zusammengeklappten Kartentisch, der an einem Dreirad lehnte, verliefen. Durch eine halb offene Tür betraten wir das Gästezimmer. Darin stand Clara Schuler, die Hände vor sich, eine umfasste leicht das Handgelenk der anderen.

Der Raum wirkte wie der einer Großmutter, in dem sich ein Kind breitgemacht hatte. Auf einer berüschten Tagesdecke saß unter alten Spitzenvorhängen eine große Flickenpuppe in einem rosa Kleid mit Schürze. Ihre gelben Garnhaare wirkten schwer wie Fruchtgummi. Auf einer Mahagonikommode stand das Schwarzweißfoto eines bärtigen Mannes neben einer Spieluhr mit Elefanten und Luftballons darauf. In dem Raum war es warm und staubig; wir wussten nicht, ob wir uns auf das Bett setzen durften, das anscheinend der Puppe gehörte, also setzten wir uns auf den Fußboden. Clara selbst wirkte müde und angespannt. Wir hatten sie länger nicht gesehen. Wir hatten auch kaum an sie gedacht. Mir fiel auf, dass wir sie fast schon vergessen hatten.

Wir waren an dem Tag zu siebt oder acht gekommen, und wir saßen auf einem ausgefransten rotbraunen Teppich und blickten uns verlegen um. Nach einer Weile versuchte Clara die Tür zu schließen – das Holz, in der feuchten Hitze aufgequollen, wollte nicht in den Rahmen passen –, dann schritt sie in die Mitte des Raums. Ich hatte den Eindruck, dass sie uns etwas sagen wollte, doch sie stand einfach da und schaute abwesend vor sich hin. Ich spürte, was sie tun würde, noch bevor sie zu lachen begann. Es war ein gutes Lachen, und es erinnerte mich an die alten Lachpartys, und einige von uns fielen beklommen mit ein, um der alten Zeiten willen. Dennoch, dieses Spiel war für uns gelaufen, wir konnten uns kaum noch an die Tage im Frühsommer erinnern. Und ehrlich gesagt waren wir sogar schon unseres Weinens müde, wir sehnten uns nach neuen Verlockungen. Vielleicht hatte Clara ja den Wandel gespürt und versuchte uns zurückzuholen, vielleicht wollte sie auch nur noch einmal ihren Auftritt haben. Falls sie ihre alte Macht über uns demonstrieren wollte, war es ein Schlag ins Wasser. Doch weder unser halbherziges Lachen noch unser verborgener Widerstand schienen sie zu stören, als sie sich ihren Wünschen hingab.

In Clara Schulers Lachen war eine Konzentration, eine Vollkommenheit, eine Unermesslichkeit, wie wir sie bis dahin nicht gesehen hatten. Es war, als wollte sie sich selbst übertreffen, die Darbietung ihres Lebens geben. Ihr Gesicht, auf den Wangenkämmen tiefrot, war so blass, dass es aussah, als entziehe das Lachen ihr das Blut. Sie wankte auf eine Seite und wäre beinahe umgefallen – jemand hob die Hand, um sie zu stützen. Sie lachte immer heftiger, mit einer Wildheit, die ihren Körper herumschleuderte, ihren Kopf nach hinten kippte, sie aus der Form riss. Der Raum, erfüllt von heulendem Gelächter, wurde zusehends unerträglich. Keiner wusste, was er tun sollte. Einmal warf sie sich aufs Bett, ächzend regelrecht unter Lachqualen. Langsam, anmutig, kippte die große Puppe nach vorn, bis ihr Kopf Claras ausgestreckte Beine berührte und die gelben Garnhaare über ihren Füßen lagen.

Nach fünfunddreißig Minuten stand jemand auf und ging leise. Ich hörte die Schritte durch die Mansarde verebben.

Noch andere gingen; sie verabschiedeten sich nicht. Diejenigen unter uns, die blieben, entdeckten ein altes Monopoly und setzten sich zum Spielen in eine Ecke. Claras Augen waren schon glasig geworden, und noch immer brachen Lachschreie aus ihr hervor. Nach der ersten Stunde wurde mir klar, dass keiner ihr das verzeihen würde.

Als wir mit dem Monopoly fertig waren, gingen alle außer Helen Jacoby und mir. Clara lachte wild, das Gesicht wie von Schmerzen verzerrt. Ihre Haut war so nass, dass sie hart und glänzend aussah, wie Metall. Das Lachen, roh und hart, strömte aus ihr heraus, als sei ein Mechanismus entzweigegangen. An einem Unterarm hatte sie einen blauen Fleck. Es ging schon auf fünf Uhr zu, als Helen Jacoby, die Hände aufwerfend und mit einem kurzen, bitteren Achselzucken, aufstand und den Raum verließ.

Ich blieb. Und wie ich Clara Schuler so betrachtete, hatte ich das Verlangen, sie am Handgelenk zu packen, sie aus ihrem Lachen herauszuschütteln und zurückzuziehen, bevor es zu spät war. So darf niemand lachen, wollte ich sagen. Hör sofort auf damit. Sie war so weit über sich hinausgegangen, dass fast nichts mehr übrig war – nur noch dieses Wesen, das sich von Lachen entleerte. Es war hässlich – unanständig –, man wollte nur noch wegsehen. Gleichzeitig band sie mich dort fest, denn es war, als forderte sie mich auf, ihr in die entlegensten und fragwürdigsten Regionen des Lachens zu folgen, wo das Lachen keinerlei Bezug zu irdischen Dingen mehr hatte und, sich selbst genug, über der Welt schwebte, um im Nichts zu erblühen. Dort war man nicht mehr man selbst – man war gar nichts mehr.

Mehr als einmal wollte ich nach ihrem Arm greifen. Meine Hand hing vor mir wie ein zerbrechliches Stück einer Skulptur, das ich zur Begutachtung hochhielt. Ich erkannte, dass ich Clara Schuler auf ihrem Flug ebenso wenig aufhalten konnte wie mit ihr fliegen. Ich konnte nur noch Zeuge sein.

Als ich endlich aufstand, war es beinahe halb sechs. »Clara!«, sagte ich heftig, aber ebenso gut hätte ich mit der Puppe sprechen können. Ich überlegte, ob ich überhaupt schon einmal ihren Namen ausgesprochen hatte. Sie lachte noch, als ich durch die Mansarde verschwand. Unten sagte ich ihrer Mutter, etwas stimme nicht, ihre Tochter lache nun schon seit Stunden. Sie dankte mir, wandte langsam den Blick auf die Treppe mit dem Läufer und sagte, sie hoffe, ich werde wiederkommen.

Die Lokalzeitung berichtete, Mrs Schuler habe ihre Tochter gegen sieben Uhr entdeckt. Zu diesem Zeitpunkt habe sie schon nicht mehr geatmet. Die offizielle Todesursache war ein geplatztes Blutgefäß im Gehirn, doch wir kannten die Wahrheit: Clara Schuler war am Lachen gestorben. »Sie war immer ein gutes Mädchen«, wurde ihre Mutter zitiert, als wäre der Tod eine Form des Ungehorsams. Wir kooperierten vollständig mit der Polizei, die keine Anzeichen eines gewaltsamen Todes entdeckte.

Eine Zeit lang wurde Claras Tod von den Weinpartys begierig aufgegriffen; sie hatten schon an Schwung verloren und erhielten damit nun eine fiebrige neue Energie, bis die Luft dann endgültig raus war. Es war Ende August; die Schule drohte schon; wie verzweifelt stürzten wir uns plötzlich auf eine Leidenschaft für alte Brettspiele, veranstalteten erbitterte Wettspiele mit Monopoly und Risk und änderten die Regeln, damit die Spiele vier Tage dauern konnten. Doch unsere Begeisterung war schon vom Ende des Sommers befleckt, schon sahen wir in vom Fieber der Besessenheit funkelnden Augen eine heimliche Ablenkung.

An einem warmen Nachmittag im Oktober machte ich einen Spaziergang in Clara Schulers Gegend. Ihr Haus war verkauft worden. Auf den langen Stufen davor hockte vorgebeugt ein kleines Mädchen in einer grün-orange karierten Jacke und drehte mit einem großen silbernen Schlüssel an einem Rollschuh herum. Ich blieb stehen und schaute zum Schlafzimmerfenster hinauf, fast in der Erwartung, ein gespenstisches Lachen zu hören. An dem stillen Nachmittag hörte ich nur das Heulen einer Kettensäge in einem Garten und das Klatschen eines Sprungseils auf einem Gehweg. Es war mir peinlich, dazustehen wie einer, der durch ein Fenster spähen will. Der Sommer schien weit weg, fern wie die Kindheit. Hatten wir tatsächlich diese Spiele gespielt? Ich dachte an Clara Schuler, das Mädchen, das an einem geplatzten Blutgefäß gestorben war, doch es fiel mir schwer, mir ihr Gesicht zu vergegenwärtigen. Klar sah ich dagegen jene Flickenpuppe, wie sie langsam vornüberfiel. Etwas regte sich in meiner Brust, und zu meiner Verblüffung brach ich, in einer Form von Trauer, in heftiges Lachen aus.

Beklommen schaute ich mich um und ging weiter. Ich

wollte wieder in meinem Viertel sein, wo die Leute nicht am Lachen starben. Dort stürzten wir uns eine Weile auf Sachen, verloren das Interesse und suchten uns etwas anderes. Clara Schuler spielte Spiele anders. Hatten wir sie enttäuscht? Als ich um die Straßenecke bog, schaute ich noch einmal zu ihrem Fenster über der unbefestigten Einfahrt. Ich hatte nie erfahren, ob es überhaupt ihr Zimmer war. Soweit ich wusste, schlief sie auf der anderen Seite des Hauses oder im Gästezimmer in der Mansarde. Wieder sah ich die rosa-gelbe Puppe, wie sie in einer langsamen, anmutigen, grotesken Verbeugung vornüberfiel. Nein, mein Lachen war schon in Ordnung. Es war ein Gruß an Clara Schuler, eine Anerkennung ihrer großen Begabung. Auf ihre Weise war sie vollkommen. Ich fragte mich, ob sie ein wenig über uns gelacht hatte, da oben in ihrer Mansarde.

Als ich wieder in mein Viertel gelangte, spürte ich eine vertraute Ruhelosigkeit. Alles zeichnete sich klar ab. In einer offenen, sonnenbeschienenen Garage griff ein Mann nach einer Aluleiter, die waagerecht an Haken hing, im Vorgarten stand eine Zehntklässlerin mit einer engen, bis auf halbe Wadenhöhe aufgekrempelten Jeans und einem weiten, rotschwarz karierten Holzfällerhemd mit einem Rechen neben einem Haufen gelben, mit Grün durchschossenen Laubs und schaute mit beschirmten Augen zu einem Mann hinauf, der auf einem Dach hämmerte. Die Mutter eines Freundes von mir winkte mir hinter dem schattigen, sonnengestreiften Fliegenfenster einer Veranda zu. Vor einem Korbbrett über einem leuchtend weißen Garagentor rollte ein Basketball auf dem orangefarbenen Rand des Korbs herum. Es war Sonntagnachmittag, die Zeit der großen Langeweile. Tief in meiner Brust regte sich ein Gähnen; es ließ meinen Kiefer erschauern. Auf der Querstange eines sonnenbeschienenen Telefonmasts schrie ein Star einmal und verstummte. Der Basketball hing in dem weißen Netz. Plötzlich löste er sich und fiel klatschend auf die Einfahrt, der Star erhob sich in die Luft, irgendwo hörte ich eine Lachsalve. Ich nickte in Richtung von Clara Schulers Gegend und ging die Straße weiter. Morgen würde bestimmt etwas passieren.

Ein Wechsel der Mode

Nach dem Zeitalter der Enthüllung kam das der Verhüllung. Ärmel flossen um Unterarme und schlossen sich fest um Handgelenke, Säume fielen bis zu den Fesseln, Ausschnitte stiegen bis übers Schlüsselbein. Junge Frauen wehrten sich erst gegen die neue Mode, die sie an alte Fotografien in langweiligen Alben an trostlosen Sonntagnachmittagen erinnerte, bis sie sich ihr doch voller Inbrunst unterwarfen. Es wurde stilvoll, Kleider zu tragen, die in Highschools über den Flurboden strichen und scheue Blicke auf polierte Stiefelspitzen gestatteten; Gruppen von Mädchen trugen beim Bummel durch die Malls ein Tuch überm Haar und zeigten längere Handschuhe aus Lammfell und italienischem Leder, die über den Ellbogen bis zur Mitte des Oberarms krochen. Hälse verschwanden langsam hinter ansteigenden Krägen, Hutkrempen wurden breiter und warfen Schatten aufs Gesicht. Es war, als habe nach einem halben Jahrhundert verwegener Entblößung eine Müdigkeit die Frauen überfallen, eine Sehnsucht nach Rückzug, eine Ernüchterung von der Verpflichtung, kühne Männerblicke auf sich zu ziehen. In jeder Rockfalte, jedem Blusenknopf spürte man den neuen Wunsch nach Verborgenheit.

Indem sich die Mode mit immer mehr Stoff von den Seiten populärer Zeitschriften, in denen die neuen Models mit abgewandtem Gesicht und gesenktem Blick posierten, auf die bürgerlichen Hausfrauen und ihre Töchter ausbreitete, begann eine Gruppe aufstrebender Couturiers an beiden Küsten, die Aufmerksamkeit auf sich zu lenken. Sie waren jung, herrisch und verachteten die jüngste Vergangenheit. Unter den Modeschöpfern war der kühnste und geheimnisvollste einer, der seine Kleider mit einem kleinen goldenen H in einem blutroten Kreis signierte. Er weigerte sich, fotografiert zu werden; in ironischer oder großspuriger Attitüde nannte er sich Hyperion.

Zu der Zeit hielt der lange Stil sich noch an die Form des weiblichen Körpers. Hyperion aber tat den entscheidenden Sprung weg vom Körper und hin zu Bereichen der höheren Phantasie. In einer berühmten Herbstschau schockierte er die Anwesenden, indem er eine Version des viktorianischen Reifrocks zurückholte, mit Reifen aus biegsamem Stahl, die er bis auf Schulterhöhe führte. Nun konnte eine Frau verborgen in einem hemisphärisch wogenden, drahtgestützten Seiden- oder Samtstoff gehen, der von ihren Schultern bis zum Boden fiel. Wurde das Hemikleid von etlichen Modekommentatoren wegen seiner Unbeholfenheit, seiner Hässlichkeit, seiner retrokitschigen Witzigkeit, seines Anstrichs von Spott verlacht, sahen andere darin einen Ausdruck der Befreiung von der Tyrannei des Körpers. Vor der Schau war die Geschichte der Frauenmode ein Dokument von Verschiebungen der Aufmerksamkeit von einem Teil des Körpers zum anderen gewesen. Mit einem einzigen Entwurf hatte Hyperion die Mode von ihrer langen Abhängigkeit von der weiblichen Figur befreit.

Auf eine kurze und unbefriedigende Periode – das Pyramidenkleid, das Achteckkleid – folgte die Schöpfung des Free Style, der die Symmetrie insgesamt verwarf. Jetzt schmückten sich die Frauen mit frei schwebenden Entwürfen, die den Stoffen offenbar unbedingt gestatten wollten, ihre innere Natur zu erforschen, geheime Notwendigkeiten zu verwirklichen. Es gab Kleider mit verstörenden Konstruktionen, die von Schultern und Taille ausgingen und in Arabesken aus Samt und Satin aufschossen; aggressiv lange Kleider mit seidengesäumten Schleppen, die, angehoben und am Hals befestigt, eine Art schimmerndes, ekstatisches Gefieder bildeten; horizontale Kleider; Kleider wie ein Deliriumtraum, Kleider wie fiebrige Blüten, die im Herzen undurchdringlicher Dschungel loderten; Kleider, aus synthetischen Stoffen komponiert, die speziell entwickelt waren, um das Aussehen von Gewitterwolken, von wirbelndem Schnee, von Feuerzungen anzunehmen. Es war, als seien die Kleider von Langeweile, von unmöglichen Wünschen geplagt. Hatten modische Extravaganzen der Vergangenheit – die elisabethanische Krinoline, die Rosshaartournüre der 1870er – stets einen Teil der weiblichen Anatomie betont und übertrieben, ignorierten die neuen Formen den Körper vollkommen, schienen gleichzeitig jedoch innere Stimmungen, vergessene Träume, vergrabene Gefühlsreiche auszudrücken. Besonders halbwüchsige Mädchen stürzten sich auf Hyperions Free Style mit seinem doppelten Vergnügen von Heimlichkeit und Entblößung –, denn sie konnten hinabtauchen, weit hinab in ganze Schichten von Kleidung, die sie vor Blicken schützte, und gleichzeitig gestatteten ihnen Flüsse aus gewundenem Tuch, verbotene Sehnsüchte hervorzukehren.

Unterdessen wurde das weibliche Gesicht, das stets ein wenig unsicher über den frühen Hyperion-Kleidern geschwebt war, von den neuen Designs nach und nach absorbiert. Ein Blütenkragen, aus lanzettförmigen Stoffschäften gefertigt, stieg bis zum Haaransatz auf; Kragensteg genannte bunte Schals reichten bis übers Kinn; raffinierte Kopfbedeckungen fielen bis zum Oberteil hinab. Noch bemerkenswerter war die Entwicklung auf der Außenseite der Kleider: Aus Kleiderfalten wuchsen neue Formen, Sekundärtriebe, die ein getrenntes Leben zu führen schienen wie Wasserspeier, die in den Ecken von Kathedralen sprossen.

Obwohl Hyperions Free Style vor allem wegen seiner Weigerung, den weiblichen Körper zu zeigen, Beachtung fand, verwiesen Kritiker jedoch schnell darauf, dass die Mode der Verhüllung nicht ohne eigene Erotik war. Die direkten und einfachen Provokationen des alten Stils – ein nackter Bauch, eine Brustwarze, die durch einen engen Pullover drückte – wurden durch Indirektheit, Verkleidung und eine vage Anzüglichkeit ersetzt. Im neuen Stil sollte die Phantasie in ungewöhnlichem Maße stimuliert werden: unter jenen verschwenderischen, spielerischen, zuweilen auch abweisenden Stoffwirbeln lag ein verborgener Körper, der zur Entdeckung einlud. Ein Modejournalist verglich das Free-Style-Kleid mit der Abfolge von Hindernissen, denen sich ein mittelalterlicher Ritter gegenübersah, wenn er sich durch einen dunklen Wald zu seiner Herrin kämpfte, die im Turm einer abgelegenen Burg von einem Unhold bewacht wurde. Dieses Gefühl von Schwierigkeit, von verführerischen Hemmnissen wurde, ermöglicht durch das neue Volumen, noch gesteigert durch verfeinerte Dessous – unter den weiten Röcken blühte ein Garten mit spitzenbesetzten Petticoats aus himbeerfarbenem Chiffon und schwarzem Organdy, purpurroten seidenen Unterröcken, seitlich geschlitzt, Hemdchen aus Stretch-Satin und Pünktchentüll mit Rüschenbesatz. Jugendliche Mädchen, die sich noch ein Jahr davor an ihren Tangas und V-Strings begeistert hatten, machten den Anfang, indem sie ein Übermaß an Unterwäsche trugen, auf Highschooltoiletten Wettbewerbe abhielten, wer die meisten Schichten trug, alles in lebhaften und verborgenen Farben: Orangegelb, Zinnober, Eisblau. Doch ganz abgesehen von dieser Entwicklung, die die Aufmerksamkeit auf neue Tiefen der Verhüllung und somit auf den verhüllten Körper selbst lenkte, verwiesen mehrere Kritiker darauf, dass es streng genommen nicht richtig sei, von der völligen Bedeckung der weiblichen Figur zu sprechen. Jenseits der Kragenstege und hohen Krägen seien weiterhin Teile des Gesichts sichtbar, wodurch sie den Betrachter an ungesehene Bereiche des Körpers erinnerten, die hilflos der Phantasie ausgeliefert seien. Zusätzlich gingen in Hyperions Free-Style-Kleider gehüllte Frauen von Ort zu Ort, sodass die Kreationen wackelten und schwangen; hin und wieder mochte sich dabei ein verborgener Arm oder ein Bein sichtbar gegen einen Stoffbereich drücken. Vom Ungesehenen stimuliert, vom Unbekannten gepeitscht, wurden sexuelle Phantasien vehementer und zugleich gewundener. Die neue Kleidung war dem Wesen nach paradox. Frauen, so hieß es, seien nie nackter, als wenn sie dem Blick entzogen seien.

Ein Merkmal des neuen Stils war denn auch der Reiz, den er auf Frauen ausübte, die sich danach sehnten, glühende Leidenschaften zu entfachen, die ihren sichtbaren Körper jedoch als unzulänglich oder abstoßend empfanden. Unter dem Hyperion-Kleid brauchte eine Frau sich nicht zu sorgen, da sie wusste, dass ihr Körper, sicher weggeschlossen, zu allem werden konnte, was sie sich wünschte, dort im Dunkel unter Ablenkungen aus Stoff, der am Rand eines Traums zu beben schien.

Mode ist ein Ausdruck von Langeweile, von Ruhelosigkeit. Der erfolgreiche Couturier versteht die Wildheit dieser Langeweile und versieht sie mit neuen Orten, an denen sich ihre Wut eine Zeitlang beruhigen kann. Noch während Hyperions Free-Style-Kleider in Fotostrecken in internationalen Zeitschriften gezeigt und mit Plakatkampagnen kräftig beworben wurden, bereitete der Modeschöpfer schon den nächsten Schritt vor. Bei seiner mit Spannung erwarteten Frühjahrs-/Sommerkollektion verkündete er die endgültige Befreiung der Mode vom weiblichen Körper. Das neue Kleid vollendete den Drang nach Verhüllung, indem es das Oberteil weiter zu einer kompletten Bedeckung von Gesicht und Kopf entwickelte. Nun umschloss das Hyperion-Kleid die Trägerin vollkommen, allerdings blieben ihr raffinierte Freiräume für Mund, Nase und Augen. Das neue Top entwickelte rasch ein Eigenleben. Es schien entschlossen, die Existenz des Kopfes zu leugnen, den Bereich zwischen Schlüsselbein und Scheitel als Übergangselement zu nutzen, indem es die Idee des Kleides nach oben erweiterte, um den Raum oberhalb der Trägerin einzuschließen. Dabei wurden die Öffnungen für Augen und Nase, die die Aufmerksamkeit auf das verborgene Gesicht gelenkt hatten und drohten das Kleid in eine Art Maske zu verwandeln, durch einen opaken Stoff ersetzt, der eine Einwegsicht gestattete. Die Frauen, die allmählich in den verborgenen Räumen des neuen Stils verschwunden waren, waren endlich unsichtbar geworden.

Die Kritik begrüßte das Umfassungskleid, war bei seinen Vorzügen jedoch geteilter Meinung. Manche meinten, es stelle die absolute Verteidigung des weiblichen Körpers gegen eine visuelle Invasion dar, andere wiederum sahen darin die endgültige Befreiung der Kleidung von seiner erniedrigenden Abhängigkeit vom Körper. Eine Modejournalistin lobte die, wie sie es nannte, verschwundene Frau und verglich das Umfassungskleid mit der Entwicklung des Boudoirs oder privaten Salons in den Häusern des achtzehnten Jahrhunderts – eine verschwiegene Domäne, in der eine Frau sie selbst sein konnte, sicher vor männlicher Kontrolle. Ein rivalisierender Autor, der die Frauen und ihre Wünsche ignorierte, sprach nur von der neuen Ästhetik der Kleidung, die sich, ähnlich wie die Landschaftsmalerei, endlich frei entfalten könne, nachdem sie so kühn geworden war, die menschliche Gestalt zu verbannen.

Und so begann nun eine Zeit der Exzesse, der überreichen Erfüllungen, als hätte die Verbannung des Gesichts eine Nuance der Zurückhaltung beseitigt, die in den früheren Kollektionen noch vorhanden war. Von Hyperion angeregt, wurden die Kleider von einem Fieber obskurer Begierden erfasst, von jäher Erleuchtung und Niedergeschlagenheit, und stürzten sich in aussichtslose Abenteuer. Ruhelos und unzufrieden, wuchsen sie in alle Richtungen; in manchen Fällen überstiegen sie die Größe von Zimmern und mussten auf offene Freiflächen wie Gärten oder öffentliche Anlagen getragen werden. Die geräumigen unteren Tiefen solcher Kleider leisteten groben Spekulationen Vorschub. Es hieß, unter diesen Hüllen kopulierten nackte Frauen wie besessen mit jungen Liebhabern im Gras. Ein Kleid hatte an der Seite eine kleine rote Tür, die angeblich zu einem Raum mit einem Bett, einem Spiegel und einer beschirmten Lampe darin führte. Ein anderes Kleid, für die Frau des Generaldirektors einer Softwarefirma entworfen, ragte über drei Stockwerke auf und war durch einen überdachten Gang mit dem Hinterhaus verbunden. Ein berühmter Modejournalist mit einer

Vorliebe für historische Parallelen verglich diese Entwicklungen mit den fanatischen Übersteigerungen der Frisur am Ende des achtzehnten Jahrhunderts, wo ein Meter hohe Haarschlösser sich auf Drahtgerüsten wölbten. Die neuen Kleider wurden weniger getragen als vielmehr betreten – es war, als wollten sie die strukturellen Eigenschaften der Mode bis zu dem Punkt weitertreiben, an dem Kleidung sich mit Architektur verband.

Derartigen Exzessen haftete durchaus eine Spur Verzweiflung an, als hätte die Flucht der Mode vor dem weiblichen Körper bei den Kleidern eine Unsicherheit, ein heftiges Unbehagen ausgelöst. An einem Sommernachmittag zeigte sich bei einer Party auf einem Landsitz im Nordwesten Connecticuts bei den verschwenderischen Kleidern eine ungewöhnliche Unbeweglichkeit. Hatten die Frauen ein feierliches Gelübde abgelegt, sich nicht zu bewegen? Die stationären Kleider, auf einem Rasen arrangiert, der zu einem See abfiel, ähnelten einer Art Skulptur. Vier Männer, von den bewegungslosen Frauen gelangweilt oder erregt, standen viel redend und stark trinkend vor einer von ihnen. Plötzlich bückten sich zwei der Männer, ergriffen das schwere Kleid am Saum und hoben es ruckartig empor. Es wurde geschrien, gejohlt. Darunter entdeckten sie nur den sich ausbreitenden Rasen.

Die vier Männer rannten zu den anderen Kleidern, rissen sie hoch, stießen sie um, zerrten mit den Fingern daran, doch die Frauen waren verschwunden. Später entdeckte man sie, in alte Morgenmäntel gehüllt, in der Küche eines Nachbarhauses, wo sie sich unterhielten.

Eine Zeit lang schlug die neue Mode ein. Frauen legten gewaltige Kleider an und zogen sich dann still zurück, gingen fort, um das zu tun, was ihnen eben gefiel. Kleider, endlich von Körpern befreit, wurden zu dem, was sie schon immer erstrebt hatten: Kunstwerke, für Museen und Privatsammlungen bestimmt. Häufig waren sie in großen Wohnzimmern ausgestellt, neben dem Klavier oder der Couch.

Doch die vollständige Trennung der Kleider von den Frauenkörpern schuf eine neue Verwirrung. Die Frauen wussten nun nicht mehr, wie sie sich kleiden, was sie anziehen sollten. Viele kleideten sich bewusst schlampig, als wollten sie ihrem Gefühl einer unerträglichen Distanz zwischen der Vollkommenheit des Gesellschaftskleids und der demütigenden Unvollkommenheit des Körpers, den es auslöschen sollte, Ausdruck verleihen. Es war, als sei eine überlegene Rasse in die Welt eingeführt worden: die Rasse der Kleider. Eine Spannung baute sich auf; es gab Gerüchte von einem Aufstand der Frauen, die die Kleider, die sie überflüssig gemacht hatten, stürzen wollten. Solches Gerede, wie absurd auch immer, offenbarte eine Sehnsucht nach etwas Neuem, nach einem erlösenden Sprung. Man sprach hungrig von neuen, unmöglichen Kleidern – Kleidern, die auf der Innenseite des Körpers getragen wurden, Kleidern von der Größe ganzer Städte. Andere schlugen eine Eden-gleiche Nacktheit vor. Mit dem Nahen der neuen Saison war klar, dass etwas geschehen musste.

Zu diesem Zeitpunkt gab Hyperion sein einziges Interview. Darin schwor er von den Moden ab, die ihn berühmt gemacht hatten; entschuldigte sich bei den Frauen dafür, dass er sie irregeleitet hatte; enthüllte, dass sein Name Ben Hirschfeld sei und er aus Brooklyn stamme; und kündigte seinen Rückzug nach der kommenden Schau an. Das Interview wurde unbarmherzig analysiert, als Reklametrick gebrandmarkt, als Streich abgetan. In den Abendnachrichten stand ein kleiner Mann mit schütterem Haar unter einem Schirm, blinzelte nervös hinter kleinen runden Gläsern und sagte, ja, sein Name sei Ben Hirschfeld, ja, er lebe in Brooklyn, aber nein, er wisse nichts von Mode, nichts von Kleidern, gar nichts. Die Öffentlichkeit wartete in skeptischer Geduld.

Und der Augenblick kam: Er war anders, als jeder erwartet hatte. Über den Laufsteg schritt ein hochgewachsenes Model in einem klassisch geschnittenen Kleid mit schmaler Taille und vollem Faltenrock. Ihr Gesicht, das vollkommen entblößt war, zeigte einen trägen und hochmütigen Ausdruck, wie man ihn seit Jahren nicht mehr gesehen hatte. Das neue, verarmte Kleid stellte eine Zurückweisung von allem dar, wofür Hyperion gestanden hatte. Zugleich schlug es innerhalb der Kultur des befreiten Kleides einen radikalen Ton an. Die Frauen zögerten; hier und da erschien auf einer Party eine Mutige, im neuen Stil gekleidet. Eines Tages war diese Mode, wie durch eine heimliche Übereinkunft, überall zu sehen. Die monströsen alten Kleider wanderten auf den Dachboden, wo kleine Mädchen, die auf der Suche nach einer ausrangierten Puppenstube oder einem Paar Schlittschuhe die Treppe hinaufgestiegen waren, beklommen vor etwas stehen blieben, was drohend bis zu den Sparren aufragte, und dann weitergingen. Auf Dinnerpartys und Familienfeiern erinnerte man sich belustigt und mit liebevoller Verlegenheit an den alten Stil, wie man sich einer Episode der Trunkenheit entsinnen mochte. In der Erinnerung wurden die Kleider lebhafter, wichen immer weiter zurück, bis sie wie leuchtend bunte Vögel waren, die in dunklen Wäldern aufflogen, oder wie ferne, sonnenbeschienene Städte. Derweil wurden die Kleider ein wenig kürzer, ein wenig länger, Hosen und Blusen enger, weiter. Eines Nachmittags im Spätsommer, auf einem mit den Schatten von Ahornblättern und dem Geflacker von Sonnenflecken bedruckten Gehweg, hatte eine Frau, die dort mit ihrer jungen Tochter entlangging, das Gefühl, dass sie sich gleich an etwas erinnern würde, etwas mit einem Kleid, aber nein, weg war es, verschwunden zwischen den Blättern über ihnen, die sich schon verfärbten, den Fetzchen blauen Himmels, dem Geruch von gemähtem Gras, den Schornsteinschatten, scharf und schwarz auf den sonnenbeschienenen Dächern.

Der Traum des Konsortiums

Der Kauf des Warenhauses durch das Konsortium erfüllte uns mit Unbehagen und heimlicher Hoffnung. Das Warenhaus war der letzte der großen alten Kaufpaläste in unserer Stadt; von frühester Kindheit an waren wir auf seinen alternden Rolltreppen gefahren und durch seine verblichenen Abteilungen gewandert. Schon unsere Vorstellung von Exzess, von Wundern war von seinen Warenregalen geprägt worden, die sich in braune Fernen erstreckten und sich durch alle zwölf Stockwerke erhoben. Im Gleißen der neuen Glas-Mall waren die alten Kaufhäuser eins nach dem anderen verschwunden, und unseren Besuchen in dem verblassenden Warenhaus hafteten Resignation und Melancholie an. Daher war der Kauf des Warenhauses durch das Konsortium ein harter, gar vernichtender Schlag, zugleich aber auch ein Trost, denn hatten wir nicht immer gewusst, dass unser Warenhaus nichts als ein sperriger Überlebender, fast eine Peinlichkeit war, in gewissem Sinn eine Illusion?

Von Anfang an hieß es, das Konsortium habe vor, das blocklange Gebäude bis zum letzten architektonischen Detail zu erhalten, von den Laub- und Beerenornamenten an den Eingangssäulen bis zu dem malerischen Marmorbrunnen aus dem neunzehnten Jahrhundert, der irgendwo hinten in einer Ecke im Erdgeschoss stand. Es ging das Gerücht, das erhaltene Gebäude solle in Büros umgewandelt werden, doch sogleich entstand auch ein Gegengerücht, und nun flüsterte man sich zu, das Konsortium plane, das Warenhaus wiederzubeleben, ihm seine alte Pracht zurückzugeben. Berichte kamen in Umlauf, das Konsortium habe auch andere Warenhäuser in anderen Städten gekauft, Fabriken und Lagerhäuser im Besitz des Konsortiums schössen an entlegenen Orten aus dem Boden. Solchem Gerede hörten wir mit einer gewissen Zurückhaltung zu, denn wir wussten nicht mehr, ob wir die Wiedergeburt unseres Warenhauses wirklich wollten oder nur sein Weiterbestehen in einem ewigen braunen Zwielicht des Niedergangs ersehnten.

Die Eröffnung sollte im Frühjahr stattfinden. Den ganzen Herbst und Winter hindurch hatten wir voller Spannung gewartet, während wir hinter den großen, mit weißen Tüchern verhängten Schaufenstern die Klänge der Radios der Arbeiter hörten, ein Hämmern und Sägen, schwere Lasten, die über Fußböden scharrten; und weit darüber, am weißen Winterhimmel, erschien uns das dunkle Gerüst als ein komplexes, rätselhaftes Werk der Zerstörung.

Wir glaubten, ohne davon zu sprechen, an ein lange hinausgezogenes Kindheitswarten, an das Warten, das nach und nach von Sorge infiziert wird, von Elend, während der erträumte Tag, indem er immer näher rückt, von der Last unmöglicher Wünsche beschwert wird.

Und dann kam der Tag, ein Tag wie jeder andere, ein kühler, strahlender Morgen Mitte April. Und wir waren überrascht: Vor unseren Augen, aber wie im Geheimen, war ein großartiges Warenhaus entstanden, ein neuer Kaufpalast, der schon immer da gewesen zu sein schien, verdeckt vom Schatten unserer geschwundenen Hoffnungen. Das neue Kaufhaus erhob sich neunzehn Stockwerke hoch in den strahlend blauen Tag. In den breiten Schaufenstern im Erdgeschoss und den schimmernden Bogenfenstern der renovierten Granitfassade zitterten und flimmerten verzerrte Spiegelungen roter und brauner Bürogebäude.

Trotz der schon sich öffnenden Türen war es unmöglich, nicht vor den Schaufenstern zu verharren, denn das Konsortium, als hätte es unser Zögern gespürt, hatte in seinem Bemühen, uns dort festzuhalten, keine Kosten gescheut. Ein Fenster zeigte einen Sandstrand mit einer Wasserlinie aus Seetang und Muscheln und einen Streifen Ozean mit flach sich brechenden Wellen. Die wunderbar realistische Szene mit ihrem strahlend blauen Himmel und den langsam ziehenden, blau schattierten Wolken, der als Rettungsschwimmer aufgemachten Schaufensterpuppe auf ihrem weißen Stuhl, den flachen Wellen, die sich brachen und zurückrauschten, sich brachen und zurückrauschten, der ferne Leuchtturm, nicht größer als ein Fingerhut, war im Vordergrund von drei schlanken weiblichen Schaufensterpuppen bewohnt, die sich in silbern schimmernden Badeanzügen sonnten. Plötzlich setzten sie sich auf und enthüllten dem Betrachter, dass sie echte Frauen waren, die so taten, als wären sie Schaufensterpuppen – und plötzlich legten sie sich wieder starr hin, worauf wir uns fragten, ob es vollautomatische Schaufensterpuppen waren, die so taten, als wären sie echte Frauen; und die Rettungsschwimmerin wollte sich nicht bewegen, kein Zeichen geben; dagegen liefen Möwen, die echt gewesen sein mochten oder auch geniale Modelle, im Sand umher.

Wir lächelten, wir runzelten nachdenklich die Stirn, wir gestanden den Schaufenstern eine gewisse Originalität zu, übten aber gleichzeitig Zurückhaltung, widerstanden der Versuchung, uns bezaubern zu lassen. Schließlich hatten wir nicht solche Inszenierungen ersehnt, sondern etwas völlig anderes, etwas, was uns in bessere Zeiten zurücktrug, als wir noch Hoffnung hatten, etwas, was nur innen zu finden war. Ist es da ein Wunder, dass wir zögerten?

Langsam, ein wenig nervös, bahnten wir uns den Weg durch den großen Bogen des renovierten Eingangs, auf eine Reihe neuer Glastüren zu. Glasscheiben glitten bei unserem Nahen lautlos zur Seite und geleiteten uns zu einer inneren Reihe langsamer und dunkler antiker Drehtüren, die uns an unsere Kindheit und an alte Schwarzweißfilme erinnerten und in das Kaufhaus selbst einließen.

Wir befanden uns in einer gewaltigen Großen Halle, die drei Stockwerke hoch war. Ein breiter Gang, gesäumt von Puppen, angetan mit Tournüren und Petticoats, Zylindern und Mänteln, führte zu dem restaurierten Brunnen mit seinen sechs Skulpturen, die Ehrlichkeit, Fleiß, Erfindungskraft, Handel, Sparsamkeit und Die Republik darstellten. Und wir waren erfreut, wir waren erfreut: Nie war unser Brunnen so prachtvoll gewesen. Doch wir waren nicht dumm, wir verstanden vollkommen, dass diese Beschwörung eines verschwundenen Goldenen Zeitalters, eines Zeitalters, an das keiner von uns wirklich glaubte, ein kalkulierter Appell an etwas Dubioses in unserer Natur war. Und dennoch bewunderten wir die Schlauheit dieses Appells, noch während wir uns weigerten darauf hereinzufallen. Wir sahen gleich, dass der bewusst überholte Architekturstil mit aggressiv modernen Noten durchsetzt war wie den gläsernen Aufzügen, die an durchbrochenen Stahlsäulen aufstiegen, und der prachtvollen Treppe, die nicht aus Marmor bestand, sondern aus elegant geschwungenen Rolltreppen mit durchsichtigen Seiten, die zu einem Zwischengeschoss führten, auf dem schon Kunden an weißen Metalltischen, von denen aus man auf die Große Halle darunter blickte, Kaffee tranken. Das kühne Aufeinanderprallen von Altmodischem und Ultramodernem, die sich gegenseitig hervorhoben, die jeweils entworfen waren, um uns zu schmeicheln, unsere Skepsis zu entwaffnen, war der auffallendste Effekt, den das Konsortium erreicht hatte, dessen tiefere Innovationen und Intentionen sich uns nach und nach offenbarten.

Mit solchen Gedanken fuhren wir die Rolltreppen und die gläsernen Aufzüge hinauf, zogen misstrauisch in die Abteilungen, tasteten uns weiter in die Tiefen des Kaufhauses.

Wir, die wir mit den älteren Warenhäusern groß geworden sind, wissen, dass eine ihrer heimlichen Freuden die unvermittelten, krassen Übergänge zwischen den Abteilungen sind, das verblüffende Nebeneinander wie in einem Museum, in dem ein Raum voller alter Feuerwehrautos in eine Halle führt, die mit Glaskästen voller Eulen, Reiher und Schnepfen gesäumt ist. In dem neuen Warenhaus sahen wir die Kunst des Nebeneinanders in kühne, unerwartete Höhen geführt. Mit Ausnahme der Großen Halle, in der die geraden Linien des klassischen Kaufhauses erhalten waren, waren die Abteilungen auf jedem Stockwerk so angelegt, dass sie jeweils plötzlich und dramatisch aus den anderen hervorgingen. So sehr waren die Innenarchitekten bemüht gewesen, klare Blicke zu vermeiden, dass viele der Gänge kunstvoll geschwungen waren. Ein schattiger, mäandernder Weg mit Kommoden, Bücherschränken mit Glasfassade und Rollpulten mit Fächern gab unversehens den Blick frei auf eine helle, verstörende Fläche mit langbeinigen Schaufensterpuppen mit pinkfarbenen und grünen Haaren, angetan mit einem Geflirr aus schwarzem Satin und weißen Spitzen. Hier und da erhoben sich auf Glastischen, gleich den verstümmelten Leichen im Keller eines wahnsinnigen Killers, die unteren Hälften weiblicher Körper, verkehrt herum, die Beine in der Luft – und als wir auf umgedrehte Beinpaare in glänzenden schwarzen, mit winzigen grünen Edelsteinen besetzten Strümpfen zugingen, befanden wir uns unversehens zwischen frostfreien Kühlschränken, dreikörbigen Geschirrspülern, Mikrowellenherden mit digitaler Anzeige. Eine gelangweilt wirkende Schaufensterpuppe mit kurzen schwarzen Haaren, die sich aus ihrer Abteilung verirrt zu haben schien, lehnte an einem Kühlschrank und offenbarte den neuesten Büstenhalter aus Italien; er bestand aus einem einzigen Goldfaden, der in gerader Linie die Brüste überquerte und hinten mit einer herzförmigen Spange befestigt war. Solche Übergänge und Verwirrungen schienen uns aufzufordern, uns zu verlaufen, trotz der Pläne unter Glas, die überall angebracht waren; und wir, die wir nichts mehr wollten, als uns zu verlaufen, tauchten tiefer in die gewundenen Gänge, dankbar für alles, was unseren Eindruck von der Fülle des Kaufhauses verstärkte, was unsere heimliche Sehnsucht nach einer endlosen Vervielfachung der Abteilungen befriedigte.

Dieses Überraschungsmoment, dieser unablässige Versuch, die Monotonie zu verbannen und ein Gefühl von Beengtheit zu meiden, zeigte sich auch in einer der erfreulicheren Innovationen des Konsortiums. Von Zeit zu Zeit gelangten wir an den Enden abbiegender Gänge an breite, offene Flächen, wo Kunden, von Müdigkeit übermannt, sich ausruhen konnten, bevor sie weitergingen. Jede Fläche, auf den Warenhausplänen als Plaza bezeichnet, war in einem ausgeprägten Stil gehalten. In einer dieser Plazas bestand der Boden aus echter Erde und echtem Gras. In der Mitte erhob sich eine große Eiche mit ausladenden Ästen, behängt mit Lampions, darunter standen verstreut Bänke aus Holzlatten. Eine andere Plaza war im Stil einer nebligen Londoner Straße bei Nacht gehalten; eine Nebelmaschine pumpte Wolken gelblichen Nebels hin, der die Laternenmasten und die Bobbypuppe mit ihrem polierten Schlagstock einhüllte. Und auf einem der oberen Stockwerke entdeckten wir einen viktorianischen Salon, wo wir unter Gasleuchten, ovalen Fotografien, Marmorstatuen und was nicht alles in pralle Sessel sanken.

Die kunstvollen Plazas allein hätten den Erfolg des Eröffnungstags gewährleistet, denn schon gab es diejenigen unter uns, die darauf brannten, alle neunzehn Stockwerke nach Plazas in historischem Design abzusuchen, doch auch andere Innovationen zogen unsere Aufmerksamkeit auf sich. Wir waren beeindruckt von der Vielfalt der zusätzlichen Services und Vergnügungen, die überwiegend in den vier unterirdischen Stockwerken angesiedelt waren, aber auch in den oberen Etagen, wie etwa der nachgebildete Schuhputzsalon, der alte Frisiersalon mit der gestreiften Stange, die sich in einer Glassäule drehte, der Kaufladen mit seinen Fässern voller Penny-Süßigkeiten, der Kinetoskopsalon im achten Stock, das Varietétheater im Souterrain mit vier Vorstellungen täglich. Wir betrachteten die vielen Coffeeshops, Restaurants und Imbissbuden im minutiös nachgebauten Stil: der Speisewagen, das Gasthaus aus dem Neuengland des achtzehnten Jahrhunderts, das Walfangschiff, das Pueblodorf, der Westernsaloon mit seinen Schwingtüren. Und auf jeder Etage stießen wir, wenn wir aus einem Labyrinth mäandernder Abteilungen herauskamen, unvermittelt auf Flächen, die offenbar eine kulturelle oder erzieherische Funktion hatten, wenngleich wir spürten, dass ihre wahre Absicht darin bestand, die unausweichliche Ödnis der ausgestellten Waren mit erfrischenden Überraschungen zu durchbrechen – Überraschungen, die es dem Kunden gestatteten, mit neuer Energie zum aufreibenden Abenteuer des Kaufens zurückzukehren. So hatte das Konsortium zu unserer Bildung eine Schaufensterpuppenfabrik bereitgestellt, in der ein bärtiger Bildhauer eine Tonfigur nach einem lebenden Modell bearbeitete; er saß inmitten von Gipsabdrücken, abgelegten Händen und Füßen und fast fertigen Glasfiberfiguren, denen ein Assistent Glasaugen, Perücken und Zähne hinzufügte; eine minutiöse Nachbildung von vier Räumen aus dem Prado, den Uffizien, dem Rijksmuseum und der Eremitage mit fachmännischen Reproduktionen aller Gemälde, Rahmen und Statuen samt drei uniformierten Führern, die kleinen Käufergruppen Geschichte und Technik eines jeden Kunstwerks erklärten; sowie einen reproduzierten Teil einer ägyptischen Pyramide mit Stufen, die in zwei Grabkammern und einen Totentempel hinabführten.

Vielleicht lag es an der Größe des neuen Warenhauses, der Vielzahl von Plazas und Kulturflächen, den Services und Unterhaltungen, dem schieren Angriff der neunzehn Etagen und vier unterirdischen Ebenen mit ihren Waren auf unser Nervensystem, jedenfalls schenkten wir den neuen Abteilungen, die, wie wir fanden, aus einer Laune heraus, mit überbordender Phantasie im ganzen Kaufhaus verteilt waren, anfangs keine besondere Beachtung. Eine solche war die Abteilung für Bäche, Teiche und Wasserfälle, die in einer unvermittelt auftauchenden Nische in der Landschaftsabteilung lag oder, im vierzehnten Stock, zwischen Herrenhüten und Kurzwaren, die düstere Abteilung für Höhlen und Tunnel, wo matte Leuchtstoffbirnen in den Höhlenwänden einen violetten Schimmer über die Gesteinsformationen legten und wo von säuberlich beschrifteten Stalagtiten, Sinterdecken, Krustenanemonen und gewundenen Heliktiten Preisschildchen herabhingen. Eine der mysteriöseren Abteilungen lag hinter einer weichen braunen Welt aus Nachttischen, trübe glimmenden Lampen, zurückgeschlagenen Tagesdecken, die Laken mit Blumenmustern enthüllten, und Himmelbetten mit gewölbtem Dach und schweren Vorhängen. Am Ende eines schmalen Pfads mit Etagenbetten voller Tiger und Elefanten tauchte unvermittelt eine hohe, weißliche Fläche auf, die anscheinend noch im Bau war. Hier und da standen auf dem Fußboden abgebrochene Marmorsäulen und gesprungene Steinblöcke, an einer Wand führte eine bröckelnde Treppe ins Nichts, an einem glänzenden Holztresen in einer Ecke saß ein Mann in grauem Anzug und rotbrauner Krawatte, der uns offenbar erwartete.

Allgemein wurde eingeräumt, dass der Eröffnungstag ein voller Erfolg gewesen war. Oh ja, es gab auch Zweifler unter uns, Zweifler, die fanden, dass das ganze Ding abgerissen und vergessen werden sollte, doch im Großen und Ganzen neigten wir zu Hoffnung. Zunächst war uns klar, dass das Konsortium einen ernsthaften Konkurrenten für die Mall geschaffen hatte. Und in einer Maßnahme, die offensichtlich der Verbreiterung der schwindenden Kundenbasis des traditionellen Warenhauses diente, trat der neue Kaufpalast direkt gegen das luxuriöse Spezialgeschäft an, indem er, zusätzlich zu seiner Fülle günstiger Waren, eine breite Palette teurer Spezialitäten führte, von pailettenbesetzten Abendkleidern und Chauffeurslivreen bis hin zu edelsteinbesetzten Schachspielen und importierten Jadepalasthunden aus dem Kaiserpalast in Peking. Uns sprachen die Große Halle und der renovierte Brunnen an, die mäandernden Gänge, die cleveren Nachbildungen, die Dreistigkeit und Energie des ganzen Unternehmens; und wenn wir mit unserem Urteil, unserem Beifall eher noch zurückhielten, waren wir doch auch willens, wieder hinzugehen.

Wir gingen mit dem drängenden Gefühl wieder hin, dass wir noch kaum angefangen hatten, das Kaufhaus zu erkunden, dass gar weitere Erkundungen nötig waren, wollten wir seine noch immer schwer fassbare Natur durchdringen. Binnen Tagen stellten wir fest, dass das Kaufhaus sich veränderte. Hier und da waren Gänge kaum merklich verlagert worden, um Platz für neue Waren zu schaffen, Abteilungen, an die wir uns nicht erinnerten, waren hinzugekommen oder standen kurz vor der Eröffnung, es hieß, Pläne für ein Penthouse und eine Etage unter den vier Kellergeschossen seien schon im Werden; und ob rastloses Expansionsstreben oder kalkulierte Anstrengung, Langeweile zu vermeiden, auch in die Gestaltung der einzelnen Abteilungen waren schon kleine Veränderungen eingegangen.

Vor allem aber lenkten nun die vielen ungewöhnlichen Abteilungen, die wir am Eröffnungstag nicht genau betrachtet hatten, unsere tiefste Aufmerksamkeit auf sich. Rasch wurde klar, dass es sich dabei nicht um witzige oder bizarre architektonische Elemente handelte, die ein Lächeln der Anerkennung oder ein Stirnrunzeln der Neugier hervorrufen sollten, sondern um ernsthafte, eigenständige Abteilungen, in denen verkauft werden sollte. Am Ende der ersten Woche lief das Geschäft in der Abteilung Bäche, Teiche und Wasserfälle schon prächtig, die Kunden stammten zumeist aus den

Vororten und hatten große Anwesen, und sie konnten unter einer großen Bandbreite sorgfältig unterschiedener Stile wählen: Allein zwölf Bachmodelle standen zum Verkauf, vom flachen steinigen geraden Bett bis hin zum tiefen sandigen gewundenen. Die Höhlen und Tunnel im vierzehnten Stock waren nicht nur für Hügel und Hänge im Privatbesitz gedacht, sondern auch für Keller, Mansarden und Spielzimmer. Wir kehrten zu der hohen, weißlichen Fläche zurück, an der vermeintlich noch gebaut wurde, nur um unseren Irrtum zu erkennen. In einem dicken, mit einer Kette am Tresen befestigten Katalog verwies ein Verkäufer auf eine Palette von Ruinen: Alle architektonischen Säulenordnungen wurden angeboten, darunter sorgsam unterschiedene griechisch-dorische und römisch-dorische, dazu drei Varianten des korinthischen Kapitells, entweder mit dem originalen Stein reproduziert oder, preisgünstiger, als synthetische Entsprechung und in verschiedenen Stadien des Verfalls. Denn es war die Abteilung für klassische Ruinen, in der man auch Friese, zerbrochene Giebel, bröckelnde Bögen und pittoreske Fragmente von Tempeln und Mausoleen erwerben konnte. Im hinteren Teil des Buches gab es Fotografien des Parthenon, des Kolosseums, eines römischen Aquädukts zu sehen, alle in üppigen Gartenanlagen. Geduldig beantwortete der Verkäufer unsere skeptischen, drängenden Fragen. Alles in dem Katalog konnte bestellt werden; alle Teile wurden in Reprofabriken hergestellt und direkt angeliefert. Erst neulich habe ein texanischer Ölmann für seine Ranch das Kolosseum bestellt. Die Mehrzahl der Bestellungen kamen von Unternehmen, die nach innovativen Ideen für die Landschaftsgestaltung suchten; eine Softwarefirma in New Mexico hatte unlängst die Bäder von Caracalla und Hadrians Villa für ihr vier Hektar großes Firmenareal bestellt, eine weitere Firma in Südkalifornien die gesamte Akropolis, robuster als das Original und garantiert geschützt gegen Umweltverschmutzung, aufgebaut am Ufer eines Zierteichs. Der Durchschnittskunde wollte natürlich eher eine eingestürzte Säule für die Diele oder den Garten.

Wir schüttelten den Kopf, wir wurden nachdenklich, wir begannen zu lächeln, merkten dabei aber, wie unser Lächeln an den Rändern bröckelte, und als wir in vertrautere Abteilungen kamen, uns den Weg an Squashschlägern, Lacrossestöcken und Tischtennistischen vorbeibahnten, vorbei an Fernseh-/Videotruhen, audiovisuellen Schränkchen und Stereoanlagen mit graphischen Fünfband-Equalizern, vorbei an Plätzchendosen in Form von lächelnden Waschbären und Schirmen mit Holzgriffen in Entenform, wich unser Eindruck, die neuen Abteilungen hätten etwas Merkwürdiges und Unerklärliches, etwas von einer Übertretung, ganz allmählich der Überzeugung, dass an unserer Wahrnehmung etwas nicht stimmte. Weit entfernt, fremdartige Störungen in unserer vertrauten Welt zu sein, waren die neuen Abteilungen nichts anderes als eine Erweiterung dieser Welt. Denn lag es nicht im Wesen des Warenhauses, alles unter der Sonne zum Verkauf anzubieten? War nicht die heimliche Prämisse solcher Häuser, dass die ganze Welt ein Basar sei? Das Konsortium hatte, als Antwort auf die Macht der Mall, in einem kühnen Sprung einfach die Grenzen des Kaufbaren verschoben. Und auch der Gedanke von Nachahmung oder Nachbildung war in dieser Welt der synthetischen Materialien und teuren Nachbildungen altmodischen Spielzeugs, berühmter Gemälde und historischer Möbel nicht im mindesten fremdartig.

Doch schon da, in jenen frühen Tagen der Erregung und Entdeckung, erfassten wir die verblüffende Kühnheit der neuen Manager nicht, auch wenn uns manche Anzeichen und Einblicke ein wenig den Atem verschlugen.

Denn genau in jenen Tagen, als wir uns in das neue Kaufhaus hineintasteten, wurde eine harte Kampagne dagegen geführt, und sie nahm ihren Ausgang bei Interessen, die den Spezialgeschäften und der Mall dienten. Das neue Kaufhaus, so der Vorwurf, sei schlecht geplant, voll verschwendeten Raums und lege größeren Wert auf Atmosphäre als die effiziente Auslage der Waren; die Verbindung der Abteilungen sei verwirrend; die schicken neuen Abteilungen sprächen naturgemäß nur einen kleinen Kreis von Kunden an; die Plazas seien geschmacklos, die Architektur sei grotesk, die Attraktionen absurd. Solche leicht widerlegten Vorwürfe waren nicht mehr als die übliche Geschäftsrivalität, doch Sorgen wurden auch von normalen Bürgern geäußert. Manche meinten, das Kaufhaus stelle trotz der paar Innovationen eine Rückkehr in die Vergangenheit dar; sie warfen dem Konsortium vor, schamlos unsere Nostalgie auszunutzen, und verwiesen insbesondere auf die Betonung von Nachahmung und Nachbildung bei der Gestaltung der Plazas und der Kulturflächen und sogar bei den Waren selbst. Andere anerkannten wohl die Attraktivität und den Erfolg des neuen Unternehmens, fanden aber allein schon die Vollkommenheit dieses Erfolgs verstörend, da die Kunden sich doch häufig nur widerstrebend von den Wonnen des renovierten Kaufpalasts losrissen und über Enttäuschung oder Verärgerung klagten, wenn sie wieder auf die Straße traten.

Vielleicht angeregt von diesen Angriffen, vielleicht auch angetrieben von unseren eigenen Zweifeln und Wünschen, machten wir uns im Lauf der folgenden zwei Wochen daran, das neue Kaufhaus im Detail zu erforschen, in seine Tiefen vorzudringen, keines seiner Elemente unserer Befragung entkommen zu lassen.

Oberhalb des dreizehnten Stocks fuhren altmodische, holzvertäfelte Fahrstühle mit Messingarmaturen, von höflichen jungen Männern in dunkelrotem Jackett und schwarzer Hose bedient, durch die verbleibenden sechs Etagen. Und auf jeder Ebene stiegen an zwei weit auseinanderliegenden Stellen elegante, mit Mahagoni und Messing verkleidete Rolltreppen empor, während daneben, in einem Winkel, der ein X bildete, Treppen voller Kunden auf die Stockwerke darunter schwebten.

Wir gelangten zwischen Esstellern mit Bildern blauer Windmühlen hindurch, Glasdesserttellern mit Fuß voller Wachsaprikosen, buntfarbenen Zehn-Tassen-Kaffeemaschinen mit eingebauter Digitaluhr. Wir schlenderten vorbei an blitzenden Reihen von Laserdruckern und Laptops, vorbei an Zirkuswagen in leuchtenden Farben, Rollen brauner Leinwand und Heuballen, durch Labyrinthe mit hellgrünen Badewannen, in Eichentischen eingelassenen Onyxwaschbecken, pinkfarbenen Wasserklosetts, in die Cherubim graviert waren. In den Tiefen der Spielzeugabteilung, die einen Großteil des elften und zwölften Stockwerks einnahm, gab es eine Unterabteilung, in der Riesenräder, Karusselle und Achterbahnen in Originalgröße verkauft wurden. Nicht weit davon entdeckten wir eine Nische mit maßstabsgetreuen Städtemodellen, darunter präzise Holz- und Gipsmodelle des viktorianischen London, Nürnbergs zur Zeit Dürers und Manhattans im Jahr 1925, und jedes enthielt über 60 000 Einzelteile und konnte in einem Rahmen von der Größe eines Sandkastens aufgebaut werden. Im Schnäppchenstock im zweiten Untergeschoss gab es Nischen und Unterabteilungen, wo fehlerhafte Schaufensterpuppen, ausrangierte Schaufensterrequisiten und ausgewählte herabgesetzte Gegenstände aus den beliebteren Plazas und Restaurants verkauft wurden: auf Pappe gemalte Trompe-l'œil-Ansichten, Pflastersteine aus Fiberglas, Backsteine aus Pappmaché. Anscheinend wuchsen überall neue Abteilungen aus dem Boden, als wollten sie mit unseren Wünschen Schritt halten, und es ging das Gerücht, irgendwo im vierzehnten oder fünfzehnten Stock, in einer kleinen Abteilung mit einem Ladentisch und einem Katalog, könnten Unternehmen, die über märchenhafte Summen verfügten, Nachbildungen von ganzen Städten der Antike in Originalgröße bestellen.

Solche Gerüchte machten unsere Erkundungen erregend, vernebelten aber gleichzeitig unser Gefühl für die Dinge, kontaminierten unsere Wahrnehmung, so dass bei uns eine neue Skepsis wuchs, die ihrerseits die unmittelbare Klarheit unserer Sinne beeinträchtigte und unsere tiefere Einsicht in das Kaufhaus eine Weile verzögerte.

Unterdessen waren alle bis auf die härtesten unter uns den neuen Schaufensterauslagen erlegen, die an Wagemut und Genialität in uns bis dahin unbekannte Höhen vorstießen. Wir hörten, das Konsortium habe aus einer grauen, eisumschlossenen Stadt in Ost- oder Nordeuropa, wo die fahle Sonne täglich nur zwei Stunden schien, einen vergrübelten, launenhaften Schaufensterkünstler eingestellt, ihm ein Team aus Schaufensterpuppenmachern, Robotermeistern, Bühnenbildnern und Fenstertechnikern zur Seite gestellt und ihm bei der Entwicklung der Schaufenster des neuen Kaufhauses eine nie da gewesene Freiheit versprochen. Jeden

Tag wurde eins der vielen Schaufenster an allen vier Seiten des blocklangen Gebäudes mit einem roten Samtvorhang verhüllt, der sich am nächsten Morgen vor einer nagelneuen Dekoration hob. Ein Fenster zeigte das einen Meter achtzig hohe maßstabsgetreue Modell eines vierunddreißigstöckigen Hotels, dessen über zweihundert Zimmer reihum erleuchtet wurden, in denen jedes Mal eine aufs Feinste detaillierte, von Miniroboterfiguren aufgeführte Szene zu sehen war: Ein kleiner Mann ermordete eine kleine Frau, indem er wiederholt mit einem kleinen blutigen Messer auf sie einstach, eine schöne Miniaturdame, die an einem Schminktischchen mit einem prachtvollen Spiegel saß, las einen Brief und weinte hysterisch, eine junge Frau öffnete einen Schrank und wurde von einem Skelett umarmt. In einem anderen Schaufenster nahmen lebensgroße bewegliche Schaufensterpuppen mit edelsteinbesetzten Sonnenbrillen und transparenten seidenen Badeanzügen elegante, lässige Posen in einem realistischen Dschungelambiente ein, das mit lebenden Papageien und Affen wie auch einem verstörenden Löwen bevölkert war, der hin- und herschritt und sich nur allmählich als Maschine zu erkennen gab. Eines der beliebteren Fenster war ein Marionettentheater, in dem Stücke mit verschiedenen Bühnenbildern – ein Mississippi-Raddampfer, ein türkischer Harem, eine Pariser Modenschau, in der ein Würger umgeht – von Marionetten bespielt wurden, deren Kostüme von einem berühmten Couturier entworfen und deren Frisuren vom hauseigenen Coiffeur gestylt waren. Trotz solcher Anspielungen auf den Verkauf von Waren schwelgten viele der Fenster in ihrer Freiheit und entwickelten sich schon bald in rein künstlerische Richtungen. Ein auffallendes Fenster dieser Art begann als konventionelles

Display lebender Schaufensterpuppen in transparenten Regenmänteln und Bikini-Unterwäsche und wuchsen sich rasch zu einer Serie von Variationen über das Thema Regen aus: eine Regenmaschine, eine Windmaschine, Spiegel und bunte Lichter erzeugten im Verbund wechselnde Muster windgepeitschten Regens, als beschäftigte sich der Schaufensterkünstler mit der Erkundung einer neuen Kunst, einer Regenkunst. Doch sogar solche Fenster, die den ordinären Verkauf von Waren zu verachten und nach Höherem zu streben schienen, quälten uns mit ihrer Abgehobenheit und veranlassten uns zur Suche nach geheimen Verbindungen, die sich uns weiterhin entzogen.

Erst am Ende der dritten oder vierten Woche, als die Kritik sich auf ein bloßes Flüstern reduziert hatte, als selbst die Zweifler zugeben mussten, dass das neue Kaufhaus etwas Solides und Beständiges hatte, gaben wir uns den Verlockungen des Kaufpalasts vollständig hin, überließen uns ganz den mäandernden Gängen, den verborgenen Nischen. Wir applaudierten den verwegenen Schaufensterdekorationen, begrüßten die neuesten und gewagtesten Abteilungen, erfreuten uns bei unseren Streifzügen durch die Etagen an jeder Verlagerung und Veränderung, an den stets wechselnden Rhythmen der Innenarchitektur. Abteilungen für Stahlgürtelreifen, gesalzene Nüsse, Schneebläser, Duschvorhänge, bedruckt mit Reproduktionen berühmter impressionistischer Gemälde (*Das Frühstück der Ruderer, Camille Monet am Strand von Trouville, Impression: Sonnenaufgang*), dreifach verglaste Fenster führten zu Abteilungen mit maurischen Innenhöfen, Vulkanen, Aztekentempeln. Diese neuen und unkonventionellen Abteilungen folgten keinem Verteilungsmuster, doch wenn wir Rolltreppen hinauffuhren und durch rasch sich wandelnde Szenerien schritten, überkam es uns, dass die Unterscheidung zwischen Alt und Neu, Vertraut und Unvertraut unsere eigene war. Das Kaufhaus selbst traf eine solche Unterscheidung nicht, sondern bot seine vielfältigen Waren einfach nur zum Verkauf an. Gab es denn auch wirklich so große Unterschiede zwischen einer Armbanduhr und einer römischen Villa? In dem neuen Kaufpalast mit seinem edlen und fiebrigen Verlangen, die Konkurrenz zu übertreffen und in der letzten Dekade des zwanzigsten Jahrhunderts den untergegangenen Glanz der großen Warenhäuser wiederauferstehen zu lassen, konnte man Quarzheizungen kaufen, Hochleistungsmäher, venezianische Palazzi, elektrische Bleistiftspitzer, schottische Burgen, schnurlose Telefone mit Zehnkanal-Autoscan, Strebebögen, Mulchtraktoren, neolithische Dörfer, Aluverkleidungen, den Palast von Sargon II., den Eriekanal, Wachsmuseen, versenkbare Tankpumpen, sumerische Zikkurate, Inseln mit Palmen und krachender Brandung, das alte Troja, motorisierte Rollstühle, Grabhügel aus der Wikingerzeit, die große Moschee von Córdoba, Lagunen, Sphinxe, Heimtrainer, schwarze Lederruhesessel, jungpaläolithische Höhlen mit Bisonzeichnungen, dreimanegige Zirkusse, den Koloss von Rhodos, Bodhibaum-Schreine, Coca-Cola-Abfüllanlagen, Mutoskope, Zoomobjektive, Kasbas, afrikanische Diamantenminen, Benediktinerklöster, Eismaschinen, die Bibliothek von Alexandria, Zuavenuniformen, Opernhäuser, Fünfgang-Bohrmaschinen, Cembali, Sets für Film-noirs, Wüsten mit Fata Morganen, Entkörnungsmaschinen, Hennins, dampfende Quadratkilometer des amazonischen Dschungels, alte Piers mit Möwen.

In entlegenen Fabriken, in großen, unterbevölkerten Staaten angesiedelt, stellten Arbeitergruppen, von strengen

Experten ausgebildet, die Reproduktionen in geheimen Werkstätten so gekonnt her, dass die Originale daneben ein wenig fehlerhaft aussahen, ein wenig verblasst und nicht eben überzeugend.

Es hieß, in einer Abteilung im fünfzehnten oder sechzehnten Stock, in der Nähe von Rouleaus und Vorhängen, säßen in einem kleinen Raum ähnlich einem Reisebüro, mit Landkarten an der Wand und zwei mit Prospekten überhäuften alten Schreibtischen, die Chefs von vier großen Hotelketten, aufgebracht wegen der skandalösen Verluste von Milliarden von Touristendollars jedes Jahr ans Ausland und diskutierten Pläne für den Erwerb einer exakten Nachbildung eines kleinen europäischen Landes mit seinen Seen und Bergen, seinen malerischen Dörfern mit Kopfsteinpflasterstraßen und geschnitzten Türpaneelen, mit seinen Eisenbahnen und Briefmarken, um sie im mittleren Texas oder westlichen Montana aufzustellen. Die Hotelmanager glaubten, die Amerikaner würden es genießen, Europa direkt mit dem Auto oder Bus besuchen zu können; das Vergnügen an der Reise würde noch gesteigert durch das Wissen, dass die Reisenden, wenn sie sich langweilten oder einsam fühlten, wie es im Ausland so oft geschieht, sich in ihr Auto setzen und über die simulierte Grenze zurück nach Amerika fahren könnten.

Die Dreistigkeit des Plans erfüllte uns mit einer Art nervösem Hochgefühl. Ähnliche Geschäfte wurden, wie wir herausfanden, auch in Abteilungen auf anderen Etagen gemacht. Wir malten uns Gebirgsketten mit künstlichem Schnee, funkelnden falschen Seen, nachgebildeten Wäldern, Nachtigallen, Gewittern aus. Wir erträumten uns ein Florenz, das sich Stein um Stein aus einer Wüste in Arizona erhob; wir sahen in den Tiefen Chinas die langsame, minutiöse Rekonstruktion Neuenglands mit seinen Zuckerahornen und alten Backsteinfabriken, seinem exakten Muster aus Dächern, Ampeln, Laubschatten, Flussufern – und an jedem Flussufer die präzisen Sonnenstrahlen, die durch Kiefern auf einen Picknicktisch fielen, auf dem Sonne und Schatten flirrten.

Es war nicht mehr nötig, solche Gerüchte und Mutmaßungen zu überprüfen, denn wir empfanden eine heimliche Sympathie für das Kaufhaus, eine tiefe, intuitive Wahrnehmung seiner Rätsel. Das Konsortium war entschlossen, den heimlichen Wunsch des Käufers zu befriedigen: sich die Welt anzueignen, sie vollständig zu besitzen. Zahllose Fabriken produzierten präzise Stücke Geographie und Geschichte, multiplizierten sie unerbittlich. In einer von Regalen voller Waren halb verborgenen Abteilung gab es zweifellos schon Pläne, noch größere Immobilien zu duplizieren und zu verkaufen: die Mittelmeerküste mit ihren berühmten Stränden und Badeorten, das Schwarze Meer, das alte Persien. Wenn wir hier nur lange genug umherstreiften, würden wir so gewagte Abteilungen finden, dass allein ihre genaue Vorstellung zu Schäden führen würde, wie von einem Hammerschlag. Mit solch wirbelnden Visionen und Vorahnungen drangen wir bis in die hintersten Winkel des Kaufhauses vor, stöberten unentdeckte Ecken auf, fuhren fiebernd eine Serie von Zickzack-Rolltreppen hinauf und hinunter, gelangten durch Abteilungen, die wir so kurz gesehen hatten, dass sie schon wieder unvertraut wirkten.

Auf einer dieser fiebrigen Reisen stiegen wir, vorbei am tiefsten Untergeschoss, auf eine neue Ebene hinab, die noch im Bau war. In einem dichten Dunkel, hier und da von grünlichen Lichtern erhellt, erstreckten sich von schweren Pfählen gestützte Tunnel in alle Richtungen. Arbeiter mit Helmen mit einer Leuchte darin schwangen mit glänzenden Armen Pickel gegen Felswände. Selbst in dieser rauen Region kaum imaginierter Abteilungen vermaßen Männer in gepflegten Anzügen mit metallenen Bandmaßen Entfernungen, markierten den Boden mit Kreide. An einer Steinwand neben einer Öffnung lehnte eine frei stehende Tür, und ein Mann mit Krawatte bat uns hinein.

Die Abteilung war nahezu schwarz, von einem rötlichen Schein erhellt. Hier und da bewegten sich Männer und Frauen mit merkwürdig formalen Gebärden, als führten sie einen mysteriösen Tanz auf. Frauen von unerträglicher Schönheit wandten uns langsam mit einem traurigen Lächeln das Gesicht zu; wir hatten den Eindruck, in einen dunklen, melancholischen Traum eingetreten zu sein. Erst allmählich erkannten wir, dass die Figuren zum Verkauf ausgestellt waren. Die Kunst der mobilen Holographie stehe, wie ein Verkäufer sagte, kurz vor einem weiteren Durchbruch – diese Bilder seien, unter sorgfältig kontrollierten Bedingungen, in der Lage, im Betrachter eine Empfindung von Berührung zu stimulieren und die Illusion des Lebens selbst zu vermitteln. Langsam glitt eine dämonenäugige Frau auf uns zu; als sie näherkam, spürten wir in den Fingerspitzen ein leichtes Kribbeln oder Prickeln. Sie lächelte uns weiter abwesend an, als wir die Hände zurückrissen.

Wir wehren uns nicht mehr dagegen, wir versuchen nicht mehr, ihm zu widerstehen, dem neuen Kaufpalast. Diese gefährlichen Abstiege, diese zweifelhaften Wanderungen, zerren noch im Schlaf an uns. Fast täglich entstehen neue Abteilungen, ständig werden Verkaufsrekorde übertroffen, aus den Annahmeräumen dringt ein unablässiges Poltern eintreffender Waren. Es geht die Rede von vier neuen Obergeschossen, von tieferen Ausgrabungen, vom Ankauf eines benachbarten Geschäftsgebäudes, das durch drei verglaste Brücken mit dem alten Gebäude verbunden werden soll; solche Gerüchte, wie falsch auch immer, erscheinen uns als grundlegend wahr. Darin erkennen wir lediglich die Macht des neuen Kaufhauses an, die Vollkommenheit seines Triumphs. Denn so wie die Abteilungen sich vermehren, so wie das Kaufhaus täglich wächst und sich erfindet, erweitert es sich auch in unseren Gedanken, bis alles andere an unsere Schädelwand gedrückt wird. Es ist sicher nicht immer angenehm, den neuen Kaufpalast zu verlassen, und wenn wir ärgerlich auf die Uhr schauen, suchen wir nach Vorwänden, in den gewundenen Gängen und jähen Nischen zu verweilen, unseren Weggang ein wenig hinauszuzögern. Aber dann müssen wir doch durch die sich öffnenden Glastüren hindurch, verwirrt, im Sonnenlicht zu stehen; die Gebäude uns gegenüber, dunkelrosa getönt, liegen in frühabendlichem Schatten. In den schwarzen Schaufensterscheiben gegenüber sehen wir die hellgrün-weiße Reflexion eines vorbeifahrenden Busses, durch die eine Reihe halb geschlossener Jalousien sichtbar ist. Der alleebreite Streifen Himmel darüber ist strahlend blau. Als wir auf dem Gehsteig dahineilen, haben wir das absurde Gefühl, nur eine weitere Abteilung betreten zu haben, die aus hervorragend lebensechten Straßen mit raffinierten Schatten und Reflexionen besteht, dass unsere Ziele in einem entlegenen Winkel derselben Abteilung liegen, dass wir dazu verdammt sind, auf immer durch diese künstlichen Hallen zu eilen, hell von frühabendlichem Licht, auf der Suche nach dem Ausgang.

Clair de lune

In dem Sommer, als ich fünfzehn wurde, konnte ich nicht mehr einschlafen. Ich lag reglos auf dem Rücken, in vollkommener Imitation des Schlafs, und stellte mir vor, wie ich tief schlief, den Kopf zur einen Seite gedreht, eine Sehne spannte sich unter der Haut, doch noch während ich dalag und mich als für die Welt tot sah, hörte ich das schwache Surren meines elektrischen Weckers, ein hartes Knarren auf dem Dachboden – wie ein einzelner Schritt –, ein leises rumpelndes Brummen, das, wie ich wusste, das Geräusch von Lastwagen war, die auf der fernen Schnellstraße rollten. Ich fühlte, wie der Kragen meines Pyjama-Oberteils mich am Kiefer berührte. Durch meine bebenden Lider hindurch spürte ich, dass das Dunkel der Nacht nicht dunkel genug war, und als ich unvermittelt die Augen aufschlug, als wollte ich jemanden in meinem Zimmer ertappen, sah ich, dass das Mondlicht an den Rändern der geschlossenen Jalousie vorbeifloss.

Ich konnte den Lampenschirm und den gebogenen Hals der Stehlampe erkennen, sie war wie eine große schwarze Sonnenblume, die den Kopf hängen lässt. Auf dem Fußboden neben einem Bücherregal glommen der weiße König und ein Teil eines schwarzen Läufers auf dem vom Mond gestreiften Schachbrett. Mein Zimmer füllte sich zunehmend mit Mondlicht. Das Dunkel, nach dem ich mich sehnte, das Dunkel, das mir einst Schutz gegeben hatte, war in die

Ecken gedrängt worden, wo es in dicken, pelzigen Klumpen lag. Eine Schwere lag auf meiner Brust, eine Bedrückung – ich wollte mich im Dunkel verstecken. Verzweifelt schloss ich die Augen und stellte mir die Schwärze einer Winternacht vor: Schnee bedeckte die stillen Straßen, auf der Veranda lehnte der Eishacker neben dem schwarzen Briefkasten, an dem Eiszapfen blitzten, Schneelinien lagen auf den Querstangen von Telefonmasten und auf Metallstraßenschildern: Und immer spürte ich durch die Lider, wie der Sommermondschein das Dunkel zurückdrängte.

Eines Nachts setzte ich mich jäh im Bett auf und schlug die Decke zurück. Mir brannten die Augen von Schlaflosigkeit. Ich hielt diese nächtliche Verletzung des Dunkels nicht mehr aus. Ich zog mich leise, angespannt an, denn das Schlafzimmer meiner Eltern war auf der anderen Seite meiner beiden Bücherregale, dann ging ich hinaus auf den Gang und weiter ins Wohnzimmer. Quer über einem Sofakissen lag ein Streifen Mondlicht. Auf dem Notenständer war ein Muster aus schwarzen Noten auf den vom Mond gestreiften Seiten von Debussys *Zweiter Arabeske*, die meine Mutter am Abend noch geübt hatte. In einem tiefen Aschenbecher in der Form einer Muschel schimmerte der Kopf der Pfeife meines Vaters wie ein Stück Obsidian.

An der Haustür zögerte ich einen Moment und trat dann in die warme Sommernacht hinaus.

Der Himmel überraschte mich. Er war tiefblau, das Blau eines Zaubererhuts, eines Nachthimmels in alten Technicolorfilmen, von tiefen Bergseen in Schweizer Landschaften auf alten Puzzlekartons. Ich erinnerte mich, wie mein Vater aus einem Lederbeutel an seiner Kameratasche einen Silberkreis zog und mir gab und ich, als ich ihn hochhob, durch das dunkelblaue Glas eine dunkelblaue Welt von der Farbe dieser Nacht sah. Plötzlich trat ich aus dem Hausschatten ins Weiß des Mondes. Der Mond war so hell, dass ich ihn nicht ansehen konnte, als wäre er eine Nachtsonne. Das grelle Weiß wirkte warm, aber irgendwie dachte ich an den glitzernden dicken Reif auf der Innenseite der Eiskühltruhe in einem kaum erinnerten Geschäft: Das Eis am Stiel und die Eisbecher mit Eiskristallen überkrustet, die kalte Luft wie Dampf.

Ich roch Ebbe in der Luft und überlegte, ob ich zum Strand sollte, doch da ging ich schon in die andere Richtung. Denn ich wusste, wohin ich ging, wusste und wusste nicht, wohin ich ging in der zaubererblauen Nacht, wo alles verändert war, und als ich an den Bungalows in der Nachbarschaft vorbeilief, registrierte ich die Kaminschatten, die schwarz und scharf auf den Dächern lagen, die Fernsehantennen, die klar und hart vor dem blauen Nachthimmel standen.

Bald wichen die Bungalows kleinen zweistöckigen Häusern, der Ebbegeruch war weg. Die Schatten von Telefondrähten zeichneten sich deutlich auf den mondbefluteten Straßen ab. Die Drahtschatten waren wie geschwungene Notenlinien. Der schräge, verschlungene Schatten eines Basketballnetzes auf einer leuchtend weißen Garagentür erinnerte mich an die Takelage des Holzschiffsmodells, das ich mit meinem Vater in einem Kindheitssommer gebaut hatte. Ich begriff nicht, warum in einer solchen Nacht niemand draußen war. War ich denn der Einzige, den der Sommermond aus Schutz und Schwere gelockt hatte? In einer offenen, leeren Garage sah ich Eimer mondbeschienener Farbe auf einem Bord, an Haken hingen eine Aluleiter, zusammengeklappte Gartenstühle. Unter den großblättrigen Ahornen flackerte Mondlicht über meine Hände.

Oh, ich wusste, wohin ich ging, wollte nicht wissen, wohin ich ging, in der warmen blauen Luft mit kleinen Kräuseln Kühle darin, kleinen Ausbrüchen Grasgeruch und Laubgeruch, von Flieder und frischem Teer.

In der Stadtmitte lief ich zum Parkplatz hinter der Bank, überquerte die Hauptstraße und ging weiter.

Als die Überführung der Schnellstraße in Sicht kam, sah ich die Oberseite von Lastern hoch oben vor dem dunkelblauen Himmel vorbeirollen, und darunter, eingerahmt von Betonwänden und Straßenbrücke, eine dunklere und grünere Welt: eine lockende Welt gewundener Straßen und verrammelter Häuser, eine grüne Schwärze, in der gelbe Pünktchen von Straßenlampen, weiße Pünktchen vom Mondlicht glommen.

Als ich auf meinem Weg zum älteren Teil der Stadt unter dem hohen, bebenden Straßenbett hindurchging, erinnerten mich die dunklen, mit Kreidebuchstaben bekleckten Wände an ungeschlachte Wesen aus der Unterwelt, die auf den Schultern die Linien einer himmlischen Bowlingbahn trugen.

Auf der anderen Seite der Überführung blickte ich kurz zum Mond hinauf, der fast voll war. An einer Seite war er etwas verschwommen, auf der anderen aber so hart und scharf, dass er aussah, als könnte ich mir den Finger daran schneiden.

Als ich das nächste Mal hinaufsah, war der Mond teilweise von schwarzgrünen Eichenblättern ausgesperrt. Ich ging unter hohen Bäumen neben halshohen Hecken. Ein Briefkasten auf einem Pfosten sah aus wie ein Laib Brot. Mondlichtstrahlen fielen schräg wie Bretter.

Ich bog in eine dunklere Straße ein, und nach einer Weile

blieb ich vor einem großen Haus stehen, das von der Straße zurückgesetzt war.

Und plötzlich war mir meine Idee, geboren vom dreisten Mond und der blauen Sommernacht, klar: Ich würde mich um das Haus herum in den Garten schleichen, wie ein Verbrecher. Vielleicht gab es dort eine Seilschaukel. Vielleicht würde sie mich durchs Fenster sehen. Ich hatte sie noch nie besucht, nie nach Hause begleitet. Was ich empfand, war dafür zu verborgen, steckte zu tief in dunklen, verzweigten Tunneln. Wir waren Schulfreunde, doch unsere Freundschaft war nie über den Schulbereich hinausgegangen. Vielleicht konnte ich ihr ein Zeichen hinterlassen, etwas, was ihr zeigte, dass ich durch die Sommernacht in ihren Garten gekommen war.

Ich trat unter einem der großen Tulpenbäume auf den Rasen vorm Haus und ging dann um dessen Seite. In einer schwarzen Fensterscheibe sah ich jäh mein Gesicht. Irgendwo hörte ich Stimmen, und als ich hinten am Haus in den gleißenden Schein des Mondes trat, sah ich vier Mädchen Ball spielen.

Sie spielten im strahlenden Mondlicht Wiffleball, als wäre es ein Sommertag. Sonja schlug. Auch die drei anderen Mädchen kannte ich, sie gingen alle in meine Klasse: Marcia, sie warf; Jeanie, die am ersten Mal stand; Bernice, im Außenfeld, wenige Schritte von mir entfernt. Im Mondlicht trugen sie Sachen, die ich noch nie an ihnen gesehen hatte, Latzhosen und Shorts und Sweatshirts und Jungshemden, als wären sie für ein Theaterstück über Jungs kostümiert. Bernice trug eine Baseballkappe und hatte sich eine Jacke um die Taille geknotet. In der Schule trugen sie knielange Röcke und ordentlich gebügelte Blusen, leichte Sommerkleider mit

Ledergürtel. Die Mädchenjungen erregten und verstörten mich, als wäre ich in einen Geheimritus gestolpert. Sonja sah mich und brach in Gelächter aus. »Ja, wen haben wir denn da«, sagte sie in einem leicht spöttischen Ton, bei dem ich argwöhnisch wurde und immer im Scherz redete. »Wer ist denn der große Fremde da?« Sie hielt den gelben Wiffleballschläger über der Schulter und weigerte sich, überrascht zu sein. »Komm schon, steh nicht so rum, du kannst fangen.« Sie trug eine halb die Waden hochgekrempelte Latzhose, ein weites Sweatshirt, dessen Ärmel sie über die Ellbogen geschoben hatte, niedrige weiße Turnschuhe ohne Socken. Ihr Haar verblüffte mich: Es war zurückgebunden, so dass ihre Ohren zu sehen waren. Ich erinnerte mich, dass es sonst braun-blond auf einer Seite ihres Gesichts herabfiel.

Alle wandten sie sich mir nun zu, lächelten und winkten mich her, und mit einem scharfen kleinen Lachen schlenderte ich zu ihnen, strich mir mit den Fingern die Haare zurück, stieß die Hände tief in die Taschen meiner Latzhose.

Dann stand ich hinter der Ausgangsbase, fing, rief »Ball« und »Strike«. Die Mädchen nahmen das Spiel ernst, Sonja und Jeanie gegen Marcia und Bernice. Marcia warf einen kniffligen Curveball, der ständig die Kante der umgedrehten Kuchenform traf. »Strike?«, brüllte Sonja. »Von wegen. Der ist meilenweit vorbei. Der Schiri ist blind!« Die abgeflachten Spitzen ihrer Ohren irritierten mich. Jeanie, die Fäuste in den Hüften, funkelte mich wütend an. Sie trug ein übergroßes Jungshemd, das länger als ihre Shorts war, so dass sie nackt wirkte, als hätte sie ein Hemd über die Unterhose geworfen – ihre gebräunten Beine schimmerten im Mondlicht, ihr blonder Pferdeschwanz hüpfte heftig bei der kleinsten Bewegung, und ihre hektischen Brüste, die sich immer wieder in den Falten ihres losen Hemds abzeichneten, erinnerten mich an Garnballen. Die Mädchen spielten erbittert, schlitterten auf Papiertellermale, warfen wie Jungs. Sie schrien »Hey hey!« und »Super!«. Nach einer Weile ließen sie mich spielen und machten reihum den Schiedsrichter. Beim Spielen schien mir, dass die Mädchen sich nach und nach auflösten: Marcias Holzfällerhemd steckte nur noch teilweise in ihrer ausgebleichten Latzhose, an Jeanies feuchten Wangen fielen Locken herab, Bernice, blitzende Zahnspangen, warf die Jacke, die sie um die Taille hatte, von sich, einer von Sonjas Hosenaufschlägen rutschte ständig herunter. Marcia rettete einen Ball knapp überm Boden, wirbelte herum und warf ihn mir am zweiten zu, Sonja rannte vom ersten los, glitt plötzlich aus – und saß im Gras vor mir, auf die Ellbogen gestützt, die Beine zu beiden Seiten meiner Füße ausgestreckt, eine Kupferniete blitzte auf der Tasche ihrer Latzhose, ein bisschen Reißverschluss war zu sehen, eine Haarsträhne hing ihr über einer Braue, sie funkelte zu mir hoch und schrie: »Meilenweit safe!« und brach in wildes Gelächter aus. Dann lachte Jeanie, Marcia und Bernice prusteten los. Ich spürte, wie etwas in meiner Brust nachgab, dann brach ich in lautes, erlösendes Gelächter aus, das Gelächter der Kindheit, bis mir die Rippen schmerzten und Tränen mir in den Augen brannten – und erneut kreischendes, brüllendes Gelächter unter dem blauen Himmel der Sommernacht.

Sonja stand auf, schob sich einen herabgerutschten Ärmel ihres Sweatshirts über den Ellbogen und sagte: »Wie wär's mit einer Cola? Mir reicht's jetzt.« Sie fuhr sich mit einem gebräunten Unterarm über die feuchte Stirn. Wir folgten ihr alle die Hintertreppe hinauf in die mondhelle Küche. »Schön leise, Leute«, flüsterte sie und hob den Blick zur Decke, während sie Gläser mit Eiswürfeln füllte, zischendes, klirrendes Cola eingoss. Die anderen Mädchen gingen mit ihren Gläsern nach draußen, ich hörte sie durch das offene Küchenfenster reden. Sonja stemmte sich auf die Arbeitsplatte neben dem Geschirrständer, ich stellte mich ihr gegenüber, lehnte mich an den Kühlschrank.

Ich wollte sie fragen, ob sie immer nachts Ball spielten oder ob das nur in dieser Nacht passiert war, dieser traumblauen Nacht, der Nacht der Abenteuer und Offenbarungen – der Nacht des unmöglichen Besuchs, nach dem sie mich gar nicht gefragt hatte. Ich wollte von ihr hören, dass die blaue Nacht die Farbe alter Puzzlekartons hatte, dass die Welt ein blaues Rätsel war, dass sie sich, als sie im Bett wach lag, vorgestellt hatte, wie ich durch die Nacht in ihren Garten kam, doch sie saß nur auf der Arbeitsplatte, schwang die Beine, trank ihre Cola und sagte nichts.

Ein gebrochener Streifen Mondlicht lag quer über dem Geschirrständer, fiel scharf eine Tür unter der Arbeitsplatte entlang, knickte aufs Linoleum ab, wo er auf halber Strecke im Schatten endete.

Sie saß mir gegenüber, die Hände auf dem silbernen Streifen an der Kante der Arbeitsplatte, und schwang die Beine ständig ins Mondlicht. Ihre Knie waren fest zusammen, doch die Waden waren auseinander, und ein Fuß war halb zum andern gedreht. Ich sah ihre Sprungbeine. Ihre Latzhose war auf halber Wadenhöhe zu dicken Bäuschen aufgerollt, eins ein wenig höher als das andere. Wenn ihre Waden gegen den Küchenschrank zurückschwangen, wurden sie ganz kurz breiter, um dann wieder auszuschwingen. Das leichte Schwingen, die breiter und schmaler werdenden Waden, die aufgerollten Hosenbeine, die gummierten Rippen des Geschirrständers, der Schimmer des Fensters über dem Netz des Fliegengitters, all das erschien mir als ebenso rätselhaft wie das Sommermondlicht, das mich durch die Nacht zu dieser Küche getrieben hatte, wo es auf Messern und Gabeln funkelte, die aus dem Besteckkorb am Ende des Geschirrständers ragten, und auf ihren Waden, die vor- und zurückschwangen.

Hin und wieder nahm Sonja ihr Glas und trank mit zurückgeneigtem Kopf einen klirrenden Schluck Cola. Ich sah, wie die Säule ihrer Kehle sich beim Schlucken bewegte, und mir schien, dass sich, obwohl sie einfach nur dasaß, alles an ihr bewegte: Ihre Beine schwangen vor und zurück, ihr Hals bewegte sich, ihre Hände gingen von der Arbeitsplatte zum Glas und wieder zurück, und etwas schien zitternd aus ihr herauszukommen, als hätte sie ein Stück brennend kaltes Mondlicht verschluckt und gäbe es durch Beine und Fingerspitzen ab.

Durch das Fliegengitter sah ich das mondbeschienene Gras des Gartens, den gelben Plastikschläger im Gras, eine Ecke schindelbedeckte Garage und ein Stück violett-blaue Nacht, und ich hörte Marcia leise reden, das schwache Brummen der Laster durch den Himmel rollen, ein hart klickendes Insekt.

Ich fühlte mich fest im dunkelblauen Bann der Küche, der vor- und zurückschwingenden Waden, des blitzenden Bestecks, Mondlicht auf Linoleum, Stille, die sich wie mit dehnender Haut füllte, irgendwo ein Beben, und ich stand starr im Bann von all dem, wachsam. Ihre Hände hielten die Kante der Arbeitsplatte gepackt. Ihre Waden gingen unter zusammengepressten Knien vor und zurück. Sie beugte sich an der Taille nach vorn, ihre Augen leuchteten wie schwarzes

Mondlicht, in ihren Armen war eine Spannung, die ich in meinen spüren konnte, eine Spannung, die sich bis in ihren Hals ausbreitete, und plötzlich brach sie in Gelächter aus.

»Worüber lachst du?«, fragte ich, verblüfft, enttäuscht.

»Ach, über nichts«, sagte sie und rutschte von der Arbeitsplatte. »Über alles. Dich zum Beispiel.« Sie ging zur Fliegentür. »Schluss für heute, Leute«, sagte sie und öffnete die Tür. Die drei Mädchen saßen auf den Stufen.

Marcia holte tief Luft, streckte langsam die Arme und machte ein Hohlkreuz, und als ihr Holzfällerhemd sich an sie drückte, war es, als reckte sie die Brüste dem blauen Nachthimmel entgegen, dem Sommermond.

Dann wurde rasch Gute Nacht gesagt, und alle drei gingen über den Rasen und verschwanden hinter der Garage.

»Da lang, guter Herr«, sagte Sonja. Stirnrunzelnd, einen Finger auf den Lippen, führte sie mich aus der Küche durch das schattige Wohnzimmer, wo ich Bronze- und Glasschimmer erhaschte – die Kante der Kaminschaufel, einen Lampensockel, das schwarze Glas des Fernsehbildschirms. An der Haustür, an beiden Seiten schmale Glasstreifen, drehte sie den Knauf und öffnete die Holztür, hielt die Fliegentür auf. Hinter ihr stieg eine Treppe mit Teppichstufen ins Dunkel hinauf. »Edler Ritter«, sagte sie mit ein wenig spöttischer Artigkeit, »lebt wohl«, und schob mich zur Tür hinaus. Ich sah, wie ihr Arm sich hob, und fühlte ihre Finger auf meinem Gesicht. Lachend schloss sie die Tür.

Es geschah so schnell, dass ich nicht ganz begriff, was da geschehen war. Irgendwo zwischen »lebt wohl« und Gelächter war etwas anderes geschehen, ein Ereignis aus einem höheren, verborgeneren Reich, etwas, was mit der dunkelblauen Küche, dem glitzernden Geschirr und den schwingenden

Beinen, dem Rätsel der blauen Sommernacht zusammenhing. Es war, als wäre unter dem herabströmenden Licht des Mondes, unter dem weiß-blauen Licht, das unablässig in die Dinge sickerte und die Tagwelt auflöste, eine neue Form freigesetzt worden.

Ich stand eine Weile vor der verdunkelten Haustür, als wartete ich darauf, dass sie sich in etwas anderes verwandelte – einen Waldweg, einen flatternden Vorhang. Dann ging ich auf rot-schwarzen Schieferplatten vom Haus weg, schaute noch einmal über die Schulter zurück und bog auf den Gehweg unter hohen Eichen und Ulmen.

Ich spürte eine neue Leichtigkeit in der Brust, als wäre eine Atembehinderung entfernt. Es war eine Nacht der Offenbarungen, nun aber sah ich, dass jedes Partikel der Nacht gleich den anderen war. Der mondhelle Weg der schwarzen Noten auf der Seite des Musikbuchs, der gelbe Schläger, der auf eben jenen Grashalmen lag, die präzise Neigung jedes Messers in dem Geschirrständer, Sonjas Waden, die unablässig ins Mondlicht schwangen und wieder hinaus, Marcias langsam gebeugter Rücken, die Hand, die sich zu meinem Gesicht hob, das alles war so einzigartig und unwiederholbar wie die Geschichte eines alten Königreichs. Denn ich hatte vor dem Zubettgehen einen kleinen Spaziergang machen wollen, aber dann war ich aus meinem Zimmer in die erste Sommernacht getreten, die einzige Sommernacht.

Unter den hohen Bäumen fiel das Mondlicht stet. Ich sah, wie es durch die Blätter herabsickerte. Die ganze Nacht war es in Gärten gefallen, auf Kamine und Stoppschilder, auf die Querstangen von Telefonmasten und auf Gehwege, von Baumwurzeln gewellt. Langsam sickerte es durch die Blätter, hängte sich an die warme Luft, bildete in den Blätterschatten

Klumpen. Ich konnte das Mondlicht auf meinen Händen spüren. Eine Mattigkeit überfiel mich, eine Mattigkeit, die vor Hochgefühl zitterte. Ich hatte die Empfindung, mich auszudehnen, leichter zu werden. Unter den Ästen wurde die Luft dichter von Mondlicht, ich kam kaum hindurch. Meine Füße schienen auf dicke, nachgiebige Luft zu treten. Ich empfand einen merkwürdigen Auftrieb, und als ich hinabblickte, sah ich, dass ich ein wenig über dem Gehweg ging. Ich hob den Fuß und trat höher. Dann stieg ich langsam das dichte Gewirr aus Mondlicht und Schatten hinauf, glitt dabei manchmal aus, sank ein wenig hinab, zog mich mithilfe von Ästen hoch, und bald gelangte ich über den Wipfel eines Baums in die Klarheit des Mondes. Dunkle Felder blauer Luft dehnten sich in alle Richtungen. Ich blickte auf die mondbeschienenen Blätter unter mir, auf eine Straßenlampe, und Mondlichtbalken standen wie weiße Leitern schräg unter den Blättern. Ich ging über den Bäumen vorsichtig weiter, mit sachten Schritten, die tief einsanken, stieg dann ein wenig höher, bis ich in eine Brise geriet und ich mich in die blauen Länder der Nacht fortgetragen fühlte.

Die Erfindung des Robert Herendeen

I

Ich führe den Ursprung meiner gefährlichen Gabe auf einen trödeligen Vormittag in der vierten Klasse zurück. Ich saß an meinem Pult, vor mir ein aufgeschlagenes Geographiebuch mit Doppelspalten Kleingedrucktem. Ein graues Foto in einer Ecke zeigte eine Bananenpalme, der Stamm scharf, die hohen Früchte verschwommen. Vor mir saß Diana Cerino. Eine Weile betrachtete ich ihre komplizierten schwarzen Haare und die zwei himbeerroten Spangen, deren eine in einem verstörenden Winkel darauf saß. Ich überlegte, wie ich sie zurechtrücken könnte, ohne ihre Aufmerksamkeit zu erregen, doch da verlor ich schon das Interesse an Diana Cerinos Spange, wie überhaupt an ihrer ganzen Existenz, und wünschte, ich hätte einen der pinkfarbenen Gummibälle gekauft, die ich am Morgen in Rappaports Süßwarenladen in einer flachen Schachtel neben der Kasse gesehen hatte. Die Schachtel enthielt eine dicht gepackte Lage aus fünfzehn identischen pinkfarbenen Gummibällen, in drei Reihen zu je fünf arrangiert. Eine zweite Lage aus acht pinkfarbenen Gummibällen lag ordentlich in den Vertiefungen, die von je einer Gruppe aus vier beieinanderliegenden Bällen in der ersten Lage gebildet wurden. Ganz oben, wo noch Platz für drei weitere Bälle war, lag ein einzelner pinkfarbener Gummiball, der König des Berges. Die Bälle kosteten fünfzehn Cent das Stück, und ich hatte exakt fünfzehn Cent in der Tasche, aber ich hatte Zeit gebraucht, um mich zu entscheiden. Jetzt machte mich meine Sehnsucht nach dem ungekauften Ball angespannt und reizbar. Der Minutenzeiger der großen runden Uhr bereitete sich auf seinen Sprung vor, doch er sprang nicht. Manchmal fragte ich mich, was es mit diesen Uhren auf sich hatte. Blieb während dieses ausgesetzten Moments die Zeit stehen und verging dann in einem Schub? War eine Stunde eine Art Leiche, die sich einmal pro Minute grinsend aufrichtete, nur um dann wieder mit vor der Brust verschränkten Armen hintüberzufallen? Würde mein gesamtes Leben aus leeren Abschnitten des Totseins bestehen, durchsetzt von fiebrigen Schüben? Der pinkfarbene Gummiball hätte sich auf der Stiftrille zwischen meinem gelben Bleistift und dem Tintenfass sehr hübsch gemacht. Ich hatte eine schreckliche Sehnsucht nach dem Ball. Ich sah genau seinen dunklen Pinkton, die erhabene haarfeine Linie, die den Ball umringte und ihn exakt zweiteilte, den schwarzen Stern, der darauf gestempelt war. Ich roch ein schwaches, pinkfarbenes Gummiaroma, ich spürte in meinem Gehirn etwas platzen, und da, in der Stiftrille zwischen meinem gelben Bleistift und dem Tintenfass … Gespenstisch und durchscheinend, schien er leicht zu zittern. Ich sah den matten Schein der Deckenleuchten auf seiner glatten, pinkfarbenen Rundheit und wie er zur Unterseite hin in ein dunkleres Pink überging. Ein pinkfarbener Flaum wie auf einem Pfirsich bestäubte die Oberfläche. Schon kribbelte meine Handfläche in freudiger Erwartung – doch da sprang der Minutenzeiger, knarrte Diana Cerino auf ihrem Stuhl, rollte der Phantomball vom Pult, fiel auf den Boden, hüpfte lautlos fort …

Ich heiße Robert Herendeen. Aber soll ich denn fortfahren? Und lassen Sie mich hier sagen, dass ich mit diesem Bericht wider meine bessere Natur beginne, denn für den Bekenntniston, der so sehr nach dem Geschmack unserer zeitgenössischen Romantiker ist, hatte ich noch nie etwas übrig. Sollte ich im Verlauf dieser rigorosen Aufzeichnung meine Gefühle dennoch einmal offenlegen, so niemals, wie ich hoffe, um ihrer selbst, sondern einzig um jener anderen Phänomene willen, die ich im klaren Licht des – dem klaren Licht des! – untersuchen möchte und die noch jetzt, wenn ich darauf zurückblicke – aber dieser Satz ist schon wirklich lang genug.

Ich war ein frühreifer Träumer. Mit einem Jahr lag ich in meinem Bettchen und sah Waldwege, die sich zwischen dicken Bäumen voller Schränke und Treppen schlängelten. Mit fünf stellte ich mir detaillierte Häuser mit vielscheibigen Fenstern und präzisen Kaminen vor, und alle spotteten sie der konventionellen Blöcke mit rechteckigen Dächern, mit denen allein meine kindlichen Finger umgehen konnten. Ja, schon damals erkannte ich die schmerzliche Kluft zwischen den lebhaften Bildern, die mein Geist schuf, und den mediokren Zeichnungen, Tonfiguren und Geschichten, die ich in die materielle Welt setzte – stets zum hysterischen Lob irgendeiner Tante oder Lehrerin, die dann die verklammerten Hände in ekstatischer Bewunderung an den Hals führte. In der zweiten Klasse ersann ich eine Geschichte, die viele Bände füllen und ein ganzes Regalfach in der Bibliothek einnehmen würde, aber irgendwie kam ich nie übers erste Kapitel hinaus. Ich erfand wunderbare Spielzeuge und wusste nie, wie ich ihnen in realem Holz oder Metall Ausdruck geben sollte. Einmal, in der vierten Klasse, sah ich auf meinem Pult einen pinkfarbenen Gummiball, verstand aber noch nicht seine Bedeutung. Ich war sehr gut darin, detaillierte Karten von Südamerika und Australien anzufertigen, auch wenn man mich für meine Neigung tadelte, hier einen exzentrischen Küstenschnörkel, ein Stück weiter eine kleine grüne Insel einzufügen. Ich war bei meinen Klassenkameraden sehr beliebt und bekam in allem eine Eins, doch mein heimlicher Eindruck, gescheitert zu sein, war so heftig, dass ich von Kummer wie gelähmt war.

Mit dem Beginn der Adoleszenz nahm meine Einbildungskraft, in der Kindheit noch so lebhaft und vielfältig, eine Wendung hin zum Konventionellen. Meine sexuellen Fantasien waren präzise, obsessiv und irrig. Besonders gern stellte ich mir das langsame, das sehr langsame, das träumerisch langsame Anheben eines dunklen Wollrocks oder leichten Sommerkleids vor, was pastellene Unterhosen enthüllte, die sich über verstörende Wölbungen schmiegten. Ich stellte mir vor, dass die Mädchen darunter ganz weich waren, wie Gummipuppen, bis einmal ein Schulfreund mit einem rotebetefarbenen Muttermal auf der Wange vorsichtig eine zerknitterte Fotografie entrollte. Danach stellte ich mir gewaltige Wucherungen, überreiche und unmögliche Knospungen vor. An der Highschool amüsierte ich mich damit, dem Mädchen, das gerade an der Tafel stand und schrieb, im Geist Rock und Unterrock auszuziehen. Ich wartete, bis es sich umdrehte und auf die ganze Klasse blickte, die in angespanntem Schweigen dasaß, und allmählich erkannte … doch das taten sie nie, diese frechen Mädchen, sie wischten sich einfach die Kreide von den Fingern und bummelten mit dieser kleinen Tick-tack-Bewegung der Hüften zurück an ihren Platz, als wäre nichts geschehen. An einem Abend im

Winter des letzten Schuljahrs legte ich die rechte Hand auf den entblößten Oberschenkel unter dem dunkelgrauen Rock von Carol Edmondston. Sie wirkte nachdenklich, als versuchte sie sich an eine Adresse zu erinnern. In jenem Frühjahr begann ich dann mit der Ölmalerei, aber ohne Erfolg, und plante mit einem Freund eine lange Sommerreise, die nie Wirklichkeit wurde.

Ich ging an ein gutes, aber abgelegenes College im Osten und wurde, in den Bergen und dem Schnee Neuenglands, ein emsiger Student. Ich erklärte mich zum Idealisten, verachtete jedes intellektuelle Streben, das den Makel des Praktischen trug, und machte Examen in Englisch und Philosophie, die ich beide gewählt hatte, weil sie in keinerlei Bezug zum wirklichen Leben standen. Ich verbrachte vierzehn Stunden täglich in der Bibliothek und erwarb mir bald den Respekt meiner Professoren, was mein heimliches Gefühl, gescheitert zu sein, noch verstärkte. Um diese Zeit begann es mit den Kopfschmerzen. Eines Nachts im Frühling des vorletzten Studienjahrs entkleidete ich während eines romantischen Gewitters Celia Ann Hodges auf ihrem ovalen Flechtteppich und sah mich gezwungen, bei den imaginierten Frauen, die mir im Kopf herumgingen, gewisse Anpassungen vorzunehmen. Im Sommer zwischen dem vorletzten und letzten Jahr schrieb ich binnen zehn Wochen die Erstfassung eines Sechshundertseitenromans (zehn Seiten am Tag, sechs Tage die Woche), hörte aber aus irgendwelchen Gründen am vorletzten Kapitel damit auf und beendete ihn nie. Im November, Dezember und Januar des letzten Jahres begann ich jeweils eine Komödie, eine Tragödie und eine Tragikomödie, die ich in den Frühjahrsferien während einer Nacht alle vernichtete. Kurz darauf erhielt ich für meine Abschlussarbeit,

Die Rolle der Metapher in der Philosophie Lockes die höchste Auszeichnung. In der Nacht vor der Abschlussfeier blieb ich bis zum Morgengrauen wach; ich erklärte einem Mädchen, das ich um Mitternacht kennengelernt hatte, dass große Werke nur in Einsamkeit geschaffen werden könnten, und am nächsten Tag, eine Stunde nachdem ich Hut und Umhang im College zurückgegeben hatte, fuhr ich mit der Bahn zu meiner Familie im südlichen Connecticut.

Mein Vater, der sich über meine guten Noten freute, aber wegen meiner vagen Pläne bekümmert war, hatte eingewilligt, mich ein Jahr lang zu Hause wohnen zu lassen, bis ich Jura oder Betriebswirtschaft studierte oder irgendeine Arbeit anfing oder etwas anderes machte, irgendetwas. Ich zog ins Gästezimmer in der Mansarde und stürzte mich auf mehrere ehrgeizige literarische Projekte, die bald zu nichts führten. Ich erfand eine Reihe von Künstlerleben, die ich in einem Buch mit fiktiven Biographien versammeln wollte, doch eines Nachts fiel mir auf, dass sie allesamt gescheiterte Künstler waren, worauf ich den Plan abrupt aufgab. Mitte August ging ich dann morgens um fünf ins Bett und erwachte um ein Uhr mittags. Ich las nun dicke Bücher, die meinen Ehrgeiz beflügelten, aber zu nichts Besonderem führten: *Anatomie der Melancholie, Verfall und Untergang des Römischen Reiches*, Byrons vollständige Briefe in zwölf Bänden. Im Oktober war ich mürrisch und reizbar. Ich weigerte mich, mich zum Graduiertenstudium anzumelden, und erklärte meinem Vater, lieber würde ich mich aufhängen als ein Pensionat fürs Mittelmaß zu besuchen. Mein Vater sagte, ohne einen Strick könne ich mich nicht aufhängen, und ein Strick koste Geld. Die ironische Haltung meines Vaters führte zu einer Abkühlung zwischen uns, aber danach setzte er mir nicht weiter zu. Ich lieh mir nun Bücher über Architektur aus der Bibliothek und erfand in allen Details prachtvolle Villen, Gärten, Paläste, Landsitze, Vergnügungsparks. Am 31. Dezember schrieb ich einen vierunddreißig Seiten langen Abschiedsbrief, den ich am 1. Januar vernichtete. Im Frühling zog ich zu Hause aus und arbeitete in einer Buchhandlung in einer Kleinstadt nahe meinem College, doch nach einem Monat kehrte ich mit dem Plan für ein amerikanisches Epos in fünfzig Gesängen, einen für jeden Staat, zurück. Mein Vater erklärte sich bereit, mich noch ein weiteres Jahr zu unterstützen, wenn ich versprach, mich im Herbst für Betriebswirtschaft einzuschreiben. Ich kehrte zu meinem Mansardenleben zurück. Aus dem Buch wurde nichts, und ich begann Lateinisch und Italienisch zu lernen. Um diese Zeit begannen dumpfe, leichte, hartnäckige Kopfschmerzen, eigentlich nicht schlimm, aber eindeutig wahrnehmbar. In einer warmen Frühlingsnacht kam mir eine aufregende Idee.

In der Woche vor meiner Idee hatte ich über einem Problem gebrütet. Mir schien, dass zwischen zwei Typen der künstlerischen Sterilität unterschieden werden müsse. Beim einen Typus bleibt die Phantasie eine schreckliche Leere, weigert sich ihr Mechanismus rundweg, Bilder zu erzeugen, oder aber sie erzeugt hoffnungslos banale oder tote, grünliche kleine Leichen mit wächsernen Zügen. Möchtegernkünstler, die an dieser Form der Sterilität leiden, können nur die Niederlage eingestehen und sich weniger anspruchsvollen Aufgaben zuwenden oder sich vielleicht auch zwischen die Augen schießen, je nach Lage der Dinge. Beim zweiten Typus bleibt die Phantasie stark, vielleicht zu stark, und die Qualen des Leidenden bestehen in seiner Unfähigkeit, seine minutiösen Vorstellungen in einem Medium Ausdruck zu geben. Dieser Typus ist, auch wenn er oberflächlich dem ersten gleicht, da beide im Nichts enden, gleichwohl sehr viel hoffnungsvoller, denn seine Heilung hängt von der Entdeckung und Beherrschung eines Mediums ab. Mein Fall war eindeutig der zweite Typus, da meine bilderschaffende Fähigkeit alles andere als behindert, nämlich fast verstörend stark war und zu lebhaften, detaillierten, ausgefeilten Eidola führte, die sich nach Befreiung sehnten.

Das Haus meiner Eltern stand rund zwei Kilometer von einem öffentlichen Strand entfernt, an dem ich manchmal nachts spazieren ging. An dem warmen Frühlingsabend, als mir meine Idee kam, ging ich auf dem harten Sand unterhalb des welligen Streifens aus Muschelhälften, zerbrochenen Krabbenschalen und Seetang. Der strahlende Mond, viel zu rund, schimmerte in dem nassen, flachen Sand an der Wasserlinie. Ich dachte an meine ungewisse Zukunft, meine gescheiterte Vergangenheit, meine merkwürdig stillstehende Gegenwart – war ich doch gewissermaßen angespült in der Mansarde meines Vaters –, meine Rastlosigkeit, meine Sehnsucht, meinen inneren Aufruhr, vermischt mit äußerlicher Ruhe, meine Kopfschmerzen, meine Augenschmerzen, mein Gefühl, noch nicht richtig erwachsen geworden zu sein, verbunden mit dem Gefühl, siebenundachtzig Jahre alt zu sein, meine Verbitterung, meine Trägheit, meine Seelenwundheit, meine Seufzer. Zunehmend erfreute ich mich an dieser Liste und überlegte, ob ich sie ins Unendliche weiterführen konnte, als ich mich auf einmal müde fühlte, unendlich müde, als hätte ich lange nicht geschlafen. Mir fiel ein, dass ich tatsächlich lange nicht mehr richtig gut geschlafen hatte, schon als Kind hatte ich ganz schlecht geschlafen, das kleinste Geräusch schreckte mich auf. Inzwischen hatte ich den verlassenen Hochsitz eines Rettungsschwimmers erreicht, und einem dunklen Drang gehorchend stieg ich an der Seite hinauf, um mit melancholischer Miene auf das mondbeschienene Wasser hinauszublicken. Und während ich hinaufstieg, kam mir meine Idee, und ich erreichte den Sitz im Zustand höchster Erregung. Ich beschloss, mithilfe des vollständigen, rigorosen Einsatzes meiner Einbildungskraft einen Menschen zu erfinden. Statt Wörter zu gebrauchen, die die Kristallklarheit meiner inneren Vision nur verdeckten und verzerrten, wollte ich den Stoff der Phantasie selbst verwenden. Das heißt, ich wollte im Geist ein Wesen gestalten, dessen Existenz von den Einzelheiten und der Energie meines unermüdlichen Träumens erhalten werden würde. Es war mein Ehrgeiz, keinen tatsächlichen Menschen oder ein bloßes Kunstwerk zu schaffen, sondern vielmehr ein Wesen, das in einem parallel zu den anderen beiden liegenden Bereich existierte – einem dritten Bereich, der den Gesetzen physischer Körper gehorchte, aber absolut körperlos war.

Ich hatte nicht erwartet, dass meine Aufgabe leicht würde, überhaupt misstraute ich allen Formen von Arbeit, die ohne Schwierigkeiten bewerkstelligt wurden, doch schon nach einer Woche war ich gescheitert und bissig. In meinem Bemühen um Rigorosität war ich Schritt für Schritt vorgegangen, von innen nach außen so wie ein Maler, der sich die Muskulatur unter der Haut vorstellt, doch dann schaffte ich nur einen Haufen toter Teile – einen Brustkorb, ein Gewirr bläulich-roter Arterien, eine sorgsam geformte Ferse, die ins Vage ging. Was ich brauchte, war etwas anderes, etwas ganz anderes. In einer Nacht fiel mir der Name Olivia ein. Sogleich formte sich ein Bild. Lautlos schwebte sie vor dem Auge meiner Einbildungskraft. Hier und da gab es vage Stellen, ihr

Haar war ungewiss. Ich wusste nichts von ihren Knien, ihrer Nase, ihrer Geschichte, doch das waren Dinge, denen ich mich in Muße zuwenden konnte.

Muße! Tja, vermutlich. Doch von dem Augenblick an kannte ich keinen Frieden mehr, nur die obskure Ekstase des Schaffens. Ich machte elementare Fehler, korrigierte meine Irrtümer, drängte weiter. Trotz meiner lebhaften sexuellen Vorstellungen in der Adoleszenz und davor, trotz Celia Ann Hodges, hatte ich nie den Versuch unternommen, ein Mädchen oder eine Frau oder überhaupt einen Menschen in erschöpfendem Detail zu visualisieren. Ich verbrachte zwei Nächte und zwei Tage damit, mir ihre Hände vorzustellen, rief sie aus dem Vagen in die Präzision des Seins. In der dritten Nacht erkannte ich, dass ich mir noch immer nicht das genaue Muster der Adern auf beiden Handrücken, die Bewegungen der Haut zwischen den Fingern, die verzwickte Konfiguration der Falten auf jedem rötlichen Knöchel vergegenwärtigt hatte. Mir schien, dass ich sie erst durch einen Akt fanatischer Präzision entstehen lassen, sie von dem beständigen Sog der Vagheit, die nur einen Schritt vom Nichts entfernt ist, retten konnte. Ich verwendete eine erbitterte Aufmerksamkeit auf ihre Augenlider, die Falten und Schatten ihrer Ohren, die Muskeln ihres Halses. Eine präzise Erfassung ihrer Kleider erwies sich als unerwartet schwierig: Die Falten des Rocks an der Taille, die Verteilung der Fäden vor und hinter einem Knopf, das System der Falten im Ärmel eines sich bewegenden Arms. Obwohl sie mir in einer recht züchtigen Kleidung erschienen war – dunkelblauer Jeansrock, der bis zu den Knien reichte, schlichte weiße Baumwollbluse mit kleinen, durchsichtigen Knöpfen –, verwarf ich die Versuchungen des Schamgefühls und widmete ihren Brüsten, ihren Schenkeln, den Falten ihrer Vulva, der Färbung und Struktur ihres Gesäßes dieselbe strenge Aufmerksamkeit, die ich ihren Augenbrauen und Zehen geschenkt hatte.

Manchmal, wenn ich müde war, entzog ich ihr meine Aufmerksamkeit, um eine friedliche innere Landschaft zu betrachten. Dann kehrte ich bestürzt zu ihr zurück, um seltsame Lücken und Verzerrungen vorzufinden, als strebte sie ohne meine beständige Aufmerksamkeit der Auflösung zu. Eines Nachts ging sie von meinem Schreibtisch zu meinem Lesesessel und setzte sich; ich erkannte, dass ich versäumt hatte, mir das präzise Bewegungssystem vorzustellen, das einen menschlichen Gang konstituiert, und warf mich auf neue Hochleistungen mühseligen Imaginierens. Wiederholt brachen Irrtümer hervor. Eines Nachts, als ich von meiner Mansarde zwei Treppen hinab ins Wohnzimmer ging, fiel mir auf, dass ich bei der Bewältigung ihres Hinuntergehens Treppe um Treppe nachlässig gewesen war, wodurch ich zugelassen hatte, dass sie verblasste und in der Art eines banalen Gespensts wiederkehrte.

Dieses Verblassen, diese fehlenden Aufmerksamkeiten zu überwinden, fiel mir in den darauf folgenden Wochen am schwersten, und als die Nächte wärmer wurden und ich durch mein Mansardenfenster die dunkelgrünen Düfte des Sommers roch und Kindergeschrei, das Läuten einer Glocke, das Rauschen von Rollschuhen auf Einfahrten, das leise Fupp-fupp eines gedribbelten Basketballs hörte, hatte ich das Gefühl, von der satten, blauen Sommernacht emporgehoben und zu einer fernen, begehrten Küste getragen zu werden.

In der Nacht des 16. Juli war meine Arbeit getan. Mitten in meinem dunklen Zimmer stand die nicht brennende Stehlampe mit dem gebogenen Messinghals und schaute auf die Lederunterlage auf meinem vollen Schreibtisch hinab. Der Schreibtischstuhl mit dem aufgeplatzten Leder, auf dem ich gesessen hatte, war halb zur Seite gedreht. Ich lag auf dem Bett am Doppelfenster unter den heruntergelassenen Jalousien, die bis zum Boden des leicht angehobenen Fensterrahmens gingen. Mondlichtfetzen fielen durch die Lamellen der Jalousien und polierten ein Bein des Mahagonischreibtischs, ein paar Messingknöpfe hinten auf der Lederstuhllehne, einen Kaffeebecher auf einem Buch. Sie stand neben dem Schreibtisch, eine sorgfältig geäderte Hand auf die Ecke gelegt. Sie blickte zu einem Fenster hin. Plötzlich hob sie die andere Hand und strich sich eine Haarsträhne übers Ohr. Diese Geste hatten wir häufig geübt. Unter dem weißen Baumwollärmel ihres erhobenen Arms drückte, wie ich wusste, eine lange Ader im Unterarm durch die Haut und schwang sich zu der Innenbeuge des Ellbogens. Ihre Nasenflügel spannten sich beim Geräusch eines fernen Autos; eine schwache Atmung war zu hören. Vielleicht war es eine Erinnerung an die letzten fiebrigen und zehrenden Monate, vielleicht war es die Klarheit ihrer Präsenz dort, vielleicht war es das Gefühl, dass eine lange Aufgabe zur Erfüllung gebracht worden war, jedenfalls spürte ich ein tiefes Aufwallen in der Brust, mir brannte die Nase, meine Augen kribbelten, ich wandte das Gesicht ab und erwies Olivia die dunkle Hommage meiner Tränen.

II

Ich frage mich: War da ein Irrtum, ein kleiner tödlicher Irrtum? War da gleich zu Beginn ein Fehler in der Konzeption oder Konstruktion, der meine Arbeit durch das Wirken unwandelbarer Gesetze zwangsläufig zu einem verheerenden Ende bringen musste? Ohne Überheblichkeit meine ich antworten zu können: Nein. Oh, es mag schon hier und da einen sehr geringfügigen Lapsus gegeben, am präzisen Imaginieren gemangelt haben, was von Olivias Nähe zu allem Ungeformten und Ungeborenen zeugt, die Lebendigkeit, die Klarheit ihres Wesens aber war über jeden Zweifel erhaben. Ich würde sogar behaupten, dass ihre Existenz insoweit, als die unsere durch unsere Präsenz in einem Geist außerhalb des unseren bestätigt oder gestärkt wird, viel reicher war als die der Wesen, die wir Menschen nennen. Denn wir werden nachlässig und bruchstückhaft imaginiert, Sie und ich, wir alle sind Gespenster und Phantome, die je nach Laune von Amateurimaginierern verblassen und wieder auftauchen, wohingegen Olivia – nun, Olivia wurde mit der leidenschaftlichen Genauigkeit des Künstlers imaginiert. Und so wie die berückende Lebendigkeit eines Gemäldes oder einer Statue sich in Teilen von der Intensität unserer Aufmerksamkeit herleitet, gedieh auch das Wesen, das ich Nacht für Nacht aus dem formbaren Stoff meiner Imagination vermöge der angesammelten Akte von Aufmerksamkeit modelliert hatte, die ich ihr spendete. Warum also verspürte ich gerade im Augenblick meines Triumphs eine Besorgnis?

Denn ich war besorgt, das bestreite ich nicht. Langsam, Nacht für Nacht, hatte ich mein Wesen erschaffen, und in der verzehrenden Leidenschaft meiner Aufgabe hatte ich mir nicht überlegt, was genau nun mit ihr werden sollte. Der Künstler verkauft sein Gemälde oder lehnt die unverkaufte Leinwand fest gegen die unnachgiebige Wand. Der Schriftsteller vervielfacht seine Geschöpfe in Ausgaben von vielen tausend, vielleicht legt er sein Manuskript, in Schwarz gebunden, auch in die unterste Schublade seines Schreibtischs, wo ihm in dem langsam gesponnenen Staubkokon geheime Regenbogenflügel wachsen, während es sich bereit macht, ins Licht des blendenden Tages der Nachwelt zu platzen. Aber was wird mit jenen, die ein Wesen des dritten Bereichs ins Leben rufen? Ja, was wird mit uns? Glauben Sie, es ist einfach für uns, uns Einsame, uns Mansardenbewohner und Mittagsträumer, das Mitternachtsmal auf der Stirn? In den folgenden Nächten schien mir, als schaute Olivia mich mit einem fragenden Blick an. Natürlich stand sie nicht einfach immer nur da. Ich schickte sie gern auf kleine Ausflüge durch die Mitternachtsstraßen meiner Stadt, wo sie sich unbemerkt und ungestört ergehen konnte. Aber genau diese frühen Streifzüge prägten mir eine gewisse Ziellosigkeit in ihrer Lebensweise auf und veranlassten mich, ihr eine wundersame Behausung zu erschaffen.

Ich wählte den Streifen Wald am Nordende der Stadt hinterm Park und dem neuen Einkaufszentrum. Dort baute ich, gestützt auf meine Architekturstudien von einem Jahr zuvor, ein Landhaus mit vielen Zimmern in der vollen verrückten Blüte des Eklektizismus vom Ende des neunzehnten Jahrhunderts, komplett mit Türmen und Kreuzgiebeldach, gotischen Fenstern mit schweren Regenleisten, Volutenkonsolen nach italienischer Art unter dem vorstehenden Dachgesims. Ich gestaltete das Grundstück mit einem überwucherten englischen Garten samt mäandernden Wegen, trüben Teichen und modernden Statuen. Die Bilder kamen in verblüffendem Tempo, als hätte ich sie schon vorher geschaffen und würde ihnen nun einfach gestatten, ihre Natur zu verwirklichen. Die Extravaganz all dessen erschien mir für Olivia ganz besonders geeignet. Denn drückte es nicht eine heimliche Extravaganz in ihrem Wesen aus, die ich trotz ihrer Reserviertheit von Anfang an vermutet hatte? In jedem Fall hatte Olivia nun ein Zuhause, wo sie sein konnte, wenn sie nicht bei mir war oder allein durch die Straßen der Stadt wanderte. Sie lebte dort mit ihrem stattlichen, aber einsamen Vater, der komplizierte elektronische Anlagen konstruierte und eine Leidenschaft für Schachprobleme, klassische Schlachten und kryptische Kreuzworträtsel hatte, und ihrer ziemlich matten Mutter, die Klavier spielte und, so das Gerücht, um Mittag aufstand. Es gab auch noch eine kranke Großmutter mit ungekämmten weißen Haaren, die monatelang am Stück zu Besuch war und kaum ihr Zimmer verließ. Sie hatten eine Haushälterin, eine Mrs Nelson, die jeden Donnerstag kam. Neben ihrem Schlafzimmer im ersten Stock hatte Olivia noch ein Turmzimmer ganz für sich allein, wo sie gern las. Niemand achtete weiter auf Olivia, die nach Lust und Laune kam und ging, gelegentlich einen Teilzeitjob annahm, den sie stets nach zwei Wochen aufgab, lange russische Romane las, dabei Tee mit Honig trank und auf etwas zu warten schien.

Um diese Zeit führte ich ein äußerst einsames Leben. Ich blieb die ganze Nacht wach, ging morgens um sechs oder sieben ins Bett und schlief bis drei Uhr nachmittags. Meine Eltern mied ich, so gut es ging, und nahm mein Abendessen allein in der Küche ein, lange nachdem sie fertig waren. Diese Strategien, zunächst entwickelt, damit ich ungestört an meinen diversen Projekten arbeiten konnte, gestatteten mir jetzt, viel Zeit mit Olivia zu verbringen. Besonders deutlich erschien sie mir nach elf Uhr, wenn meine Eltern zu Bett gingen und die ganze Sommernacht offen vor uns lag. Ich stellte mir dann vor, wie sie vorn die Fliegentür und die Holztür öffnete und durch das mondhelle Wohnzimmer schritt, vorbei am Mahagoniregal, vorbei an dem runden Mahagonitisch mit der alten Kettenzuglampe ... Oder ich schlich die Mansardentreppe und dann die mit Teppich ausgelegte Treppe hinab, durch das mondhelle Wohnzimmer und hinaus in die warme dunkelblaue Sommernacht. Olivia wartete auf mich. Ich sah sie vorn im Garten sitzen, an einen Zaunpfahl gelehnt, der ihr Gesicht in Mondschein und Schatten teilte, vielleicht wartete sie auch um die Ecke unter einem Zuckerahorn. Dann machten wir uns auf einen langen, detaillierten, minuziös imaginierten Spaziergang.

Alle Straßen gefielen uns: Das Bungalowviertel mit seinen Reihen identischer Basketballpfosten, die lange, präzise Schatten warfen, die in Parallelogramme ausliefen, die ländlichen Straßen, von hohen Sykomoren und norwegischen Ahornen beschattet, das kleine Zentrum der Stadt mit seinen roten und gelben Schaufensterauslagen: ein Korb mit Käse, in hellgrünes Zellophan geschlagen, ein hell erleuchtetes Arrangement aus Volleybällen und schimmernden Tennisschlägern und Heimtrainern, eine Uhr, die in einem Glas aufstieg und absank, eine Schaufensterpuppe mit straffen schwarzen Locken, gelbem Bikini und silberner Sonnenbrille. Olivia betrachtete diese Auslagen begierig. Gern nahm sie ein unpassendes Detail wie den weißen Plastiklöffel auf dem schwarz glänzenden Sitz eines Heimtrainers aufs Korn. Sie wartete immer bis zum letzten Moment, bevor sie sich beim Nahen von Autoscheinwerfern in einen Türeingang drückte, eine Angewohnheit, die mich beklommen machte; meine Beklommenheit machte sie ungeduldig. Auf dunklen Landstraßen im nördlichen Teil der Stadt war ich ruhiger, dort schrillten Grillen in den langen dunklen Bereichen zwischen den Lichttümpeln einsamer Straßenlampen. Wir waren uns darin einig, dass ich Olivia liebte und dass sie niemanden liebte.

An einem warmem Abend, ich lag im Dunkeln auf meinem Bett in Erwartung der Abenteuer der Nacht, hörte ich einen leise knarrenden Schritt auf der Mansardentreppe. Sofort setzte ich mich auf. Es war viel zu früh für Olivia, die sich genau in dem Augenblick auf der anderen Seite der Stadt mit einer Schildpattbürste, die erst kürzlich entstanden war, die Haare bürstete. Die Haarbürste ärgerte mich. Ich mochte es nicht, wenn Dinge so plötzlich entstanden, doch sie war eben da, und ich wurde sie nicht mehr los. Ein weiterer Schritt ertönte. Das hatte es noch nie gegeben, dass meine Mutter oder mein Vater meine Privatsphäre störten. Nach einer Pause folgte wieder ein Schritt, weiter oben, und in dieser unregelmäßigen und gespenstischen Weise kamen die Schritte herauf, manchmal knarrten sie, manchmal auch nicht, als vergehe der Steigende und entstehe wieder. Als ich imaginierte, dass der Fuß zur obersten Stufe ausholte, um gleich darauf in den kalten Teil der Mansarde zu treten, erschrak ich von einem Klopfen an der Tür. »Herein!«, brüllte ich fast. Die Tür klemmte am Pfosten, zögerte und flog auf.

Eingerahmt vom Mansardenlicht stand mein schattiger Vater in der Tür. Er rauchte seine geschwungene Pfeife und trug seinen Morgenrock und Pantoffeln. Bis auf das Licht, das von der offenen Tür kam, war der Raum dunkel, und da mein Vater zögerte, sagte ich: »Ich habe nicht geschlafen, nur mich ausgeruht. Du kannst das Licht –«

»Würde mir nicht im Traum einfallen«, sagte er trocken, schlappte ins Halbdunkel und stieg über Bücher, die in kniehohen Stapeln auf dem abgewetzten Teppich standen. Ein Bücherstapel kippte leise um, doch mein Vater näherte sich weiter.

»Wie ich sehe, arbeitest du«, bemerkte er. »Nein, steh nicht auf, ich bleib nicht lange. Hier?« Er zeigte mit der Pfeife auf den schattigen Sessel, der in eine Ecke beim Kopfende des Bettes gezwängt war. Er ließ sich hineinfallen, nahm die Pfeife aus dem Mund und schaute in den Kopf. Er atmete schwer vom Treppensteigen. »Leider ist das, was ich zu sagen habe, nur allzu vorhersehbar.« Er steckte die Pfeife in den Mund und sog rasch daran, wobei er den Kopf immer wieder mit zwei Fingern bedeckte. »Die zieht ja furchtbar. Du hast nicht zufällig einen Pfeifenreiniger da. Egal.« Er nahm die Pfeife aus dem Mund, hielt sie sich dicht vors Auge und ließ sie aufs Knie sinken. »Banale Szene, der alte Vater ermahnt seinen missratenen Sohn. Na, egal. Ich möchte, dass du zu einer definitiven Entscheidung über deine Zukunft kommst. Es macht mir nichts aus, dich in deiner« – hier machte er eine flatternde Handbewegung – »seltsamen Lebensweise zu unterstützen, aber ich kann es nicht bis in alle Ewigkeit. Natürlich verstehe ich, dass es mehr zwischen Himmel und Erde gibt, als sich in meiner Philosophie träumen lässt. Das hoffe ich jedenfalls. Aber ich denke jetzt weniger an meine Philosophie als an mein Sparbuch. Du hast nicht zufällig ein Streichholz. Hol sie der Teufel. Egal. Deine Mutter und ich sind einer Meinung, an sich schon eine bemerkenswerte Tatsache und des Nachdenkens wert. Früher oder später wirst du deinen eigenen Weg gehen müssen, und ich würde vorschlagen, du machst dir mal ernsthafte Gedanken darüber. Zum Glück für dich ist meine Pfeife ausgegangen. Bedenke, dass mir dieses Gespräch genauso unangenehm ist wie dir. Aber es ist jetzt vorbei. Uff, diese alten Knochen. Nein, nein, bitte. Bleib sitzen. Ich möchte lieber für ein Gespenst gehalten werden. Na denn, Rob. Einen ergiebigen Abend noch, oder soll ich Morgen sagen. Das Leben ist – na ja: das Leben eben. Nacht.«

Langsam schlurfte er aus dem Zimmer, trat mit übertriebener Vorsicht über Bücherstapel und verstreute Unterwäsche. Im Licht der Tür wirkte er massig und wild. Eine dichte Krause aus eisengrauen Haaren lag um seinen Schädel. Ich horchte, wie seine Schritte unregelmäßig die Mansardentreppe hinabknarrten.

Das war nun eine dreifach unwillkommene Störung. Erstens hatte ich mich unbändig auf meinen nächtlichen Streifzug mit Olivia gefreut, und nun war meine Aufmerksamkeit dahin. Zweitens hatte ich die langweilige Erwägung meiner lachhaften Zukunft sorgsam beiseitegelegt. Und drittens hatte ich meinem alternden Vater, dessen plötzliches Erscheinen mich mit der ganzen Wucht einer Heimsuchung traf, nicht sonderlich viel Aufmerksamkeit gewidmet. Er hatte mehr oder weniger vernünftig mit mir geredet, auf seine ironische Weise – ein glänzendes Manöver, hatte es doch meine Fähigkeit zur Empörung untergraben.

In jener Nacht wartete Olivia auf einer der schottischen Kiefern im Seitengarten auf mich. Sie kletterte herab, wobei sie die Zweige schüttelte, und strich sich die Nadeln von Bluse und Rock. Olivia war so: Trotz ihrer Stille, ihrer distanzierten Art hatte sie Ausbrüche spitzbübischer Fröhlichkeit.

»Der ist für dich, Robert«, sagte sie und reichte mir einen Kiefernzapfen. Ich war ihre Stimme nicht gewöhnt, sie erschien mir ein wenig gespenstisch. »Und der ist für mich.« Sie drückte sich einen Kiefernzapfen in die Haare. »Heute Nacht ginge ich gern nach – ach, Paris. Gehen wir nach Paris! Hier lang.« Sie zeigte die Straße entlang. Ihre ausgelassene Art entnervte mich, versetzte mich aber auch in fieberhafte Erregung, denn sie hatte mehr Pep als ich; in jener Nacht wanderten wir weiter als je zuvor, über die Parkstraße am Nordende der Stadt hinaus, und wir machten erst kehrt, als die Straßenlampen vor dem grauenden Himmel verblassten.

Versteht man mich? Ja? Mit Olivia zusammen zu sein war für mich ein heiteres Hochgefühl, eine heftige Friedlichkeit. Unsere Intimität war eine, wie nur Schöpfer und Geschöpf sie kennen können. Außerstande, mir mein Leben ohne sie vorzustellen, wartete ich nun jede Nacht mit einer harschen, einer hektischen Ungeduld auf sie, die nur ihr Erscheinen lindern konnte.

Manchmal überkam mich eine Beklommenheit. Ich lag auf dem Bett, einen Arm im Nacken gebeugt, und schaute auf meine dunklen Haufen Bücher, meinen trostlosen Schreibtisch, mein katastrophales Leben. Wenn ich dann die Jalousie beiseitestieß, wurde der strahlende Mond in der dunkelblauen Sommernacht zu Zigarettenasche, bekam der samtige Nachthimmel die Farbe von Prellungen und Verfall, waren meine Schiebereien mit verbotenen Schöpfungen eine Messerklinge, die sich in meiner Schläfe drehte: Und wie von Hoffnungslosigkeit genährt, von Verzweiflung belebt, stürzten sich Olivia und ich desto glühender auf die Wege der unveränderlichen Sommernacht. Habe ich schon über meine Kopfschmerzen gesprochen?

Mit Kopfschmerz meine ich nicht den scharfen Schmerz seitlich oder hinten am Kopf oder vielleicht hinter einem Auge, die banale Folge von konventionellem Stress. Nein, ich denke an den Kopfschmerz, der ein Metallband ist, das sich immer fester um die Schädelknochen spannt. Ich denke an die innere Feuerblüte, die verkohlte und rauchende Stellen zurücklässt. Und wir wollen auch nicht den rattengleich knabbernden Kopfschmerz vergessen, der sich langsam durch die weiche, weiße, süße Materie des Gehirns nagt, bis er seinen pelzigen Rücken an die Innenseite der Hirnschale drückt, auch nicht den sagenhaften geflügelten Kopfschmerz mit leuchtend roten und grünen Federn und gold-schwarzen Klauen, die greifen und drücken, während die schweren Schwingen schneller und schneller schlagen, auch nicht den vielzweigigen Kopfschmerz, den Dornbuschkopfschmerz, der immer weiter anschwillt, bis er den ganzen Schädel ausfüllt und seine schimmernden Dornen gegen die weichen Rückseiten der Augen presst, bis die Zweige die blutigen Augenhöhlen durchstoßen – das sind die Kopfschmerzen, die von den anderen unterschieden werden müssen, denn sie sind die dunklen Brüder der Schöpfung, Schatten des strahlenden Traums. Sollen wir fortfahren?

Eines Nachts, Olivia stand vor einer Auslage von Suppendosen im Schaufenster eines Kaufhauses, das im Rhythmus eines entsetzlich gelangweilten Stopplichts mal rot, mal grün, dann wieder rot leuchtete. Mein Kopfschmerz leuchtete mal rot, mal grün, und als ich sie drängte, komm weiter, komm bitte weiter, weg von alldem, sah ich zu meiner Verblüffung, wie sich eine Gestalt aus einem Eingang in der Nähe löste und auf uns zukam. So etwas hatte es noch nie gegeben, und ich spürte eine Enge in der Brust, als würde ein lebenswichtiges Organ von einer bösartigen Hand gequetscht. Olivia wandte sich um, sie war nicht überrascht. Sie stellte uns vor. Ich empfand sogleich Abneigung gegen ihn, aber eigentlich ist Abneigung eine zu freundliche Bezeichnung für das innere Beben, jenes intime, blutrote Kribbeln von Abscheu, als zitterten sämtliche Nervenenden im Strom eines unguten Ausflusses. Dieser Orville – Orville! – kam lächelnd zu uns heran. Ich sah gleich, dass es ein spöttisches Lächeln war. Allein schon die Haltung seiner Schultern war frech. »Das ist aber eine angenehme Überraschung«, sagte er mit bewusster Falschheit. Er war groß und dünn und papierblass und wäre hager gewesen, hätte er nicht etwas verstörend Fleischiges gehabt: dickliche weiche Hände, das Kinn irgendwie weich, sogar einen kleinen Spitzbauch, der sich durchs Hemd drückte. Er trug ausgebleichte Jeans und alte Laufschuhe und ein schmutziges weißes Hemd. Er erinnerte mich an eine weiche weiße Knolle, die heimlich in feuchter Erde wächst. »Olivia hat mir schon so viel von dir erzählt«, fuhr er fort. »Eigentlich hat sie nie von dir gesprochen. Wie heißt du noch mal? Harold?«

»Wir wollten gerade gehen«, bemerkte ich.

»Dann komme ich mit«, sagte er und ging neben Olivia her, zu nahe an ihr. »Ah, die Nacht! Was täten wir ohne sie? Es ist eine herrliche Erfindung. Jugend, Clair de lune, traumartige Verzerrung, spirituelle Verklärung – sogar Tod. Erst bringen sie einem Twinkle Twinkle, Little Star bei, und ehe man's sich versieht, singt man ›O sink hernieder, Nacht der Liebe!‹ Streichholz?« Er griff in seine Hemdtasche und zog eine halbe Zigarette hervor.

Er war, wie Olivia mir mitteilte, als er gegangen war (abrupt, mit einer spöttischen Verbeugung), der Sohn einer

Freundin einer Freundin ihrer Mutter. Er hatte seine Mutter und deren Freundin eines Abends zu Olivias Mutter gefahren, um dann mit dem Familienauto weiterzufahren, und als er wiederkam, hatte er Olivia auf der Treppe gesehen. »Hübsches Gemälde«, hatte er gemeint und ihr den erhobenen Daumen hingestreckt. »Ist das ein Original?« Seitdem war er mehrmals aufgetaucht und hatte nach Olivia gefragt; einmal hatte sie auch mit ihm gesprochen, gleichgültig. Diese kurze, unbefriedigende Vorgeschichte, die Episode unserer Begegnung, sein unangenehmer Name, eigentlich alles an ihm erfüllte mich mit einer gereizten Unruhe. Meine instinktive, brutale Abscheu war nicht einfach eine Reaktion auf sein Äußeres, seinen Spott, seine Art, als kenne er ein unappetitliches Geheimnis, das er unbedingt preisgeben wollte, seinen ganzen spirituellen Krempel, sondern auf etwas anderes, das ich nur schwer definieren konnte, das sich aber bei späteren Anlässen deutlicher zeigte.

Spätere Anlässe, habe ich gesagt? Ja, spätere Anlässe – es gab noch jede Menge. Nacht für Nacht sprang er hinter einem Ahornstamm oder einem Laternenpfahl hervor und gesellte sich zu uns auf unseren Streifzügen. Unter dem Druck seiner Anwesenheit veränderten sich die Nächte, wurden kläglich deformiert. Orville war dem Wesen nach ein Eindringling, ein Verletzer, und das zeigte sich in seinen kleinsten Gesten: Er sprang hoch, um ganze Hände voll Ahornblätter abzurupfen, beugte sich über mondbeschienene Zäune, um Blumen abzureißen, die er dann beschnüffelte und wegwarf. In einer Nacht zeigte er auf das offene Tor einer angebauten Garage und schlich winkend die Auffahrt hoch. Ich war empört, doch Olivia wollte ihm folgen. Wir huschten in die dunkle Garage und liefen den schmalen Pfad zwischen einem Kombi auf der einen und zwei Mülltonnen auf der anderen Seite, einem Korb mit Gartengeräten, zwei Fahrrädern, einem Heißwasserboiler in Dämmmaterial entlang. Die schwarze Innentür führte auf eine mondhelle Veranda. Orville setzte sich auf eine Chaiselongue und rauchte eine Zigarette, deren rauchenden Stummel er in einen Porzellanblumenstrauß legte. Ich sah, dass er mich unbedingt aufstacheln wollte, und als Reaktion darauf zeigte ich eine Miene ungeheurer Langeweile. Unvermittelt sprang er auf, öffnete die Verandatür und winkte uns in den mondhellen Garten. Er führte uns unter einem straffen Federballnetz hindurch, vorbei an einem Korbsessel, auf dem ein Federball auf der Seite lag, und durch eine hohe Hecke in einen anderen Garten, wo ein gelber Spielzeugkipplaster neben einem Gartenhandschuh stand, und dann einen mit Zinnien gesäumten Weg entlang, bis wir auf eine belaubte Straße hinauskamen.

»Die traumartige Freiheit der Nacht«, sagte Orville und schwenkte einen Arm. »Die Existenz als Traum. Was, Robert? Sag, ich soll auf das Dach dort steigen und mich auf den Kamin setzen und eine rauchen. Sag, ich soll dort durch das Fenster rein und aus dem Kühlschrank Trauben holen. Nicht? Und dennoch, in so einer Nacht, wenn der Mond einem schönen Blumenkohl gleicht, spürt man, je nun, dass alles passieren könnte. Hier, pass mal auf. Siehst du den Mast da?« Er senkte den Kopf und rannte auf einen Telefonmast los. »Halt!«, schrie Olivia, doch er raste weiter. Im letzten Moment riss ich den Kopf weg. Als ich mich wieder umdrehte, sah ich den mondbeschienenen Telefonmast. Sein langer Schatten lief über einen sauber gemähten Rasen, lief die leuchtend weiße Seite eines Hauses hinauf, beugte sich über das fahle Dach. Mit einem spöttischen Lächeln trat Orville hinter dem Mast hervor. Er legte sich eine Hand auf den Bauch und verbeugte sich. Ich schaute auf Olivia, die auf ihre Hände hinabblickte.

Geringfügige Störungen, mögen Sie sagen, triviale Verletzungen; und dennoch bedrückten sie mich. Diese melodramatischen Auftritte, diese spöttischen Anspielungen, diese kleinen Monologe über das traumartige Wesen der Existenz – und einmal zog er eine halbe Zigarette aus der Tasche, legte sie sich auf den Daumennagel und sagte: »Jetzt kommt ein interessanter Trick.« Er schnippte die Zigarette in das blaue Dunkel, beschirmte die Augen, hielt sich eine Hand hinters Ohr und lauschte angestrengt. Schließlich warf er mit einem Blick übertriebener Verwirrung die Hände auf. »Weg«, sagte er. »Kaputt. Eine Illusion – wie das Leben selbst, möchte man hinzufügen.« Sein Einfluss auf Olivia erbitterte mich. Gut, sie behandelte ihn mit Gleichgültigkeit, gar Verachtung, doch ich sah, dass sie seine Anwesenheit akzeptierte, als wäre sie so natürlich wie die Nacht selbst. Er wiederum übte eine leicht verstörende Wirkung auf sie aus, denn in seiner Gegenwart schien sie mir weniger lebendig, weniger reich an Eigenheiten, als würde die Fülle ihres Wesens von seinem Spott zu einer verblichenen, hölzernen Version ihrer selbst verengt.

Und ich, ich begriff nicht, wie seine vergiftende Gegenwart Nacht für Nacht geschehen konnte. Welchen Weg ich auch ging, wie sehr ich es auch versuchte, früher oder später trat er hervor und begrüßte uns mit einem Blick gespielter Überraschung, und mich überfiel eine Nervosität, wenn ich versuchte, ihn mir zu erklären, versuchte, seine dunklen Andeutungen zu interpretieren.

»Bedenkt nur, was für eine traumartige Existenz ich führe«, sagte er eines Nachts, als er plötzlich hinter einer Stockrose hervortrat und sich uns anschloss. »Heute bin ich um Mittag aufgestanden, habe um eins gefrühstückt, um zwei überlegt, wie ich mir meinen Lebensunterhalt verdienen könnte, ohne dabei mein Zimmer verlassen zu müssen, um drei einen Roman aufgeschlagen, gleich darauf den Blick gehoben, um festzustellen, dass die romantische Nacht hereingebrochen war – und hier bin ich nun, ein Schatten unter Schatten, der unter dem lächerlich runden Mond dahingleitet, der mich an einen Necco-Keks erinnert. Neulich fragte mich meine Mutter, was ich aus meinem Streben machen wolle. Sie sagte Streben, nicht Leben, bemerkte den Versprecher aber gar nicht, weil sie da gerade an etwas anderes dachte und weil ich ohnehin praktisch ein Produkt ihrer Phantasie bin. Die Häuser da sehen aus wie Bonbons. Und das da! Da war wohl jemand extrem nachlässig.« Er beugte sich abrupt nieder und krempelte ein Bein seiner engen Jeans hoch. Über seinem Laufschuh begann eine weiße Socke, und über der Socke sah ich nichts oder schien nichts zu sehen – Leere – rein gar nichts. »Lass das!«, sagte ich zornig. Orville grinste zu mir hoch und krempelte das Hosenbein wieder hinunter. »Eine Eigenart der alles verwandelnden Nacht«, sagte er und sah mich von unten an. Olivia wandte den Blick ab. Ich erinnere mich an das Schwarz ihrer Wimpern vor der strahlend weißen Haut.

In den folgenden Nächten spürte ich bei Olivia eine wachsende Distanz. Sie wirkte ein wenig müde, ein wenig unbeteiligt; es war, als stünden ihr weniger Gebärden zur Verfügung. Sie mied meinen Blick. Bereitete sie schon ihren Abgang vor? Minutiös plante ich knifflige Nachtwanderungen in kaum bekannten Bereichen der Stadt, aber immer hatte ich das Gefühl, dass ihre innere Aufmerksamkeit woanders war, und bei jeder Hausecke, bei jeder Kiefer, jedem Hortensienbusch erwartete ich, dass dieser Teufel Orville hervortrat. Eines Nachts hielt Olivia sich beide Ellbogen und erschauerte ein wenig. »Der Sommer ist fast vorbei«, sagte sie. Ihre Worte durchfuhren mich wie ein Lebewohl; ich merkte, dass es kühl war. »Vorhang«, sagte Orville und verbeugte sich höhnisch.

Doch die Nächte wurden wieder warm. Wie um mir einen Gefallen zu tun, erkältete Orville sich und legte sich ins Bett. Olivia und ich, wir nahmen unsere sorgenfreien Wanderungen wieder auf, durch die sommerlieblichen Straßen, vorbei an den Sprinklern auf dem Rasen der Bungalows, unter der Schnellstraßenüberführung hindurch, auf Landstraßen, gesäumt mit Sykomoren und niedrigen Steinmauern; und alles war harmonisch, alles war gut; nur manchmal hob ich den Kopf und schaute mich verwirrt um, als hätte ich etwas nicht mitbekommen; und ein Schmerz, ein kleiner Schmerz, begann hinter einem Auge und pochte im Rhythmus meines Herzschlags.

»Ach, Robert«, sagte mein Vater eines Abends, als ich allein in der Küche aß. Die Schwingtür hinter ihm schloss sich; der Luftzug ihres Zugehens strich mir übers Gesicht. »Wegen unseres kleinen Gesprächs.« Er hielt die Hände hinterm Rücken verklammert. »Hast du dir darüber Gedanken gemacht? Interessanter Ausdruck: sich Gedanken machen. Als wären die Gedanken ein ungemachtes Bett.«

»Mir geht's nicht so gut«, sagte ich und rutschte mit meinem Stuhl nach hinten.

Einmal, spät nachts, als ich müde war, furchtbar müde,

wartete ich länger als sonst, bis ich zu meiner Nachtreise aufbrach. Es war nach Mitternacht. Draußen wartete ich ungeduldig auf Olivia. Es ging ihr in letzter Zeit nicht gut. Ich suchte den Garten ab, lief um den Block, machte mich zögernd auf und kehrte wieder um. Es war eine windige Nacht, nervöse graublaue Wolken rasten über den Himmel, verdeckten immer wieder den Mond. Ich stieg die zwei Treppen zu meiner Mansarde hinauf, ging plötzlich wieder hinab und wartete draußen, kehrte dann in mein Zimmer zurück. Dort setzte ich mich ohne besonderen Grund an den Schreibtisch und stand sofort wieder auf und setzte mich aufs Bett. Durch das ein wenig hochgeschobene Fenster hörte ich ein leises Grillengetöse und ein schwaches Rascheln oder Säuseln, das mich vor ein Rätsel stellte, das ich dann plötzlich löste: das matte Rauschen von Lastern auf der fernen Schnellstraße. Ich stellte mir die raue, breitschultrige Sippe der Fernfahrer vor, wie sie kreuz und quer durch die Nacht rauschten, an gelben Lichtinseln im Dunkel hielten, um auf rot schimmernden Hockern zu sitzen und die Finger in die Griffe schwerer, dickwandiger Becher zu legen. Das Knarren der Hocker unter den Fernfahrern vermischte sich mit dem Gezirp der Grillen und dem fernen Rauschen der Laster. Auf den Mansardenstufen knarrte es schwach. Langsam kamen ihre Schritte herauf. Ich sah die Abfolge komischer Missgeschicke – wie ich in mein Zimmer zurückkehrte, wie sie vergeblich nach mir suchte, um dann wegzugehen, wie ich hinabging, um vergeblich nach ihr zu suchen –, und während ich darauf wartete, dass die Tür aufging, erinnerte ich mich an die Nacht, als ich meine Arbeit beendet hatte und Olivia dastand, eine Hand auf meinem Schreibtisch, und zum Fenster hinschaute. Was hatte sie da gedacht? Ich empfand einen Ausbruch von

Zärtlichkeit und Unruhe, mein Kopf hämmerte wie eine Trommel, und plötzlich öffnete sich die Tür mit einem knallenden Geräusch.

Gebeugt und träge, mit übertriebener Unschuldsmiene, eine kalte Zigarette schwenkend, stakste er über die schwarzen Bücherstapel, die verstreute Unterwäsche, die einzelnen, auf der Seite liegenden Schuhe und Pantoffeln. »Streichholz?«, sagte er, warf sich in meinen Lesesessel und hakte ein Bein über die Armlehne.

»Wo ist sie?«, fragte ich.

»Wo sie immer ist.« Er lachte leise durch die Nase und sah sich um. »Hübsche Bude hast du hier. Nicht unbedingt mein Stil, aber was ist das schon. Streichholz?«

»Hör zu, mir geht's nicht so gut. Was willst du?«

»Das hab ich dir doch eben gesagt. Oh: Da ist eins. Eine Pause, in der der Schurke des Stücks ein Streichholz anreißt. In dem jähen Strahl der höllischen Streichholzflamme flackern seine bleichen, satanischen Züge – wobei mir einfällt, Robert, dein Text war furchtbar. ›Hör zu, mir geht's nicht so gut. Was willst du?‹ Wirklich drittklassig. Ist dir schon mal aufgefallen, wenn die Leute tiefe Gefühle haben, dass sie dann in Klischees sprechen? Ich liebe dich. Liebst du mich? Verlass mich nicht. Bitte nicht. Die wahre Rechtfertigung des Zynismus ist, dass er den Stil verbessert. Sie hat mich gebeten, dir das zu bringen.«

Er griff in die Hemdtasche und zog einen gefalteten Umschlag hervor. Ich riss ihn ihm aus der Hand und zog ein gefaltetes Blatt Papier heraus. Ich schüttelte es auf und sah oben auf der Seite die Wörter *Lieber Robert*. Die Seite selbst war leer.

»Soll das ein Witz sein?«, sagte ich zornig.

»Komm, komm, werd nicht gleich wütend, Robert. Ein Künstler sollte nie die Beherrschung verlieren, Robert. Du verlierst doch nicht die Beherrschung, oder? Du hast nämlich nicht die geringste Ahnung von ihr, du glaubst nicht einmal an sie, niemand heißt Olivia, und was soll das alles überhaupt? Es ist doch aussichtslos. Kannst auch gleich das Handtuch werfen. Die Strumpfhose an den Nagel hängen. Du bist erledigt. Es ist aus, Junge. Das war's.«

Er griff in die Hosentasche und zog eine kleine schwarze Pistole heraus. Er richtete sie auf mich, und sein Gesicht verzerrte sich vor Wut. Ich warf einen Arm hoch. Ein Wasserstrahl schoss an meiner Wange vorbei auf den Fenstervorhang. Er gluckste unangenehm.

Ich sah ihn verachtungsvoll an.

»Allerdings, Robert, wie geht die Zeile noch mal? Ich hab's vergessen.« Er legte einen langen Finger über die Wange und runzelte gedankenschwer die Stirn. »Oh, ich hab's. Wir sind der Stoff, der Unsinn, aus dem die Träume sind. Und was ist mit mir? Mir armem, kleinem Ding? Von Gott weiß woher gekommen, fehlgeplant, hastig zusammengepappt, ein paar fadenscheinige Gesten – schwierig, zivilisiert zu sein, alles in allem, unter diesen Umständen. Du hättest es wirklich besser bedenken sollen.«

»Ich weiß nicht, wovon du –«

»Nicht dass ich dir das übel nehme, Herendeen, alter Welterschütterer. Es passt zu meiner, meiner was, na, sagen wir, meiner ironischen Distanz, ganz zu schweigen von meinem, äh, reizenden Zynismus und meiner Hingezogenheit zu Extremen. Und so verbringe ich mein Leben am Rande des Plausiblen. Ein Beispiel für uns alle. Gott segne uns alle und auch Tiny Tim. Hier. Zieh eine.«

Aus einer Tasche zog er eine Handvoll Karten und hielt sie mir als Fächer hin. Auf den glänzenden Rückseiten war eine junge Nonne abgebildet, zum Gebet niedergekniet, die Hände am Hals zusammengedrückt, die Augen sehnsuchtsvoll erhoben.

»Das muss ich mir nicht anhören.«

»Selbstverständlich nicht! Und dennoch tust du es. Hier. Die?« Geziert hielt er mir eine Karte hin, die er am einen Ende ausgewählt hatte. Verachtungsvoll riss ich sie ihm aus der Hand. Auf der anderen Seite war ein leicht verschwommenes Schwarzweißbild derselben Nonne, die mit dem Rücken zum Betrachter stand und lächelnd über die Schulter schaute. Ihr Schleier war weg, und ihre langen blonden Haare waren auf dem Rücken ausgebreitet. Sie hielt ihren Habit hoch und entblößte schwarze Highheels, schwarze Netzstrümpfe, straffe schwarze Strumpfhalter und die runde weiße untere Hälfte einer festen Pobacke.

Ich fuhr mit der Hand durch seine ausgefächerten Karten. »Du bist doch selbst nur ein Kartenspiel!«, sagte ich. Langsam, wie trockenes Laub, schwebten die Karten aufs Bett hinab, auf den Boden, auf die Armlehnen des Sessels und lagen still.

»Sehr hübsch, Robert. Sehr hübsch gemacht. Ein hübscher Effekt.« Plötzlich setzte er sich auf. »Es ist unerträglich heiß hier. Was dagegen, wenn ich den Kopf abnehme?« Er legte die Hände auf den Kiefer und drückte, drückte, die Augen qualvoll verdreht – »Hör auf!«, befahl ich. Er ließ die Hände sinken und sah mich mit einem verschlagenen Lächeln an.

»Aber gewiss doch, Robert. Was immer du sagst.« Seine Miene wechselte zu tiefer Sorge. »Darf ich offen sprechen?

Du bist kein gesunder Mann, Robert. Vielleicht solltest du – na ja, eine Weile weggehen.« Er seufzte. »Und jetzt bin ich müde. Wie kommt das? Großer Gott!« Er blickte aufs Handgelenk, an dem keine Uhr war. »Schon so spät? Beim Henker, ich hoffe zu Gott, sie. Zum Donner, ich hoffe, es ist nicht zu spät zum.«

»Ich höre mir diesen Irrsinn nicht länger –«

»Ganz, wie du willst, Bob. He, was tust du –«

Ich drückte mich an dem Sessel vorbei, stolperte über einen Bücherstapel, schrammte gegen ein Regal. An der Tür blickte ich zu ihm zurück. »Gut Nacht«, sagte er und wackelte mit den Fingerspitzen, doch da war ich schon halb die Mansardentreppe hinunter, schloss sich schon die Fliegentür hinter mir.

III

Es war spät, ein frischer Wind wehte, hier und da warfen die Obsidianfenster in den dunklen Straßen das Licht der Straßenlampen zurück. Einmal kam ich an einem schwachen gelben Schimmer hinter einem Vorhang vorbei, wo einer, der nicht schlafen konnte, im Sommerpyjama in einem geblümten Sessel unter einer Messingstehlampe sitzen und einen dicken Roman lesen mochte, der in Marokko oder Berlin spielte. In meiner Besorgtheit folgte ich einem unsteten Weg: Kaum war ich am ersten Eckpfeiler einer schwarzen Veranda vorbei, bog ich schon um den letzten Pfeiler einer Veranda zwei Straßen weiter, kaum war ich an dieser Veranda vorbei, stand ich schon vor einem hell erleuchteten Schaufenster mit Tennisschlägern und Hometrainern darin, und das Ende des

Schaufensters ging in einen gewundenen Weg über, der von hohen Disteln und Tigerlilien gesäumt war, und ich bog um eine Ecke und kam an den Rand eines dunklen Waldes. Olivias Haus war von der Straße nicht einzusehen. Ich lief über einen Weg voller Kiefernzapfen und Eichenblätter, stolperte im Dunkeln. Nach einer Biegung erhob sich das Haus auf einer Anhöhe, alle Fenster hell erleuchtet, die schwarzen Türme und Giebel scharf abgesetzt von dem stürmischen Himmel. Schwache Musik und Wortfetzen wehten zu mir herab. Ich kam an mehreren an der Seite des unbeleuchteten Weges abgestellten Autos vorbei und fand mich bald in einem überwucherten Garten wieder. Eine verwitterte Statue mit zerfallenen, pockennarbigen Brüsten und nur einem Arm stand gefährlich geneigt da; der Arm war anmutig ausgestreckt, und jemand hatte eine Gießkanne an die daumenlose Hand gehängt. Ich kam an einem bröckelnden Brunnen vorbei, einer Kinderkarre mit einem dreizackigen Gartenwerkzeug und einem halben Tennisball darin, einem riesigen Busch mit schweren schwarzen Blüten. Eine Hecke war zu einem Schwan geformt, doch der Schwan musste dringend nachgeschnitten werden: Er hatte ein zerzaustes, struppiges Aussehen, und hier und da stachen lange Stiele heraus, als platzte der Schwan an den Nähten. Dieser Garten hatte etwas Hastiges und Schludriges, als sei er nicht sehr sorgfältig geplant worden, kleine Wege zweigten in alle Richtungen ab, und als ich einem folgte, kam ich an eine Sackgasse, die sich als die Seite einer hohen Veranda herausstellte. Durch die Baluster, die auf Höhe meines Kopfs begannen, sah ich leuchtend gelbe Fenster, hinter denen sich Schatten bewegten. Mich an die Pfosten klammernd ging ich durch Büsche und Blumen zur Vorderseite der Veranda und stieg die Steinstufen hinauf zur Haustür, die unvermittelt aufging und eine große gelbbraune Katze entließ, die erst zögerte und dann an mir vorbei in die Wildnis des Gartens sauste. »Armes Kätzchen«, murmelte eine Frau mit Brille, die, den inneren Knauf haltend, ins Dunkel spähte. Ohne die Blickrichtung zu verändern, sagte sie: »Bitte kommen Sie doch herein, ich freue mich sehr, dass Sie kommen konnten«, und als ich an ihr vorbei in den Flur trat, wandte sie sich mir mit verblüffter Miene zu.

»Robert Herendeen«, sagte ich, »und Sie sind bestimmt Olivias Mutter.« – »Meine Güte, nein«, sagte sie und legte sich eine gespreizte Hand über die Brust, »wie kommen Sie denn, oh nein, ich mache nur die – na ja, die Tür auf. Darf ich Ihnen den Mantel abnehmen, Roger? Aber Sie haben ja gar keinen. Sind Sie ein Freund von –«

»Ja, sie erwartet mich.« Durch eine Tür sah ich, dass eine Party im Gang war, Leute mit Augenmasken; ich streifte an einem angelehnten Kleiderständer und einem Schirmständer mit einem orangefarbenen Zollstock darin vorbei und betrat den Raum. An einem schwarz schimmernden Klavier saß eine Frau in einem leuchtend grünen Kleid und mit pinkfarbener Augenmaske und spielte Barbershop-Melodien. Dabei beugte sie sich vor und blickte auf ein Notenblatt, das von einem hellgelben Schirmer-Album mit Beethoven-Sonaten gehalten wurde. Drei maskierte bärtige Männer standen daneben und sangen, die Arme einander um die Schultern gelegt. Maskierte Männer und Frauen unterhielten sich in lauten Gruppen, ein Glas kippte um und eine rubinrote Flüssigkeit schoss über einen Tisch, eine Frau mit einer silbernen Maske in Jeans und grauem Sweatshirt warf lachend den Kopf zurück und tauchte ihre langen blonden Kraushaare in die Gläser auf einem vorbeischwebenden Tablett. Eine Hand mit langen mintgrünen Nägeln erschien vor mir, hielt mir eine schwarze Maske am Gummiband hin. Ich setzte mir die Maske auf die Augen und drängte mich durch den vollen Raum zu einer anderen Tür, die mich in eine Art Wohnzimmer brachte, wo Partygäste auf Sofas und Sesseln saßen. Eine ältere Frau in weißer Hose reichte mir ein schmales Glas mit Stiel, das eine grüne Flüssigkeit enthielt. Ich trank einen Schluck, er brannte mir in der Kehle; jemand applaudierte. Ein großer Bursche mit einer roten Maske drohte mir mit dem Finger. Dann war er also auch hier? Ich sah eine weitere Tür und gelangte in die matt erhellte Küche. Auf der Arbeitsplatte neben einem leeren Geschirrständer saß eine maskierte Frau in einem knielangen Rock, die Hände unter die Schenkel gesteckt, ein Bein schwang langsam vor und zurück, und unterhielt sich mit jemandem, der im Dunkeln auf dem Fußboden saß. Am Ende der Küche öffnete ich eine Tür und fand mich im Flur wieder. Es war anscheinend nicht der vordere, denn in der einen Richtung sah ich eine hohe, geschlossene Tür und in der anderen Reihen von Türen, die ins Dunkel führten. Ich ging auf das Dunkel zu, vorbei an holzgetäfelten Türen mit geriffeltem Glasknauf, bis der Korridor an einem Querflur endete. Ich wandte mich nach links. Auf meinem Weg durch den nahezu dunklen Korridor, vorbei an geschlossenen Türen, dem schwarzen Schimmer eines Spiegels, einem schmalen Lehnstuhl, auf dem ein Telefon stand, erkannte ich, dass ich nur einen vagen Eindruck von diesem Teil des Hauses hatte, der sich offenbar immer weiter nach hinten erstreckte. Hier nun zweigten weitere Flure nach links und rechts ab, die Türen waren von unterschiedlicher Größe, und durch einen offenen Bogen sah ich einen

Raum mit Sesseln und Bücherschränken mit Glastüren, und als ich weiterging, war mir, als dränge ich immer tiefer auf ein Gebiet vor, wo in dem satten, extravaganten Dunkel Zimmer und Korridore sprossen.

Einer der Flure endete vor einer mit Teppich ausgelegten Treppe, die ich hinaufging. Auf dem dunklen Absatz stieß ich gegen einen kleinen Tisch; etwas klirrte gläsern und kam langsam zur Ruhe. Vier weitere Treppen führten zu einem oberen Flur, der bis auf ein schwaches Nachtlicht in der Fußleiste dunkel war. Am Ende des Flurs bog ich in einen weiteren Flur, wo bis auf einen Streifen gelbes Licht, der den Boden entlang und die Seite einer am Rahmen angelehnten schwarzen Tür hinauflief, alles schwarz war. Ich ging zu der Tür und horchte, hörte aber keinen Ton. »Olivia«, flüsterte ich, »bist du da?« Langsam drückte ich die getäfelte Tür auf, sie gab den Blick auf ein großes leeres Bett frei, an dem eine Leselampe brannte. Der Überwurf auf dem Bett war zurückgeschlagen, und unter der Decke lag ein Panda, der beide pummeligen Tatzen steif von sich hielt. Weiterhin stand eine hohe Kommode aus Mahagoni darin, ein Schreibtisch, auf der eine fette Schreibmaschine hockte, ein Sessel, den Rücken zu mir. Eine Stehlampe leuchtete die linke Schulter des Sessels hinab. Olivias schwarzes Haar auf der Sessellehne schimmerte wie Lakritz. Ich ging auf Zehenspitzen hin und beugte mich vor.

Die schwarze Perücke saß auf dem Kopf einer großen schlaffen Puppe, die auf vier Büchern saß. In ihrem Schoß lag aufgeschlagen *Anna Karenina*. »Sehr witzig«, sagte ich und sah mich abrupt um. Der Panda unter der Bettlampe mied meinen Blick.

Ich kehrte in den Flur zurück und ging in das Dunkel,

strich mit den Fingerspitzen die tapezierten Wände, die Türrahmen, die getäfelten Türen entlang, bis ich an eine jähe Öffnung in der Wand gelangte. Ein kurzer Korridor führte zu einem vielscheibigen Fenster. Durch die Scheiben sah ich buttergelbes Licht, das aus einem niedrigen Fenster auf struppige Büsche floss. Hinter den Büschen schwang eine dunkle Holzschaukel über dem Boden, das herabgefallene Seil lag verdreht im Gras. Schwarze Äste liefen quer über mein Fenster, durch sie hindurch sah ich einen dunkelblauen Himmel mit dahinjagenden blaugrauen Wolken. Links und rechts von mir begannen kurze Treppen. Ich wählte eine und ging einen Flur entlang, der von einem weiteren geschnitten wurde, und ich hatte das Gefühl, den Rest meines Lebens die zahllosen Flure dieses stets sich verzweigenden Hauses abzuwandern, als ich an eine Tür kam, die sich auf eine Holztreppe öffnete.

Ich drückte einen Schalter, worauf ein schwaches, bernsteinfarbenes Nachtlicht anging, und stieg hinauf. Die Wände bestanden aus Pfosten, jeweils getrennt durch vertikale, gekräuselte Streifen Dämmmaterial, aus dessen Seiten rosarote Faserstränge entwichen. An einem Nagel hing ein Lederhandschuh mit aufgeplatzten Fingerspitzen. Oben an der Treppe gelangte ich an eine rohe Holztür, die mit einem Haken verschlossen war. Ich löste den Haken und trat über die hohe Türschwelle in einen Haufen Holzspäne am Fuß einer schmalen Treppe. Vier Stufen führten zu einem Absatz, vier weitere zu einem weiteren, vier Stufen zu einem dritten, und in dieser Weise bog die Treppe an Absatz um Absatz ab, bis sie alles Getue aufgab und zu einer wackligen Wendeltreppe mit knarrendem Geländer wurde. Mir schmerzten die Schenkel, meine Atmung ging pfeifend, in weiter Ferne hörte ich schwach ein Klavier, und auf einmal stand ich vor einer niedrigen Tür, die mir nur bis zum Hals ging. Ich drehte den Knauf, die Tür öffnete sich leicht.

»Da bist du also«, sagte ich und bückte mich unter dem niedrigen Sturz in das Turmzimmer.

Sechs der acht Wände waren von oben bis unten mit Bücherregalen gesäumt. Die siebte enthielt ein Flügelfenster, darunter war ein Lesesessel; an der achten Wand stand ein Toilettentisch mit einem großen ovalen Spiegel. An dem Toilettentisch saß Olivia, den Rücken zu mir, und ihr gespiegeltes Gesicht blickte genau zu mir her. Die Augen waren von einer grünen Maske bedeckt. Sie trug ein schwarzes Kleid, schwarze Strümpfe, eine Perlenkette und einen rosa-grünen Partyhut. Sie war vorgebeugt und schien ihr Gesicht im Spiegel zu betrachten, der einen Teil der offenen Tür, meine Hand auf dem Knauf und einen Teil meines Hemds und meiner Hose spiegelte. Weiter die Tür haltend, beugte ich mich vor, um mich in dem Spiegel zu sehen, verblüfft über die schwarze Maske vor meinen Augen, an die ich gar nicht mehr gedacht hatte.

»Du kommst gerade rechtzeitig«, sagte Olivia und griff sich in den Nacken, um die Perlenkette zu lösen. Auf dem Toilettentisch standen ein offenes Schmuckkästchen, eine Reihe Glasfläschchen und eine kahler Perückenständer, der mich aus irgendwelchen Gründen verstörte.

»Gehst du auf die Party?«

»Da war ich schon.« Sie legte die Halskette in die blaue Samtschale des Schmuckkästchens und beugte sich wieder vor. Im schwarzen Fenster spiegelte sich eine Bücherwand. Ich schloss die Tür hinter mir und stand beklommen in dem großen achteckigen Raum. Olivia griff durch einen Augenschlitz ihrer Maske, entfernte etwas Kleines, Dunkles und legte es vorsichtig auf den Toilettentisch. Als sie in den anderen Augenschlitz griff, trat ich einen Schritt vor und sah, dass sie ein Paar falscher Augenwimpern abnahm, das sie neben das erste Paar legte. Ein Unbehagen überfiel mich, und ich sagte: »Olivia, gehen wir weg von hier, machen wir einen Spaziergang, hier fällt das Atmen schwer, Olivia.« Und tatsächlich spürte ich, dass etwas Falsches geschah, dass alles allmählich außer Kontrolle geriet. »Sei nicht absurd«, sagte Olivia, zog einen nach dem anderen ihre langen, blutroten Fingernägel ab und legte alle zehn nebeneinander auf den Toilettentisch, wo sie den sichtbaren Spitzen unsichtbarer Hände glichen. Langsam entfernte sie einen glitzernden Ohrring, der von ihren Haaren verborgen war. Sie legte den zweiten Ohrring in das samtene Schmuckkästchen neben den ersten. Dann langte sie in den Nacken, um einen schimmernden schwarzen Strang herabhängender Haare zu lösen. Sie hielt ihn einen Augenblick lang hoch, prüfte ihn, den Kopf seitlich geneigt, und legte ihn dann auf den Tisch. Er sah aus wie ein schwarzes Eichhörnchen. Dann schwang sie halb auf ihrem Stuhl herum, zog das schwarze Seidenkleid bis zu den Schenkeln hoch und löste einen Strumpfhalter nach dem anderen. Rasch rollte sie reihum die beiden Strümpfe herunter und gab ihnen einen kleinen Schubs. »Ah«, sagte sie und wackelte mit den Zehen, »tut das gut!« Im Schein der Lampe glänzten ihre glatten nackten Beine. Sie langte mit einem Arm in den Nacken. Mit einem lauten Ratschen zog sie einen schwarzen Reißverschluss auf halbe Höhe hinab. Mit dem anderen Arm langte sie auf den Rücken und zog den Reißverschluss auf Taillenhöhe. »Olivia«, sagte ich. Sie gähnte ein klein wenig, streckte die Arme und schaute sich abwesend um. Sie setzte den rosa-grünen Partyhut ab und stellte ihn neben den Perückenständer. Sie streifte ein Armkettchen ab und ließ es mit einem lauten kleinen Rasseln auf den Tisch fallen. Sie streifte ihre Armbanduhr ab, streifte einen glitzernden Ring ab, streifte, indem sie die Hände an die Seiten des Kopfs hob, Haare und Maske ab und legte sie sorgfältig auf den Perückenständer.

Ihr Schädel war glatt und leer. Im Spiegel sah ich ihre verblassten Augen, ihre flachen, gemalten Brauen. Ihre Nase war klein und hart. Seufzend stand sie auf. Müde zog sie sich das schwarze Kleid über den Kopf, wodurch sie einen schwarzen Unterrock und einen schwarzen BH entblößte. »Olivia«, sagte ich, »das ist genug jetzt, genug, genug jetzt«, und irgendwo hörte ich einen Schritt auf einer Treppe knarren. »Olivia«, sagte ich, aber da zog sie sich schon den Unterrock aus, trat schon aus dem Slip, hakte schon den schwarzen BH auf. Ihre Brüste waren weich und eher flach und ohne Warzen. Müde streifte sie ihr Büschel geringelter Schamhaare ab, nun war sie glatt und hart. »Tn«, sagte sie und stand steif da. »Was«, sagte ich, »was hast du gesagt.« Ihre Gliedmaßen schimmerten im Schein der Lampe. Ein Arm war ausgestreckt, als würde er einem hingehalten, der über die Straße wollte. Der Perückenständer mit der Maske sah mich an.

»Olivia?«, sagte ich und streckte eine Hand aus, regte mich aber nicht. Ich glaubte, könnte ich nur zu den mäandernden Fluren zurück, dann könnte ich vielleicht noch einmal von vorn anfangen, aber hinter mir hörte ich ein Scheppern, die Tür bebte und sprang auf einmal auf.

Schnaufend und ächzend, übertrieben tief einatmend, eine Hand auf die Brust haltend, trat Orville ein. »Da« – Pause zum Japsen – »bist« – Pause zum Japsen – »du also!« Seine Laufschuhe waren mit Sägespänen bedeckt. Er schritt zu Olivia hin, nahm sie an den Ellbogen und lehnte sie wie eine alte Lampe gegen den Lesesessel. Und tatsächlich glich sie auch schon einer alten Stehlampe, mit mattem Messingsockel und drei Fassungen mit ausgebrannten Birnen. »Das wär's dann also«, sagte er. »Das brauchen wir jetzt nicht mehr.« Er ging zum Tisch, nahm den ovalen Spiegel und lehnte ihn gegen die Bücherwand. Er ging zu dem Flügelfenster und nahm einen der eingehängten Rahmen heraus. Ein frischer Wind wehte in den Raum, brachte die Haare auf dem Perückenständer zum Flattern und warf ein Glasfläschchen um. Orville stellte den Fensterrahmen an den Spiegel. Er blickte sich um, schritt zu einer Wand und stemmte sich gegen das Regal. Die Wände wankten hin und her, ich spürte, wie der Turm erzitterte. »Aufhören!«, rief ich. Wütend drehte er sich zu mir um und stampfte mit dem Fuß auf, der durch den Boden brach. Splitter flogen, Staubwolken wallten auf. »Hoffentlich bist du jetzt zufrieden!«, schrie er. Hasserfüllt sah er mich an, als ich mich zur Tür wandte. Sie schien kleiner geworden zu sein – ich konnte mich kaum noch hindurchzwängen.

Ich rannte die gewundene Holztreppe hinab, die unter meinen Schritten zu schwanken schien. Über mir hörte ich Geräusche, als würde etwas zerrissen, und gedämpftes Stampfen. Ich kam auf einen Absatz, ich stürzte die Stufen hinab zu einem weiteren Absatz – und indem ich hinabkam, schienen die Absätze immer schneller aufzusteigen, mir entgegen. Ich trat in einen Haufen Späne, kletterte über eine Schwelle, die mir bis zu den Knien ging, polterte eine schwächliche splitterige Treppe hinab, kam auf einem Flur heraus. Als ich ihn entlangrannte, hörte ich Gipsbröckchen mit dem feinen Geräusch von verschüttetem Zucker herabfallen. Andere Gänge zweigten von dem Flur ab, und irgendwie war ich wohl falsch abgebogen, denn ich fand die mit Teppich ausgelegte Treppe nicht, die nach unten führte. In dem Dunkel vor mir sah ich einen Lichtstreifen unter einer Tür. Ich hatte das plötzliche Bedürfnis, mich von ihrem Zimmer zu verabschieden, und als ich davor stand, drückte ich leicht gegen die Tür. Sie schwang nach innen und knallte gegen eine Wand. Eine alte Frau mit wallenden weißen Haaren in einem großen Bett starrte mich über ihre Lesebrille hinweg an. Ihr Mund war groß und stark mit Lippenstift bemalt. Ihre Hand packte ihr Nachthemd oben, und ihr Mund öffnete sich immer weiter, aber da schloss ich schon die Tür und rannte weiter. Der Boden bebte leicht, Putzbröckchen fielen mir auf die Arme, und ich bemerkte, dass der Flur mit Möbeln bestückt war: ein kleiner Tisch, ein Ohrensessel, eine Standuhr. Sie versammelten sich enger und ragten in den Flur, so dass ich mich zwischen scharfen Kanten hindurchzwängen und über die Armlehnen alter Polstersessel steigen musste, ganz wie in bestimmten Träumen, in denen man – irgendwo hörte ich Glas splittern. Ich überlegte gerade, ob ich umkehren sollte, als der Flur vor einer kleinen Tür endete, die mir nur bis zu den Knien ging. Ich kniete nieder und versuchte durch das winzige Schlüsselloch zu spähen, stieß dann die Tür auf und zwängte mich hindurch.

Ich befand mich in einer Art niedriger Abstellkammer. Meine Hand drückte auf etwas Weiches, Gummiartiges, das ein heiseres Quietschen von sich gab. Ich zog die Hand zurück und streifte dabei eine Form, die umfiel und dabei ein leises »Waaa« von sich gab. Etwas ragte vor mir auf, und ich spürte das kalte Ende einer Leiter, die in einer Falltür aufragte. Ich schwang ein Bein durch die Öffnung und stieg hinab. An allen Seiten stand Stoff hoch, es war, als versänke ich hilflos in einem Morast aus dicken, nachgebenden Falten – und halb ertrinkend in dieser Masse aus modrig parfümierten Kleidern gelangte ich hinab auf den Boden eines Wandschranks. Dort wühlte ich mich durch klammernde Ärmel und Schnallen zu einer Tür, die auf einen Flur aufging.

In den sich verzweigenden Korridoren wandte ich mich nach links und rechts, wobei immerzu Gips von den bebenden Wänden fiel. Hinter mir fiel ein Bild hart auf den Boden, wie die Klinge einer Guillotine. Ich kam an eine Tür, zog sie auf und betrat die dunkle Küche. Auf dem schwarzen Geschirrständer steckte verkehrt herum im Besteckkasten ein spitzer schwarzer Partyhut. Ich lief durch eine Tür und fand mich in dem von Lampen erhellten Zimmer mit Sofas und Sesseln wieder; bis auf eine müde wirkende Frau mit straff zurückgebundenen grauen Haaren, die Teebecher und Gläser aufsammelte, war er verlassen. Ohne aufzublicken, reichte sie mir eine kleine Holzschüssel, in der zwischen glänzenden braunen Schalen ein paar Erdnusshälften lagen. Ich ging mit der Schüssel ins nächste Zimmer. Alle waren gegangen, das Zimmer war fast dunkel. Schwarze Möbel zeichneten sich vor den nachtblauen Fenstern ab. Ich stellte die Schüssel auf die dunkel schimmernde Klavierbank neben eine liegengelassene Maske. Ich riss meine Maske ab und stieß mit dem Bein gegen eine scharfe Kante, als ich durchs Zimmer in den Eingangsflur hinausrannte. Schwere Brocken Putz fielen herab, feiner Staub wallte. Irgendwo über mir hörte ich ein lautes Knacken oder Krachen. Vor mir fiel langsam, traumartig der Kleiderständer um und prallte dumpf zwischen seinen Mänteln auf. Ich trat darüber, fummelte an der Haustür und rannte auf die Veranda hinaus. Einer der dicken Eckpfeiler schien einzuknicken. Ich rannte die Steinstufen hinab auf einen Steinplattenweg, wo ich über etwas sprang, das eine Katze gewesen sein mochte, und als ich vor dem einstürzenden Haus in den zerstörten Garten floh, der unter einem jagenden Himmel schon wankte und in Auflösung begriffen war, schien es mir, dass ich, könnte ich nur ruhig bleiben ruhig bleiben ruhig bleiben, mir eventuell vorstellen könnte, was als Nächstes mit mir geschah.

Ein Tag auf dem Land

Sie hatte vorgehabt, den Hang weiter hinunterzugehen, doch die rote Lattenbank in der sonnenüberfluteten Biegung des Wegs hatte sich als zu großes Abenteuer erwiesen. Ein Abenteuer war sie allein schon deshalb, weil sie da war, weil sie nichts forderte, Gleichgültigkeit vorgab und die heimliche Lust des Schwänzens verhieß. Das Holz fühlte sich warm an. Die dreihundert Seiten *Die Kunststoffbearbeitung* in ihrer ordentlich verschnürten Aktenmappe blieben unredigiert neben ihr, und im Licht des Spätnachmittags, das hell war, aber nicht mehr warm, blickte Judith weiterhin voller Vergnügen durch die Lichtung in den Bäumen auf das sonnige Kliff mit der Laube aus blassen, geschälten Stämmen und weiter auf das Dunkelgrün, Hellgrün und Blaugrün der niedrigen Berge. Auf den Bergen lagen dunkelgrünere Flecke, die sich langsam bewegten: Schatten von Wolken. Sie sahen aus wie achtlos verstreute dunkle Deckchen. Eine junge Frau in ausgebleichten Jeans und einem knallroten T-Shirt lag auf dem Rücken am Kliff. Ihr Freund saß im Schneidersitz neben ihr und trank eine Dose Bier, die in der Sonne blitzte. Das Schwarz seines Schattens war so dicht, dass er auch nass hätte sein können. Sie unterhielten sich, aber leise, wie von der Friedlichkeit der Aussicht gedämpft, und Judith hätte nicht gewollt, dass sie gingen. Bei der Betrachtung ihrer Stille kam ihr der Gedanke, dass man auch die Freizeit lustvoll schwänzen konnte. Eine der Attraktionen des Ortes waren seine siebenundzwanzig – oder waren es neunundzwanzig – landschaftlich schönen Wege, und man konnte sich viel zu verantwortlich fühlen, das ganze Gelände abzuwandern. Den ganzen Vormittag und den halben Nachmittag war sie Wege bergauf und bergab gewandert, hatte in Täler mit roten Scheunen und auf Berge mit kleinen weißen Häusern geblickt, hatte vierzehn Wildblumen mithilfe von Petersons *Naturführer – Wildblumen in den nordöstlichen und zentralen Staaten* sowie einer vierseitigen Broschüre bestimmt, die sie für fünfundneunzig Cent in dem Souvenirladen beim Speisesaal gekauft hatte, hatte sich in den rustikalen Lauben an den Kliffpfaden immer nur ein paar Minuten ausgeruht, um gleich wieder aufzubrechen, und wenn sie dankbar auf ihrer Bank saß, merkte sie, wie herrlich es war, einfach innezuhalten. Einfach innezuhalten. Vor ihren Füßen wuchs eine violette Wildblume mit mehreren vierblättrigen Blüten, die am oberen Teil eines dicken grünen Stils gruppiert waren, und sie verzichtete bewusst darauf, ihre Schultertasche zu öffnen und in dem violetten Abschnitt des Führers nachzusehen. Von der warmen Sonne auf dem Gesicht fühlte sie sich gesund und schläfrig. Blume, Baum, Stein, Himmel – einen Moment lang sehnte sich Judith nach einer Welt ohne Einzelheiten. Sie würde genügen.

Sie hörte Schritte auf dem oberen Weg nahen und drehte sich um. Eine Frau erschien langsam in der Biegung, und sofort stieg heftiger Ärger in Judith hoch. Es war ihre dritte Begegnung an dem Tag. Die Frau – sie konnte nicht älter als sieben-, achtundzwanzig gewesen sein, auch wenn sie im Haus wie dreißig wirkte – trug einen schwarzen Pullover und einen knöchellangen dunkelblauen Wickelrock mit violetten und hellblauen Wirbeln darin. Über ihrer hängenden Schulter trug sie eine große Stoffhandtasche mit zwei breiten Holzleisten oben; der Stoff war ein mattes Rot mit kleinen dunkelgrünen Blättern überall. Eine schwarze Haarmähne, im Nacken locker zusammengehalten, floss ihr bis ins Kreuz hinab. Sie sah Judith mit großen dunklen melancholischen Augen an, die beständig ein stummes Flehen auszusenden schienen, was Judith irritierte, die plötzlich Angst hatte, der Eindringling könnte sich zu ihr auf die Bank setzen. Tatsächlich war sie auch schon fast stehen geblieben und schien zögernd auf die unbesetzte Seite der kleinen Bank zu schauen, auf der Judith Gott sei Dank das Manuskript und ihre Tasche abgelegt hatte. Sie hatte Angst, die Frau könnte sie fragen, ob sie sich setzen dürfe, und was gab es dann noch zu hoffen? Doch sie schaute nur wieder auf Judith, die streng den Blick abwandte. Die Frau war nicht ganz stehen geblieben, und nun bog sie vom Hauptweg zu dem schmalen Pfad ab, der zum Kliff mit der Laube führte. Auf halber Strecke sah sie das Liebespaar und blieb stehen, betrachtete eine Weile die Aussicht, eine Hand auf ihre Tasche gelegt. Dann drehte sie wieder um, trat, ohne Judith auch nur anzusehen, auf den Hauptweg und ging ihn weiter. Judiths Herz schlug schnell; sie war von ihrer eigenen Grobheit schockiert.

Doch sie konnte es nicht ändern. Zum ersten Mal hatte sie sie am Abend davor gesehen. Judith hatte das Büro Freitagnachmittag verlassen und war gerade noch rechtzeitig zum Abendessen in den großen Speisesaal mit seinen dreißig, vierzig viereckigen Tischchen und dem dunkler werdenden Blick auf die Berge gekommen. Die lange Busfahrt von Port Authority hatte sie ermüdet, und dann hatte sie noch zwanzig Minuten auf den Wagen warten müssen, der sie und vier andere auf der langen, kurvigen Straße zum Berghotel brachte. Doch kaum war das schlossartige, weitläufige Gebäude mit seinen Türmchen in der ganzen Fülle eines herrlich schlechten viktorianischen Geschmacks in Sicht gekommen, fielen die kleinen Ärgernisse der Reise von ihr ab. Ihr Zimmer lag oben im Südflügel und ging nach hinten hinaus. Ihr blieb gerade so viel Zeit, um ihren Koffer fallen zu lassen und die Patchworkdecke in Braun, Blau und Gelb, das dunkle, geschwungene Kopfteil mit den Kreuzblumen in Ananasform, die hellbraune Tapete mit den hellrosa und hellgrünen Sträußchen und den Blick auf die schwarz werdenden grünen Berge vor der untergehenden Sonne zu registrieren, dann eilte sie auch schon den mit Teppichboden ausgelegten Korridor entlang, vorbei an Fensternischen mit gepolsterten Sitzflächen, zur Haupttreppe mit ihrem dicken, schimmernden Geländer. Von der Eingangshalle am Fuß der Treppe war es nicht weit bis zum Speisesaal am Ende des Nordflügels. Das Abendessen wurde von sechs bis acht serviert, und nun war es Viertel vor acht. Viele Gäste saßen noch am Tisch, und Judith freute sich: Sie mochte die Verbindung aus Privatsphäre und Gesellschaft, die ein reservierter Tisch in der Masse bot. Es traf sich, dass die Tische in ihrer unmittelbaren Umgebung nicht besetzt waren – bis auf einen in ungefähr zwei Metern Entfernung, und an dem saß eine Frau mit melancholischen Augen und einer schwarzen Haarmähne. Dass keine weiteren Speisegäste in ihrer Nähe waren, hatte den Effekt, die beiden in eine zufällige Beziehung zu setzen, und Judith fiel auf, dass sie und die jüngere Frau offenbar die Einzigen waren, die allein speisten. Das genügte, um sie, wie unvernünftig auch immer, gegen eine Bekanntschaft einzunehmen. Diese melancholischen und flehenden Augen, vermutlich auf der Suche nach einer verwandten Seele, der sie in einer dunklen Ecke im Schein einer Lampe in gedämpftem Ton intime, entmutigende Bekenntnisse anvertrauen konnte, waren nur ein weiterer Grund, zwischen ihnen ein gehöriges Stück geistiger Distanz zu wahren. Mit besonderem Ärger bemerkte Judith die hängenden, besiegten Schultern. Sie wollte gern sagen: »Mein Gott, Frau, genug. Schultern zurück – sitz aufrecht – reiß dich zusammen – so schlimm kann es doch gar nicht sein. Und hör auf, deinen Kummer wie eine Perlenkette zu tragen. Er ist es nicht wert. Weg damit.« Sie begnügte sich damit, die Speisekarte zu studieren.

Das war die erste Begegnung, wenn Schweigen und Meiden überhaupt als Begegnung bezeichnet werden konnten. Für Judith schien sie aber nichts weniger als das sein zu wollen. Die melancholische Frau aß die Hälfte ihres Stücks Pecannusskuchen, zündete sich eine Zigarette an und ging in einer Rauchwolke weg, ohne auch nur eine Silbe gesprochen zu haben. Doch selbst das erhoffte Schweigen vermochte Judith zu ärgern: Es erschien ihr als zu ostentativer Tadel. Es war, als hätte Judith, mit sechsunddreißig wohl die »ältere Frau«, das Schweigen brechen und sie beide in eine trübselige Vertrautheit führen sollen. Sie hingegen hatte vor, sich zur Abwechslung einmal allein zu amüsieren. Es gab eine bestimmte Sorte nerviger Frauen, die sich von der Welt des College-Wohnheims nie erholt hatten und ihr weiteres Leben in der Sehnsucht nach tragischen Bekenntnissen und kuscheligen Geständnissen in einer Atmosphäre ledriger Salons, überquellender Aschenbecher und zerknüllter, leise knisternder Almond-Joy-Papierchen zu verbringen, bis sich in den vielscheibigen hohen Fenstern das erste Morgengrauen zeigte. Die dunkle Frau würde in ihrem Unglück vermutlich bis zum Jüngsten Tag nach diesem Wohnheim suchen. Sie sollte einfach voranmachen. Doch Judiths gute Laune kehrte schnell zurück. Nach dem Essen ging sie zurück zur Eingangshalle, die zum vorderen Salon führte, und als sie durch die Seitentür ins Dunkel der offenen Veranda trat, spürte sie, dass sich etwas in ihr weitete. Sie ging zu dem Geländer vor ihr und blickte auf den von Lampen erhellten See hinaus. An drei Seiten stand die lange Veranda auf Pfählen überm Wasser. Ein Korbsessel knarrte. Schritte knirschten auf den Kieswegen am See. In dem dunkel schimmernden Wasser zerfielen die Spiegelungen der Fenster in gelbe Wellen, als drei Enten, ein Dreieck bildend, vorüberschwammen. An der trockenen Seite der Veranda führte eine Treppe zu einem Weg. Judith überquerte den Weg am See und ging ein Stück den dunklen Hügel auf der anderen Seite hinauf. Sie schaute zu der großen Veranda und die Etagen gelber Fenster hinüber, und später, in einem Sessel im lampenerhellten Salon, als sie, *Die Kunststoffherstellung* neben und die gefaltete *Times* vor sich, bei einem Wort mit vier Buchstaben verweilte, das »Kuppe eines Berges« bedeuten sollte, dachte sie an den dunklen Hügel hinterm See. Der letzte Buchstabe war ein »t«. Sie blickte auf, als hoffte sie, die fehlenden Buchstaben in der Luft vor ihr zu finden, und sah die melancholische Frau langsam durch den Raum gehen. Ihr dunkelgrüner Pullover betonte ihre hängenden Schultern noch, ihr langer schwarzer Rock hing wie verzagt an ihr, und mit einem seufzenden Geräusch stieß sie einen langen Strom wirbelnden Rauchs aus, wobei sie sich umschaute, als suchte sie jemanden, der eine Verabredung nicht eingehalten hatte.

Judith stand am nächsten Morgen früh auf und kam um

Viertel nach sieben in Jeans und Wanderschuhen zum Frühstück. Ihre melancholische Begleiterin war nicht da, und Judith stellte sich mit böser Freude vor, wie sie sich mit Kopfschmerzen kurz vor Mittag aus dem Bett quälte. Judith fiel auf, dass sie sich aus der Gesellschaft von Singlefrauen nicht viel machte, dabei waren sie einmal ihre einzigen Freundinnen gewesen. Nach dem Frühstück brach sie sogleich zum steilsten Weg auf, der noch immer im Schatten lag. Er führte hoch hinaus über den See zu einem steinernen Aussichtsturm. Trotz der frühen Stunde waren schon viele Wanderer unterwegs, und sie lächelte einem grauhaarigen Paar zu, das sie vom Speisesaal her kannte. »Schöner Morgen«, sagte der Mann und führte die Fingerspitzen zu einem kleinen Gruß an die Schläfen. Seine blauäugige Frau, deren grauer Pony wie eine Reihe Kommas aussah, bemerkte sogleich energisch, als wollte sie ihm widersprechen: »Ich finde, es ist ein herrlicher Morgen!« Plötzlich trat Judith in die Sonne. Ihr war danach, sich ins Gras neben dem Weg zu werfen, ihr war danach, sich darin herumzuwälzen, doch sie stieg weiter. Sie brach in Lachen aus: sie hatte sich dabei ertappt, wie sie »Zippity doodah« summte. Sie überlegte, wann sie zuletzt daran gedacht hatte. Mit verblüffender Deutlichkeit sah sie Uncle Remus mit einer Drossel auf der Schulter. Judith ruhte sich in einer sonnigen Laube aus, von wo sie auf das langgezogene, massige Berghotel und den See hinabblickte, der sich, halb in der Sonne und halb im Schatten, an einem Flügel entlang und unter der Veranda erstreckte, dann stieg sie weiter zum Turm hinauf. In dem leuchtenden Gras am Fuß des Turms lagen sechs Jugendliche in geflickten, ausgebleichten Jeans, drei Jungen und drei Mädchen, mit geschlossenen Augen auf dem Rücken. Es war windig, und ihre

Haare strichen ein wenig über ihre reglosen, sonnenhellen Gesichter. Judith stieg die steinerne Wendeltreppe zur Spitze und trat aus einem Häuschen in der Mitte des runden Turms heraus. Da waren schon ein halbes Dutzend Leute. An der Brüstung blickte sie auf die Jugendlichen, den See und das Hotel hinab. Auf dem See waren ein paar Ruderboote. Sie sah zu, wie eines aus dem Schatten in die Sonne fuhr. Langsam ging sie auf die andere Seite, um ins Tal zu blicken, und als sie in den Schatten des Treppenhäuschens trat, sah sie die Frau keine drei Meter von ihr entfernt im hellen Sonnenschein. Sie trug einen schwarzen Pullover und einen dunkelblauen Wickelrock mit hellblauen und violetten Wirbeln. Sie stand betont allein da, und sie blickte übers Tal, die Hände auf der Steinbrüstung.

Judith machte eine Bewegung, als wollte sie sich zurückziehen, blieb dann aber stehen. Es war zu albern, sich wegzuschleichen, dafür bestand kein Anlass. Dennoch zögerte sie, überlegte, ob sie forsch hingehen und die Aussicht genießen sollte. Die Frau blieb merkwürdig reglos, und Judith kam der verrückte Gedanke, dass sie sich beobachtet wusste, ja, dass Judith da war. Aber das war ja verrückt. Plötzlich bewegte sich die Frau, aber nur, um sich vorzubeugen und die Arme auf die Brüstung zu legen, einen Fuß hinter den anderen zu stellen und ihn auf der Spitze zu balancieren. Judith trat an einen Teil der Brüstung, der nicht den besten Blick auf das Tal bot und ein gutes Stück von ihrer einsamen Begleiterin getrennt war. Starr blickte sie minutenlang, so ihr Eindruck, hinab, lehnte sich nach und nach vor und legte die Arme auf die Brüstung. Sie wurde sich ihrer Haltung bewusst und richtete sich verärgert auf. Die Frau lehnte weiterhin an der Brüstung und blickte in die Ferne.

Den Rest des Vormittags folgte Judith einem langen Weg, der tief in die waldigen Berge führte. Manchmal wurde er so schmal, dass die überwölbenden Weißeichen, Buchen und Spitzahorne, die sie mithilfe eines *Naturführers – Bäume und Büsche* identifizierte, die Sonne bis auf wenige zitternde Flecken aussperrten. Manchmal führte er sie an den Rand von sonnenbestrahlten, gefährlichen Kliffs, wo bis auf gilbendes Gras und pinkfarbene Disteln nichts wuchs. An einem solchen Kliff ruhte Judith sich auf sonnenwarmem Stein aus. Sie streckte die Beine, lehnte sich auf die Hände zurück und hob das Gesicht mit geschlossenen Augen zur Sonne. Die heiße Vormittagssonne, der tiefblaue Himmel und die fernen Berge schienen in sie zu strömen und sie reinzuwaschen, als hätte sich in ihr ein Schmutz angesammelt. Als sie die Augen aufschlug, sah sie einen weißen Schmetterling auf ihrem Knie.

Der Weg endete nicht, sondern führte in einer weiten Schleife zurück zum Hotel. Auf dem Rückweg kam sie an immer mehr Leuten vorbei, die in beide Richtungen gingen: die Tagesmassen, die schon in großer Stärke unterwegs waren. Die lärmenden Massen ärgerten sie, denn es war wie eine grobe Störung ihres Friedens, doch als sie in Sichtweite der großen Veranda kam, auf der sich Besucher drängten, wich ihre Ungeduld einer Lust auf Geselligkeit. Sie war zu guter Laune, um die Massenenergie, die sie um sich herum spürte, zu verschmähen. Sie ging den Kiesweg am See entlang und stieg die Stufen seitlich an der Veranda hinauf. Auf der langen Fläche rannten Kinder hin und her, blieben stehen, um sich übers Geländer zu beugen und aufs Wasser zu zeigen. Ein kleines Mädchen in einem pinkfarbenen Kleid und schwarzen Lederschuhen zog eine rasselnde gelbe Ente auf roten Rädern hinter sich her. Ein großer, dünner, sehr blasser Mann brach plötzlich in ein tiefes, herzliches Gelächter aus. Durch die Seitentür betrat sie den sonnigen Salon, in dem Leute auf und ab schlenderten, redeten und lachten. Sie sah das ältere Paar, dem sie am Morgen begegnet war, und winkte fröhlich. Als sie in den Speisesaal trat, erkannte sie, dass er voll war, und mit einem angenehmen Besitzerstolz schritt sie auf ihren Tisch zu. Ihre dunkle Begleiterin war noch nicht zum Mittagessen zurück. In dem wimmelnden, lebhaften Raum fühlte Judith sich beruhigt und erregt zugleich, und hungrig aß sie die hübsch servierten Gerichte ihres Mittagstischs: eine Zwiebelsuppe, kleine Scheiben süßes Roggenbrot und Pumpernickel, einen Krabbensalat und ein französisches Gebäck, das so schändlich süß war, dass sie sich schwor, den ganzen Nachmittag kräftig auszuschreiten. Doch es war gut, faul vor ihrem Kaffee zu sitzen; ihre Schenkelmuskeln schmerzten ein wenig. Der Tisch neben ihr blieb leer, und Judith hatte das Gefühl, dass die Frau die Massen bewusst mied – und stattdessen auf einem einsamen Kliff eine Pose einnahm.

Nach dem Essen setzte sich Judith in eine sonnige Ecke der Veranda. Ihre lange Wanderung hatte sie angenehm müde gemacht, und sie war versucht, stundenlang in dem gepolsterten Korbsessel zu sitzen, die Sonne auf Armen und Gesicht zu spüren und auf die Geräusche um sie herum zu lauschen: das Klacken von Absätzen auf dem Holz der Veranda, das Auf und Zu der Seitentür, die in den Salon führte. Die Versuchung zu bleiben war so groß, dass sie sich zum Aufstehen zwingen und sich in Erinnerung rufen musste, dass der nächste Tag ihr letzter war. Vielleicht regnete es dann. Sie folgte einem Weg, der dem vom Vormittag entgegengesetzt war und an den Tennisplätzen vorbei in den Wald führte. Der Waldweg führte zu einem rauschenden Bach, über den sich eine schattige, von Sonnenlicht gefleckte Holzbrücke spannte. Judith stand auf der Brücke, schaute auf die Sonnenflecke, die auf ihrer Hand zuckten, und auf die Steine in dem klaren Wasser. Sie ging hinüber und setzte ihre Wanderung fort. Hier und da war am Wegrand eine Holzbank aufgestellt. Ein kleiner Pfad zweigte vom Hauptweg ab, und Judith entschied sich für ihn. Er war schattig und still. Der Pfad wand sich stark. Als Judith um eine Kurve bog, sah sie die Frau auf einer Bank sitzen. Judith erschrak so sehr, dass sie scharf die Luft einsog, worauf die Frau zu ihr hersah. Sie hatte ein Buch gelesen, das sie weiterhin in beiden Händen hielt, die Arme an die Seiten gedrückt, den Kopf ein wenig linkisch zu Judith gewandt, die vor lauter Überraschung und Bestürzung abrupt stehen geblieben war. Die Augen der Frau waren melancholisch und freundlich.

»Sie haben mich erschreckt«, sagte Judith und schritt wieder aus.

»Das war nicht meine Absicht«, sagte die andere sanft, doch da war Judith schon vorbeigegangen.

Sie wanderte mehrere Stunden lang durch die Wälder, bis sie sich zur Umkehr entschied. Ihre kleine Begegnung hatte sie verstört, und sie zögerte, auf dem Weg zurückzugehen, der zu dem Bach führte. Sie ärgerte sich über ihr Zögern, beschloss dann, dass es ihr egal war, *wem* sie begegnete, und entdeckte zu ihrer Erleichterung einen neuen Weg, der zurück zu den Tennisplätzen führte. In ihrem Zimmer wusch sie sich das Gesicht und legte sich für fünf Minuten auf das sonnige Bett, einen Arm über den Augen. Dann nahm sie *Die Kunststoffherstellung* und ging zur Veranda hinab. Dort war es viel zu laut, um zu arbeiten. Sie schaute auf die Karte und beschloss, einen gewundenen Weg zu nehmen, der durch einen Buchenhain und eine Wiese zu einem Teich führte. Sie hatte den Buchenhain noch nicht erreicht, als sie plötzlich, zu ihrer Rechten, in einer sonnenüberfluteten Biegung des Wegs eine rote Lattenbank sah.

Die Nachmittagssonne brannte ihr aufs Gesicht. Judiths angenehmes Schwänzgefühl, vom Auftauchen der Frau und von ihrer eigenen Grobheit gestört, kehrte nicht wieder. Ihre jetzige Stimmung konnte sie nicht benennen. Sie empfand weniger eine Ruhelosigkeit als vielmehr eine Unfriedlichkeit, eine Unzufriedenheit. Es war, als hätte sich eine Wolke vor eine innere Sonne geschoben und verdunkelte die grünen, friedlichen, inneren Berge. Die Bank war hart und unbequem, aber es war nicht mehr möglich, den Hang weiter zu verfolgen, wo die dunkle Frau ihn schon gegangen war.

Auf dem Kliff setzte der Junge seine blitzende Bierdose ab. Judith fiel auf, dass sie die Stelle gewählt hatten, um den Sonnenuntergang zu betrachten. Auf einmal beugte sich der Junge langsam und anmutig vor, als verneigte er sich vor der Sonne, zog dem Mädchen das knallrote T-Shirt heraus und küsste sie auf den Bauch. Judith erhob sich, nahm ihr Manuskript, hängte sich die Handtasche über die Schulter und stapfte den Weg hinauf.

Kinder, von ihren Eltern gleichgültig beobachtet, rannten die Veranda auf und ab. Aus einer Ecke drang eine Lachsalve: Vier dicke Frauen, alle in engen, pastellfarbenen Hosen, spielten an einem Korbtisch Karten. Judith schritt durch die Seitentür in den Salon, wo Leute in alle Richtungen gingen. Sie erinnerte sich, dass um vier Uhr Tee im Speisesaal serviert wurde; vielleicht war es noch nicht zu spät, obwohl es schon auf halb fünf zuging. Aber unterwegs befand sie, dass sie gar keinen Tee wollte. Sie war ja nicht auf der Isle of Wight, Herrgott. Sie ging auf ihr Zimmer und arbeitete bis zum Abendessen.

Nach dem bisschen Arbeit, das sie erledigt hatte, ging es Judith besser, und auf dem Weg hinab in den Speisesaal gestattete sie dem Reiz des Hauses, sie wieder in seinen Bann zu ziehen. Sie mochte die breiten Fensternischen mit ihren gepolsterten Fenstersitzen und die Bücherregale zu beiden Seiten, und sie mochte die dunklen, vertäfelten Wände, die mit verglasten Fotografien vom Berghotel um die Jahrhundertwende, verglasten Fotografien von bärtigen Männern mit Kappen und Knickerbockern aus Tweed und verglasten, sorgfältig auf Lateinisch und Englisch beschrifteten Zeichnungen von Kräutern und Farnen behängt waren. Sie mochte die breite, mit dickem Teppich ausgelegte Treppe mit dem robusten, schimmernden alten Geländer, dessen dicke Säulen wie Kegel geformt waren. Sie hatte geduscht und danach eine rosarote Bluse, eine beigefarbene Hose und Sandalen angezogen, und als sie den vollen und festlichen Speisesaal mit seinen aufstrebenden vertäfelten Wänden und dem orangefarbenen Sonnenuntergang in den hohen Fenstern betrat, empfand sie nicht nur Freude, sondern Dankbarkeit. Anders als die Tagesgäste waren die Speisenden hier mindestens übers Wochenende da und teilten dasselbe milde Abenteuer. Das Berghotel war ein großes Schiff, das in die Hügel segelte, und sie alle waren die Passagiere. Sie erkannte viele Gesichter: den großen, sehr dünnen Mann mit dem herzlichen Lachen, zwei der Jugendlichen, die im Gras vor dem Turm gelegen hatten, das ältere Paar, das sie am Vormittag angesprochen hatte. Sie grüßten sie im Vorbeigehen; Judith lächelte der Frau zu und führte, an den Mann gewandt, die Fingerspitzen an die Schläfe. Der Tisch neben dem ihren war leer, wie auch mehrere andere hier und da im Saal, und als Judith beim Essen aufblickte und die dunkle Frau auf ihrem Stuhl sitzen sah, erschien es ihr als so natürlich, so vollkommen ohne Bedrohung oder Bedeutung jedweder Art, dass sie beim Gedanken an die absurden Mühen, deren sie sich unterzogen hatte, um diesem harmlosen Wesen mit den hängenden Schultern und den melancholischen Augen aus dem Weg zu gehen, dieser Frau, die durch einen verrückten Zufall neben sie gesetzt worden war und der sich zu entziehen oder die zu kennen sie nicht aufgefordert war. Denn beiden war die andere vollkommen fremd.

Und es war wunderbar, nach dem Essen auf der dunkel werdenden Veranda inmitten leiser Stimmen und des Geräuschs knarrenden Flechtwerks zu sitzen. Sie schaute in den Himmel über Hügeln, die langsam ihre Farbe verloren. Das dunkel werdende Blau im Osten wurde zu hellem, hellem Blau über ihr, einem Blau, das beinahe weiß war, aber, wie ein Dunkel, kein Licht abgab. Es wurde kühl. »Käseleinen«, sagte eine Männerstimme entschieden, und sie versuchte den nächsten Satz zu verstehen, doch seine Worte waren mit dem Geräusch von Schritten, knarrenden Möbeln, einer Pfeife, die gegen einen Glasaschenbecher schlug, verwoben. »Es wird ein wenig frisch«, sagte eine Frau zu ihrem Mann. Einige ältere Männer zündeten sich eine Zigarre an. »Ich glaube, ich geh rein und hol mir meinen Pullover«, sagte jemand. »Das ist die Bergluft«, sagte jemand anderes. Und auf einmal, ohne Grund, fielen ihr die fehlenden Buchstaben ein: Grat. Die Seitentür ging auf und wieder zu, jemand gähnte laut, Leute schritten auf den mit Kutschenlampen beleuchteten Kieswegen. Die Veranda roch nach Seewasser, Zigarrenrauch und feuchtem Holz. Es wurde dunkel.

Jemand rief, dann wurde geächzt, geschrien: Und der Mond, groß und flammend orange, stieg langsam von den schwarzen Hügeln auf. Er war beinahe rund, nur eine Seite war leicht verschwommen, als hätte jemand angefangen, ihn auszuradieren, und wieder aufgegeben.

Judith konnte fast die hinter den Hügeln verborgene Maschinerie hören, wie sie knarzend den klobigen alten Mond hochhievte, der womöglich gleich wieder krachend herabpolterte. Doch er löste sich von dem Hügel und hing da, zufrieden mit sich selbst.

Sie beschloss, bevor sie hineinging, noch einen kleinen Gang durch das mit Lampen beleuchtete Dunkel zu machen. Auf den Kieswegen am See schlenderten langsam Paare, blieben hin und wieder stehen und schauten aufs Wasser. Judith ging auf einem Weg zur anderen Seite des Sees und stieg den dunklen Hügel hinauf. Sie hatte gehofft, sich in eine der Lauben auf den Kliffs am Weg zu setzen, doch in jeder, an die sie kam, saß schon ein Paar und schaute auf den See hinaus. Auf einem Stück kahler, flacher, mondheller Kliffs, ein wenig abseits der Wege, saßen oder lagen Liebespaare, als wären sie an einem Strand. Andere hatten Decken mitgebracht und lagen auf dem Rücken, den Blick in den Nachthimmel gerichtet. Und eine Verärgerung überkam Judith ob dieser Invasion, dieser Verschwörung von Liebespaaren, die besten Plätze zu besetzen. Der Mond war gestiegen und jetzt hellgelb. Judith ging weiter den steilen Weg hinauf in der Hoffnung, die Liebespaare hinter sich zu lassen. Als sie an die nächste Laube kam, sah sie einen schweren Mann, der eine Pfeife rauchte, allein. Sie machte wieder kehrt.

In dem warmen, von Lampen erhellten Salon, in einem Sessel vor einem der großen leeren Kamine, saß Judith und las ein Buch über viktorianische Architektur in Neuengland, das sie in der kleinen Bibliothek hinter dem Wintersalon entdeckt hatte. Im Winter prasselte sicher in allen Kaminen ein Feuer, und plötzlich wünschte sie sich sehnlich, es wäre Winter, in dem Kamin neben ihr knackten Scheite und vor den Erkerfenstern lägen Felder mit weichem Schnee, der unterm Mond glitzerte.

»Hallo.« Die Stimme erschreckte sie, und als sie aufblickte, sah sie den älteren Mann, der sie auf dem Weg gegrüßt hatte. Seine Frau, die sie angesprochen hatte, stand neben ihm.

»Ach, hallo«, sagte Judith.

»Wir haben Sie hier so ganz mutterseelenallein sitzen sehen, meine Liebe, und da haben wir gedacht, gehen wir doch einfach mal hin und sagen Hallo.«

»Wir haben Sie hier ein Buch lesen sehen. Ich habe Bea gesagt, wir wollen sie nicht stören, wenn sie liest.«

»Ach, das ist schon in Ordnung. Eigentlich sitze ich nur so da. Sauge die Atmosphäre auf.«

»Na, das ist doch schön«, sagte die Frau. »Ein schöner Abend. Wir haben Sie hier allein sitzen sehen, und wir wollten bloß vorbeikommen und Hallo sagen. Wir sind hier gleich gegenüber, falls Sie Gesellschaft suchen.«

Die Frau zeigte durch den Raum. Der Mann neigte leicht den Kopf, führte zwei Finger an die Schläfe und hob sie.

Dann nahm er seine Frau am Arm, wandte sich um und ging langsam mit ihr durch den Raum zurück.

Ein warmes, sanftes Gefühl wuchs in Judith, als wären die Worte »meine Liebe« eine Hand auf ihrer Wange gewesen. Sie überkam das Verlangen, dem freundlichen Paar durch den Saal zu folgen, einen Sessel neben sie zu ziehen und ihnen von ihren kleinen Abenteuern vom Tage zu erzählen: die vierzehn Wildblumen, der Anstieg auf den Turm, die rote Bank in der Sonne, ihr unredigiertes Manuskript, die drei Enten im Dreieck, die die gelben Fenster auseinander trieben, die Holzbrücke über dem Bach. Vielleicht konnte sie ihnen ja sogar von der dunklen Frau erzählen und von der Schönheit und Anmut des Jungen, als er sich über das Mädchen beugte. Dann würden sie ihr erklären, was das alles bedeutete. Und der Mann würde die Finger an die Schläfe führen, und die Frau würde sagen: »Das ist schon gut so, meine Liebe. Genauso soll es sein, meine Liebe.«

Judith blickte auf und sah einen rundlichen, kahlköpfigen Mann mit einem Kindergesicht, der mit gespreizten Knien dasaß, die rundlichen Hände auf den Schenkeln, die Hosenaufschläge hochgezogen, wodurch rot-blaue Argyle-Socken sichtbar wurden. Sie sah eine Frau mit blau-grauen Haaren, die stocksteif in ihrem Sessel saß, den dünnen Arm hebend, um sich leicht auf die Haare zu tätscheln, wobei ihr der Elfenbeinreif langsam vom Handgelenk zum Unterarm glitt. In einem Sessel saß eine zwanzigjährige Frau in engen, ausgebleichten Jeans und dunkelorangenem Pullover, die ihre aufgestellten Knie umarmte und über sie hinwegschaute, wobei sie, die nackten Zehen immer wieder krümmend, aufmerksam einem jungen Mann mit kurzem blondem Bart, schwarzer Brille und hellblauen Augen zuhörte. Judith hatte das Gefühl, diesen Leuten etwas Wichtiges sagen zu müssen, etwas darüber, wie merkwürdig es war, in Sesseln in einem Salon mitten in den Bergen zu sitzen, wie alles so verblüffend und völlig unbekannt war, wie jeder von ihnen so wundersam wie eine Giraffe oder ein Rhinozeros war, doch ihre Gedanken gerieten durcheinander, das ausgreifende, mysteriöse Gefühl verging, und sie sah vor sich einen Raum voller trübseliger Menschen, die herumsaßen und nichts zu tun hatten.

Eine Müdigkeit überkam sie, und sie lehnte sich einen Moment lang zurück und schloss die schwerlidrigen Augen. Die Sonne und das Wandern hatten sie ermüdet; es war ein langer Tag gewesen. Es war schon neun vorbei. Morgen sollte es sonnig und warm werden, mit Höchsttemperaturen um die fünfundzwanzig Grad, am Nachmittag möglicherweise bewölkt. Sie wollte früh aufstehen: Frühstück um sechs, spätestens aber um halb sieben, und um sieben in der Sonne sein. Sie würde ihren Wecker auf halb sechs stellen; um halb zehn konnte sie im Bett sein.

Als sie die Augen aufschlug, sah sie zu ihrer Überraschung, dass mehrere Lampen aus waren. Etliche Sessel und Sofas waren leer. Sie schaute auf ihre Uhr: Es war fast zehn. Sie musste eingedöst sein. Das ältere Paar auf der anderen Seite des Raums war nicht mehr da. Sie hatte ihnen Gute Nacht sagen wollen, doch sie waren wohl aufs Zimmer gegangen, als ihre Augen zu waren. Sie wollte, dass sie zurückkamen, damit sie ihnen Gute Nacht sagen konnte.

Matt stemmte Judith sich auf die Beine. In dieser Nacht würde sie gut schlafen.

Auf ihrem Zimmer schlüpfte Judith rasch in ihr Nachthemd und stellte den Wecker auf zwanzig vor sechs. Im Bett nahm sie das Buch über viktorianische Architektur, doch sie konnte kaum die Augen offen halten. Ihr Körper war wunderbar müde; es war nicht nötig, sich in den Schlaf zu lesen. Sie knipste die Bettlampe aus, schloss die Augen und spürte, wie sie fiel, fiel, dem tiefsten Schlaf entgegen.

Doch etwas stimmte nicht; sie konnte nicht einschlafen. Sie wälzte sich von einer Seite auf die andere, suchte ruhelos nach Schlaf, als wartete er irgendwo an einer präzisen Stelle im Bett auf sie. Zweifellos hatte das Nickerchen – ihr katastrophales kleines Nickerchen – ihr die Bettschwere genommen. Und dennoch war sie müde, sie sehnte sich nach Schlaf. Es war ein Fehler, nicht doch ein wenig gelesen zu haben, wie sie es immer tat. Als sie auf den Wecker schaute, sah sie voller Bestürzung, dass es elf Uhr fünfunddreißig war. Selbst wenn sie auf der Stelle einschlief, würde sie nur sechs Stunden Schlaf bekommen. Es war aussichtslos. Sie fühlte sich zum Wachsein verdammt.

Judith schaltete die Bettlampe an, schlug grimmig das Buch über viktorianische Architektur auf und begann zu lesen. Die Sätze erschienen ihr kindisch und pedantisch zugleich, als würde ihr ein aufgeweckter Achtklässler, der sich aus einer dubiosen Enzyklopädie Notizen gemacht hatte, einen Vortrag halten. Statt vom einen zum nächsten zu fließen, stießen die Sätze gegeneinander und liefen, sich das Schienbein reibend, in alle Richtungen davon. Die Ränder waren lachhaft breit. Wegen der Fotografien war der Text auf Hochglanzpapier gedruckt, und die Bettlampe strahlte grell auf den Druck, der im Übrigen noch zwei Punkt größer hätte sein sollen. Die Stille des Zimmers, das Weiß und die Trockenheit ihrer Finger im Schein der Lampe, ihr blauer Lederkoffer, der steif auf dem Teppich stand, das alles ärgerte sie nun, erfüllte sie mit Zorn und Traurigkeit. Selbst das stete, monotone Schlagen ihres Herzens machte sie wütend – sie spürte es da drin, wie es sich abschindete und ihr den Schlaf verwehrte.

Sie knallte das Buch zu und setzte sich auf. Es war beinahe Mitternacht. Ach, es war aussichtslos; sie machte alles nur noch schlimmer, wenn sie im Bett blieb. Sie musste herumlaufen, etwas tun; und dann fiel ihr ein, dass sie ja das Buch in die Bibliothek zurückbringen konnte.

Rasch warf sie die Decke zurück und zog Pullover, Jeans und Slipper an.

Ihre Lider waren schwer, aber als sie rasch den matt erleuchteten Flur entlangging, vorbei an dunklen, schlummernden Türen, fühlte sie sich ruhelos und wach. Am Absatz der großen Treppe legte sie die Hand auf das glatte Holz des Geländers und eilte die mit dickem Teppich ausgelegten Stufen hinab. Unten drang aus dem großen Salon Licht. Leise ging sie zu der offenen Tür; zu ihrer Überraschung sah sie zwei ältere Damen ruhig in Sesseln lesen. Sie schauten nicht auf, und Judith schlich auf Zehenspitzen weiter. Sie ging zurück durch die Eingangshalle, bog in einen kleinen Flur ein und betrat den Wintergarten. Eine einzelne Lampe brannte; der Raum war verlassen. Die Tür zur Bibliothek stand offen, und ein schwaches Licht strömte in das Dunkel des Salons.

Als Judith die Bibliothek betrat, sah sie die dunkle Frau nicht gleich. Eine einzelne matte Lampe brannte, auf einem Tischchen neben einem leeren Sessel mit einem geblümten Schonbezug, und ihr erster Blick fiel auf die von der Lampe beleuchteten pinkfarbenen Blumen des Sessels. Die Frau saß allein auf einem dunklen Sofa gegenüber der Lampe. Sie drehte den Kopf, als Judith hereinkam.

»Ich wusste nicht, dass Sie hier sind«, sagte Judith heftig. Aber natürlich war die Frau da. Sie war überall.

»Haben Sie mich gesucht?«, fragte die andere.

»Nein«, sagte Judith leise, als unterdrückte sie ein Schreien. »Ich konnte nicht schlafen. Ich wollte ein Buch zurückbringen.« Sie hielt das Buch hoch, wie um zu zeigen, dass sie nicht log. Rasch trat sie in den Raum und schaute sich nervös um, spähte auf die dunklen Bücherreihen, suchte nach der richtigen Lücke.

»Hier kommt fast niemand her. Ich hoffe, es stört Sie nicht, wenn ich offen spreche. Wissen Sie, manchmal habe ich so ein Gefühl, tief in mir drin, und ich traue dem, was es mir sagt. Heute Vormittag auf dem Turm war ich mir so sicher, dass Sie mit mir sprechen wollten.«

»Mit Ihnen sprechen?« Das Buch in beiden Händen, als wäre es groß wie ein Doppelfenster, wandte Judith sich ihr zu.

»Ja, sprechen. Mit mir. Ich war mir so sicher, dass Sie das wollten.«

Judith lachte leichthin, hob in nervöser Gereiztheit eine Hand und strich sich die dunklen Haare zurück. »Ich glaube wirklich, Sie – und Sie sagen, Sie haben so ein Gefühl?«

»Ja, ich fühle, dass Sie sehr unglücklich sind.«

Die Worte wurden in Judith zur lodernden Flamme. Sie konnte kaum atmen.

»Aha. Vielen Dank.«

»Bitte. Es besteht kein Anlass, so zu klingen. Dinge in sich einzusperren. Möchten Sie sich nicht setzen?«

»Es geht mir sehr gut. Danke. Ich wollte ein Buch zurückbringen.« Sie stieß es zwischen zwei Bücher, als hätte sie es gestohlen. »So. Danke. Mir geht es ganz ausgezeichnet.«

Judith machte kehrt und stürmte aus dem Raum.

Sie hastete die Treppe hinauf und den dunklen Flur entlang. Einmal stolperte sie fast und ächzte so laut, dass es fast wie ein Schrei war. Im Zimmer verschloss sie die Tür und legte sich aufs Bett. Ihr Herz schlug wie wild. Wut wallte in ihr auf – wie grob diese Hexe war, so eine Dreistigkeit. Sie war offensichtlich verrückt. »Wissen Sie, manchmal habe ich so ein Gefühl, tief in mir drin.« Sie redete sanft, ruhig; sie war verrückt. »Ich fühle, dass Sie sehr unglücklich sind.« Wie konnte sie es wagen, überhaupt etwas zu fühlen? Diese Wahnsinnige hatte sie voller Mitleid angesehen. Judith setzte sich abrupt auf und ging zum Spiegel an der Tür. Im matten Schein der Lampe wirkte sie bleich und verhärmt, die dunklen Augen kummervoll. Sie ging wieder zum Bett und legte sich hin. Ah, wie konnte sie es wagen? »Ich fühle, dass Sie sehr unglücklich sind.« Die sentimentalen Worte brannten in ihr – sie verbrannte in ihnen. Unglück brach in ihr aus wie ein Feuer. Allein im Zimmer, weinte Judith.

Die Tränen bestürzten sie; sie konnte nicht aufhören. Sie weinte, weil die Frau sie freundlich und mitleidvoll angesehen hatte. Sie weinte, weil sie allein an einem Ort war, wo Liebespaare auf Steinen lagen. Sie weinte, weil die Dinge sich nicht so entwickelt hatten, wie sie es sich erhofft hatte. Sie weinte, weil sie den falschen Mann geliebt hatte, sie weinte, weil sie nicht mehr jung war, sie weinte, weil sie angefangen hatte und nicht mehr aufhören konnte. Sie weinte wie ein Kind, leidenschaftlich und mit schrecklicher Gewissheit. Es war, als brannten ihre Tränen einen flammenden Pfad durch ihr Leben. Doch das war unerträglich. Sie verabscheute sie – die Banalität von Tränen. Kummer war keine Flamme – er war ein Aufruhr, er war Wahnsinn. Er war von der Berührung einer Wahnsinnigen zum Leben erwacht. Es gab keinen Grund dafür. Doch er hatte sie getäuscht; er muss dort schon die ganze Zeit gewartet haben. Wieder weinte sie um ihren schönen schwachen Mann, der ihr so schreckliches Leid zugefügt hatte. Sie war seine größte Komplizin gewesen. Die Hände in den Taschen, nervös um sich blickend, war er in ihr Leben geschlendert. Er war sich nicht sicher gewesen, nie war er sich sicher gewesen. Und sie, die sie mit neuen Kräften der Zuneigung überquoll, hatte sehr gut verstanden. Sie war von Verständnis erblüht, war davon erstrahlt. Und so hatte er sich unsicher bei ihr eingerichtet, hatte sie mit seinen schönen nervösen Augen angesehen, und sie hatte gewagt, glücklich zu sein: Das hatte sie getan. Und er war gegangen, Schritt für Schritt; selbst darin hatte er Schwäche gezeigt, während sie ihn in ihrer Panik mit glitzernden feinen Verständnisfäden umsponnen hatte. Judith weinte um diese glitzernden Fäden und um das Feuer, das in ihr gewütet hatte, und um die Taubheit, die sich langsam über alles gelegt hatte. Sie weinte um die Verschwendung dessen. Sie bebte vom Weinen, es floss aus ihr heraus, sie konnte nicht aufhören.

Während Judith weinte, schien ihr Unglück sich auszudehnen und großzügiger zu werden. Sie weinte um die Liebespaare auf dem sonnenüberfluteten Kliff, die nicht wussten, was vor ihnen lag. Sie weinte um das ältere Paar, das vielleicht nachts aufwachte, zitternd vor Todesangst. Sie weinte um die dunkle Frau, die in der Arroganz ihrer Traurigkeit eine grausame Gabe der Vorahnung entwickelt hatte. Judith spürte, wie sie sich vor Unglück erweiterte, und mit dem Weinen gewann ihr Kummer eine Üppigkeit, eine dunkle Schönheit, wurde eine schwarze Blume, die Blütenblatt um samtenes Blütenblatt entfaltete.

Eine Weile schien es, als würde sie einschlafen. Doch dann schlug es wieder zu, schüttelte sie wie eine Krankheit. Sie stand auf und ging weinend in dem nahezu dunklen Zimmer umher. Sie empfand sich hässlich vor Kummer, als wüschen die Tränen ihr Furchen ins Gesicht. Verdammte Hexe. Sie war für so etwas zu müde.

Sie legte sich hin, erschöpft, und es durchschoss sie, dass es ein Ende haben würde. Es musste ein Ende haben. Alles hatte ein Ende. Morgen würde sie auf ihrer roten Bank in der Sonne sitzen. Sie würde früh zu Abend essen, den Wagen zur Bushaltestelle nehmen und im Dunkeln zur Stadt fahren. Am Morgen würde sie dann am Schreibtisch sitzen. Es gab Briefe zu diktieren, ein Treffen mit den drei neuen Praktikanten und einen Lunchtermin mit dem Autor eines Mathelehrbuchs, der das Konzept der Zahl mittels der Geschichte der Zahlensysteme in verschiedenen Kulturen vermitteln wollte. Sie würde keine Minute für Traurigkeit übrig haben, und wenn sie dann an die Tränen denken musste, die ihr jetzt übers Gesicht liefen, würden sie so traumartig und unglaubhaft sein wie die Erklärung ihres Vaters, als sie ein Kind war, dass der Rasen, auf dem sie jetzt ständen, Teil einer großen Kugel sei, die sich nicht nur immerzu drehe, sondern auch dahinrase wie eine aus einer Kanone abgeschossene Kugel.

Aber es war hässlich; demütigend. Sie war dagegen hilflos. Sie lag auf dem Bett, dem Kummer völlig ausgeliefert. Ihr Kummer schien stärker zu werden, als gewinne er an Selbstvertrauen. Er war nicht erhebend, er war nicht einmal interessant. Die Menschen litten so, wie sie liebten – nicht mit dem Herzen, sondern mit dem Bauch. Es langweilte sie. Aber trotzdem ging es weiter.

Und wieder schlug es zu, das hässliche und demütigende Ding. Es überwältigte sie, durchstreifte sie nach Belieben. Judith lag geschwächt auf ihrem Kissen und spürte, wie sie langsam aufgab. Sie versuchte sich zu erinnern, ob sie je Frieden gehabt hatte, und ihr war, als habe sie vor langer Zeit, in einem anderen Leben, in der Sonne gesessen. Sie existierte nicht mehr, sie war nur ein Klumpen hässlichen Leidens. Sie hatte keinen Respekt vor diesen Tränen, diesem Schütteln. Schwach, schwach, sie war schwach. Schwach! Sie verachtete weinerliche Frauen.

Ihr kam der Gedanke, dass sie vielleicht einen Zusammenbruch hatte. Dabei überfiel sie Entsetzen; vom Entsetzen vorübergehend beruhigt, zwang sie sich aus dem Bett.

Sie ging ans Fenster und stieß die Jalousie beiseite. Erschrocken sah sie ihr bestürztes Gesicht, das sie aus der dunklen Scheibe anstarrte. Durch ihr Gesicht sah sie schwarze Hügel und einen dunkelblauen, dicht besternten Himmel. Einmal, als sie noch ein Kind war, war ihr Vater mit ihr nachts zur Auffahrt gegangen und hatte sie durch sein Teleskop auf den Mond und die Sterne schauen lassen. Das Teleskop stand auf einem Stativ, und er hatte für sie die Beine kürzer gemacht. Er hatte ihr erzählt, vor langer Zeit hätten die Menschen geglaubt, der Himmel sei eine Schale voller kleiner Löcher und dass diese kleinen Löcher die Sterne seien und die Sonne durch sie hindurchscheine. Er hatte ihr ernst und genau erklärt, was die Sterne tatsächlich seien, doch am Ende hatte sie nur gewusst, dass die Nacht eine Schale war und dass die Sonne durch die Löcher schien.

Das Glas verströmte eine Kühle. Judith lehnte sich der Kühle entgegen und sah, wie ihr blasses Gesicht sich zu ihr her beugte. Das Zimmer war erstickend, unerträglich. Das ganze Zimmer war von Traurigkeit erfüllt. Unvermittelt ließ sie die Jalousie los; sie rasselte, als hätte sie sie gegen die Scheibe geschleudert. Sie ging zum Bett und zog ihre Wanderschuhe an.

Sie zwängte noch einen Arm durch den Pullover, als sie in den Flur trat. Der Kopf tat ihr weh, und in ihren Augen brannten Tränen. Vor der Treppe blieb sie stehen, um den Pullover zuzuknöpfen; er war schwarz und hatte schwarze Knöpfe. Sie legte die Hand auf das glatte Holz des Geländers und betrachtete die Hand, wie sie neben ihr abwärts glitt, während sie rasch hinabging. Unten fuhr die Hand die hölzerne Kugel des Treppenpfostens hinauf und kam wieder zu ihr. Von der Eingangshalle gelangte sie in den leeren Salon, in dem eine einzelne Lampe matt brannte. In einem Sessel schlief eine alte Frau. Judith trat durch die Seitentür auf die dunkle Veranda, lief die Stufen auf den Kiesweg hinab und blieb stehen.

Der Mond schockierte sie: Er war brennend weiß. Er hatte die Schwärze aus dem Himmel gebrannt und ein strahlendes Dunkelblau zurückgelassen. Ihr war danach, vom Mond ein Stück abzubrechen und es sich gegen die Stirn zu pressen, es sich in den Mund zu stopfen. Sie glaubte, sie sei wahnsinnig geworden. Tränen liefen ihr übers Gesicht.

Sie war nur mit dem einen Plan herausgekommen, der Traurigkeit in ihrem Zimmer zu entfliehen, doch sie zögerte nicht, als wüsste sie, wohin sie wollte. Der Mond würde ihr den Weg weisen.

Der gewundene Weg hinab war mit fahlen Flecken Mondlicht gesprenkelt. Ein Stein warf einen scharfen Schatten. Sie sah Laubschatten auf den Weg gedruckt. Die Nacht über ihr war so tiefblau, dass sie es nicht glauben wollte; sie erinnerte sie an den betrügerischen und bezaubernden Himmel in den Nachtszenen alter Technicolorfilme. Ein Knistern in der Nähe erschreckte sie. Sie hatte gelesen, dass es in den Wäldern Opossums, Waschbären und Rehe gab. Judith hatte noch nie ein Opossum gesehen. Wenn nun eines hervorsprang? Sie wüsste nicht einmal, was es wäre.

Als sie die Bank an der Wegbiegung erreichte, blieb sie überrascht stehen. Sie hatte keine Farbe, obwohl der Mond auf einen Teil schien – es gab nur Dunkel und Hell. Da, wo sie Frieden gehabt hatte, setzte sie sich hin.

Auf dem hell vom Mond beschienenen Kliff warf die Laube einen hartkantigen Schatten. Es gab viele Parallelstreifen und Kreuzmuster. Durch die fahlen, strahlenden Balken der Laube sah sie Rauten und Parallelogramme dunkelblauer Nacht. Bei dem spitzen Dachschatten schimmerte etwas, und sie erkannte die Bierdose. Sie warf einen langen Schatten. Am äußersten Kliffrand wurde Helligkeit zu Dunkelheit. Sie versuchte die genaue Stelle auszumachen, wo die Helligkeit endete.

Sie hob eine Hand zum Gesicht und erschrak über die Feuchtigkeit dort. Sie erinnerte sich, dass sie geweint hatte. Die Frau hatte ihr wehgetan. Und bei der Erinnerung fing es wieder an: Etwas stieg in ihr auf, und sie wurde davon erschüttert, sie weinte und senkte das Gesicht in die Hände. Sie holte mehrmals tief Luft, als müsste sie weit hinabkommen, um Kraft für ihre Traurigkeit zu finden. Ihr Körper bebte, die Rippen taten ihr weh, ihre Schultern zogen sich altfraulich hoch.

Sie konnte nicht aufhören. Sie weinte, als hätte eine tiefe Beherrschtheit von Stolz oder Erziehung in ihr nachgegeben. Sie weinte jenseits von Scham, roh und obszön, als wäre der Kummer eine Form von Hässlichkeit, der sie nicht mehr entrinnen könne. Sie hatte kein Mitgefühl für den Kummer, der sie erfüllte und schüttelte, der zu groß für sie schien, als passte er nicht genau in ihr Inneres. Ihr Kummer hatte die falsche Größe. Er strömte aus ihr heraus und ließ sie weit hinter sich. Er war größer als das Berghotel, größer als alles, und ihr schien, dass sie bloß deshalb ihr Zimmer verlassen und in die Nacht hinausgegangen war, weil nur die Nacht groß genug war.

Krank vor Traurigkeit, verkrümmt vor Kummer, taumelte Judith von der Bank und schlug den Weg ein, der zum Kliff führte. Sie wollte vor ihrem Unglück weglaufen, es hinter sich lassen. Zitternd und weinend trat sie aus den Bäumen in gleißendes Mondlicht. Der Mond tat ihren tränenverbrannten Augen weh. Den Wald hinter sich, schritt Judith langsam weiter, als hätten ihre Haare sich im Gleißen des Nachthimmels verfangen – in Zweigen und Ästen aus Licht. Das Mondlicht zerrte an ihren Haaren. Die lodernde Bierdose lähmte sie, verwirrte sie. Sie blickte zum Mond hinauf. Er brannte ihr die Augen aus. Sie kam an den Rand des Kliffs, wo das Dunkle begann.

Sie schaute hinab, und das Dunkel schien heraufzugreifen und sie an den Knöcheln zu packen. Ihr wurde schwindelig. Sie fühlte, wie sie in das lindernde Dunkel fiel. Ihre Haare strömten im Wind ihres Falls, und indem sie immer tiefer fiel, spürte sie, wie ihre Traurigkeit wie ein Wind von ihr strömte. Sie wehte in alle Richtungen aus ihr heraus. Sie breitete sich über die dunklen Berge und Täler aus, floss in den Nachthimmel, stieg immer höher, füllte langsam die blaue Schale der Nacht.

Judith schlug die Augen auf. Sie sah sich um. Sie trat plötzlich zurück. Sie stand nahe am Rand eines Kliffs. Sie blickte auf den Rand des Kliffs. Sie blickte zum Mond hinauf. Es war Nacht. Am Himmel war ein Mond.

Judith hob eine Hand und strich sich die Haare nach hinten. Sie sagte: »Ich heiße Judith Hahn. Das ist ein Stein. Das ist der Mond. Scht. Ist ja gut. Scht. Es ist vorbei. Du kannst wieder zurück. Scht, meine Liebe. Ist schon gut. Geh zurück. Scht.«

Gehorsam drehte Judith sich um und ging langsam den Weg zurück.

Eisenheim der Illusionist

In den letzten Jahren des neunzehnten Jahrhunderts, als das Reich der Habsburger sich dem Ende seiner langen Auflösung näherte, blühte die Zauberkunst wie nie zuvor. In namenlosen Dörfern in Mähren und Galizien, von der Halbinsel Istrien bis zu den Nebeln der Bukowina, setzten bärtige Magier in schwarzen Pelerinen auf Marktplätzen die Bewohner in Erstaunen, indem sie Ströme blendender Seidentücher aus leeren Papierkegeln zogen, Kindern Billardkugeln aus den Ohren holten und Kartenspiele in die Luft warfen, die die Gestalt von Brunnen, Schlangen und Engeln annahmen, bevor sie wieder in die Hand zurückfielen. In großen und kleinen Städten, von Zagreb bis Lwiw, von Budapest bis Wien, auf den Bühnen von Opernhäusern, Rathäusern und Zaubertheatern entzückten fahrende Magier, ausgerüstet mit den neuesten Vorrichtungen, ihr elegantes Publikum mit ausgeklügelten Bühnenillusionen. Es war die Zeit der Levitationen und Enthauptungen, von Geistererscheinungen und plötzlichem Verschwinden, als habe das taumelnde Reich durch das Medium der Magier seinen heimlichen Wunsch nach Auslöschung kundgetan. Unter den herausragenden Zauberern jener Zeit erreichte keiner die Höhen der Illusion, in die Eisenheim aufstieg, dessen enigmatische letzte Vorstellung von manchen als Triumph der Kunst des Magiers, von anderen als schicksalhaftes Zeichen angesehen wurde.

Eisenheim wurde 1859 oder 1860 als Eduard Abramowitz in Bratislava geboren. Von seinen ersten Jahren ist wenig bekannt, wie überhaupt von seinem ganzen Leben jenseits des Reichs der Illusion. Bei den spärlichen Fakten sind wir auf zweifelhafte Erinnerungen von Magiern angewiesen, auf Kommentare in zeitgenössischen Zeitungsberichten und Gewerbeblättern, auf Werbematerial und Broschüren für die Zauberkunst, hier und da auf den Tagebucheintrag einer Gräfin oder die Aufzeichnungen eines Botschafters von einer Aufführung in Paris, Krakau, Wien. Eisenheims Vater war ein hochgeachteter Möbeltischler, dessen vergoldete Schränke und kunstvoll geschnitzte Kommoden mit Löwentatzenfüßen und Messinggriffen in der Form brüllender Löwen die Vestibüle der Bürger von Bratislava zierten. Der Junge war das älteste von vier Kindern; wie viele Bratislaver Juden sprach die Familie Deutsch und nannte ihre Stadt Pressburg, wobei man auch genügend Slowakisch und Ungarisch verstand, um den Betrieb richtig zu führen. Eduard arbeitete schon früh in der Werkstatt seines Vaters. Sein ganzes Leben lang bewahrte er sich eine Liebe zu glatten Holzstücken, die durch Nut und Zapfen fugenlos verbunden waren. Mit siebzehn war er selbst ein geschickter Möbeltischler, was von Zaubererkollegen, die Eisenheims Geschick bewunderten, Trickkästen von atemberaubender Genialität zu bauen, mehr als einmal hervorgehoben wurde. Schon der junge Handwerker soll ein leidenschaftlicher Amateurzauberer gewesen sein, der Familie und Freunde mit Kartentricks und einem Kunststück mit einem Ring ergötzte, den er mittels eines kleines Buchenkästchens, das er selbst gebaut hatte, verschwinden ließ. Er legte einen geliehenen Ring hinein, umwickelte das Kästchen fest mit Zwirn und entfernte heimlich den Ring, während er das Kästchen einem Zuschauer reichte. Das Buchenkästchen mit seinem Geheimfach widerstand selbst der akribischsten Untersuchung.

Eine Zufallsbegegnung mit einem fahrenden Magier soll der Auslöser für Eisenheims lebenslange Leidenschaft für die Zauberei gewesen sein. Man erzählt sich, eines Tages habe der Junge auf dem Heimweg von der Schule einen Mann in Schwarz unter einer Platane sitzen sehen. Der Mann habe ihn zu sich gerufen und dem Jungen träge, fast gleichgültig, erst eine Münze und dann eine weitere, dann eine dritte, Münze um Münze, eine ganze Handvoll aus dem Ohr geholt, und die hätten sich dann plötzlich in einen Strauß Rosen verwandelt. Aus den Rosen habe der Mann in Schwarz eine weiße Billardkugel gezogen, die sich daraufhin in eine Holzflöte verwandelt habe und plötzlich verschwunden sei. Einer Version der Geschichte zufolge sei dann auch noch der Mann selbst samt der Platane verschwunden. Geschichten wie auch Zauberkunststücke werden erfunden, weil die Wirklichkeit unseren Träumen nicht angemessen ist, in diesem Fall aber kann man gut und gern vermuten, dass der spätere Meister von einem frühen Erlebnis mit der Zauberei tief beeindruckt worden war. Eduard hatte einmal, ohne sich besonders dafür zu interessieren, ein Zaubergeschäft gesehen; nun ging er voller Leidenschaft hin. An dunklen Wintermorgen, auf dem Schulweg, zog er die Handschuhe aus und übte mit klammen Fingern in den Manteltaschen den Umgang mit Kugeln und Münzen. Er entzückte seine drei Schwestern mit komplizierten Schattenspielen, die Rumpelstilzchen und Rapunzel, Büffel und Indianer oder den Golem von Prag darstellten. Später brachte ihm ein ortsansässiger Zauberer namens Ignacz Molnar zur Verbesserung der Koordinierung von

Auge und Hand Jonglieren bei. Einmal trug der dreizehnjährige Junge als Mutprobe ein Ei auf einem Trinkhalm den ganzen Weg zur Burg Bratislava und wieder zurück. Viel später, als das alles schon lange zurücklag, saß der Meister trübsinnig in einer Wiener Wohnung, wo ihm zu Ehren eine Feier abgehalten wurde, in der Ecke und verblüffte seine Gastgeberin damit, dass er lustlos den Arm hob, fünf Billardkugeln aus der Luft griff und fehlerlos damit jonglierte.

Doch wer vermag das Rätsel der Leidenschaft zu entwirren, die ein ganzes Leben infiziert, es in einem einzigen Schwenk unwiderruflich von seinem vormaligen Kurs abbringt? Abramowitz scheint sein Schicksal langsam angenommen zu haben. Es war, als habe er unablässig versucht, dem verstörenden Wissen um sein Anderssein auszuweichen. Mit vierundzwanzig Jahren war er noch immer ein meisterlicher Möbeltischler, der gelegentlich Salonkunststücke aufführte.

Wie unvermittelt erschien Eisenheim in einem Wiener Theater und begann seine aufregende und tödliche Karriere. Der brillante Neuling war achtundzwanzig Jahre alt. Allerdings belegen Aufzeichnungen jener Zeit, dass der Möbeltischler aus Bratislava wenigstens ein Jahr, bevor er in die österreichische Hauptstadt zog, in Privatvorstellungen aufgetreten war. Auch wenn die Jahre vor den ersten Privatvorstellungen im Dunkeln bleiben, ist doch klar, dass Abramowitz sich mittels der Tricktruhen und -kästen, die er für ortsansässige Magier anfertigte, immer intensiver der Zauberei zuwandte. Eisenheims Wesen war so: Er ging langsam und vorsichtig, Schritt für Schritt vor, und dann, als hätte er sich das Recht auf Kühnheit verdient, tat er einen jähen Sprung.

Die ersten öffentlichen Vorstellungen fanden Beachtung weniger wegen ihrer Kühnheit als wegen ihrer subtilen Beherrschung der Bühnenillusionen jener Zeit, auch wenn es schon damals raffinierte Abweichungen und Variationen gab. Einer von Eisenheims frühen Erfolgen war der Mysteriöse Orangenbaum, ein Kunststück, das durch Robert-Houdin berühmt geworden war. Ein geliehenes Tuch wurde in ein kleines Kästchen gelegt und einer Person aus dem Publikum übergeben. Ein Assistent betrat die Bühne, auf den Armen ein grünes Orangenbäumchen in einer Kiste. Er stellte die Kiste auf den Tisch des Zauberers und trat beiseite. Auf ein Wort Eisenheims, begleitet von einem Schwenk mit dem Zauberstab, erschienen Blüten an dem Bäumchen. Gleich darauf bildeten sich Orangen; Eisenheim pflückte einige davon und reichte sie den Zuschauern. Plötzlich flatterten von den Blättern zwei Schmetterlinge auf, sie führten ein Tuch mit sich. Der Zuschauer öffnete das Kästchen und sah, dass sein Tuch verschwunden war; irgendwie hatten die Schmetterlinge es in dem Baum gefunden. Die Illusion beruhte auf zwei separaten Täuschungen: dem mechanischen Baum, der mittels verborgener Mechanismen echte Blüten, echte Früchte und mechanische Schmetterlinge hervorbrachte, und der Entfernung des Tuchs aus der Trickkiste, während sie dem Zuschauer übergeben würde. Eisenheim entwickelte rasch eine Variante, die sich bald großer Beliebtheit erfreute: Der Baum wurde mit jedem Mal, wenn er ihn mit einem roten Seidentuch bedeckte, größer, die Zweige brachten Orangen, Äpfel, Birnen und Pflaumen hervor, und am Ende erhob sich eine ganze Schar bunter, echter Schmetterlinge, die über das Publikum hinwegflatterten; die Kinder kreischten vor Vergnügen und schnappten nach den zarten seidenen Formen, und schließlich hatte sich der Baum unter einem schwarzen Samttuch, das mit einem Ruck weggezogen wurde, in einen Vogelkäfig verwandelt, der das fehlende Tuch enthielt.

Zu jener Zeit trug Eisenheim den traditionellen Seidenhut, Frack und Pelerine und benutzte einen Ebenholzstab mit Elfenbeinspitze. Das einzige charakteristische Merkmal waren seine schwarzen Handschuhe. Er begann jede Vorstellung damit, dass er rasch durch die geschlossenen Vorhänge auf die Vorbühne trat, die Handschuhe auszog und in die Luft warf, wo sie sich in zwei geschmeidige Raben verwandelten.

Frühen Kritikern fiel rasch das Interesse des jungen Magiers an unheimlichen Effekten auf, wie in seinem beliebten Phantomporträt. Auf einer abgedunkelten Bühne wurde eine große leere Leinwand von einem Bühnenscheinwerfer erhellt. Eisenheim fuhr mit der rechten Hand umher, wodurch auf der weißen Leinwand allmählich und auf geheimnisvolle Weise ein immer helleres Gemälde entstand. Nun weiß man unter Magiern und Medien genau, dass eine Leinwand aus ungebleichtem Musselin mit chemischen Lösungen bemalt werden kann, die in trockenem Zustand unsichtbar sind; wird Eisensulfat für Blau genommen, Wismutnitrat für Gelb und Kupfersulfat für Braun, erscheint das Bild, wenn es mit einer schwachen Lösung aus Gelbem Blutlaugensalz besprüht wird. Ein Zerstäuber, im Ärmel des Zauberers verborgen, bringt das unsichtbare Porträt nach und nach zum Vorschein. Eisenheim steigerte den geheimnisvollen Effekt, indem er lebensgroße Porträts erzeugte, die lebensechte Bewegungen von Augen und Lippen zeigten, das grausige Porträt eines Erzherzogs oder eines Teufels; oder Eisenheim las dann den Inhalt versiegelter Umschläge, bevor er mit einem Schwenk seines Zauberstabs verschwand.

Bei aller Geschicklichkeit kann ein Zauberer sich keinen großen Ruf erwerben und bewahren, ohne eigene, selbst erdachte Kunststücke aufzuführen. Es war klar, dass der ruhelose junge Magier sich nicht damit zufriedengeben würde, gewitzte Varianten bekannter Kunststücke darzubieten, und so endeten seine Vorstellungen ab 1890 regelmäßig mit einer Illusion von eindrucksvoller Originalität. Auf der Bühne stand ein großer, dem Publikum zugewandter Spiegel in einem geschnitzten Rahmen. Ein Zuschauer wurde auf die Bühne gebeten und aufgefordert, um den Spiegel herumzugehen und ihn zu seiner Zufriedenheit zu untersuchen. Sodann bat Eisenheim den Zuschauer, einen roten Umhang mit Kapuze anzulegen, und stellte ihn ungefähr drei Meter vom Spiegel entfernt auf, wo das lebendige rote Spiegelbild für das Publikum deutlich sichtbar war. Das Theater wurde bis auf ein heller werdendes Licht, das aus dem Spiegel selbst kam, verdunkelt. Der Zuschauer schwenkte nun die Arme unter dem Umhang umher, verbeugte sich vor seinem sich verbeugenden Spiegelbild und neigte sich von einer auf die andere Seite, wobei sein Spiegelbild zunehmend Zeichen von Ungehorsam zeigte – es verschränkte die Arme vor der Brust, statt damit herumzuwedeln, es verweigerte die Verbeugung. Plötzlich zog das Spiegelbild eine Grimasse, holte ein Messer hervor und stach sich damit in die Brust. Das Spiegelbild brach auf dem gespiegelten Boden zusammen. Dann erhob sich von dem toten Spiegelbild eine gespenstische weiße Gestalt und schwebte in dem Spiegel; auf einmal verließ das Gespenst den Spiegel, schwebte auf den verblüfften und manchmal auch angstvollen Zuschauer zu und erhob sich auf Eisenheims Gebot ins Dunkel und verschwand. Diese meisterliche Illusion stellte selbst Berufszauberer vor ein Rätsel, die sich nur darin einig waren, dass der Spiegel ein Trickkasten mit schwarz gesäumten Türen an der Rückseite und einem verborgenen Assistenten war. Die Lichter waren möglicherweise im Rahmen zwischen dem Glas und der leicht versilberten Rückwand versteckt; indem die Lichter immer heller wurden, wurde der Spiegel durchsichtig, und ein Assistent in einem rotem Umhang zeigte sich darin. Das Gespenst war, trotz einer langen Tradition von Bühnengespenstern, schwerer zu erklären; es hieß, das Phantom werde von verborgenen Laternae magicae erzeugt, doch kein anderer Zauberer vermochte den Effekt nachzubilden. Schon in jenen Anfangsjahren, noch bevor Eisenheim verstörende Effekte erzielte, die in der Geschichte der Bühnenzauberei beispiellos waren, hatten seine Illusionen einen Hauch des Unheimlichen, und manche sagten schon damals, Eisenheim sei gar kein Zauberer, sondern ein Hexenmeister, der seine Seele im Tausch gegen böse Kräfte dem Teufel verkauft habe.

Eisenheim war ein Mann von mittlerer Größe, mit breiten Schultern und großen, langfingrigen Händen. Sein auffallendstes Merkmal war sein mächtiger Kopf: die schwarzen, intensiven Augen in dem strengen, bleichen Gesicht, der breite schwarze Bart, die energische Stirn mit dem hohen Haaransatz, das alles erweckte den Eindruck einer ungewöhnlichen Geistesstärke. Die Zeitungsberichte erwähnen eine kleinere Eigenheit, die äußerst effektiv gewesen sein muss: Wenn er den Kopf in tiefer Konzentration nach vorn neigte, erschien über der rechten Augenbraue eine dicke Ader in der Form eines umgedrehten Y.

Im Laufe der letzten Dekade des alten Jahrhunderts wurde Eisenheim nach und nach als der führende Zauberer seiner Zeit anerkannt. Es waren die Jahre der großen Europatourneen, die ihn in die Egyptian Hall in London und in das Théâtre Robert-Houdin in Paris führten, an Königshöfe und in Fürstenpaläste, in Säle in Berlin und Mailand, Zürich und Salamanca. Auch wenn sein Repertoire weiterhin perfektionierte Varianten beliebter Illusionen wie *Die verschwundene* Dame, *Das blaue Zimmer*, *Die fliegende Uhr*, *Der Gespensterschrank* (oder *Geister des inneren Sanktums*), *Das verzauberte Haus*, *Der Zauberkessel* und *Das Rätsel des arabischen Sacks* einschloss, schien es doch, als verliere er zunehmend die Geduld mit bekannten Effekten und ersetze sie rasch durch verblüffende eigene Erfindungen. Zu den bemerkenswertesten Illusionen jener Tage gehörten *Der Turm zu Babel*, bei dem ein kleiner schwarzer Kegel auf geheimnisvolle Weise wuchs, bis er die ganze Bühne ausfüllte, *Die satanische Glaskugel*, bei der eine aus der Hölle herbeizitierte gespenstische Gestalt durch die Glaskugel krachte und unter schauerlichen Schreien auf die Bühne stob, sowie das *Dämonenbuch*, bei dem schwarzer Rauch aus einem alten Buch quoll, dieses dann plötzlich in Flammen aufging und scheußliche Zwerge in härenen Wamsen entließ, die heulend über die Bühne rannten. 1898 eröffnete er in Wien sein eigenes Theater und nannte es einfach Eisenheimhaus, als wäre es sein richtiges Zuhause und alle anderen Behausungen eine Illusion. Dort führte er auch den *Rattenfänger von Hameln* auf. Eisenheim hielt seinen Zauberstab wie eine Flöte und führte die Kinder aus dem Publikum in einen nebligen Berg mit einer höhlenartigen Öffnung, worauf er mit einem Schwenk des Zauberstabs den gesamten Berg verschwinden ließ. Augenblicke später materialisierte sich eine große Kiste, aus der die Kinder stiegen und sich verstört umschauten, um dann gleich zu ihren Eltern zu rennen. Die Kinder erzählten ihren Eltern, sie seien in einem wundersamen Berg mit goldenen Tischen und Stühlen gewesen, und weiße Engel seien durch die Luft geflogen, und sie hätten keine Ahnung, wie sie in die Kiste gelangt seien oder was mit ihnen geschehen sei. Es gab einige Beschwerden, und als bei einer anderen Vorstellung ein verängstigtes Kind seiner Mutter erzählte, es sei in der Hölle gewesen und habe den Teufel gesehen, der grün sei und Feuer speie, stattete der Präsident der Wiener Polizei, ein gewisser Walther Uhl, Eisenheim einen Besuch ab. Der Rattenfänger von Hameln wurde nie wieder aufgeführt, aber zwei Ergebnisse hatten sich gezeigt: Eine gewisse verstörende Eigenschaft an Eisenheims Kunst war nun amtlich beglaubigt, und es ging das Gerücht, der strenge Meister stehe unter genauer Beobachtung von Franz Josefs Geheimpolizei. Letzteres war unwahrscheinlich, denn anders als sein Großvater hatte der Kaiser nur geringes Interesse an polizeilicher Spionage, dennoch umhüllte das Gerücht Eisenheim wie ein Nebel, machte seine scharfen Konturen verschwommen, seine Züge dunkel und steigerte seinen eindrucksvollen Ruf noch mehr.

Eisenheim war nicht ohne Rivalen, und er begegnete deren Herausforderungen stets mit einer Entschlossenheit, manche würden sagen: Schärfe, die an seiner Selbsteinschätzung keinen Zweifel ließ. Zwei Vorfälle in den letzten Jahren des Jahrhunderts hinterließen bei den Zeitgenossen einen tiefen Eindruck. 1898 war in Wien ein Zauberer namens Benedetti aufgetaucht. Benedetti, dessen richtiger Name Paul Henri Cortot war und der aus Lyon stammte, war ein

Meisterillusionist von außerordentlichem Können und Geschick; sein Fehler war es, Eisenheim damit herauszufordern, dass er Imitationen von ursprünglich Eisenheim'schen Illusionen darbot, allerdings mit geschickten Variationen, ganz so, wie Eisenheim einst auf seine Vorgänger angespielt hatte, um sie zu übertrumpfen. Eisenheim erfuhr von der Vermessenheit seines Rivalen und ließ durch das sprechende Porträt eines Teufels verkünden, Hochmut komme vor dem Fall. Und schon am folgenden Abend intonierte ein Porträt Eisenheims auf Benedettis Bühne in einem lachhaften Akzent, Hochmut komme vor dem Fall. Eisenheim, ein stolzer und grüblerischer Mann, machte in seiner Vorstellung am darauffolgenden Sonntagabend keine Anspielung auf die Beleidigung. Am Montagabend ging Benedettis Nummer schief; zwei Fischgläser mit wasserdichtem Deckel krachten aus Benedettis Mantel auf den Boden; das sprechende Porträt blieb stumm; die schwebende Dame lag vor aller Augen auf schwarzen Drähten. Der erregbare Benedetti schwor Rache und beschuldigte Eisenheim krimineller Machenschaften; zwei Abende später trat Benedetti vor überfülltem Haus in eine schwarze Kiste, zog einen Vorhang zu und ward nicht mehr gesehen. Die Untersuchung durch Herrn Uhl vermochte keine Spur von falschem Spiel zu liefern. Manche sagten, der bedauernswerte Benedetti habe einfach den bequemsten Weg gewählt, um unter neuem Namen in eine andere Stadt zu flüchten, fern vom Schauplatz seines offenkundigen Debakels; andere waren der Überzeugung, dass Eisenheim ihn irgendwie weggezaubert hatte, vielleicht in die Hölle. Die Wiener Gesellschaft war entzückt über den Skandal, der in den Cafés die Runde machte, und Herr Uhl wurde mehr als einmal in einer Loge des Theaters gesehen, wie er zu einem besonders verblüffenden Effekt beifällig nickte.

Hatte Benedetti sich als zu einfacher Rivale entpuppt, so stellte der mysteriöse Passauer eine weit gefährlichere Herausforderung dar. Ernst Passauer war angeblich Bayer; seine erste Wiener Aufführung wurde von den Österreichern genau beobachtet, und sie mussten widerwillig einräumen, dass der Deutsche ein Meister von verblüffender Originalität war. Passauer eroberte die Stadt im Sturm, und zum ersten Mal wurde gemunkelt, Eisenheim habe einen ebenbürtigen Gegner gefunden oder gar – war es möglich? – seinen Meister. Anders als der ungestüme und tollkühne Benedetti machte Passauer keine Anspielungen auf den Wiener Hexenmeister; manche sahen darin weniger ein Zeichen professionellen Anstands als vielmehr eine Demonstration arroganter Gleichgültigkeit, so als weigerte sich der Deutsche, die Möglichkeit eines Rivalen zu bestätigen. Dabei war das Schema ihrer Aufführungen in jenem Herbst der Rhythmus der Rivalität schlechthin: Eisenheim spielte Sonntag-, Mittwoch- und Freitagabend, Passauer Dienstag-, Donnerstag- und Samstagabend. Es fiel auf, dass Eisenheim, da sein Rivale Illusionen von kühner Originalität darbot, seine Illusionen noch gewagter und gefährlicher gestaltete; es war, als hätten die beiden sich über die Grenzen der Magierkunst hinaus geschwungen und existierten nun in einem neuen Reich gewandter Wunder, sinistrer Schönheit. In diesem hohen, aber keineswegs unschuldigen Reich rangen die beiden Meister um die Vorherrschaft vor einem Publikum, das zunehmend dasselbe war. Manche meinten, Eisenheim kämpfe oder stemme sich gegen den unbarmherzigen Druck seines brillanten Rivalen, andere fanden, Eisenheim habe nie zuvor eine solche Meisterschaft gezeigt, und indem das schwerfällige Jahrhundert seinem Ende entgegentrottete, erwarteten alle das entscheidende Ereignis, das sie von der Anspannung einer unentschiedenen Schlacht erlösen werde.

Und es kam: An einem Abend Mitte Dezember, nach einer besonders gewagten Illusion, in der Passauer erst seinen rechten Arm verschwinden ließ, dann den linken, dann die Füße, bis nur noch sein körperloser Kopf vor einem schwarzen Samtvorhang schwebte, erlaubte sich der Kopf die Überlegung, ob Herr »Eisenzeit« wohl je einen solchen Zaubertrick gesehen habe. Die spöttische Anspielung raubte dem Publikum den Atem. Das Rampenlicht erlosch; als es wieder anging, war auf der Bühne nichts als ein Haufen schwarzen Tuchs zu sehen, das sich bald flatternd bauschte, bis es allmählich die Form Passauers annahm, der sich darauf kühl zu tosendem Applaus verbeugte; doch der Beiklang stiller Herausforderung war in dem allgemeinen Aufruhr nicht überhört worden. Am Abend darauf spielte Eisenheim vor einem überfüllten, erwartungsvollen Haus. Er ignorierte die Herausforderung und führte eine Reihe neuer Illusionen vor, die keinerlei Ähnlichkeit mit Passauers Auftritt hatten. Bei seiner letzten Verbeugung bemerkte er beiläufig, Passauers Stunde sei abgelaufen. Das Schicksal des bedauernswerten Benedetti war nicht vergessen worden, und es hieß, hätte die Nachfrage nach Passauers nächster Vorstellung befriedigt werden können, dann wäre die gesamte Stadt Wien ein einziges Zaubertheater gewesen.

Passauers letzte Vorstellung war von beängstigender Brillanz; ihr wohnten etliche Berufszauberer bei, die sich danach einig waren, dass sie als einzelne Vorstellung den größten von Eisenheims Abenden überstrahlte. Paussauer begann damit, dass er eine Handvoll Münzen in die Luft warf, die die Gestalt eines Vogels annahmen, der, mit den klingelnden Münzenflügeln schlagend, über die Köpfe des Publikums hinwegflog; aus einem silbernen Fingerhut, den er auf der flachen Hand stehen hatte, zog er ein Tischtuch, einen kleinen Mahagonitisch und ein Silbertablett, auf dem eine gebratene Ente dampfte. Als Höhepunkt des Abends ließ er eines nach dem anderen alle Requisiten auf der Bühne verschwinden: den Zaubertisch, die schöne Assistentin, die hintere Wand, den Vorhang. Als er dann allein in einer verschwundenen Welt stand, schaute er mit einem Ausdruck ins Publikum, der immer grimmiger wurde. Plötzlich brach er in dämonisches Gelächter aus, griff sich ans Gesicht, riss eine Gummimaske ab und offenbarte sich als Eisenheim. Das kollektive Ächzen klang wie ein großer Schmelzofen, der entzündet wurde; jemand brach in hysterisches Schluchzen aus. Das Publikum, das endlich begriff, erhob sich und jubelte dem großen Meister der Illusion zu, der selbst sein größter Rivale gewesen war und sich am Ende demaskiert hatte. Herr Uhl in seiner Loge erhob sich und klatschte ebenfalls Beifall. Die Vorstellung hatte ihm ungeheuer gut gefallen.

Vielleicht war es die Anstrengung dieser lange aufrechterhaltenen Täuschung, vielleicht das Gefühl, allein zu sein, mutterseelenallein, jedenfalls gab Eisenheim in den letzten Wochen des vergehenden Jahrhunderts keine Vorstellung mehr. Als das neue Jahrhundert mit einem Feuerwerk im Prater und hundert Salutschüssen vom Gelände des Kaiserpalasts Einzug hielt, blieb Eisenheim in seiner Wiener Wohnung mit ihrem Blick auf den Fluss in der Ferne, denselben, der durch die Stadt seiner Kindheit floss. Die unerklärte Ruheperiode hielt an, entwickelte sich zu einem vorübergehenden Rückzug von Aufführungen, manche sagten, zum Ruhestand; Eisenheim selbst sagte nichts. Ende Januar kehrte er nach Bratislava zurück, um sich bestimmten Dingen im Geschäft seines Vaters zu widmen; eine Woche später war er in Linz; binnen eines Monats hatte er eine dreistöckige Villa in den berühmten waldigen Hügeln vor den Toren Wiens erworben. Er war vierzig oder einundvierzig, ein Alter, in dem ein Mann einen genauen Blick auf sein Leben wirft. Er hatte nie geheiratet, auch wenn romantische Gerüchte ihn mit der einen oder anderen seiner Assistentinnen verbanden; er sah, auf eine strenge Weise, gut aus, er war reich und angeblich so kräftig, dass er dreißig Kniebeugen auf einem Bein machen konnte. Nicht lange nach seinem Umzug in den Wienerwald machte er Sophie Ritter den Hof, der siebenundzwanzig Jahre alten Tochter eines dortigen Grundbesitzers, der Eisenheims Beruf missbilligte und ein getreuer Anhänger von Karl Luegers antisemitischer Christlichsozialer Partei war; die Frau schien Eisenheim geliebt zu haben, doch im letzten Moment ging etwas schief, sie zog sich unversehens zurück und heiratete einen Monat später einen Getreidehändler aus Graz. Ein Jahr lang lebte Eisenheim wie ein einsiedlerischer Gutsherr. Vormittags nahm er Reitunterricht, nachmittags übte er mit Pistolen auf seinem privaten Schießstand, legte einen Frühlingsgarten an, besetzte seine Teiche, entwarf einen neuen Obstgarten. Auf einer Wiese hinterm Haus überwachte er den Bau eines langen, schuppenartigen Gebäudes, das als die Teufelsfabrik bekannt wurde, denn es beherbergte seine Sammlung aus Trickkisten, magischen Spiegeln, geisterhaften Porträts und Zaubersärgen. An den Wänden standen Kästen mit Glasschiebetüren, die Eisenheims hervorragende Sammlung von Gerätschaften enthielten: verschwindende Vogelkäfige, unerschöpfliche Bowleschüsseln, Teufelsziele, magische Tintenfässer, Blumen mit Uhrfedern, Tricksträuße und eine Auswahl von Geheimutensilien, die bei bestimmten Kunststücken benutzt wurden: Kugelbomben, Coin Dropper, elastische Tuchzieher, um Tücher verschwinden zu lassen, Zigarrenattrappen, farbverändernde Tuben für Tuchtricks, hohle Daumenspitzen, winzige Spirituslampen für das magische Entzünden von Kerzen, falsche Finger, schwarz-seidene Ballbecher. Im Keller der Fabrik gab es einen großen Raum, in dem er chemische und elektrische Experimente durchführte, und eine mit einem Vorhang abgeteilte Dunkelkammer; Eisenheim studierte die Photographie und die neue Kunst der Kinematographie genau. Häufig sah man ihn noch spätnachts arbeiten, und manche behaupteten, in den matt erhellten Fenstern gespenstische Gestalten gesehen zu haben.

Am ersten Januar 1901 kehrte Eisenheim plötzlich in seine Stadtwohnung mit ihrem Blick auf die Donau und die Wiener Berge zurück. Drei Tage später stand er wieder auf der Bühne. Ein Wiener Schalk bemerkte, der Meister der Illusionen habe das Jahr 1900, das ihm mit seinen zwei Nullen als illusorisch erschienen sei, einfach ausgelassen. Die einjährige Abwesenheit des Meisters hatte die Erwartungen gesteigert, und das Stehpublikum wartete in lautloser Anspannung, als sich der Vorhang vor einer Bühne teilte, die bis auf einen schlichten Holzstuhl hinter einem Glastischchen verblüffend leer war. Für manche im Publikum signalisierte allein schon der Tisch eine Revolution, andere waren erstaunt oder enttäuscht. Aus der rechten Kulisse schritt Eisenheim auf die Bühne. Ein Gewisper wurde schnell unterdrückt. Der Meister trug einen einfachen dunklen Anzug und hatte sich den Bart abrasiert. Ohne ein Wort setzte er sich auf den Holzstuhl hinter dem Tisch und blickte ins Publikum. Er legte die Hände sachte auf den Tisch, wo sie während der gesamten Vorstellung blieben. Er blickte starr vor sich hin, beugte sich leicht vor und schien sich mit unglaublicher Kraft zu konzentrieren.

Mitte des achtzehnten Jahrhunderts war der Zaubertisch ein großer Tisch, der bis zum Fußboden verhüllt war; darunter griff ein Assistent durch ein Loch in der Tischplatte, um von einem großen Kegel verborgene Gegenstände zu entfernen. Auf dem modernen Tisch aus Eisenheims Zeit lag ein kurzes Tuch, das die Beine freiließ, doch das Verschwinden des verborgenen Assistenten und die generelle Vereinfachung der Gestaltung veränderte das Wesen des Tischs in keinerlei Hinsicht; er war nach wie vor ein genialer Apparat, der mit unzähligen Vorrichtungen ausgestattet war, die den Magier in seiner Kunst der Täuschung unterstützten: versteckte Behältnisse oder Schubladen, in denen unbemerkt Gegenstände verschwanden, unsichtbare Schächte und Falltüren, verborgene Kolben, eingebaute Federzüge, die das Verschwinden von Seidentüchern bewirkten. Aber Eisenheims transparenter Glastisch verkündigte das Ende des Zaubertischs, wie man ihn in der ganzen Geschichte der Bühnenmagie gekannt hatte. Die radikale Vereinfachung war nicht nur ästhetisch begründet: Sie bedeutete die Verweigerung bestimmter mechanischer Hilfsmittel, die Streichung bestimmter Effekte.

Und das Publikum wurde unruhig: Viel passierte offenbar nicht. Ein Mann mit schütterem Haar in einem Geschäftsanzug saß stirnrunzelnd an einem Tisch. Nach fünfzehn Minuten war eine leichte Störung oder Verdunkelung in der

Luft nahe der Tischplatte erkennbar. Eisenstein konzentrierte sich heftig; über seiner rechten Augenbraue drückte die berühmte Ader in der Form eines umgekehrten Y durch die Stirnhaut. Die Luft schien zu zittern und dichter zu werden – und vor ihm auf dem Glastisch entstand langsam eine dunkle Form. Sie sah aus wie ein Kästchen, ungefähr von der Größe eines Schmuckkästchens. Eine Zeitlang bebten seine Kanten leicht, als wären sie aus schwarzem Rauch. Plötzlich hob Eisenstein die Augen, die ein Zeuge als schwarze Spiegel beschrieb, die nichts reflektierten; er wirkte ausgelaugt und müde. Einen Augenblick später schob er den Stuhl zurück, stand auf und verbeugte sich.

Dann lud Eisenheim Zuschauer ein, auf die Bühne zu kommen und das Kästchen auf dem Tisch zu untersuchen. Eine Frau, die danach griff und nichts spürte, rein gar nichts, trat zurück und fasste sich an den Hals. Ein sechzehnjähriges Mädchen strich mit der Hand durch das schwarze Kästchen und schrie auf wie vor Schmerz.

Die übrige Vorstellung bestand aus zwei weiteren »Materialisierungen«: einer Kugel und einem Stab. Nachdem einige Zuschauer sich von der immateriellen Natur der Gegenstände überzeugt hatten, nahm Eisenheim den Stab und schwenkte ihn über dem Kästchen. Dann hob er den Deckel des Kästchens, legte die Kugel hinein und schloss den Deckel. Als er erneut Zuschauer auf die Bühne bat, glitten deren Hände durch leere Luft. Eisenheim öffnete das Kästchen, nahm die Kugel heraus und legte sie auf den Tisch zwischen das Kästchen und den Stab. Er verbeugte sich, worauf sich der Vorhang schloss.

Trotz einer zögerlichen, perplexen und doch auch enttäuschten Reaktion jenes ersten Publikums waren die Kritiker begeistert; einer nannte die Vorstellung ein bedeutendes Ereignis in der Geschichte der Bühnenillusion. Er verband Eisenheims Phantomgegenstände mit der größeren Tradition der Bühnengespenster, die er bis zu Robertsons Phantasmagoria vom Ende des achtzehnten Jahrhunderts zurückverfolgte. Von verborgenen Laternae magicae hatte Robertson Bilder auf Rauch geworfen, der von Kohlenpfannen aufstieg, und damit unheimliche Effekte erzielt. Um die Mitte des neunzehnten Jahrhunderts erschreckten Magier ihre Zuschauer mit einer weit verblüffenderen Technik: Ein verborgener Assistent, der wie ein Gespenst gekleidet war und in einer Grube zwischen Bühne und Auditorium stand, wurde mittels einer geneigten Glasscheibe, die für das Publikum unsichtbar war, auf die Bühne gespiegelt. Moderne Gespenster basierten auf der Technik des schwarzen Samtprospekts: Deckenstrahler wurden auf die Vorderseite der Bühne gerichtet, und es schienen sich schwarzbedeckte weiße Gegenstände zu materialisieren, wenn die Decken von unsichtbaren, schwarz gekleideten Assistenten in schwarzen Kapuzen weggezogen wurden. Eisenheims Phantome dagegen, jene immateriellen Materialisierungen, nutzten überhaupt keine Gerätschaften – sie schienen aus dem Geist des Magiers zu kommen. Der Effekt war verblüffend, das unbekannte Hilfsmittel genial. Der Kritiker erwog und verwarf die Möglichkeit verborgener Laternae magicae oder Spiegel, erörterte die Eigenschaften des Kinematographen, unlängst von den Brüdern Lumière entwickelt und von zeitgenössischen Magiern eingesetzt, um ungewöhnliche Effekte anderer Art zu erzeugen, und spekulierte über mögliche wissenschaftliche Techniken, mit denen Eisenheim erreicht haben konnte, dass die Luft sich buchstäblich verdichtete und verdunkelte. War es denn möglich, dass eine der Lumière-Maschinen, auf etwas dunstige Luft über dem Tisch gerichtet, die Phantomgegenstände erzeugt haben könnte? Doch niemand hatte einen Dunst bemerkt, niemand den notwendigen Lichtstrahl gesehen. Wie Eisenheim die Illusion auch erreicht habe, der Effekt sei unvergleichlich; es habe den Anschein, als rufe er die Gegenstände allein durch schiere Geistesanstrengung ins Leben. Damit verwerfe der Meisterillusionist des modernen Magiers zunehmenden Gebrauch von Gerätschaften und führe den Zuschauer wieder mitten ins aufgewühlte Herz der Magie, das doch über die beengende Welt von Findigkeit und Tricks hinaus nach dem dunklen Reich der Überschreitung verlange.

Die lange Besprechung, belastet mit Fin-de-Siècle-Bombast und mit einer heimlichen Ruhelosigkeit oder Sehnsucht durchsetzt, war die erste von einigen, die Eisenheim jenseits der Welt der Zauberei ansiedelten und ihn als Ausdruck eines spirituellen Strebens sahen, als könne über seine Kunst nicht mehr in der alten Weise gesprochen werden.

Bei der nächsten Vorstellung saß Eisenheim vor einem respektvollen, aber zunehmend unruhigen Publikum fünfunddreißig Minuten an seinem Glastisch, bevor das Dunkeln bemerkt wurde. Als er sich zurücklehnte, offensichtlich erschöpft von seiner Anstrengung, standen auf dem Tisch Kopf und Schultern einer jungen Frau. Die Berichte der Zeugen unterschieden sich in Einzelheiten, doch alle stimmen darin überein, dass der Kopf der einer jungen Frau von vielleicht achtzehn oder zwanzig Jahren mit kurzen dunklen Haaren und schwerlidrigen Augen war. Sie blickte ruhig ins Publikum, ein wenig träumerisch, als wäre sie gerade aus dem Schlaf erwacht, und nannte ihren Namen: Greta. Fräulein

Greta beantwortete Fragen aus dem Publikum. Sie sagte, sie komme aus Brünn; sie sei siebzehn Jahre alt, ihr Vater sei Linsenschleifer; sie wisse nicht, wie sie hierhergekommen sei. Hinter ihr saß Eisenheim zusammengesackt auf seinem Stuhl, das breite Gesicht bleich wie Marmor, die Augen starr wie tot. Nach einer Weile wurde Fräulein Greta offenbar müde. Eisenheim richtete sich auf und fixierte sie mit seinem starren Blick; nach und nach zitterte sie und wurde undeutlich, und langsam verschwand sie.

Mit Fräulein Greta triumphierte Eisenheim über die Zweifler. Als sich die Kunde von der neuen Illusion verbreitete und das Publikum mit einer Art banger Geduld darauf wartete, dass sich die Luft über dem Tisch verdunkelte, zeigte sich, dass Eisenheim einen Nerv getroffen hatte. Das Greta-Fieber lag in der Luft. Es hieß, Fräulein Greta sei in Wahrheit Mary von Vetsera, die mit Kronprinz Rudolf im Schlafzimmer seines Jagdschlosses in Mayerling gestorben war; es hieß, Fräulein Greta mit ihren dunklen, traurigen Augen sei der Mädchengeist der Kaiserin Elisabeth, die im Alter von sechzig Jahren in Genf von einem italienischen Anarchisten erstochen worden war. Es hieß, Fräulein Greta wisse Dinge, alle möglichen Dinge, und könne Geheimnisse aus der anderen Welt verraten. Eine Zeit lang wurde Eisenheim von den Spiritualisten vereinnahmt, die ihn als einen der ihren beanspruchten: Hier war endlich der absolute Beweis der Materialisierung von Geisterformen. Eine Gesellschaft unzufriedener Blavatskyisten namens Töchter des Morgengrauens verlieh Eisenheim die Ehrenmitgliedschaft, und drei bärtige Mitglieder eines Salzburger Instituts für Psychische Forschungen wohnten bald den Vorstellungen mit einem schwarzen Notizbuch in der Hand bei. Zauberer überschütteten die mediumistische Bruderschaft mit Spott, konnten die Illusion aber nicht erklären und auch nicht kopieren; eine schlaue Gruppe Medien warf Eisenheim, als sie merkte, dass sie dessen Phänomene nicht reproduzieren konnte, Betrug vor und verteidigte sich gleichzeitig gegen die Angriffe der Zauberer. Eisenheims striktes Schweigen wurde von allen Seiten als Zeichen der Zustimmung verstanden. Die »Manifestationen«, wie sie nun genannt wurden, schlossen bald den Kopf eines dunkelhaarigen Mannes von ungefähr dreißig Jahren ein, der sich Frankel nannte und konventionelle Tricks des Gedankenlesens und der Telepathie demonstrierte, bis er verblasste. Was die professionellen Zauberer vor ein Rätsel stellte, war nicht das Gedankenlesen, sondern die Erschaffung Frankels selbst. Es wurde die Möglichkeit erörtert, physischen Einfluss auf die Luft zu nehmen, in manchen Kreisen wurde unterstellt, Eisenheim habe die Luft schon vorher mit einem Verdickungsmittel präpariert und mit unsichtbaren chemischen Lösungen behandelt, doch diese Anspielung auf den abgedroschenen Trick mit der Musselinleinwand überzeugte niemanden.

Ende März verließ Eisenheim Wien und begab sich auf eine Tournee durchs Reich, die Engagements in Ljubljana, Prag, Teplice, Budapest, Kolozsvár, Czernowitz, Tarnopol und Uschhorod einschloss. In Wien wurde die Rückkehr des Meisters mit an Raserei grenzender Ungeduld erwartet. Ein vielfach publizierter Fall war der von Anna Scherer, der dunkeläugigen sechzehnjährigen Tochter eines Wiener Bankiers; sie erklärte, sie spüre eine tiefe spirituelle Bindung zu Greta und könne ein Leben ohne sie nicht ertragen. Das verstörte Mädchen lief von zu Hause weg und wurde zwei Tage später von der Polizei aufgegriffen, als sie in abgerissenem

Zustand in den waldigen Bergen im Nordosten der Stadt herumirrte; als sie wieder zu Hause war, schloss sie sich in ihrem Zimmer ein und weinte sechs Stunden täglich heftig und unkontrolliert. In einer Nacht wurde ein Achtzehnjähriger auf dem Gelände von Eisenheims Villa verhaftet; er gestand später, er habe vorgehabt, in die Teufelsfabrik einzubrechen, um hinter das Geheimnis der Wiedererweckung der Toten zu kommen. Verehrer von Greta und Frankel kamen in kleinen Gruppen zusammen, um über den Meister zu sprechen, und es wurde gemunkelt, in einem abgelegenen Dorf in Kärnten habe er magische Kräfte von noch erregenderer und verstörenderer Art demonstriert.

Und der Meister kehrte zurück, und der Vorhang ging auf, und Finger krampften sich um blaue Samtstuhllehnen. Auf einer leeren Bühne stand nichts als ein schlichter Stuhl. Eisenheim, der blass und müde wirkte, in den Schläfen schattige Höhlungen, ging zu dem Stuhl und setzte sich, legte die großen, langen Hände auf die Knie. Er heftete den Blick in die Luft und saß vierzig Minuten lang steif da, wobei ihm Schweißrinnsale über die hohen Backenknochen liefen und eine dicke Ader sich durch die Stirnhaut presste. Ganz allmählich wurde ein Dunkeln der Luft erkennbar, und langsam schälte sich eine Gestalt heraus. Anfangs waberte sie noch undeutlich wie das Flimmern über einem Heizkörper an einem Wintertag, doch schon bald verdichtete sie sich, und vor der zusammengesackten Gestalt Eisenheims stand ein schöner Knabe. Seine großen braunen Augen, mit dunklen Wimpern umrahmt, blickten vertrauensvoll, wenn auch ein wenig verträumt, heraus; er hatte eine Überfülle dichter, heufarbener Locken und trug eine Schuluniform mit dunkelgrünen Shorts und grauen Kniestrümpfen. Er wirkte überrascht und schüchtern, verlegen vor dem Publikum, doch als er dann umherging, wurde er lebhafter und sagte seinen Namen: Elis. Viele kommentierten den starken Kontrast zwischen dem engelhaften Jungen und dem düster brütenden Zauberer. Der Liebreiz des Jungen zog das Publikum in seinen Bann, der erst brach, als eine Frau auf die Bühne gebeten wurde. Als sie sich vorbeugte, um Elis durch die Haare zu streichen, glitt ihre Hand durch leere Luft. Sie stieß einen Schrei aus, der wie ein Stöhnen klang, und hastete verstört von der Bühne. Später sagte sie, die Luft sei kalt, sehr kalt gewesen.

In dem Elis-Fieber, das daraufhin ausbrach, waren Greta und Frankel vergessen. Es hieß, der immaterielle Junge sei die bezauberndste Illusion gewesen, die je ein Magier geschaffen habe; das Lager der Spiritualisten behauptete, Elis sei der Geist eines Jungen, der 1787 auf Helgoland gestorben sei. Das Elis-Fieber nahm derartige Ausmaße an, dass häufig, wenn die Luft vor Eisenheim allmählich dunkelte und der schöne Knabe Gestalt annahm, Schluchzer und Schreie aus angespannten, verengten Kehlen brachen. Elis befleißigte sich nicht der Konventionen der Magie, sondern ging einfach auf der Bühne herum, beantwortete Fragen, die ihm aus dem Publikum gestellt wurden, oder stellte selbst welche. Er sagte, seine Eltern seien tot; er schien sich vieler Dinge unsicher und geriet durcheinander bei der Frage, wie er hierhergekommen sei. Manchmal verließ er die Bühne und schritt langsam den Mittelgang entlang; Hände griffen nach ihm und strichen doch nur durch leere Luft. Nach einer halben Stunde ließ Eisenheim ihn wabern und matt werden, dann verschwand Elis. Oft begleiteten Schreie das Verschwinden des schönen Jungen, und nach einem besonders aufwühlenden Vorfall, bei dem eine junge Frau auf die Bühne sprang und sich an die verschwindende Gestalt klammerte, wurde Herr Uhl wieder unter den Zuschauern des Theaters gesehen, wie er alles mit einer Miene höchsten Interesses beobachtete.

Er war auch anwesend, als Eisenheim das Haus frappierte, indem er für Elis eine Gefährtin herbeirief, ein Mädchen, das sich Rosa nannte. Sie hatte lange dunkle Haare, schwarze, träumerische Augen und slawische Backenknochen; sie sprach langsam und ernst und hielt häufig inne, um sich das passende Wort zu überlegen. Elis wirkte ihr gegenüber schüchtern und wollte in ihrer Gegenwart zunächst nicht sprechen. Rosa sagte, sie sei zwölf Jahre alt; sie sagte, sie kenne die Geheimnisse von Vergangenheit und Zukunft, und erbot sich, den Tod aller Anwesenden vorauszusagen. Ein junger Mann mit schmalen Wangen, offenkundig ein Student, hob die Hand. Rosa trat an den Bühnenrand und fixierte ihn lange mit ihren ernsten Augen; als sie sich von ihm wandte, sagte sie, er werde im November Blut spucken und noch vor dem Ende des nächsten Sommers an Tuberkulose sterben. Blass, sichtlich erschüttert, erhob der Student wütenden Protest, setzte sich dann plötzlich und vergrub das Gesicht in den Händen.

Rosa und Elis waren bald enge Freunde. Es war anrührend zu sehen, wie Elis nach und nach seine Schüchternheit überwand und eine innige Zuneigung zu ihr wuchs. Gleich nach seinem Erscheinen blickte er sich mit seinen großen, besorgten Augen liebevoll um, als suchte er nach seiner Rosa. Während Eisenheim mit starrer Intensität schaute, spielte Elis allein, warf aber immer wieder heimliche Blicke auf die Luft vor dem Magier. Als die Luft sich verdunkelte, wurde der Junge immer erregter, und als Rosa mit ihren hohen Backenknochen und den schwarzen, verträumten Augen erschien, glühte ein Blick von nahezu schmerzlicher Verzückung auf seinem Gesicht. Häufig spielten die Kinder auf der Bühne für sich, als wäre ihnen das Publikum gar nicht bewusst. Händchen haltend gingen sie auf imaginären Wegen und schwangen dabei die Arme, oder sie gossen mit einer unsichtbaren Gießkanne unsichtbare Blumen. Bei diesen Spielen sang Rosa Lieder von einer betörenden, melancholischen Schönheit in einem unbekannten niederdeutschen Dialekt.

Es ist nach wie vor unklar, wann genau das Gerücht entstand, Eisenheim werde verhaftet und sein Theater geschlossen. Manche sagten, Uhl habe dies von Anfang an vorgehabt und lediglich den günstigen Zeitpunkt abgewartet, andere verwiesen auf besondere Vorfälle. Ein solcher ereignete sich im Spätsommer, als im Publikum nicht lange nach dem Erscheinen von Elis und Rosa eine Unruhe entstand. Anfangs war es noch heftiges Geflüster und zorniges Schsch, dann erhob sich plötzlich eine Frau und beugte sich jäh zurück, denn ein Kind stand von dem Platz neben ihr auf. Das Kind, ein ungefähr sechsjähriger Junge, ging den Gang entlang, erklomm die Treppe zur Bühne und lächelte zum Publikum hinab, das sogleich erkannte, dass er Elis' und Rosas Rasse angehörte. Obwohl das mysteriöse Kind nie wieder erschien, beäugten die Zuschauer nun nervös ihre Nachbarn, und in dieser aufgeladenen Atmosphäre entstand das Gerücht der bevorstehenden Verhaftung und legte sich nicht mehr. Der bloße Anblick Herrn Uhls in seiner Loge jeden Abend bewirkte angespanntes Gewisper. Bald hatte es den Anschein, als trügen der Polizist und der Magier einen heimlichen

Kampf aus: Es hieß, Herr Uhl plane eine dramatische Verhaftung und Eisenheim eine brillante Flucht. Eisenheim dagegen ignorierte das Gewisper und unternahm nichts, um die verstörendem Auswirkungen Elis' und Rosas auf sein Publikum zu mildern, und wie um den Kräften, die sich gegen ihn sammelten, zu trotzen, ließ er eines Abends eine weitere Gestalt entstehen, eine hässliche alte Frau in einem schwarzen Kleid, die Elis und Rosa ängstigte und im Publikum, bevor sie wieder verging, angstvolle Rufe auslöste.

Die offizielle Begründung für die Verhaftung des Meisters und die Beschlagnahmung des Theaters war die Störung der öffentlichen Ordnung; die Polizeiberichte, über ein Jahr lang vorbereitet, führten über einhundert Vorfälle auf. Doch Herrn Uhls private Aufzeichnungen enthüllen eine tiefere Ursache. Der Polizeipräsident war ein intelligenter und belesener Mann und selbst Amateurzauberer, und er war von den mitunter extremen Reaktionen der Öffentlichkeit auf Eisenheims Illusionen nicht übermäßig beunruhigt, auch wenn er jeden Vorfall peinlich genau festhielt und sich fragte, ob solche Effekte mit der öffentlichen Sicherheit und Schicklichkeit vereinbar waren. Nein, Herrn Uhl beunruhigte etwas anderes, etwas, was zu benennen ihm schwerfiel. Die Wendung »Grenzen überschreiten« erscheint in seinen Notizbüchern mehr als einmal, im pejorativen Sinn; damit meint er offenbar, dass gewisse Unterscheidungen streng eingehalten werden müssten. Eine solche Unterscheidung konstituierten Kunst und Leben, eine andere Illusion und Wirklichkeit. Eisenheim überschritt bewusst Grenzen und störte daher das Wesen der Dinge. Genau genommen warf Herr Uhl Eisenheim vor, die Grundfesten des Universums zu erschüttern, die Wirklichkeit zu untergraben und folglich etwas viel Schlimmeres zu tun:

das Reich zu zerrütten. Denn wo wäre schließlich das Reich, wenn die Vorstellung von Grenzen verwischt und ungewiss wurde?

Am Abend des 14. Februar 1902 – eine kalte, klare Nacht, die Hufeisen hallten klirrend in den Alleen, und elegante Damen mit kinnhohen schwarzen Boas stießen die Unterarme in schwere Pelzmuffs – nahmen zwölf Polizisten im Publikum des Eisenheimhauses Platz. Die Entscheidung, den Meister während einer Vorstellung zu verhaften, wurde später in Zweifel gezogen; die öffentliche Verhaftung hatte offenbar das Ziel, an Anhänger Eisenheims und vielleicht auch an andere Magier eine Warnung auszusenden. Unmittelbar nach dem Erscheinen Rosas verließ Herr Uhl seine Loge. Augenblicke später schritt er durch eine Seitentür auf die Bühne und verkündete die Verhaftung Eisenheims im Namen Seiner Kaiserlichen Majestät und der Stadt Wien. Zwölf Beamte marschierten in die Gänge und nahmen Habachtstellung ein. Eisenheim drehte den Kopf matt zu den Störern hin und regte sich nicht. Elis und Rosa, die am Bühnenrand gestanden hatten, schauten sich furchtsam um: der hübsche Junge schüttelte den Kopf und murmelte in seiner Engelsstimme »Nein«, während Rosa sich fest umklammerte und eine leise Melodie summte, die wie ein langgezogenes Stöhnen oder Klagelied klang. Herr Uhl, der etwa fünf Schritt vor Eisenheim stehen geblieben war, um dem ernsten Meister zu gestatten, allein aufzustehen, sah sogleich, dass die Dinge ihm entglitten – jemand im Publikum murmelte »Nein«, es wuchs sich zu einem Singsang aus. Rasch trat Uhl zu dem sitzenden Magier und legte ihm eine Hand auf die Schulter. Und da geschah es: Seine Hand fiel durch Eisenheims Schulter, er schien zu stolpern, und voller Wut schlug er nach dem

Zauberer, der den Hagel sinnloser Schläge ruhig dasitzend über sich ergehen ließ. Schließlich zog der Beamte seinen Degen und schnitt damit durch Eisenheim, der sich an dieser Stelle mit großer Würde erhob und sich Elis und Rosa zuwandte. Sie schauten ihn flehend an, und dabei waberten sie und wurden matt. Sodann drehte sich der Meister zum Publikum und verbeugte sich langsam, ernst. Der Applaus begann an verstreuten Stellen und wurde lauter und heftiger, bis der Vorhang zitterte. Sechs Beamte sprangen auf die Bühne und suchten Eisenheim zu ergreifen, der sie mit so tiefer Melancholie ansah, dass ein Polizist spürte, wie ihm ein Schatten übers Herz strich. Und nun wurde das Publikum von Nervosität gepackt, denn der Meister schien sich für eine letzte Anstrengung zu sammeln: Sein Gesicht wurde starr vor Konzentration, die berühmte Ader drückte sich durch die Stirn, die leeren Augen waren dunkle Herbstnächte, wenn der Wind auffrischt und Äste knarren. Alles sah, wie ein Schauder seine Arme durchfuhr. Es dehnte sich auf seine Beine aus, und von der Menge erhob sich das Geräusch eines großen Atemholens, als Eisenheim mit seiner undenkbaren letzten Nummer begann: Die schwarze Flamme seines Blicks nach innen lenkend, in wilder Konzentration verharrt, begann er, die Fäden seines Seins aufzulösen. Wabernd, langsam verblassend, stand er dunkel und reglos da. Im Gesicht des Meisters wollten manche, während er sich vor allen Augen auflöste, ein fürchterliches Hochgefühl gesehen haben. Andere sagten, am Ende habe er das Gesicht gehoben und einen Schrei eisiger Verzweiflung ausgestoßen. Als es vorbei war, erhob sich das Publikum. Herr Uhl verhaftete prompt einen jungen Mann in der ersten Reihe, wonach eine prekäre Ordnung hergestellt war. Auf der trübseligen

Bühne, die bis auf einen Holzstuhl leer war, schauten uniformierte Polizisten angespannt um sich.

Am selben Abend durchsuchte die Polizei die Wohnung mit ihrem Blick auf die ferne Donau, doch Eisenheim war nicht da. Die gescheiterte Verhaftung war in einer Hinsicht ein voller Erfolg: Der Meister ward nie mehr gesehen. In der Teufelsfabrik fand man Trickspiegel, exquisite Schränke mit Geheimböden, geniale Truhen und Kästen, die große Beispiele für die Kunst der Täuschung darstellten, jedoch keinerlei Hinweise auf die berühmten Illusionen, keinen einzigen, nichts. Manche sagten, Eisenheim habe vom ersten Tag des neuen Jahrhunderts an einen illusorischen Eisenheim geschaffen, andere wiederum meinten, der Meister sei vom Umgang mit Illusionen allmählich selbst illusorisch geworden. Manche behaupteten, Herr Uhl sei eine Illusion, ein sorgfältig inszenierter Teil der letzten Vorstellung. Streit erhob sich darüber, ob alles mit Linsen und Spiegeln gemacht worden sei oder ob der Jude aus Bratislava dem Teufel seine Seele gegen das dunkle Geschenk der Magie verkauft habe. Alle waren sich einig darin, dass es ein Zeichen der Zeit war, und indem genaue Erinnerungen schwanden und die Alltagswelt aus Kaffeetassen, Arztbesuchen und Kriegsgerüchten wieder Einkehr hielt, durchdrang insgeheim Erleichterung die Seelen der Getreuen, die wussten, dass der Meister aus der bröckelnden Ordnung der Geschichte sicher in das unzerstörbare Reich von Mysterium und Traum eingegangen war.

EDITORISCHE NOTIZ

Am 5. Oktober 2008 veröffentlichte Steven Millhauser in der *New York Times Book Review* einen Essay mit dem Titel »The Ambition of the Short Story«. Es ist eine wunderbar glühende Liebeserklärung an die kleine Form und ihre heimliche, aber nicht zu bestreitende Größe. Millhauser, der seine Biographie gerne auf die Angabe »1943–« beschränkt, ist ein leidenschaftlicher Verehrer der zu Unrecht oft an den Rand gedrängten Kurzgeschichte: »Kleinheit«, so schreibt er in seinem Essay, »ist das Reich der Eleganz, der Anmut. Es ist auch das Reich der Perfektion.« Und weil die Kurzgeschichte »von Natur aus wählerisch« sein muss, kann sie dem, was zu guter Letzt übrig bleibt, eine »perfekte Gestalt« und »eine Art Vollständigkeit« verleihen, die der Roman – »unersättlich« und »sperrig« – nie zu erreichen in der Lage ist.

Steven Millhauser ist ein meisterhafter Kurzgeschichtenerzähler. All seine Storys sind perfekte Beispiele der Kunst eines Besessenen. (Es verwundert nicht, dass viele seiner Erzählungen von Perfektionisten und ihren undenkbaren Obsessionen handeln. Und für seine Übersetzer hat Millhauser ausführliche »Notizen« verfasst, die schwierige Wörter oder Passagen genauestens erklären und erläutern, so dass die Texte auch in einer neuen Sprache möglichst akkurat wiedergegeben werden können.) Dieser Band soll dem Meister und seiner großen Kunst Reverenz erweisen und präsentiert eine Auswahl der besten Geschichten aus über zwanzig Jahren Schaffenszeit erstmals auf Deutsch. Eike Schönfeld, der deutsche Übersetzer, steht Steven Millhauser in Sachen Perfektion in nichts nach.

Der Titel des vorliegenden Bandes – *Ein Protest gegen die Sonne* – ist der Titel einer der frühen Erzählungen. Er soll programmatisch für Millhausers literarisches Gesamtwerk stehen, das in vielerlei Hinsicht ein Aufbegehren gegen jegliche Konvention ist, nicht zuletzt gegen konventionelle Formen des Erzählens. Die subversive Kraft der Imagination steht im Vordergrund, sie ermöglicht ein tiefgründiges Infragestellen dessen, was gemeinhin als gut und als schön und als richtig angesehen wird. Sie mag gefährlich wirken, bedrohlich, gewagt. Letzten Endes ist sie aber vor allem eins: ungemein befreiend.

Die Geschichten sind nicht chronologisch angeordnet. Der Leser ist eingeladen, sich ohne einschränkendes Raster auf Millhausers kleine Wunderwelten einzulassen. Man wird ohnehin schnell feststellen, dass gewisse Motive und Empfindungen, ja sogar Wörter und Formulierungen, regelmäßig wiederkehren. Die verbindenden Elemente der Storys aber sind Millhausers hinreißende Phantasie, seine eigensinnige Fabulierlust, seine frappierende Andersartigkeit und – sein Streben nach Perfektion.

In Amerika hat Steven Millhauser bisher vier Bände mit Short Storys veröffentlicht, zuletzt *Dangerous Laughter*. Die *New York Times* hat das Buch Anfang Dezember 2008 zu einem der zehn besten Bücher des Jahres erkoren. Viele seiner Texte erscheinen regelmäßig in führenden Kultur- und Literaturzeitschriften wie *The New Yorker*, *Harper's Maga-*

zine oder *The Paris Review*. Neben den Kurzgeschichten hat Millhauser drei Bände mit Novellen und vier Romane veröffentlicht.

Mit den beiden Romanen *Edwin Mullhouse. The Life and Death of an American Writer 1943–1954 by Jeffrey Cartwright* (deutsche Übersetzung von Barbara Rojahn-Deyk: *Das kurze Leben des Edwin Mullhouse*, München 1999) und *Portrait of a Romantic* konnte Millhauser bereits 1972 und 1977 beachtliche Publikumserfolge feiern, doch es war die erste Kurzgeschichtensammlung *In the Penny Arcade* von 1986, die vor allem die Kritiker aufhorchen ließ. Jetzt wurde der Autor mit einigen seiner eigenen Vorbilder verglichen – Rabelais, Poe, Kafka, Calvino, Nabokov, Beckett. Im gleichen Jahr erschien der Roman *From the Realm of Morpheus*. Es folgte 1990 eine zweite Anthologie mit Storys, *The Barnum Museum*, und 1993 ein Band mit drei Novellen, *Little Kingdoms*. 1996 erlebte Steven Millhauser einen unerwarteten Durchbruch mit dem Roman *Martin Dressler. The Tale of an American Dreamer* (deutsche Übersetzung von Dorothée Beckhoff: *Martin Dressler. Ein amerikanischer Träumer*, Hildesheim 1997; neu durchgesehen: Berlin 2009), für den er mit dem renommierten Pulitzer-Preis ausgezeichnet wurde. Zwei Jahre danach erschien erneut eine Sammlung von Erzählungen, *The Knife Thrower*. 1999 und 2003 folgten *Enchanted Night*, eine Novelle, und *The King in the Tree*, ein weiterer Band mit drei Novellen. Zuletzt veröffentlichte Steven Millhauser im Frühjahr 2008 den Kurzgeschichtenband *Dangerous Laughter*.

Die Geschichten »Gefährliches Lachen« (erschienen unter dem Titel »Dangerous Laughter«), »Geschichte einer Störung« (»History of a Disturbance«), »Während der Herrschaft Harads IV.« (»In the Reign of Harad IV«) und »Ein Wechsel der Mode« (»A Change in Fashion«) sind alle dem Band *Dangerous Laughter* (2008) entnommen. »Der Messerwerfer« (»The Knife Thrower«), »Ein Besuch« (»A Visit«), »Fliegende Teppiche« (»Flying Carpets«), »Clair de lune« und »Der Traum des Konsortiums« (»The Dream of the Consortium«) erschienen in *The Knife Thrower* (1998). »Das Barnum-Museum« (»The Barnum Museum«) und »Eisenheim der Illusionist« (»Eisenheim the Illusionist«) stammen aus dem Band *The Barnum Museum* (1990) und »Ein Protest gegen die Sonne« (»A Protest Against the Sun«), »Ein Tag auf dem Land« (»A Day in the Country«) und »In der Spielhalle« (»In the Penny Arcade«) aus dem Band *In the Penny Arcade* (1986).

Mit Ausnahme von »Clair de lune« sind alle hier versammelten Short Storys vor ihrer jeweiligen Veröffentlichung innerhalb einer geschlossenen Erzählsammlung bereits in verschiedenen Literaturzeitschriften erschienen, zum Teil in einer früheren Fassung: »Dangerous Laughter« in *Tin House*, »History of a Disturbance«, »In the Reign of Harad IV«, »A Visit« und »A Protest Against the Sun« in *The New Yorker*, »A Change in Fashion«, »The Knife Thrower« und »The Dream of the Consortium« in *Harper's Magazine*, »Flying Carpets« in *The Paris Review*, »The Barnum Museum« und »A Day in the Country« in *Grand Street*, »Eisenheim the Illusionist« als »The Illustionist« in *Esquire* und schließlich »In the Penny Arcade« in *The Hudson Review*.

L. B.